ANDREAS SUCHANEK

Love Crash

DER TRAUM VOM NEUBEGINN

ZWEI SCHICKSALE, EIN DUNKLES GEHEIMNIS, EIN NEUBEGINN

DRACHENMOND VERLAG

Drachenmond Verlag GmbH
Auf der Weide 6
50354 Hürth
http: www.drachenmond.de
E-Mail: info@drachenmond.de

Lektorat: Jenny Winterscheid
Korrektorat: Michaela Retetzki
Satz & Layout: Astrid Behrendt & Anika Ackermann

Umschlagdesign: Schattmaier Design
Bildmaterial: Shutterstock

Druck: Booksfactory

978-3-95991-581-6

I.

Freundschaft

Prolog

Die Fliege war schuld.

Nur für eine Sekunde war Julie abgelenkt, folgte dem winzigen Tier mit ihrem Blick, obwohl sie auf einem Fahrrad saß, mit dem zwischen Autos und Bordstein entlangraste.

Und da stand er.

Direkt vor dem Coffeeshop an der 129. Straße, einen Pappbecher in der Hand. Seine Augen schienen in der aufgehenden Sonne zu leuchten wie flüssiges Quecksilber, in das jemand goldene Sprenkel gegossen hatte. Das braune Haar war so zerzaust, als sei er direkt aus dem Bett gefallen, das Shirt spannte über seinen Schultern. Um die linke verlief ein hellbrauner Gurt, an dem eine Ledertasche auf Hüfthöhe hing.

Ihre Blicke trafen sich, und die Welt stand still.

Das Sonnenlicht fiel auf die Ladenfront. Hinter den deckenhohen Fenstern unterhielten sich Studenten. Einige kannte sie aus gemeinsamen Vorlesungen, sie warteten in der Schlange, um sich ihren morgendlichen Kaffee abzuholen, und gähnten bei vorgehaltener Hand. Auf dem Gehsteig eilten Anzugträger an Mechanikern vorbei, schoben Nannys die Kinderwagen mit den ihnen anvertrauten Sprösslingen durch die dichte Menge.

Das typische alltägliche Treiben, wie Julie es seit gut drei Wochen kannte und auf dem Weg zum College erlebte.

Die Augen des unbekannten Mannes weiteten sich, eine Andeutung von Panik erschien auf seinem Gesicht. Wie in Zeitlupe öffnete er die Hand, der Kaffeebecher fiel auf den Bordstein. Der Deckel löste sich, schwarzer Kaffee verteilte sich in Spritzern auf dem Boden. Sein Arm zuckte in die Höhe. Der Unbekannte rief etwas … *wollte* etwas rufen. In ihre Richtung?

Noch während sie darüber nachdachte, kehrte die Wirklichkeit abrupt zurück, die Magie des Augenblicks verschwand. Julie richtete den Blick wieder auf die Straße vor sich, doch es war zu spät.

Lautes Hupen erklang, Bremsen quietschten, Menschen schrien. Oben wurde zu unten und Julies Gesicht knallte gegen den kalten Bordstein.

Wieso lag sie auf dem Boden?

Wo war ihr Fahrrad?

Schmerz raste durch ihren Körper, sie hustete und spuckte Blut.

Mit geweiteten Augen, in denen das Entsetzen brannte wie glühende Lava, sah er auf sie herab. Er fiel förmlich auf die Knie, betastete sanft ihre Wange. »Bleib liegen. Nicht bewegen! Ruft einen Krankenwagen!«

Das war so süß von ihm. Aus der Nähe leuchteten die goldenen Sprenkel noch stärker. Sein Atem roch nach Minze, der arme Kerl hatte nicht einmal von seinem Kaffee trinken können, bevor dieser sich auf dem Boden verteilt hatte.

»Keine Angst, mir geht's gut.« Wieso machte er sich solche Sorgen? Seine Hände zitterten. »Ich bin Julie. Die Fliege war schuld.«

Lippen bewegten sich, doch die Worte ergaben keinerlei Sinn. Menschen kamen herbeigeeilt, Smartphone-Kameras wurden auf sie gerichtet. Irgendetwas war nicht in Ordnung, aber Julie wusste nicht was. Ihre Gedanken flossen zäh wie Ahornsirup durch ihren Schädel.

Dann wurde der Himmel über ihr weiß, als hätte jemand ein Bild überbelichtet.

Ihr Bewusstsein erlosch.

KAPITEL 1

Krankenbesuch

Julie blinzelte müde.

Endlich hatte sie ein paar Stunden Ruhe gefunden, wenn auch nur dank einer ordentlichen Dosis Schmerzmittel. Ihr gesamter Oberkörper war von Hämatomen übersät, die Haut stellenweise abgeschürft. In Filmen fügte der Arzt meist Worte wie »Glück im Unglück gehabt« hinzu, doch das wurde den Schmerzen nicht annähernd gerecht. Beim Aufprall auf dem Bordsteinpflaster war das obere Lippenbändchen zerfetzt worden, weshalb sie Blut gespuckt hatte. Glücklicherweise gab es keine inneren Verletzungen.

Sie lag in einem Zweibettzimmer. Andere hatten da weniger Glück, Vierbettzimmer waren der Standard. Ihre Nachbarin war eine ältere Dame mit grauen Haaren, die sich während des Schlafs unter ihrem Kopf ausbreiteten wie die Flügel eines Engels. Sie schlief fast ohne Unterbrechung. Selbst Julies abruptes Stöhnen, jedes Mal, wenn sie aus dem Halbschlaf aufschreckte, schien nicht zu ihr durchzudringen.

Vor dem Fenster graute bereits der Morgen. In Kürze würde der Arzt vorbeischauen, der sie in der Notaufnahme mit grimmigem Blick in Empfang genommen hatte. Viel zu oft und zu fest hatte er auf ihrem Körper herumgedrückt.

Ja verdammt, es tat weh!

Nein, sie hatte nichts getrunken!

Ja, sie kannte das heutige Datum und ihren Namen!

Julies Gedanken wurden von einer Tasche unterbrochen, die quer durchs Zimmer segelte, vom anvisierten Besucherstuhl abprallte und auf den Boden knallte. Der Inhalt verteilte sich überall – Lippenstift, Make-up, ein Deospray und die aus Österreich importierten Mozartkugeln, die ihre Freundin seit einer Urlaubsreise nach Wien abgöttisch liebte.

»Mist«, kommentierte Melissa. »Von Weitem sah der Stuhl größer aus.«

»Mel.« Julie wollte sich aufrecht hinsetzen, aber die Schmerzen ließen es nicht zu.

»Als ich zu spät kam und du Oberstreberin nicht in der Vorlesung warst, dachte ich mir schon, dass da was nicht stimmt.« Sie eilte herbei und betrachtete Julie von oben bis unten. »Keine Umarmung?«

»Eher nicht.«

»Schon klar.« Sie klaubte die Gegenstände vom Boden auf, stopfte alles zurück in die Tasche und stellte diese sorgfältig neben den Besucherstuhl, nur um dann selbst darauf Platz zu nehmen. »Ich will jedes Detail wissen.«

»Habe ich viel Stoff verpasst?«

Melissa verdrehte die Augen und kringelte sich eine ihrer dunklen Locken um den Finger. Ihren Schmollmund verzog sie ärgerlich, und selbst mit dieser Grimasse sah sie umwerfend aus. Es hätte Julie nicht gewundert, wenn hinter ihrer Freundin etliche Krankenpfleger gegen die nächstbeste Tür gedonnert wären, weil sie ihr nachstarrten. Die Erinnerung an den armen Hilfsdozenten, der wegen Melissa die Treppe hinuntergestürzt war und seitdem mit Krücken durch das College irrte, verdrängte sie schnell. Lachen schmerzte.

»Du wurdest gerade von einem Truck überrollt …«, kam es dozierend.

»Von einem Auto angefahren«, korrigierte Julie, doch Melissa ließ sich nicht beirren.

»… es ist ein Wunder, dass du überlebt hast. Und deine erste Frage betrifft die Vorlesungen?! Jules, entspann dich wenigstens hier im Krankenhaus. Sonst bekommst du noch einen Herzinfarkt. Haha.« Ein panischer Blick auf das Nachbarbett folgte. »Sie hat doch keinen?«

»Nicht dass ich wüsste.« Genau genommen hatte Julie nicht den Hauch einer Ahnung.

»Puh, das wäre ja mal ein Fettnapf gewesen, was? Aber zurück zu dir.« Sie verschränkte ihre Arme, feuerte einen bösen Blick ab. »Sobald du hier raus bist, schleife ich dich auf eine Party. Du. Musst. Entspannen.«

Womit sie vermutlich recht hatte. Doch noch immer kam Julie New York vor wie ein wahr gewordener Traum. Ein Jahr lang hatte sie mit drei Jobs parallel jongliert, um genug Geld für das erste Semester zusammenzusparen. Ihre Hoffnung war, dass die Noten in den Klausuren ausreichten, damit sie eines der begehrten Wentworth-Stipendien erhielt. Andernfalls würde es kein zweites Semester für sie geben. Mit dem Job in *Beckys Café* kam sie gerade so über die Runden, schließlich musste sie auch die Miete irgendwie aufbringen. Außerhalb des Campus zu wohnen war ungewöhnlich, doch in ihrem Fall galten besondere Umstände. Einer dieser Umstände saß anklagend vor ihr.

Zusammen mit Melissa und Cullen teilte sie sich eine kleine WG, die sie sich nur leisten konnten, weil die Vermieterin ein Herz für Studenten hatte und entsprechend wenig Miete verlangte.

»Jetzt hast du wieder diesen Blick drauf«, meldete sich ihre Freundin prompt zu Wort. »Als wärst du Bambi und jemand hätte dich getreten. Du willst nur, dass ich ein schlechtes Gewissen bekomme.« Sie seufzte. »Ich habe brav jede Vorlesung besucht, was nicht einmal ansatzweise meiner Natur entspricht, und alles mitgeschrieben. Die Unterlagen kannst du dir kopieren.«

Julie atmete auf. »Du bist die Beste.«

»Ich weiß.«

Ein hochgewachsener Student betrat den Raum. Missbilligend betrachtete er Julie. Obwohl er breit war wie ein Schrank auf zwei Beinen und mit dem markanten Gesicht und dem dichten blonden Haar wie einem Modelkatalog entsprungen wirkte, konnte sie nur kichern.

»Nicht witzig, Jules«, stellte Cullen klar.

Er trug einen gewaltigen Eisbecher und zwei Löffel in ihre Richtung. Ohne lange zu diskutieren, schob er sie sanft beiseite und legte sich neben sie auf das Bett.

»Strawberry-Cheesecake?« Sie konnte die Beschriftung der Eispackung nicht richtig erkennen.

»Was sonst?«

Cullen drückte ihr einen Löffel in die Hand und öffnete den Becher für sie. Der Knoten in Julies Brust schien nur auf diesen Augenblick gewartet zu haben und löste sich. Heiße Tränen rannen ihr über die Wangen, ein Schluchzen schüttelte ihren Körper.

»Hey, alles gut.« Cullen legte Löffel und Eisbecher beiseite und zog ihren Kopf sanft auf seine Brust. »Du hast uns einen verdammten Schreck eingejagt.«

Melissa quetschte sich sitzend auf das Bett und streichelte Julies Haar. Prompt musste sie noch mehr weinen.

»Lass es raus«, flüsterte Cullen.

»Wie machst du es nur, dass du immer so gut riechst?«, fragte Julie leise.

»Das sind die Gene.«

Melissa prustete los. »Könnte auch daran liegen, dass du morgens eine Stunde im Bad verbringst.«

»Irgendein Klischee muss halt sein.«

Cullen war der einzige Footballspieler am College, der nicht nur schwul war, sondern auch völlig offen damit umging. Es war seiner Muskelkraft zu verdanken, dass er keine Probleme bekam, und obendrein war er ein genialer Quarterback. Niemand wollte sich mit ihm anlegen, im Gegenteil.

Sehr zu Melissas Missfallen, mochte Cullen weder romantische Komödien noch ging er gern shoppen oder interessierte sich für Mode. Stattdessen machte er ständig Kraftsport, hing mit seinen Footballkumpel ab und stopfte bei jeder Gelegenheit Pizza in sich hinein.

Nur langsam bekam Julie ihren Heulkrampf wieder in den Griff. Sie benutzte das Taschentuch, das Melissa ihr reichte, schnappte sich den Löffel und schob sich eine große Portion Eis in den Mund. »Fehlt nur noch der richtige Film.«

»Ich dachte, du hast genug Romantik abbekommen.« In Cullens Augen trat ein belustigtes Funkeln. »Immerhin hat sich ein heißer Typ um dich gekümmert.«

»Was?« Melissa fuhr kerzengerade in die Höhe. »Wieso weiß ich das nicht? Moment, woher weißt du davon?«

»Würde ich auch gern wissen«, bekräftigte Julie.

Cullen grinste breit und verschlang eine große Portion Eis. »Mit vollem Mund spricht man nicht«, nuschelte er.

Kurzerhand riss Melissa den Eisbecher an sich und stellte ihn außerhalb seiner Reichweite ab.

»Hey!«, protestierte er.

»Antworten, Mister. Sofort.«

»Ist ja gut«, seufzte Cullen. »Du bist am College ein Youtube-Star. Jemand hat den Crash aufgenommen und das Video hochgeladen. Deshalb wusste ich ja, dass du im Krankenhaus liegst und konnte Melissa schreiben, dass du einen Unfall hattest. Hast du wirklich gesagt: ›Die Fliege war schuld‹?«

Julie erbleichte.

Melissa brach in schallendes Gelächter aus. »Das kannst du nur mit ›Ich habe eine Wassermelone getragen‹ toppen.«

Julie warf das Taschentuch nach ihrer besten Freundin.

»Igitt.« Mit spitzen Fingern nahm diese es auf, um es zu entsorgen.

»Aber unserem Neuling hast du einen ganz schönen Schreck eingejagt. Dachte echt, der kippt gleich neben dir um«, sprach Cullen weiter. »Der hat den Fahrer des Krankenwagens angebrüllt, er solle gefälligst endlich losfahren, da warst du noch gar nicht richtig eingeladen.«

Augen aus Quecksilber mit goldenen Sprenkeln. Minzatem und verwuschelte Haare. Ein Blick voller Panik und einem Hauch Traurigkeit.

Ihre Erinnerung kehrte zurück. »O Gott, habe ich das wirklich gesagt? Da war tatsächlich diese Fliege …«

»Jules«, unterbrach Melissa sie sofort, »das Tier erwähnst du zukünftig bitte nicht mehr. Mach daraus eine Spiegelung in den Ladenfenstern oder einen riesigen Truck, der dir die Vorfahrt genommen hat.«

Cullen kicherte, weshalb Julie ihm kurzerhand ihren Ellbogen in die Seite stieß. Schmerzhaft stöhnte sie auf. Hämatome klangen so unschuldig und waren doch so diabolisch. Nicht einmal lachen konnte sie, ohne dass ihr gesamter Körper verkrampfte.

»Was meintest du mit ›Neuling‹?«, fragte Melissa interessiert.

»Er ist erst seit diesem Semester bei uns«, erwiderte Cullen. »Luca irgendwas. Ist ein ziemlicher Eigenbrötler, sitzt ständig allein herum und wehrt jede Anmache ab, egal aus welcher Richtung sie kommt. Und er bekommt eine Menge. Hätte ihn eher in die Kategorie ›College-Macho‹ eingeordnet.«

Julie betastete ihre Wange. Er hatte sie gestreichelt, ganz sanft, und sich echte Sorgen gemacht. Nein, Sorge war zu wenig, er hatte Angst um sie gehabt.

Melissa seufzte. »Na toll. Jules, das geht gar nicht. So was nennt man Stockholm-Syndrom.«

Cullen lachte laut auf. »Du weißt schon, dass Stockholm-Syndrom bedeutet, dass man sich in seinen Entführer verliebt?«

Ungeduldig wedelte Melissa mit der Hand. »Darum geht es jetzt nicht. Was haben wir über die dunklen, stillen Typen gesagt?«

»Dass sie heiß sind«, half Cullen freundlich aus.

»Nein, das war *vor* meinem letzten Date. Was haben wir *danach* über stille, dunkle Typen gesagt?«

Julie spielte mit der Decke und warf einen unschuldigen Blick aus dem Fenster. »Ich weiß nicht, was denn?«

»Finger weg! Dabei kommt nie etwas Gutes raus.«

»War dein letzter Freund nicht total aufgeschlossen und kontaktfreudig?«, merkte Cullen gegenüber Melissa an. »*Zu* kontaktfreudig?«

»Ich wusste, dass du damit wieder anfängst«, blaffte sie. »Aber darum geht es jetzt auch nicht. Es geht ums Prinzip. Und um Prinz Charming, der Jules eindeutig den Kopf verdreht hat.«

»Und wenn schon.«

»Fall mir nicht in den Rücken, du Footballspieler«, protestierte Melissa. »Er könnte … ein Serienkiller sein. Wer wechselt denn schon das College, obwohl das Semester bereits begonnen hat?«

»Serienkiller eher nicht.« Wieder grinste Cullen sein freches Lausbubengrinsen, das Melissa ständig zur Weißglut trieb. »Aber was weiß ich Footballspieler schon.«

»Schluss damit«, forderte Julie. »Ich bin doch nicht verliebt. Er war *nett.* Und natürlich bedanke ich mich bei ihm, sobald es mir besser geht.«

»Aha«, sagte Melissa.

»Nett«, echote Cullen.

Glücklicherweise betrat in diesem Augenblick der Arzt von gestern den Raum. Doktor Zimmermann blickte mit streng wirkenden Augen in die Runde. Falls es einen Ort auf der Welt gab, an dem er lachte, war es eindeutig nicht das Krankenhaus. Eher der Wandschrank. »Wenn Sie beide so freundlich wären, uns allein zu lassen.«

Melissa und Cullen flüchteten, ließen den Eisbecher aber stehen. Gut so, Julie benötigte mehr Zucker. Sie konnte ihre Gedanken nicht von Luca lösen. Der Blick aus diesen tiefen Augen, die wie endlose Seen in der Morgensonne schimmerten, hatte etwas in ihr berührt.

Verblüfft realisierte sie, dass die Tür geschlossen war und der Arzt am Bett stand. Stille lag über dem Raum, nur unterbrochen von den gleichmäßigen Atemzügen der alten Dame neben ihr.

In diesem Augenblick wusste Julie, dass etwas nicht stimmte.

Doktor Zimmermann begann zu sprechen.

KAPITEL 2

Ihr habt was?!

Der Rollstuhl quietschte.

Julie kam sich vor wie eine Invalidin. Doch obwohl sie laufen konnte, besagte die Krankenhausregel, dass sie bis zur Schwelle gebracht werden musste. Der Pfleger starrte immer wieder zu Melissa hinüber, weshalb Julie daran zweifelte, unbeschadet den Ausgang zu erreichen.

»Cullen hat extra einen Kombi angefordert«, betonte die Freundin und schwenkte ihr Smartphone, auf dem die Uber-App geöffnet war. »Wieso schaust du so traurig? Freust du dich nicht, endlich nach Hause zu dürfen?«

»Klar.« Das Lächeln missglückte.

Doch Melissa bohrte nicht weiter. Vermutlich schob sie die schlechte Laune auf Nachwirkungen des Unfalls, was grundsätzlich sogar stimmte. Von dem Gespräch mit Doktor Zimmermann wusste sie nichts, und das sollte einstweilen auch so bleiben. Bis die Daten noch einmal überprüft worden waren. Mit einem Kopfschütteln verscheuchte Julie den Gedanken.

»Ihr seid also …«, begann der Pfleger.

»Jap, College«, unterbrach ihn Melissa. »Müssen total viel lernen. Wenig Zeit.«

Er schluckte und schwieg. Armer Kerl.

Entgegen aller Wetten, die Julie mit sich selbst abgeschlossen hatte, erreichte sie ohne Crash den Ausgang. Auf dem Parkplatz gestikulierte Cullen wie ein Irrer, damit sie ihn auch ja nicht übersahen.

»Hast du eine Ahnung, wo er ist?« Melissa sah sich suchend um.

»Wollte er uns nicht abholen?« Julie tat es ihr gleich.

Das Gestikulieren wurde heftiger. »Hey! Hier drüben!«

Sie ließen ihn eine halbe Minute schmoren und brachen dann in schallendes Gelächter aus. Cullen verschränkte grimmig die Arme, war ihnen aber nicht böse. Er würde sich natürlich rächen. So ging das ständig hin und her.

Pfleger und Rollstuhl blieben zurück, als Julie hinter dem Fahrersitz Platz nahm und der Kombi abfuhr. Melissa saß neben ihr, Cullen auf dem Beifahrersitz. Der Fahrer kannte sich aus und versuchte nicht Zeit zu schinden. Es ging auf direktem Weg in den Randbezirk von Manhattan, wo sie wie durch ein Wunder die Wohnung für die WG entdeckt hatten. Aufgrund der Lage konnte Julie jeden Morgen das Rad benutzen und musste nicht auf die U-Bahn zurückgreifen.

Um sie herum ragten stuckverzierte Bauten in die Höhe, vereinzelt sorgten Bäume für grüne Tupfer im Grau der Stadt. Herbstlicher Sonnenschein fiel zwischen den Blättern hindurch und schuf ein Spiel aus Licht und Schatten auf dem Asphalt. Je näher sie der Innenstadt kamen, desto verstopfter waren die Straßen. Überall standen Touristengruppen herum und fotografierten, sausten Fahrradfahrer so schnell vorbei, dass Julie mehr als einmal zusammenzuckte. Glücklicherweise gehörte ihr Uber-Fahrer nicht zu den manischen Hupern, die ständig wütend gestikulierten, fluchten und abrupt zwischen Bremse und Gas wechselten.

Erst hier im Auto realisierte Julie, wie bedrückend es im Krankenhaus gewesen war. Der Geruch von Desinfektions- und Putzmitteln hing ihr noch immer in der Nase, und die Ärzte und Pfleger hatten professionell ihr Bestes gegeben, von emotionaler Wärme aber offensichtlich nie zuvor gehört.

Irgendwann erreichten sie trotz Stau und von gelben Taxis überfluteten Straßen den renovierten Altbau. Lächelnd betrachtete Julie den vertrauten kleinen Vorgarten, der durch einen Gitterzaun abgegrenzt wurde, die Sandsteinfassade und hohen Fenster.

»Soll ich dich hinauftragen?«, fragte Cullen.

»Das schaffe ich allein«, gab sie zurück. »Aber danke.«

Tatsächlich hätte Julie das Angebot am liebsten angenommen. Jeder Schritt sandte Erschütterungen durch ihren Körper, sie keuchte alle paar Stufen auf. In diesem Moment verfluchte sie die unter dem Dach liegende Wohnung, die sie ansonsten so sehr liebte. Doch sie musste es allein schaffen. *Wollte* es allein schaffen.

Melissa kramte den Schlüssel hervor und öffnete die Tür. Der vertraute Geruch von Tee und Kaffee stieg in Julies Nase, dazwischen ein Hauch Zimt. Erst jetzt fiel der Stress *wirklich* von ihr ab. Das war ihr Zuhause, wo sie mit Eisbecher und Pizza gemeinsam Filme ansahen, sich Kissenschlachten lieferten und gegenseitig anbrüllten, wenn der Putzplan mal wieder nicht eingehalten worden war. Diese Wohnung repräsentierte Chaos und Ordnung, Liebe und Geborgenheit.

»Jetzt musst du ein paar Schritte gehen, damit ich auch durch die Tür passe«, erklang eine Stimme direkt neben Julies linkem Ohr.

»Hetz ein armes Unfallopfer nicht«, gab sie zurück.

»Oh, schau. Dort vorn ist eine Fliege. Jetzt nicht noch mal stolpern.«

Melissa prustete los und Cullen handelte sich den nächsten Ellbogenstoß ein. Keuchend wich er einen Schritt zurück. »Warte nur ab, auf der Pizza beim morgigen Filmabend liegen Sardellen.«

Julie hasste Sardellen.

Leise kichernd schob er sich an ihr vorbei in Richtung Küche.

Beinahe wäre sie erneut in Tränen ausgebrochen, als sie die Muffins entdeckte, die dort ein kleines Plakat auf dem Tisch umrahmten. *Willkommen daheim* stand darauf. Sie ignorierte die Tatsache, dass *jemand* eine winzige Fliege daneben gemalt hatte. Gemessen an den überragenden Zeichen- und Schreibkünsten war das Mister Football gewesen.

»Ihr seid so süß.«

Prompt folgte eine Gruppenumarmung, bei der beide Freunde sie behandelten wie das rohe Ei, das sie war.

»Okay, setzen, ich mache Tee und Kaffee.« Melissa übernahm das Kommando.

Cullen sank auf einen der Stühle und schnappte sich einen Muffin. »Lecker«, nuschelte er zwischen Krümeln hervor.

Und das waren sie wirklich. Blaubeer-Kirsch, gebacken von ihm selbst.

»Was hat der Arzt gesagt?«, fragte Melissa, während sie den Wasserkocher anschaltete und die Kaffeetiera auf die Herdplatte stellte.

Da war er wieder, der Stich schlechten Gewissens. »Die Hämatome heilen in den nächsten Wochen ab, bis dahin soll ich aufpassen. Aber es spricht nichts dagegen, ab morgen die Vorlesungen zu besuchen.«

»Was natürlich auch total wichtig ist«, kommentierte Melissa.

Dass die Klinik alle Daten zu ihrer Ärztin schickte, damit Julie dort kommende Woche ein weiteres Blutbild machen lassen konnte, erwähnte sie nicht. Bisher handelte es sich letztlich nur um »asymptomatische Entzündungswerte im Blut«, hatte Doktor Zimmermann gesagt.

Er wolle sie nicht beunruhigen, aber sie solle das erneut überprüfen lassen. Nein, mögliche Gründe wolle er jetzt nicht aufzählen.

»Julie muss dringend zurück in die Vorlesung«, erklärte Cullen nachdrücklich, wobei die Krümel seines Muffins durch die Luft flogen. »Wie soll sie sich denn sonst bei Luca bedanken? Wo er doch so *nett* war.«

Das Muffinpapier traf Cullen an der Stirn, was er mit einem frechen Lachen quittierte. Julie fragte sich immer wieder, wieso er noch Single war. Sein lausbubenhaftes Grinsen, der athletische Körper … Aber auf Nachfragen erklärte er stets, dass er nach wie vor auf der Suche wäre und Sport aktuell vorging.

Melissa verteilte die Tassen auf dem Tisch und schenkte ein. Seufzend sank sie auf einen Stuhl, schnappte sich einen Muffin und begann ebenfalls zu futtern. »Ich soll dir viele Grüße von deiner Mom ausrichten. Sobald du wieder daheim bist, *kannst* du sie anrufen.«

»Meine Mom?« Ganz langsam ließ Julie den Muffin sinken.

Es war völlig klar, weshalb ihre beste Freundin das Wort *kannst* extra betont hatte. Der Anruf war keinesfalls optional.

Schuldbewusst sah Cullen zu ihr herüber. »Richtig, das wollten wir dir noch sagen. Wir haben sie angerufen.«

»Ihr habt was?!« Julie fuhr kerzengerade auf, nur um vor Schmerz aufzustöhnen. »Das habt ihr nicht!«

»Ein bisschen«, gab Cullen kleinlaut zu.

»Mach doch kein Drama daraus, Jules.« Melissa winkte ab. »Ich weiß gar nicht, was du hast. Sie klang nett. Du rufst sie zurück und erklärst, dass alles wunderbar ist. Ein Lächeln von dir durch die Leitung und sie storniert das gebuchte Zugticket.«

»Sie hat eines gekauft?!«

»Möglicherweise hat sie so etwas angedeutet«, erwiderte Melissa unschuldig. »Aber wir kriegen das hin. Überhaupt kein Problem.«

»Das sagt ihr nur, weil ihr sie nicht kennt. Sobald sie eine Woche Cullens Zimmer okkupiert, seht ihr das anders! Habe ich euch nicht genug Geschichten erzählt?!«

»Mein Zimmer?«

»Willst du sie auf der Couch schlafen lassen?«, hakte Julie diabolisch nach.

»Nein, das wäre wohl unhöflich.«

»In mein Bett kann sie leider nicht, weil ich ja Hämatome habe. Und du als Gentleman …«

Cullen schluckte den letzten Rest seines Muffins hinunter. »Ruf sie an. Sofort! Die Couch ist ungemütlich, sie kann ruhig zu Hause bleiben. Wir kümmern uns um dich.«

Wäre die Situation nicht so gefährlich, hätte Julie gelacht. Doch mit ihrer Mom war nicht zu spaßen. Die Frau war eine Urgewalt, die wie ein Tornado durch das Leben anderer fegte und es dabei völlig umgestaltete. Wenn sie dann mit einem Lächeln in den Zug stieg, mussten die Betroffenen sich von dem Schleudertrauma erholen.

»Du gehst jetzt in dein Zimmer«, befahl Melissa. »Entspann dich, ruf deine Mom an, und dann willst du doch bestimmt die Vorlesungsunterlagen durchsehen. Ich habe dir Kopien auf den Schreibtisch gelegt.«

Und schwups, war der Kaffee vor ihr verschwunden.

Sie hatte wohl einen guten Job gemacht, als sie den beiden Angst vor ihrer Mom gemacht hatte. Zu gut. Cullen nickte auffordernd.

»Ihr seid schreckliche Freunde.«

Mit einem bösen Blick verschwand Julie in ihrem Zimmer.

Ihr Zimmer!

Sonnenlicht fiel durch das Fenster, das fast die gesamte Front einnahm, in den Raum. Das Bett war zwei Meter breit. Sie hatte es vom Sperrmüll. Cullen hatte ihr dabei geholfen, das Holz abzuschleifen. Nur deshalb stand es hier, weil es nichts gekostet hatte. Gegenüber an der Wand stand der Schreibtisch, der bereits Teil des Zimmers gewesen war, als sie es bezog. Vierundzwanzig Quadratmeter, auf denen sie im hektischen Großstadtdschungel Ruhe fand.

»Also schön, du kannst das. Du bist erwachsen und lebst dein eigenes Leben.« Das Smartphone wog schwer in ihrer Hand. Ein Riss durchzog das Saphirglas, ein Andenken an den Unfall.

Sie wählte die Nummer.

»Julie!«, brüllte es ihr aus dem Hörer entgegen. »Wieso rufst du mich erst jetzt an? Wie geht es dir? Bist du noch im Krankenhaus? Deine Freundin ist ganz schön … direkt, wie ist das Zusammenleben mit ihr? Nun sag doch was, Kind.«

»Hallo, Mom. Ich bin jetzt erst wieder daheim. Ich …«

»Sie haben dich über Nacht dabehalten? Das ist kein gutes Zeichen! Gib mir mal den Namen deines Arztes, ich rufe ihn an. Wieso fährst du in New York überhaupt mit dem Fahrrad? Wozu habt ihr eine U-Bahn?«

»Hast du nicht gesagt, dass man dort ständig ausgeraubt wird?« Julie versuchte gar nicht erst, alle Fragen zu beantworten. In der Regel musste sie sich nur eine aussuchen, und mit der Antwort kamen fünf weitere.

Sie ging vorsichtig zum Fenster, neben dem ein großer Ohrensessel stand. Ebenfalls eine Sperrmüllrettung. Stöhnend sank sie hinein.

»Was ist los? Geht es dir nicht gut?« Die Tonlage ging wieder in die Höhe. »Walther Warren, unserer Tochter geht es nicht gut.«

»Was ist los?«, erklang die Stimme ihres Dads. »Ist sie schon wieder daheim? Auf Youtube sah das so aus, als müsste sie länger im Krankenhaus bleiben.«

»Da hat er recht«, bestätigte ihre Mom. »Kind, das war ganz fürchterlich. Aber wenigstens gab es da diesen stattlichen jungen Mann, der dir geholfen hat. Luca Jackson heißt er.«

Julie fuhr kerzengerade in die Höhe. »Woher weißt du das?!« Aua, das hatte wehgetan.

»Ach Kind, das ist heutzutage doch ganz einfach. Ich habe einen Screenshot des Videos gemacht, mit Gimp sein Bild ausgeschnitten und das dann über die Google-Bildersuche laufen lassen. Seltsamerweise steht da aber fast nichts. Nicht einmal bei Facebook oder Instagram ist er zu finden. Ich hatte mir schon überlegt, ob ich seine Eltern kont…«

»Nein!«, brüllte Julie. »Mom, halte dich da bitte raus.«

»Walther, deine Tochter ist wieder schwierig.«

»Sie ist unsere Tochter, Liebling.«

»Von mir hat sie das nicht.«

»Wieso kennst du dich plötzlich mit Gimp und Screenshots aus, Mom?« Der Wirbelsturm wurde gefährlicher.

»Das war dein Bruder«, erwiderte ihre Mom.

»Max?«

»Nein, Josh. Ist das nicht lieb von ihm? Zuerst wollte er nicht, aber ich habe ihm klargemacht, dass seine arme Mom, die ihn einundzwanzig Jahre lang großgezogen, gehegt und gepflegt hat, auch mal seine Hilfe benötigt.«

Armer Josh. Ihre Mom war einfach zu gut darin, ein schlechtes Gewissen hervorzurufen. »Ja, das ist total nett von ihm. Er bekommt einen Orden von mir.«

»Sie ist wieder sarkastisch, Walther.«

»Ich habe nie so ganz den Unterschied zwischen Ironie und Sarkasmus verstanden«, erklang die Stimme ihres Dads.

»Wisst ihr, ich sollte mich jetzt entspannen. Kopfschmerzen und so.«

»Kopfschmerzen«, echote ihre Mom. »Kind, dann leg dich besser hin. Und geh morgen noch mal zum Arzt. Ich könnte dich begleiten.«

»Danke, Mom, aber das ist gar nicht nötig.«

»Für meine Tochter würde ich diese beschwerliche Reise selbstverständlich auf mich nehmen.«

Weitere Pfeile in ihrem Köcher der Schuldgefühle.

Glücklicherweise klingelte es in diesem Augenblick an der Wohnungstür. Vermutlich der Postbote, aber das spielte keine Rolle.

Es war ein Ausweg. Und in ihrer Verzweiflung hätte Julie nach jedem Strohhalm gegriffen.

»Mom, Dad, ich hab euch lieb. Haltet euch einfach raus. Mir geht es gut.«

Länger konnte sie ihren Fluchtreflex wirklich nicht mehr unterdrücken und legte kurzerhand auf. Zehn Sekunden später und ihre Mom hätte über die Konferenzschaltung damit begonnen, die anderen dazuzuholen. Es brachte massive Nachteile mit sich, aus einer Großfamilie mit vier Geschwistern zu stammen.

»Julie!«, brüllte Melissa.

»Was?!« Sie riss die Tür auf und machte einen Schritt in die Küche.

Vor ihr standen Melissa, Cullen und …

Noch während Julie starrte, stolperte sie über die Schwelle und fiel keuchend zu Boden.

Wieso war er hier?

KAPITEL 3

Wir sind für dich da

»Dich kann man keine Sekunde allein lassen!«, rief Cullen besorgt.

Schon war er neben Julie und half ihr vorsichtig auf. Sein Mund war voller Muffinkrümel. Er hatte noch mehr davon verputzt. Schlimmer sah es nur aus, wenn er samstagmorgens Nougatcreme in sich hineinstopfte, die fand man dann auch überall in seinem Gesicht.

Trotz der Schmerzen musste sie grinsen.

»Das ist nicht lustig, Jules.«

Sowohl Cullen als auch Melissa nannten sie immer dann so, wenn sie ihrer Aussage Gewicht verleihen wollten.

»Du siehst ja furchtbar aus.« Simons Augen wurden groß.

Er starrte sie mit dieser typischen Mischung aus Entsetzen und Traurigkeit im Blick an, wie es nur junge Welpen konnten. Und er. Sein schwarzes Haar besaß einen Einschlag Naturlocken, die er täglich aufs Neue zu bändigen versuchte – erfolglos. Das Ergebnis war eine gewellte Fläche, aus der Kringel hervorragten.

»Danke, Simon.«

»Oh, so meinte ich das nicht«, wiegelte er schnell ab. »Du siehst natürlich super aus, das tust du immer. Richtig hübsch.« Seine Wangen färbten sich knallrot.

Cullen presste die Lippen so fest zusammen, dass sie zu einem dünnen Strich wurden. Immerhin verkniff er sich jeden seiner üblichen Witze.

Melissa kannte da keinen Schmerz. Sie verpasste ihrem Gast einen Schlag auf die Schulter, der ihn aufstöhnen ließ. »Dank deines neuen Celebrity-Status auf Youtube haben auch Simon und Becky den Unfall hautnah miterlebt.«

»Sage ihr bitte, dass ich ab morgen wieder da bin«, erklärte Julie nachdrücklich.

Simon schüttelte den Kopf. »Ich soll dir wortwörtlich ausrichten: ›Ich bin so froh, dass es dir gut geht. Solltest du dir in den Kopf gesetzt haben, in der nächsten Woche hier aufzutauchen, um zu arbeiten, werde ich dich höchstpersönlich vor die Tür setzen. Verstehen wir uns? Falls du allerdings Aufmunterung benötigst, warten hier Muffins und Kaffee‹.« Simon räusperte sich. »Ja, also das soll ich dir von Becky ausrichten.«

Im ersten Moment war Julie wütend. Da standen sie, alle drei. Sie solle nicht zur Vorlesung gehen, sagten Cullen und Melissa. Ihren Job im Café solle sie erst einmal ruhen lassen, verlangten Becky und Simon. Verdammt noch mal, sie benötigte sowohl das Geld als auch gute Noten!

»Jetzt ist sie wütend«, stellte Simon entsetzt fest.

»Relax.« Melissa drückte ihm einen Muffin in die Hand. »Das passiert öfter, als du denkst.«

Wie eine Sprungfeder löste sich eine von Simons locken und flippte in die Höhe. Es fehlte nur noch eine dicke Hornbrille, dann hätte er das Bild des liebenswerten geekigen Nerds in Perfektion vollendet.

Sie kannte ihn nur als fleißigen Arbeiter und schüchternen Freund, der Comics liebte und Computerspiele. Darüber hinaus wusste sie eigentlich nichts von ihm. Sah man davon ab, dass Cullen und Melissa überzeugt waren, dass er total in sie verknallt war.

»Also … ich übernehme deine Schicht«, sagte er zaghaft.

Hinter Simon reckte Cullen die geballte Faust in die Luft. *Yes!*

Er und Melissa führten eine Liste. Alles, was für die Theorie sprach, dass Simon in sie verliebt war, landete als Plus auf dem Papier. Alles andere als Minus. Dazu hatten sie Wetten darüber abgeschlossen, wann er seine unsterbliche Liebe enthüllte und ob er ein Lied dazu komponierte oder klassisch auf Blumen und Pralinen setzte.

»Das musst du nicht, ich kann wirklich arbeiten«, stellte Julie klar.

»Wenn du mit dem Tablett so über die Schwelle fällst wie eben … also … vielleicht besser nicht.« Wieder räusperte er sich. »Also, das ist nicht böse gemeint. Aber du verletzt dich. Du musst erst gesund werden.«

»Und dich bedanken«, warf Cullen ein. »Bei Luca, deinem Retter. Der übrigens ziemlich heiß aussieht.«

Echt jetzt? Julie schickte einen Dolchblick zu ihrem Mitbewohner. »Er war nett. Und hilfsbereit.«

»Ach, er war heiß.« In Simons Blick nahm der Anteil getretener Hund deutlich zu.

Vermutlich ein Plus auf der Liste.

Julie tapste zum Tisch und sank auf einen der Stühle. »Willst du noch einen Muffin? Cullen hat ganze zwei übrig gelassen. Dafür sollten wir dankbar sein.«

Simon setzte sich neben sie, nahm den Nachschub entgegen und begann damit, Krümel herauszuzupfen. »Ich übernehme deine Schicht und du bekommst das Geld.«

»Kommt überhaupt nicht …«

»Doch!«, beharrte er. »Du brauchst es. Wenn ich das nächste Mal krank bin, kannst du ja für mich einspringen. Das wäre doch fair, oder?«

Julie hätte gern dagegenargumentiert, aber wie? Ohne das Geld konnte sie die Miete nicht bezahlen und sich so ziemlich gar nichts leisten. Sie würde ihre Eltern anpumpen müssen, was zu einem Gespräch mit ihrer Mom führte, im schlimmsten Fall zu einer Inspektion. Das ging einfach nicht!

»Okay.«

»Wirklich?«

»Ja, aber ich bin nicht begeistert.«

»Das ist ihre Art, Danke zu sagen.« Melissa fläzte sich in den Stuhl neben Simon und zupfte an seinem Haar. »Was hast du da hineingekleistert? Schuhcreme?«

»Spezialgel.«

»Das ist hart wie Zement. Du hast so hübsche Locken.«

Immerhin, wenn ihre Freundin eines konnte, dann das Thema wechseln. Und sei es in ein Gespräch über Haare.

»Isst den Letzten noch jemand?« Cullen blickte fragend in die Runde. »Niemand?« Er biss herzhaft in den Muffin.

Julie fragte sich, wie er seine Figur hielt bei den Mengen an ungesunden Dingen, die er in sich hineinstopfte. Die Natur hatte das wirklich unfair eingerichtet. Jungs mampften ohne Ende, nahmen aber nicht zu. Sie musste nur an Schokolade riechen und die Kalorien flossen auf ihre Hüfte. Dunkle Magie, hatte ihr Bruder Josh sie immer grinsend geneckt, bevor er am Frühstückstisch das fünfte Brot vertilgte.

»Computer, spiele Klassikrock«, sagte Cullen laut.

Nachdem die neue Sprachassistentin ständig falsch reagiert hatte – ein Freund Cullens hieß Alex –, hatte er sie umprogrammiert. Seitdem hörte sie auf die Bezeichnung *Computer*. Ein Lichtkreis rotierte, sanfte Popklänge erklangen.

Eine schöne Untermalung für den hereinfallenden Sonnenschein.

Vor den Fenstern leuchtete das Grün, und sie alle versanken in Schweigen. Simon zupfte Krümel, Cullen verschlang den Rest des letzten Muffins. Melissa philosophierte über lockige Haare und unnötiges Gel.

Es war, als stünde die Zeit still. Julie sah den tanzenden Staub im Lichtschein, vernahm das Zwitschern der Vögel und betrachtete die Dampfschwaden von Tee und Kaffee. Ein Moment für die Ewigkeit. Sie sank hinein und genoss ihn. Die Freunde ringsum, die Geborgenheit der eigenen vier Wände. Dass sie all das überhaupt noch erleben konnte, war pures Glück. Der Crash hätte auch schlimmer ausgehen können.

Unweigerlich blitzten Bilder von Dokumentationen in ihrem Geist auf. Querschnittslähmung, zertrümmerte Becken, komplizierte Brüche. Oder direkt Genickbruch – Tod vor dem Café. Immerhin wäre das ein schöner Titel für einen Roman. Sie vertrieb die Gedanken.

»Du gehst morgen also ganz normal in die Vorlesung?«, fragte Simon.

»Definitiv!«, erklärte sie. »Die erste hält Patryk.«

»Oh«, kommentierte Melissa und senkte den Blick.

Patryk war jener Hilfsdozent, der wegen ihr die Treppe hinuntergestürzt war und aktuell noch auf Krücken durch die Gänge humpelte. Immerhin würde Julie sich dann nicht so allein fühlen in ihrer körperlich angeschlagenen Form.

»Siehst du, auch du bekommst Legendenstatus.« Julie grinste böse zu ihrer Freundin hinüber. »Armer Patryk.«

»Hätte er halt besser aufgepasst«, kommentierte Melissa.

Sie plauderten noch ein wenig über dies und jenes, das Studium, Kinofilme und sogar Sport. Dann verabschiedete sich Simon. Obwohl Julie eigentlich Vorlesungsunterlagen hatte wälzen wollen, verkroch sie sich auf die Couch des gemeinsamen Wohnzimmers. Kurz darauf folgten Cullen und Melissa. Sie bestellten Pizza, sahen sich einen Superheldenfilm an und unterhielten sich über die Löcher in der Story. Irgendwann schlief Julie ein, den Kopf an die Schulter von Cullen gelehnt, der den Kampf gegen die Müdigkeit bereits Minuten zuvor verloren hatte und leise schnorchelte.

Die schmerzenden Hämatome ließen sie jedoch wenige Stunden später erneut hochschrecken.

Mitten in der Nacht taumelte sie ins Zimmer und sank auf ihr Bett. Der Schlaf war ein ständiges Wegdriften und Aufschrecken. Sie dümpelte dahin bis zum Morgengrauen, das viel zu schnell heraufzog. Müde richtete Julie sich auf, tapste ins Bad und benötigte doppelt so lange wie gewöhnlich, bis ein passables Antlitz aus dem Spiegel zurückstarrte. Damit brachte sie Cullen zur Verzweiflung, der in hektische Betriebsamkeit verfiel, nachdem sie das Bad freigegeben hatte.

Grimmige Blicke trafen Julie am Frühstückstisch.

»Es wäre wirklich besser, wenn du dir die nächsten Tage freinimmst.«

»Sonst wird unser Cullen aus lauter Verzweiflung ungewaschen zum Sport fahren, was natürlich gar nicht infrage kommt.« Melissa schlürfte absichtlich geräuschvoll ihren Tee, als er zu einer Erwiderung ansetzte.

Ein wenig tat er Julie leid.

Andererseits fühlte sie sich so elend, dass der Gedanke, sich einige Tage freizunehmen, gar nicht so weit hergeholt wirkte. Sollte sie … Nein! In ein paar Jahren fragte niemand mehr danach, ob sie krank gewesen war, einen Unfall gehabt hatte oder einfach der Tag dumm gelaufen war.

Sie musste in den Vorlesungen glänzen, wie auch in den Klausuren.

»Wann fahren wir los?«

Heute würden sie gemeinsam die U-Bahn nehmen. Melissa fuhr jeden Tag damit und hielt nichts von Fahrrädern, Cullen war von seinem gar nicht runterzubekommen. Doch an diesem Tag machte er eine Ausnahme.

Mit ein wenig Verspätung verließen sie die WG und tauchten ein in die morgendliche Rushhour Manhattans. Julie war dankbar dafür, einen recht kurzen Weg bestreiten zu müssen. Ihre Kommilitonen wohnten alle weiter außerhalb, wo die winzigen Zimmer bezahlbar waren. Einige natürlich auch auf dem Campus, die hatten es bezüglich der Entfernung am besten getroffen.

Die U-Bahn war bis zum Anschlag gefüllt, und Julie wusste innerhalb von Sekunden wieder ganz genau, weshalb sie lieber das Fahrrad nutzte. Husten und Niesen überall, dazu Rempler, die sie schmerzhaft aufstöhnen ließen. Irgendwann nahmen Melissa und Cullen sie in die Mitte, um sie von allzu ruppigen Zeitgenossen abzuschirmen.

Endlich erreichte die U-Bahn ihr Ziel und Julie atmete auf. Sie floh förmlich aus der Station und sog tief die frische Morgenluft ein. Am Ende der Straße zeichneten sich die ersten Collegegebäude ab. Der Anblick zauberte ein Lächeln auf ihr Gesicht. Wie sie es liebte, eine Studentin zu sein. Was hatte sie nicht alles dafür getan.

»Dieses Grinsen beim Anblick unseres Gefängnisses ist wirklich ekelhaft, Jules«, merkte Melissa an.

Natürlich liebte sie das Collegeleben auch, aber mehr mit Betonung auf *Leben.*

Sie verabschiedeten sich von Cullen, der das Sportareal ansteuerte, und erreichten die Vorlesung sogar noch rechtzeitig. Die meisten saßen schon auf ihren Plätzen, allerdings war Patryk bisher nicht aufgetaucht.

»Sieh mal, dort vorn.« Melissa holte aus, um Julie in die Seite zu stupsen, erinnerte sich aber glücklicherweise daran, dass es eine dumme Idee war.

Und da war er!

Gerade zog er seine Jacke aus, warf sie neben sich auf den Stuhl und sank auf den Sitz. Er schien zu bemerken, dass jemand ihn anstarrte. Verwirrt sah Luca sich um, die Augen zusammengekniffen. Wie er auf seiner Unterlippe kaute …

Julie lächelte, was vermutlich ziemlich dämlich aussah, doch es war ihr egal.

Dann sah er sie.

Seine Miene entgleiste.

»Hi«, hauchte Julie.

Wütend erwiderte Luca ihren Blick.

KAPITEL 4

Freundlich ist anders

»Was hast du getan?« Melissa sah verblüfft zwischen Julie und Luca hin und her.

»Was soll ich denn getan haben?«

Melissa zog sie mit sich auf zwei freie Plätze im hinteren Bereich. Die meisten waren schon besetzt, Patryk stand endlich am Pult und bereitete seine Präsentation vor. Überall wurden Laptops aufgeklappt, Unterlagen der letzten Vorlesung herausgekramt und Papiernotizen aufgeschlagen. Dank Melissa erreichte Julie, ohne angerempelt zu werden, ihren Sitzplatz. Sie war sich der Hämatome nur allzu bewusst und achtete sorgsam darauf, niemandem zu nahe zu kommen.

Dieser Hörsaal war aufgebaut wie ein Amphitheater, an dessen tiefstem Punkt der Dozent stand, umgeben von einem Halbrund aus stufenartig angeordneten Plätzen. Ein wenig tat er Julie immer leid, es musste doch schrecklich sein, aus jedem Winkel angestarrt zu werden. Sie hätte das niemals gekonnt.

Vorsichtig blickte sie zu Luca. Er starrte konzentriert auf seinen Mac, die Stirn aber noch immer gerunzelt. War er tatsächlich wütend auf sie?

»Jules.«

»Hm?«

»Auspacken«, befahl Melissa.

Mit einem Kopfschütteln vertrieb Julie die Gedanken. Sie war nicht extra in die Vorlesung gekommen, um jetzt nichts davon mitzubekommen. Der Reißverschluss des Rucksacks klemmte, doch schließlich bekam sie ihn geöffnet und zog ihren Laptop hervor. Er war vier Jahre alt, leistete aber noch gute Dienste. Als sie ihn letzte Woche in *Beckys Café* benutzt hatte, war Simon nach einem Blick auf den Desktop entsetzt zurückgewichen und hatte damit begonnen, Updates einzuspielen. Dabei hielt er ihr eine Standpauke über die Notwendigkeit davon, Programme immer zu aktualisieren. Leider hatten sich durch besagte Updates auch diverse Menüs verändert, weshalb sie bei der Arbeit doppelt so lange benötigte wie zuvor.

Am Stehpult räusperte sich Patryk. Neben ihm am Tisch lehnten die Krücken. Immerhin wirkte er mittlerweile nicht mehr so bleich wie in den vergangenen Tagen. Ein Vollbart bedeckte sein Gesicht und verlieh ihm das Aussehen eines älteren Professors, obwohl er erst Anfang dreißig war.

Die Gespräche verstummten.

»Ich begrüße Sie alle zur heutigen Vorlesung ›Europäische Literatur des 18. Jahrhunderts‹. In der letzten Vorlesung haben wir uns zunächst einen Überblick über die verschiedenen literarischen Strömungen im 18. Jahrhundert verschafft. Am Ende der heutigen Vorlesungen erhalten Sie eine Lektüreliste von mir, die es vollständig abzuarbeiten gilt. In meinen Ausführungen nehme ich Bezug darauf und gebe keine ergänzenden Erklärungen.«

Ein Stöhnen ging durch die Reihen.

»Ja, das Leben ist schrecklich. Und ich weiß, dass Sie alle nicht nur diese Vorlesung haben. Trotzdem erwarte ich hundert Prozent Einsatz.«

Die Einführungsreden der Professoren glichen sich in ihrem Ton und der Art alle, bemerkte Julie. Einige brachten den berühmten Spruch: »Sehen Sie nach links, sehen Sie nach rechts. Von drei Studenten wird nur einer den Abschluss erreichen.« Nach dem ersten Schock nahm sie solche Sprüche gelassen. Jeder wies außerdem darauf hin, dass diese Vorlesung nicht gegenüber anderen zu vernachlässigen war. Als ob sie das könnten, immerhin gab es am Ende überall Klausuren, benotete Essays und Papers.

Patryk begann über einen Schriftsteller namens Moses Brown zu sprechen, und ging über in einen Exkurs zu den Unterschieden zwischen der hiesigen Literatur und der europäischen.

Obwohl Julie sich alle Mühe gab, schweiften ihre Gedanken ständig ab. Auch die Müdigkeit machte sich bemerkbar, und so rutschte ihr Ellbogen, auf den sie ihr Kinn gestützt hatte, vom Pult. Ruckartig fiel sie nach vorn und sog scharf die Luft durch die Zähne.

»Vielleicht sollten wir dich in ein großes Kissen packen, damit du nirgendwo anstoßen kannst«, kommentierte Melissa. »Jules, wirklich, wenigstens ein paar Tage hättest du noch daheim bleiben können.«

Was gar nicht infrage kam. Für den Rest der Vorlesung gelang es ihr, aufmerksam zuzuhören und sich Notizen zu machen. Das brachte Melissa wiederum dazu, eifrig auf ihrem Smartphone zu tippen, schließlich fertigte Julie die notwendigen Aufzeichnungen an. Die Zeit floss zäh wie Honig dahin.

Endlich kam Patryk zum Ende, blendete die Lektüreliste ein und sorgte damit prompt für entsetzte Blicke. Julie konnte sich nur anschließen. Auf der Liste standen fünfzehn Titel! Wie sollte sie das neben ihrem Job und den anderen Vorlesungen hinbekommen?

»Großartig«, kommentierte Melissa. »Die werde ich auf keinen Fall alle lesen. Brauchst du nicht abschreiben, die kannst du auf Patryks Website herunterladen.« Sie schwenkte ihr Smartphone.

Luca war anscheinend zu demselben Schluss gekommen, denn er packte den Laptop ein und verließ eilig den Vorlesungssaal. Dass er ihr dabei keinen Blick zuwarf, machte Julie erneut stutzig. Sie erhob sich und flitzte zum Ausgang, wobei ›Flitzen‹ eher an den schwankenden Gang einer achtzigjährigen Dame mit Rollator erinnerte.

»Luca!«, rief sie, denn ihn einzuholen war utopisch.

Ruckartig hielt er inne. Langsam wandte er sich Julie zu und kam zurück. Wieder trat dieses wütende Funkeln in seine Augen, als er sie von oben bis unten musterte. »Hi.«

»Hi. Ich wollte mich bei dir bedanken. Viel habe ich ja nicht mitbekommen, aber …«

»Wieso bist du hier?«

Verwirrt sah Julie sich um. »Ich studiere hier.«

»Nein, ich meine heute. Du warst schwer verletzt und lagst im Krankenhaus, ist dir dein Leben so wenig wert?« Die goldenen Sprenkel in seinen Augen schienen von innen heraus zu glühen.

»Ich habe Vorlesung.«

»Wie kann man nur so verantwortungslos mit sich umgehen! Was ist, wenn du doch noch innere Blutungen hast oder etwas anderes nicht stimmt?!« Seine Stimme war lauter geworden, und die ersten Studenten blieben wie zufällig stehen.

Gleichzeitig sah Julie wieder das Gesicht von Doktor Zimmermann vor sich, der ihr mit ernster Miene eine weitere Blutuntersuchung nahelegte. »Es ist mein Leben, und ich weiß wohl am besten, was gut für mich ist.« Selbst in ihren eigenen Ohren klang das lahm.

»Wenn du das tatsächlich wüsstest, hättest du beim Fahrradfahren auf die Straße gesehen und nicht auf mich!«

Julies Brust wurde eng vor Scham. Er hatte es also bemerkt. »Da war eine Fliege …«

Seine Braue wanderte verächtlich in die Höhe. »Ja klar, die Fliege war schuld. Und sie flog zufällig in meine Richtung.«

Was genau genommen der Wahrheit entsprach. »Was ist eigentlich dein Problem?!«

»Leute wie du, die … ach, vergiss es! Vielleicht passt du das nächste Mal einfach besser auf, wenn du auf dem Rad sitzt.«

Damit wandte er sich um und stapfte davon. Ja, er war tatsächlich wütend. »Dieser …«

»Mistkerl«, erklang die Stimme von Melissa direkt neben Julies Ohr.

Worauf sie natürlich prompt zusammenzuckte und aufstöhnte. »Genau. Was denkt er eigentlich, dass er Gottes Geschenk an die Frauen ist?! Ich hätte ihn nicht so anstarren sollen, hat er gesagt, und das mit der Fliege nicht geglaubt.«

»Du hast die Fliege erwähnt? O Jules.« Ein vorwurfsvoller Blick folgte.

»Was?! Ich musste doch was sagen!«

»Ja, aber vielleicht wäre etwas Intelligenteres sinnvoller gewesen. Jetzt sieh mich nicht so an. Du hättest ja behaupten können, dass du den Typ neben ihm angestarrt hast.«

»So was durchschaut der doch sofort. Dieser arrogante Blödmann ist total von sich eingenommen.«

»Könnte daran liegen, dass ihm alle Mädchen hinterherstarren«, gab Melissa zu bedenken. »Einige Jungs übrigens auch.«

»Kein Wunder, dass er so eingebildet ist.« Julies Wut hatte ihren Höhepunkt erreicht und verrauchte so schnell, wie sie aufgekommen war. »Andererseits hat er sich rührend um mich gekümmert.«

Melissa seufzte auf. »Dich hat es ja ganz schön erwischt.«

»Jetzt übertreib mal nicht, es war nur ein kleiner Unfall. Es tut verdammt weh, aber ich werde es überleben. Andere enden mit gebrochenem Genick.«

»Wovon sprichst du?«

»Den Hämatomen.« Verwirrt erwiderte Julie Melissas Blick. »Wovon sprichst *du*?«

»Dass du verknallt bist, Warren.«

»Pfff, bin ich nicht.« Sie verschränkte die Arme, was eine gänzlich dumme Idee war. Sofort stöhnte Julie auf. Beinahe hätte sie wütend mit dem Fuß aufgestampft. Ihr Körper ließ überhaupt nichts mehr zu.

»Er hat natürlich recht, deine Freunde fänden es auch besser, wenn du daheim bleibst und erst einmal richtig gesund wirst.«

»Ich bin gesund!« Eine glatte Lüge. Sie wischte Doktor Zimmermanns Gesicht aus ihren Gedanken. »Aber ich gehe morgen noch mal zum Arzt und lasse mich durchchecken.«

»Sehr gut. Dann gehen wir jetzt in die Bibliothek.«

»Oh, das sind ja ganz neue Töne.«

»Nicht wahr?« Melissa hakte sich unter und zog Julie sanft mit sich. Da der Strom an Studenten mittlerweile abgerissen war, bestand weniger Kollisionsgefahr.

»Warum lächelst du so seltsam?«

Doch Melissa schwieg hartnäckig, was eine gefährliche Kombination war, da sie normalerweise ständig quasselte und die Bibliothek mied.

Sie verließen das Hauptgebäude. Als Studenten konnten sie mit ihren Ausweisen jedes Gebäude auf dem Campus aufsuchen, auch die 24-Stunden-Bibliothek. Dort gab es sogar alte Bücher, die noch gar nicht digitalisiert worden waren.

Julie wollte links zum Lesesaal abbiegen, doch Melissa zog sie entschieden nach rechts. Dort wartete der Computerbereich.

»Was hast du vor?«

Sie sanken auf zwei Stühle, Melissa entsperrte den Monitor mit ihrer ID. »Wir finden jetzt heraus, was es mit Luca auf sich hat.«

»Auf keinen Fall!« Julie wollte sich erheben, wurde aber mit sanfter Gewalt zurück auf den Stuhl gedrückt.

»Du weißt, dass ich stärker bin.«

»Du nutzt meine körperliche Schwäche schamlos aus!«

»Ich war auch schon vorher stärker«, stellte Melissa klar. »Jetzt setz dich. Deine Mom hat bestimmt längst alles über ihn ausgegraben, aber sie ist eben eine Sechziger.« So nannte ihre Freundin alle Eltern, da sie davon ausging, dass alle um diese Zeit herum geboren worden waren. »Willst du etwa, dass deine Mom mehr über Luca weiß als du?«

Eine durchschaubare, miese Taktik. »Von mir aus! Aber unter Protest.«

Melissa öffnete die bekannten Social-Media-Seiten und tippte *Luca Jackson* in das Suchfeld. »Immerhin kennen wir dank deiner Mom und Cullen ein paar Fakten. Seltsam. Da ist tatsächlich gar nichts.«

Nun wurde auch Julie von einem Fieber gepackt. »Angeblich hat er nirgendwo ein Profil. Wechsel mal zu einer Suchmaschine.«

Melissa tippte den Namen auch dort ein. »Da gibt es verdammt viele. Auch bei den Bildern.« Sie runzelte die Stirn. »Aber da stimmt was nicht.«

»Was meinst du?«

»Kennst du das nicht? Wenn du einen Namen bei der Bildersuche eingibst, erhältst du oft die unterschiedlichsten Fotos. Vom Familienfest bis zum Bewerbungsfoto. Aber hier sieht alles auf Hochglanz poliert und gestellt aus.« Sie scrollte nach unten. »Warte mal.«

Kurzerhand kopierte Melissa eines der Bilder und lud es für eine weitere Bildersuche hoch. Das Ergebnis kam sofort. »Ein Model.« Sie wiederholten den Vorgang mit mehreren der anderen Bilder. »Jemand wollte die Suchergebnisse manipulieren und hat Models gebucht, Hochglanzbilder gemacht und diese dann unter dem Namen Luca Jackson an ganz vielen Stellen und in Artikeln hochgeladen.«

»Aber ist das nicht aufwendig?« Julie betrachtete all die Models.

Einem unbedarften Beobachter würde nichts daran seltsam vorkommen, sah man davon ab, dass alle ziemlich gut aussahen und in den feinsten Klamotten steckten.

»Aufwendig ist gar kein Ausdruck. Models buchen, Bilder von Fotografen machen lassen, auf Dutzenden von Websites Artikel lancieren, damit die Fotos auch weit oben angezeigt werden. Und dazu müssten alle Bilder von unserem echten Luca entfernt worden sein.«

»Geht das?«

»Es gibt Agenturen, die auf so etwas spezialisiert sind«, erklärte Melissa. »Ich habe mal darüber gelesen.« Auf Julies fragenden Blick ergänzte sie: »Da war diese Party, auf der ich mich übergeben habe. Janissa, die miese Kuh, hat ein Bild davon gemacht und hochgeladen. Ich hatte ernsthaft nachgedacht, so eine Agentur zu beauftragen.«

»Aber?«

»Viel zu teuer.«

»Wir können also davon ausgehen, dass Lucas Familie eine Menge Geld hat«, schloss Julie. »Er wurde komplett aus dem Internet getilgt.«

»Das Internet vergisst nie!«

»Was heißt das?«

Melissa zuckte mit den Schultern. »Ich habe keine Ahnung, aber das sagt Cullen immer. Es gibt bestimmt eine Möglichkeit, die Wahrheit herauszubekommen, auch wenn ich noch nicht weiß, wie wir das anstellen sollen.«

»Aber es gibt doch das Studentenverzeichnis.« Julie schnappte sich die Tastatur und tippte eifrig darauf herum. »Hier ist er.«

»Toll. Da steht sein Name, sonst nichts.«

Daneben war ein Bild zu sehen, doch viel mehr enthielt das Verzeichnis nicht. Gedankenverloren starrte Julie auf die Website. Warum wollte jemand seine gesamte Vergangenheit unsichtbar machen?

Sie wussten, dass Luca von einem anderen College hierher gewechselt hatte, und das musste recht kurzfristig geschehen sein, doch woher er kam? Nicht einmal das war bekannt. Kein Wunder, dass sich jeder für ihn interessierte. Geheimnisse machten einen Menschen interessant. Julie fühlte hingegen lediglich Frustration.

»Wir haben nur noch ein paar Minuten bis zur nächsten Vorlesung«, erklärte Melissa nach einem Blick auf die Uhr. »Noch irgendeine Idee?«

»Ehrlich gesagt, nein. Gibt es niemanden, der oft mit ihm abhängt? Du kennst doch jeden.«

»Es ist, wie Cullen schon sagte: Luca ist ein Einzelgänger. Manchmal sitzt er mit ein paar anderen Typen in der Cafeteria, aber anderswo habe ich ihn bisher nicht gesehen. Vielleicht ist er ja in einem Zeugenschutzprogramm. Das würde erklären, weshalb all seine Daten gelöscht sind und er sich von jedem fernhält.«

Einem Impuls folgend öffnete Julie Youtube. »Zeig mir das Video.«

»Ach, Jules.«

»Mach schon.«

Melissa tippte ›New York, Unfall, Fliegenmädchen, Fahrrad‹ ein.

»Hey!«, protestierte Julie.

»Was?«

»Fliegenmädchen?«

Melissa winkte ab. »Klingt doch wie der Name einer Superheldin.« Sie blickte auf. »Aber erwähnt es trotzdem nie wieder.«

Innerlich wappnete Julie sich vor dem Anblick und den vermutlich hämischen Kommentaren darunter. Doch stattdessen erschien eine ganze Reihe von Videos, die nichts mit ihrem Unfall zu tun hatten.

»Seltsam«, murmelte Melissa. »Es sollte ganz oben stehen.« Sie scrollte durch die Liste. »Es ist weg.«

»Da hat jemand schnell reagiert.« Damit war endgültig klar, dass eine unbekannte Person alles dafür tat, Luca aus dem Rampenlicht zu halten.

»Jules, wir haben ab sofort eine Mission.«

»Zur nächsten Vorlesung gehen?«

»Du und ich werden gemeinsam das Geheimnis um Luca Jackson aufdecken«, verkündete Melissa feierlich. »Natürlich wird Cullen uns helfen.«

»Er freut sich bestimmt«, sagte Julie trocken.

»Wir sind das dynamische Trio.«

»Wohl eher das Trio infernale«, korrigierte sie. »Aber ein Drittel davon bewegt sich jetzt zur nächsten Vorlesung.«

»Ist ja gut, ich komme mit.«

Sie schlossen den Browser und Melissa loggte sich aus, obwohl Julie ihr ansah, dass sie am liebsten die Vorlesung geschwänzt hätte, um schon jetzt mit der Detektivarbeit zu beginnen. Noch während sie zum Vorlesungssaal liefen, tippte Melissa eifrig auf ihrem Smartphone herum. Dieses Mal war es Julie, die sich unterhakte und darauf achtete, dass sie mit niemandem kollidierten.

»In der Mittagspause gehen wir zu Cullen«, erklärte die Freundin.

»Du weißt doch, dass er nach dem Sport immer ewig braucht, duschen und so.«

»Eben.« Melissa schmunzelte. »Da können wir noch ein wenig auf die anderen Jungs schauen, wenn sie aus der Umkleide kommen. Gönn mir doch auch mal was.«

Julie kicherte. »Von mir aus.«

Zu dritt würden sie schon herausfinden, was es mit Luca auf sich hatte. Und danach konnte sie ihn zur Rede stellen, diesen unverschämten, arroganten Snob, der sie liebevoll gerettet hatte. Bestimmt hatte es etwas mit seinem traurigen Blick zu tun, das musste es einfach sein.

»Wir schaffen das«, flüsterte Julie.

Mit einem Mal spürte sie die Energie zurückkehren. Das Studium ging weiter, sie hatte den Unfall überstanden und sie würde Luca helfen, wie er ihr geholfen hatte.

Julie lächelte.

Die Übelkeit kam abrupt, der Schwindel direkt hinterher. Blitze tanzten vor ihren Augen, sie taumelte gegen die Wand. Etwas stimmte nicht. Etwas *in* ihr.

»Jules?« Melissa riss besorgt die Augen auf. »Was ist los?«

Sie sank gegen die Wand.

KAPITEL 5

Wahrheitssuche

Die Vorlesung hatte sich erledigt.

Melissa fasste Julie am Arm und führte sie aus dem Gebäude. Frische Luft umwehte ihre Nase, der Geruch des nahen Laubs erinnerte sie an daheim. Einige Studenten waren unterwegs, warfen ihr einen interessierten Blick zu, gingen aber weiter. Vermutlich hatten sie das Youtube-Video gesehen, als es noch online gewesen war.

»Dein Puls rast«, stellte Melissa fest, die Finger an Julies Handgelenk gelegt.

Ihr Körper schien unter Strom zu stehen, ihr Hals pochte. Dazu kam die Übelkeit, und diese verdammten Blitze zuckten vor ihren Augen. Es wurde nur langsam besser.

»Was ist los?«

»Ich bin wohl noch geschwächt. Doktor Zimmermann hat mich davor gewarnt.« Sie konnte ihr einfach nicht die ganze Wahrheit sagen.

»Wir beide. Freundschaftstalk.« Damit hakte Melissa sich sanft unter und zog Julie mit sich.

Sie verließen den belebteren Teil des Campus und begaben sich in den Sportbereich. Die Footballer trainierten auf dem Feld, die Bänke waren größtenteils leer. Nur vereinzelt saßen Studenten dort und beobachteten die Spieler. Hier war man ungestört, konnte seinen Gedanken nachhängen und bekam obendrein einen schönen Anblick geboten.

»Gibt es etwas, was du mir sagen willst?«, fragte Melissa, nachdem sie in der obersten Reihe Platz genommen hatten.

»Was meinst du?«

»Ich weiß nicht, nenne es ein Gefühl, aber du bist komisch. Und vorhin hast du total schuldbewusst dreingeschaut.«

Julie winkte ab. »Ich bin nur müde.« *Und vermutlich ziemlich krank.*

Sie wusste selbst nicht genau, weshalb sie es Melissa nicht sagen konnte. Es war wie eine Blockade. Sobald sie versuchte die Worte auszusprechen, spürte sie diese Enge in der Brust, die nicht weichen wollte. Sich überhaupt damit zu beschäftigen verschlang Kraft. Tausend Gedanken schossen ihr durch den Kopf, sobald sie an Doktor Zimmermann und die Blutwerte dachte. Natürlich konnte sie im Internet recherchieren, was solche Werte bedeuteten, aber damit hatte sie keine guten Erfahrungen gemacht.

Vor einigen Jahren hatte ihre Mom ein dunkles Mal auf Joshs Hals entdeckt. Eine kurze Internetsuche später und die Hysterie war groß, handelte es sich doch ganz eindeutig um eine seltene Form von Hautkrebs. Da Wochenende war, hatte ihre Mom sie alle ins Auto verfrachtet und auf direktem Weg die Notaufnahme aufgesucht. Ihre *beruhigenden* Worte hatten dafür gesorgt, dass absolut jedes Familienmitglied mit Joshs nahendem Tod rechnete, sogar ihr sonst stets gelassener Dad. Nach einer mehrstündigen Wartezeit kam die Erlösung: Es handelte sich um eine simple Pigmentstörung, die durch zu viel Sonnenbaden verursacht worden war. Josh hatte aufgeatmet, ihre Mom war in Tränen ausgebrochen und Dad den Rest des Tages grummelig durchs Haus geschlichen, seiner Frau böse Blicke zuwerfend.

»Ich bin nur geschwächt«, wiederholte Julie.

»Das wäre dann ein guter Grund, in den nächsten Wochen daheim zu bleiben.«

»Ich kann …«

»Doch«, unterbrach Melissa sie, »du kannst! Jules, das geht so nicht. Ich verspreche dir, jede Vorlesung mitzuschreiben, und Cullen geht für dich einkaufen. Bestimmt. Und das macht er gern.«

Julie musste kichern, wenn sie an Cullens mürrisches Gesicht dachte. »Okay, ich bleibe diese Woche daheim. Aber ab nächster sitze ich wieder in jeder Vorlesung.«

Das Wintersemester war sowieso viel zu kurz. Die Kurse hatten noch nicht mal richtig angefangen, da zeichneten sich bereits die Weihnachtsferien ab. Und dann der Jahreswechsel, gefolgt von den Klausuren. Ihr wurde ganz übel, wenn sie sich die kratzenden Bleistifte auf Papier vorstellte oder das Klacken von Tastaturen in einem stillen Klausursaal.

»Du bist der einzige Mensch, den ich kenne, der bei dem Gedanken an ein paar freie Tage so mürrisch dreinschaut.«

»Ich möchte einfach nicht, dass das mein letztes Semester ist«, erklärte sie leise.

»Wenn es jemanden gibt, der mit der vollen Punktzahl abschließen wird, dann du.« Melissa zuckte leichthin mit der Schulter. »Ich nehme mir das gar nicht erst vor. Gutes Mittelmaß reicht.«

Manchmal beneidete Julie ihre Freundin um deren Leichtigkeit. Nichts schien sie aus der Ruhe zu bringen, alles wurde mit einem Lächeln und ein paar direkten Worten auf den richtigen Weg gebracht. Kein Wunder, dass jeder ihre beste Freundin mochte und mit ihr befreundet sein wollte.

»Dann wäre das geklärt.« Zufrieden blickte Melissa auf das Spielfeld und winkte Cullen zu, der gerade vorbeirannte.

»Hör auf, die Jungs abzulenken«, forderte Julie. »Der Trainer schaut schon wieder ganz grimmig.«

»Ach, der soll sich nicht so anstellen.«

»Ich sage nur Patryk.«

»Bisher ist noch keiner der Spieler wegen mir gegen den nächsten Baum gerannt«, kommentierte Melissa.

»Hier stehen ja auch keine«, konterte Julie. »Aber vielleicht knallen sie gegeneinander. So was soll vorkommen.«

»Wenn wir schon mal hier sind, widmen wir uns dem wichtigsten Ziel des Semesters«, wechselte Melissa das Thema.

»Die Klausuren?«

»Ich ignoriere das jetzt einfach mal. Natürlich spreche ich von Luca Jackson. Der geheimnisvolle Unbekannte, der dir den Kopf verdreht hat.«

»Melissa!«

»Ist ja gut. Der geheimnisvolle Unbekannte, der dir den Kopf verdreht hat, aber ein total gemeiner Snob ist. Besser?«

»Ich hasse dich.«

»Das weiß ich doch.« Melissa zog Julie in eine Umarmung. »Ich dich auch.«

Sie prusteten beide los. Es tat so gut, mit ihrer Freundin hier auf der Tribüne zu sitzen, die warmen Strahlen der Herbstsonne auf der Haut zu spüren und die frische Luft ringsum. Für ein Mädchen aus einer Kleinstadt war New York eine beängstigende Erfahrung. Alles war laut, dicht und voll. Andererseits besaß man eine unglaubliche Freiheit, denn man konnte in der Menge untertauchen, und keine Verkäuferin im Supermarkt erzählte der eigenen Mutter, was man gekauft hatte, bevor man überhaupt wieder daheim angekommen war. Diese ruhigen Momente waren Balsam für Julies Seele.

»Wenn du morgen daheim bleibst, kannst du dich voll und ganz dem Thema Luca widmen«, erklärte Melissa.

»Weil mein Leben sich auch nur um ihn dreht.«

Julie beschloss, morgen den Arzt aufzusuchen. Sie benötigte sowieso eine Bescheinigung für das Sekretariat, immerhin würde sie auch Pflichtveranstaltungen verpassen. Glücklicherweise konnte sie den Unfall jederzeit nachweisen, sie musste lediglich ihre Rippen präsentieren oder ihre Hüfte. Ihr Körper hatte sich in ein von blauen Flecken übersätes Kunstwerk verwandelt.

»Jules«, zischte Melissa.

Julie folgte dem Blick ihrer Freundin und erkannte Luca. Er stand am Rand des Spielfeldes und diskutierte eifrig mit einem Mann in dunklen Anzug.

»Er scheint gern andere Leute anzuschreien«, schloss Melissa. »Und sieh mal, seine Wangen sind ganz rot.«

»Das ist niemand von der Administration«, überlegte Julie. »Der Anzug ist maßgeschneidert.«

»Sieh an, Nancy Drew, nicht schlecht. Wieso kennst du dich so gut damit aus?«

»Josh hat uns seinen stolz präsentiert, als er für diese große Consultingfirma zu arbeiten begann«, erklärte Julie. »Die sind richtig teuer. Wer immer der Kerl auch ist, es ist kein Professor.«

Der Sportbereich war für externe Besucher nicht zugänglich. Um sich hier aufzuhalten, musste man einen Studentenausweis besitzen. An den Eingängen zum Campus gab es Sicherheitspersonal, das sorgfältig darauf achtete, wer hier ein und aus ging. Natürlich konnte sich jeder anmelden, und Angehörige hatten keine Probleme damit, einen Besucherausweis zu bekommen. Hierher verirrte sich jedoch meist niemand.

»Er hat sich hier mit ihm getroffen, weil es keinem auffällt«, vermutete Julie.

»Außer den Sportlern, aber die tratschen nicht«, ergänzte Melissa. »Das sind typische Jungs, die essen den ganzen Tag, reden über Sport und sind einsilbig. Lass uns nachsehen gehen.«

»Wir können doch nicht einfach …«

Doch Melissa befand sich schon auf dem Weg. »Wir schleichen uns an den Umkleiden vorbei.«

»War ja klar.«

Sie stiegen über die Reihen vor ihnen, umrundeten die Tribüne und schlichen dicht an der Wand entlang zum anderen Ende des Platzes. Melissa lugte um die Ecke. Von hier nutzten sie den bepflanzten Grünstreifen, um sich aus dem toten Winkel anzuschleichen. Julie fühlte sich miserabel. Man belauschte doch niemanden! Andererseits musste ja irgendwer Melissa aufhalten, weshalb sie ihr folgte.

»Melissa«, rief sie in einer Mischung aus gezischtem Flüstern.

»Pst, du bist zu laut«, kam es prompt zurück.

Bevor Julie noch mehr sagen konnte, drangen die Stimmen von Luca und dem unbekannten Mann an ihr Ohr.

»… keinen Fall!«, rief Luca.

Sie nutzten einen Baum als Deckung. Damit waren sie zumindest nahe genug, um Wortfetzen aufzuschnappen.

»… Auftrag, Sie …«, erwiderte der Mann, ohne die Stimme zu erheben.

»Können die sich nicht so richtig anbrüllen?«, murmelte Melissa. »Dann könnten wir jetzt jedes Wort verstehen.«

»Ist mir egal!« Wenigstens brüllte Luca konstant. »Ich bin hier und bleibe hier!«

»… wann?«

»Niemals! Damit das ein für alle Mal klar ist, niemals!« Luca brüllte noch immer, doch seine Stimme zitterte.

Vorsichtig lugte Julie um die Ecke.

Mit verschränkten Armen und glänzenden Augen stand Luca dem unbekannten Mann gegenüber. Von der Arroganz am Morgen war nichts geblieben. Was sie in seinem Blick las, war purer Schmerz, wie sie ihn erst ein einziges Mal zuvor gesehen hatte. Mit einem Mal fühlte sie sich elend.

»Lass uns gehen.«

»Aber wir haben noch nichts Spannendes erfahren«, begehrte Melissa auf.

»Bitte.«

Ohne abzuwarten, trottete Julie davon. Tatsächlich schloss sich Melissa an. Sie achteten darauf, unsichtbar zu bleiben, und nach wenigen Schritten waren die Stimmen von Luca und dem unbekannten Mann nicht mehr zu hören.

»Jules …«

»Ich will nach Hause.«

»Was hast du gesehen?«, fragte Melissa.

»Luca geht es nicht gut«, erwiderte sie.

Es musste etwas in ihrer Stimme gewesen sein, denn zum ersten Mal, seit sie Melissa kannte, verzichtete diese auf eine Diskussion. Hunger machte sich bemerkbar. Doch Julie wollte nur nach Hause. Sie fühlte sich müde und ausgelaugt, überrollt von den Geschehnissen des Tages und verloren im Sturm.

Schweigend erreichten sie die Cafeteria.

KAPITEL 6

Antworten

Julie atmete den vertrauten Geruch der WG ein und genoss das Gefühl der Sicherheit, die diese Wände ihr boten. Hinter ihr fiel die Tür ins Schloss. Sie steuerte auf direktem Weg zu ihrem Zimmer und strich sich über den vollen Bauch. Melissa hatte darauf bestanden, dass Julie wenigstens eine Kleinigkeit in der Mensa aß.

Neben der Spüle stapelten sich die Teller und Tassen vom Frühstück, Krümel lagen auf dem Tisch verstreut.

In Ihrem Zimmer stellte sie die Tasche auf den Sessel, zog den Laptop heraus und setzte sich an den Schreibtisch. Es stand außer Frage, dass sie die verpassten Vorlesungen der letzten Tage aufarbeiten würde.

In einigen Minuten.

Sie war plötzlich so müde, und die Hämatome pochten schmerzhaft auf ihrem Körper.

Kurzerhand legte sich Julie aufs Bett, den Laptop auf ihrem Schoß. Schließlich konnte sie Vorlesungen auch problemlos im Liegen durchgehen. Die Haltung war jedoch unbequem, sie stellte den Laptop neben sich und stützte den Kopf auf die Handfläche des angewinkelten Arms.

Vereinzelte Lichtstrahlen fielen durch das Fenster herein, der Schein ruhte warm auf ihrem Gesicht. Julies Gedanken trieben ab, ihr Bewusstsein sank in einen wohligen Halbschlaf.

Sie schlenderte durch die Straßen von New York, vorbei an der 22., wo Luca vor dem Café stand und eingehend eine Fliege betrachtete.

»Was machst du da?«, fragte Julie.

»Stör mich nicht«, fuhr er sie an. »Ich beobachte.«

Erst jetzt sah sie Melissa, die drei Schritte entfernt auf dem Bordstein stand. Sie trug eine Sherlock-Holmes-Mütze und hielt eine Lupe in die Höhe, durch die sie Luca betrachtete.

»Ich krieg schon raus, was er verheimlicht«, stellte Melissa klar, als Julie näher kam.

»Bestimmt.«

»Hilfst du mir?«

»Ich muss noch die Scheiben putzen.«

Im nächsten Augenblick stand Julie im Café, sprühte Putzmittel auf das Glas und wischte die Schlieren mit einem Tuch weg, auf dem *Doktor Zimmermann* aufgestickt war.

Hinter der Theke alberten Cullen und Simon herum. Auf der großen Kreidetafel an der Wand, auf der normalerweise Sonderangebote und Tagespreise geschrieben standen, war eine *Liebes-Tabelle* aufgemalt.

Eine Spalte enthielt Argumente, weshalb Julie total in Luca verliebt war. In der anderen standen die Gegenargumente. Während sie die Worte betrachtete, erschienen weitere Zeilen auf beiden Seiten, wodurch der Punktestand immer ausgeglichen blieb.

Dabei hätte sie so gern das Ergebnis gesehen.

»Alles klar, Jules?«, fragte Cullen.

»Ich muss noch das Fenster putzen«, fuhr sie ihn an.

Der Traum nahm eine seltsame Wendung, als ein Uber vor dem Café hielt und ihre Mom ausstieg.

»Kindchen, ich wusste doch, dass man dich nicht allein nach New York lassen kann«, flötete sie. »Ich bleibe so lange hier, bis du wieder mit nach Hause kommst.«

Panisch versuchte Julie die Tür abzusperren, doch ihre Mom glitt wie ein Geist hindurch. Sie beachtete Julie gar nicht, hielt plötzlich einen Kreidestift in der Hand und begann, auf die Tafel zu schreiben.

Diese war wieder leer. Ihre Mom begann damit, alle Peinlichkeiten zu notieren, die Julie im Verlauf ihres Erwachsenwerdens erlebt hatte.

»Nein!«, brüllte Julie.

Ruckartig fuhr sie auf.

Der Schmerz schoss abrupt durch Brust und Unterleib, vertrieb den letzten Rest des Schlafs. Sie war über dem Laptop eingenickt, die Wange auf der Tastatur.

»Mist.« Sie brachte ihren verräterischen Körper in eine aufrechte Position.

In Sichtweite auf dem Tisch stand Fensterputzmittel, ein Lappen lag daneben.

Im ersten Augenblick war sie unsicher. Konnte es sein, dass sie noch immer träumte?

»Bevor du mich noch mal anfährst.« Cullen lehnte grinsend im Türrahmen. »Du darfst gern so viele Fenster putzen, wie du willst. Meine hätten es besonders nötig.«

Julie barg das Gesicht in ihren Händen. »Ich habe im Schlaf gesprochen?«

»Es war eher ein aggressives Nuscheln.« Er lachte leise. »Ich habe uns Pizza gemacht, falls du noch mit uns essen willst.«

Erst jetzt registrierte Julie den verführerischen Geruch nach gebackenem Teig, Käse und Kalorien, der in der Luft lag. Sie wuchtete ihren Körper in die Höhe und folgte Cullen.

Melissa saß bereits am gedeckten Tisch und tippte eifrig in ihr Smartphone. »Es ist unglaublich. Ich finde wirklich nichts zu …« Sie blickte auf und zuckte bei Julies Anblick zusammen. »Um Himmels willen, was hast du getan?«

»Was?!« Julie betastete ihren Körper.

Waren die Hämatome schlimmer geworden?

»Es nennt sich ›Tastatur-Style‹«, brachte Cullen Licht ins Dunkel. »Wird meist auf der Wange getragen.«

Melissa prustete los.

Besagte Wangen brannten, und Julie wusste, dass sie wie eine überreife Tomate aussah. Eine mit Tastaturmuster. »Jaja, machte euch nur lustig. Bekommt eine Sterbende wenigstens Pizza?«

»Nur wenn du die Fenster …«

Julie unterbrach Cullen mit einem Geschirrhandtuch, das sie nach ihm warf.

Was kam als Nächstes? Hämatome, Tastaturabdrücke …?

Melissa schob das Smartphone in die Hosentasche und holte die Pizza aus dem Ofen, Cullen schenkte ihnen Limonade ein. Donnerstag war *ungesunder Abend mit Seelenfutter*. Außerdem richteten zahlreiche Studentenhäuser Partys aus, was erklärte, weshalb ein gewisser Footballer durchgestylt am Esstisch saß.

»Wo geht es hin?«, fragte Julie.

»Die Delta Neuner weihen ihr neues Verbindungshaus ein.«

»Alkohol und heiße Jungs, wer braucht das schon.« Melissa winkte ab.

»Willst du mit?« Cullen klimperte mit den Wimpern, wobei er provozierend grinste.

Melissa zog eine Schnute. »Eigentlich bin ich beschäftigt.«

»Du webstalkst Luca, das ist nicht ›beschäftigt‹, das ist ein bisschen krank.«

Julie nickte nachdrücklich. »Er hat recht. Geh zur Party und vergiss die Sache.«

Melissa tat natürlich erst einmal das Naheliegendste und erklärte Cullen, was sie hinter der Sporthalle beobachtet hatten.

»Das ist wirklich seltsam«, gab er zu.

»Siehst du.«

»Vielleicht ist Luca auf der Party?«

Julie hätte sich beinahe an der Pizza verschluckt. »Jetzt bestärke sie doch nicht auch noch!«

»Na gut, ich komme mit.« Melissa schob sich langsam ein Pizzastück in den Mund. »Natürlich rein zu Recherchezwecken.«

»Is klar«, sagte Cullen trocken.

»Ihr seid die schrecklichsten Freunde, die es gibt«, hielt Julie fürs Protokoll in gespieltem Ernst fest. »Versprecht mir, dass ihr keine Dummheiten macht.« Auf die einsetzende Stille ergänzte sie: »Bezogen auf Luca!«

»Versprochen«, sagte Cullen.

»Ich verspreche, dass ich nur in deinem Sinne handeln werde«, erklärte Melissa unschuldig.

Julie stöhnte frustriert, was ihre beiden besten Freunde in Gelächter ausbrechen ließ. Wenigstens folgte dann ein detaillierter Bericht der Vorlesungen, die sie verpasst hatte. Melissa hatte Wort gehalten und mitgeschrieben.

»Wie lange nimmst du dir noch frei?«, fragte Cullen.

»Morgen gehe ich zum Doc, mal sehen, was der sagt.«

Im Stillen war sie dankbar für die Krankenversicherung, die sie dank Leo besaß. Ihr Bruder arbeitete bei einer Versicherung und hatte für seine Eltern und die Geschwister günstige Tarife bekommen. Keine Selbstverständlichkeit, viele von Julies Kommilitonen waren nicht versichert, gerade die Stipendiaten nicht.

»Er wird dir das Gleiche sagen wie Doktor Zimmermann«, sagte Melissa grimmig. »Du sollst dich erholen und erst einmal Pause machen.«

Worauf Julie schwieg.

Mit Melissa zu diskutieren war wie gegen einen Hurrikan anzubrüllen. Völlig sinnlos. Sie würde sich eine Woche gönnen und in der Zeit alles zu Hause nacharbeiten. Vielleicht ein oder zwei Extraarbeiten, um die Professoren zu beeindrucken.

»Wenn ich dir beim Denken zusehe, habe ich direkt das Gefühl, eine Klausur schreiben zu müssen.« Melissa seufzte. »Ich gehe mich stylen.«

»Keine Hektik«, sagte Cullen. »Du hast noch dreißig Minuten.«

»Was?!« Selbst die sonst so souveräne Melissa flitzte bei diesen Worten in Höchstgeschwindigkeit ins Badezimmer.

»Wie viel hat sie wirklich?«, fragte Julie trocken.

Cullen winkte ab. »In einer Stunde kommt ein Uber.«

»Sie wird dich schlagen.«

»Hoffentlich, das kitzelt immer so lustig.«

Sie lachten beide und Julie vergaß für einen Moment all ihre Sorgen.

»Das Uber ist gleich da!«, rief Cullen nach einer Stunde aus seinem Zimmer.

»Sie ist schon unten«, brüllte Julie zurück. »Als Strafe, weil du sie geärgert hast. Wenn du zu spät kommst, fährt sie allein los.«

Fluchend streifte Cullen die Jacke im Rennen über und sauste aus der Wohnung.

Stille senkte sich herab.

Julie trottete zu seinem Zimmer und warf einen kurzen Blick hinein. Das Bett war zerwühlt, der Baseball lag daneben am Boden. An der Decke war die Farbe abgescheuert, wo er seine Wurfübungen absolvierte. Oftmals stundenlang donnerte er den Ball in den aufgemalten Kreis und fing ihn wieder auf.

Auf Stuhl und Boden lagen Kleidungsstücke kreuz und quer herum, Sneaker bildeten ein chaotisches Kunstwerk. Eine Sporttasche stand neben dem Schreibtisch.

Mit einem Lächeln schaltete Julie das Licht aus, das Cullen in seiner Hektik natürlich vergessen hatte.

Sie nahm sich eine Kekspackung, verkroch sich unter eine Decke auf die Couch und sagte: »Computer, schalte den Fernseher ein.«

Die schwarze Fläche erwachte zum Leben.

Sie wählte einen neuen Actionfilm aus und lehnte sich gegen die weichen Kissen. Für heute war Lernen keine Option mehr, sie war noch immer viel zu müde.

Während vor ihr Autos explodierten, musste sie immer wieder lachen. Toughe Männer und Frauen überstanden selbst die übelsten Explosionen ohne einen Kratzer.

»Wieso hat das bei mir nicht funktioniert?«, flüsterte sie. »Vielleicht hätte das Auto explodieren müssen.«

Irgendwann wurden ihre Lider schwer und sie schlief ein. Sie erwachte von einem Schlüssel, der im Schloss gedreht wurde. Ein Blick auf die Uhr verriet Julie, dass es bereits zwei Uhr war. Erst jetzt kehrten die anderen in die WG zurück. Cullen verschwand überraschend schweigsam in sein Zimmer, was Melissa nur zu einem Schulterzucken verleitete.

»Er war schon den ganzen Abend so. Leider war dein Luca …«

»Er ist nicht *mein* Luca!« Julie schaltete den Fernseher aus.

»… nicht auf der Party.« Melissa warf sich neben sie auf die Couch. »Alles gut?«

»Ich habe einen Film verschlafen.«

»Können ihn ja morgen noch mal zusammen ansehen.«

Nach einer Umarmung verschwand auch Melissa in ihr Zimmer.

Julie tauschte Couch gegen Bett, und obwohl sie den Großteil des Tages verschlafen hatte, verfiel sie erneut in einen unruhigen Dämmerzustand. Immer wieder unterbrochen von wachen Momenten, weil ihre Hämatome protestierten.

Der Morgen zog herauf.

Julie war früh wach und ließ es sich nicht nehmen, den Tisch für die anderen zu decken. Nach einer chaotischen morgendlichen Verabschiedung duschte sie ausgiebig, nahm sich Zeit im Bad und schlüpfte schließlich in frische Kleidung. Leo hatte ihr einen guten Arzt für die Nachversorgung genannt, und einen Telefonanruf später wurde sie sofort einbestellt.

Sie ging zu Fuß, was eine Stunde dauerte.

Die Praxis war in einem modernisierten gregorianischen Gebäude untergebracht. Die Sprechstundenhilfe war eine zugeknöpfte Frau mittleren Alters, deren Lächeln nicht die Augen erreichte.

Julie füllte einen Fragebogen aus und wurde kurz darauf in das Zimmer gerufen.

Doktor Juliette Halbroke erwies sich als komplettes Gegenteil ihrer Empfangsdame. Sie war eine schlanke, hochgewachsene Frau in den Fünfzigern. Das blonde Haar war in einer modernen Hochsteckfrisur gerichtet, auf ihrer Nase saß eine Brille.

»Ms Warren«, grüßte sie freundlich. »Nehmen Sie doch Platz.«

Julie sank ermattet von dem Spaziergang in den gepolsterten Besuchersessel. »Danke. Wie ich am Telefon sagte, komme ich wegen des Unfalls.«

Doktor Halbroke nickte sanft. »Ich habe mir alle Unterlagen aus dem Krankenhaus kommen lassen. Ihre Hämatome werden von allein abheilen und es gibt keine Brüche oder Stauchungen. Sie hatten Glück im Unglück.«

»Abgesehen von einer Sache.«

»Der Kollege Zimmermann hat mich in seinen Notizen darauf hingewiesen. Aus irgendeinem Grund sind Ihre Entzündungswerte viel zu hoch.«

Julie schluckte. »Er konnte mir dazu keine Details nennen.«

Doktor Halbroke schloss die Akte und verschränkte die Finger ineinander. »Bei Ihrer Einlieferung wurde ein Blutbild gemacht, ebenso kurz vor der Entlassung. Wie es scheint, gibt es bei Ihrer Leber Grund zur Sorge.« Sie zog ein Pad hervor und rief die digitalisierte Darstellung des Organs auf. »Die Leber ist für die Entgiftung unseres Körpers zuständig. Über sie werden Medikamente abgebaut, aber auch andere Faktoren haben Einfluss. Würden Sie beispielsweise übermäßig Alkohol konsumieren, würde das negativ auf die Werte einwirken.« Sie nahm den Fragebogen hervor. »Sie rauchen nicht, trinken nicht und machen auf mich auch nicht den Eindruck, als würden Sie Drogen zu sich nehmen.«

»Nein!«, sagte Julie nachdrücklich. »Das kann ich mir gar nicht leisten. Ich hoffe auf ein Stipendium und muss dafür beste Leistungen bringen.«

»Das Studium ist eine herausfordernde Zeit«, bestätigte Doktor Halbroke. »Wir werden dieser Sache auf den Grund gehen. Bevor Sie gehen, entnehme ich noch einmal Blut. Und in vier Tagen wiederholen wir das Ganze. Wenn die Werte sich normalisieren, müssen wir uns keine Sorgen machen.«

»Und falls nicht?«

»Darüber denken wir nach, wenn es so weit ist«, sprach Doktor Halbroke beruhigend. »In der Zwischenzeit bitte kein Alkohol und nichts übermäßig Fettes essen. Beschränken Sie sich auf Gemüse, Obst, Joghurt, Vollkorn.«

Bei dem Gedanken stöhne Julie auf.

Sie achtete grundsätzlich sowieso auf ihre Linie, aber vorwiegend durch *wenig* Essen. Alles, was Doktor Halbroke aufzählte, war teuer.

»Alles klar«, sagte sie trotzdem.

Zwanzig Minuten später verließ Julie mit weniger Blut und einem Pflaster über der Einstichstelle die Praxis. Immerhin besaß sie jetzt ein paar Antworten, und es war richtig gewesen, ihre Freunde nicht damit zu behelligen.

Mit ihrer Krankmeldung in der Tasche wäre auch das College zufrieden. Schließlich durften keine Fehlzeiten bei Pflichtkursen anfallen. Die Professoren würden ihr das ergänzende Material für Krankheitsfälle auch nur zur Verfügung stellen, wenn der Unfall bestätigt war.

Sie schlenderte nach Hause, scannte die Bescheinigung ein und schickte sie direkt zur College-Administration. Melissa würde morgen das Original übergeben. Oder besser Cullen, der konnte gleich sein Flirtlächeln hinterherschicken.

Bevor die Müdigkeit wieder zuschlagen konnte, tippte Julie E-Mails an ihre Mom, ihre Brüder – alle vier –, Becky und Simon. Damit wusste jeder, dass es ihr gut ging, niemand musste sich Sorgen machen und sie sparte sich die vielen kleinen Chat-Nachrichten.

Zu Mittag kochte sie sich eine Suppe auf und fertigte eine Einkaufsliste an. Sie konnte sich schon vorstellen, was Cullen und Melissa sagen würden. Die beiden mussten die Diät natürlich nicht mitmachen.

Gegen Mittag sank Julie erneut in einen unruhigen Schlaf, doch zum ersten Mal hatte sie das Gefühl, den Unfall hinter sich zu lassen. Sie kannte den Weg für die nächsten Wochen, sah bereits das Ende ihrer Einschränkung.

Als sie am Nachmittag erwachte, ging sie mit frischem Elan dazu über, die Vorlesungen nachzuarbeiten.

Alles würde gut werden.

Dachte sie.

KAPITEL 7

Der seltsame Fall des Luca Jackson

Die Tage verwandelten sich in eine Abfolge aus immer gleichen Mustern.

Julie stand eisern früh am Morgen auf, deckte den Tisch und saß an ihrem Rechner, als Melissa und Cullen das Haus verließen. Sie arbeitete die Vorlesungen des vorangegangenen Tages ab, studierte alte Klausuren und schickte Fragen an die Professoren. Auf diese Art behielten sie Julie im Gedächtnis.

Ihre Ernährung wurde ziemlich grün. Sie schaufelte Salat in sich hinein, mixte neue Dressings und anstelle von Chips gab es Kiwi und Banane. Beim Fernsehen knabberte sie stundenlang auf einer Karotte herum, während Cullen Gummibärchen verschlang und Melissa Schokolade.

Natürlich ließen die Neckereien nicht lange auf sich warten.

»Die Karotte steht dir«, kam von Cullen.

»Da muss mehr Grün rein«, behauptete Melissa mit Blick auf den Salat.

Schließlich kam das zweite Wochenende nach Julies Unfall näher. Sie würde noch eine Woche krankgeschrieben sein, danach konnten auch die Vorlesungen weitergehen. Mit den heraufziehenden Klausuren war das besser.

»Jules«, sagte Melissa schwer und warf sich in den Sessel. »Du musst raus aus dieser Denkfabrik.«

Was kam jetzt? Julie ließ von der Tastatur des Laptops ab und wandte sich ihrer Freundin zu.

»Hier, nimm eine Karotte.« Mit einem Plumpsen landete eine vor Julie. »Du ernährst dich zu einseitig, in all das Grün muss auch wieder Orange.«

»Haha«, lachte sie trocken.

Sie konnte kein Gemüse mehr sehen.

»Am Samstag ist eine Party«, begann Melissa.

»Nein«, lehnte Julie kategorisch ab.

»Und da du die ganze Woche hier einsam herumsitzt, täte dir Gesellschaft sicherlich gut.« Melissa deutete mit einem auffordernden Nicken auf die Karotte. »Du musst gar nicht viel tun. Stell dich einfach in die Ecke und träume von irgendeiner Klausur.«

»Du bist heute überaus witzig.«

»Nicht wahr?«

»Ironie.«

»Das weiß ich doch, Jules. Also ist das ein ›Ja‹?«

»Auf keinen Fall!«

»Sie kommt mit«, brüllte Melissa.

»Wirklich?« Cullen steckte den Kopf zur Tür herein. »Was hast du getan, ihre Unterlagen gekidnappt?«

»Das war Plan B.«

»Ich kann nicht einfach zu einer Party«, rebellierte Julie. »Wenn mich einer der Dozenten sieht?«

»Auf der Party eines Verbindungshauses?« Melissa schenkte ihr einen Ja--klar-Blick.

»Komm schon, Jules.« Cullen warf sich auf Julies Bett und betrachtete sie von der Seite. »Je mehr du dich vernetzt, desto mehr Vorlesungsunterlagen bekommst du. Und Vorbereitungsmaterial für die Klausuren. Du weißt schon, von anderen Studenten, die da draußen existieren.«

»Wirklich?« Melissa blickte ihn mit großen Augen an. »Ich dachte, die seien ein Mythos. Es gibt noch mehr von uns?«

»Ihr seid doof.« Julie warf einen Stift nach Melissa.

»Ich bringe dir eine Karotte und werde dafür beworfen? Also Jules, das ist nicht in Ordnung.«

»Was wäre nur passiert, wenn ich eine Kartoffel mitgebracht hätte«, überlegte Cullen laut. »Hätte ich dann die Tasse an den Kopf bekommen?«

Julie lachte auf. »Also gut, ihr habt gewonnen. Ich komme mit. Aber nur für eine Stunde und – ich wiederhole – unter Protest.«

Melissa erhob sich, schüttelte den Kopf und tätschelte Julies Haupt. »Du wirst noch zu einer alten Einsiedlerin ohne Freunde. Wir tun das für dich. Auf einer Party hast du etwas, das nennt sich Spaß.«

»Patryk sieht mir so aus, als gehe er auch nicht gern unter Menschen.« Julie grinste. »Ach halt, das ist ja, weil er die Treppe hinuntergestürzt ist.«

»Du bist eine böse Kreatur«, knurrte Melissa und verließ das Zimmer.

»Langsam bekommst du deinen alten Pep zurück.« Cullen schritt hinaus, rief aber noch aus dem Flur: »Wird auch Zeit!«

Julie vertiefte sich sofort wieder in die Vorlesungsunterlagen, merkte jedoch, dass sie sich gut mit der Entscheidung fühlte. Die Hämatome waren noch vorhanden, aber abgeschwollen. Mittlerweile hatte Doktor Halbroke einen weiteren Bluttest gemacht, und am kommenden Montag würde sie die Werte mitgeteilt bekommen. Da sie jedoch keinerlei Symptome mehr aufwies, schien sich dieses Problem erledigt zu haben.

Der Samstagabend war plötzlich da und Julie genoss es, sich im Bad zu stylen, in Designerjeans zu schlüpfen und ihr bestes Shirt anzuziehen.

Ein Uber brachte sie zum Verbindungshaus, das auf dem Campusgelände lag. Schon von Weitem sah sie die Traube Gleichaltriger, die lachend zusammenstanden und aus Plastikbechern tranken. Die erste Stunde würde Spaß machen, ab der zweiten begann der Teil, den nur Betrunkene lustig fanden, und mit Anbruch der dritten gab es vermehrt Alkoholleichen.

Auf dem Weg hierher hatten sie alle eine Sicherheits-App auf dem Smartphone installiert, die über eine Bluetooth-Verbindung die Entfernung der anderen anzeigte. Wenn eine Internetverbindung bestand, konnte man auch einen Notbutton betätigen, wodurch die Freunde alarmiert wurden.

Neben ihr rutschte Melissa aufgeregt hin und her, ließ ihren Blick über die Menge schweifen, als suche sie jemand.

»Bist du verabredet?«, fragte Julie.

»Ich?! Nein, wie kommst du denn darauf? Ich sehe mich nur so um. Wer so alles da ist.« Sie wich betont unschuldig Julies Blick aus.

»Sie sucht Luca«, erklärte Cullen vom Beifahrersitz, was ihm einen leichten Schlag auf den Hinterkopf von Melissa einbrachte.

»Wieso sollte er hier sein?«, hakte Julie nach. »Er geht doch nicht gern auf Partys.«

Melissas schlechtes Gewissen verschwand wie ausgeknipst. »Wenn du schon fragst, hör zu: Ich habe recherchiert.«

»Natürlich hast du das.«

»Er ist ein ziemlicher Eigenbrötler, aber ein paar seiner Kommilitonen haben ihn wohl dazu gezwungen … du weißt schon, zu lächeln. Menschlich zu sein. Auszugehen. Er ist wie du, nur in männlich.«

Auf dem Beifahrersitz lachte Cullen, worauf auch Julie ihm einen Schlag auf den Hinterkopf verpasste.

»Das hast du eingefädelt.« Sie stach ihren Zeigefinger gegen Melissas Schlüsselbein.

»Ich habe möglicherweise dem einen oder anderen erklärt, dass ich mit ihm was trinke, wenn Luca den Weg hierher findet.«

»Melissa!«

»Was?! Irgendwie muss unser Projekt doch vorangehen.«

»Unser Projekt?!«

Der Uber-Fahrer stoppte das Auto und sie stiegen aus. Cullen übernahm diese Fahrt und zahlte mit der App.

»Ja klar. Wir tauen ihn auf, und dann werdet ihr beide gemeinsam das süßeste, grummeligste Streberpaar auf dem Campus.«

Julie konnte gerade noch verhindern, wütend mit dem Fuß aufzustampfen. »Du siehst dir zu viele Schnulzen an. Luca ist ein arroganter Mistkerl.«

Dass ihre beste Freundin daraufhin nur breit grinste, ließ Julie wütend aufschreien. »Du bist wie eine Planierraupe.«

»Danke.« Melissa hakte sich unter. »Aber genug der Komplimente, widmen wir uns der Herausforderung.«

»Viel Erfolg!«, rief Cullen und tauchte in der Menge unter.

Das Verbindungshaus war nicht wirklich neu, doch durch die Spenden ehemaliger Mitglieder war es renoviert worden. Das gesamte Gebäude besaß eine einladende Front aus Sandstein und einen ausladenden Balkon auf Höhe des ersten Stocks. Dieser verlief rundum. Längst hatten sich dort oben Pärchen zusammengefunden, die sich unterhielten oder küssten.

Es war ein warmer Herbstabend, in Kürze würde die düstere Jahreszeit mit Wind und Regen beginnen. Kein Wunder also, dass die Verbindung die Party noch schnell ausgerichtet hatte.

Gemeinsam mit Melissa betrat Julie das Gebäude und fand sich in einem dichten Gedränge aus Leibern wieder. Es wurde gelacht, getanzt, die Plastikbecher waren allgegenwärtig. Alle paar Minuten wurden sie angesprochen, doch während ihre beste Freundin sich sofort in Unterhaltungen vertiefte, hielt Julie Ausschau. War Luca tatsächlich hier irgendwo?

Ein kurzes Gespräch, um die Missverständnisse aus dem Weg zu räumen, sollte doch möglich sein. Sie konnte sich den dunklen, rätselhaften Luca kaum zwischen all den ausgelassenen Menschen vorstellen. Er schien beständig von einer Wolke umgeben zu sein.

Irgendwann setzte sie sich dezent von Melissa ab, die von einem blondlockigen Studenten in eine Unterhaltung gezogen worden war. Tatsächlich machte es den Anschein, dass sie sich dabei wohlfühlte und nicht mehr an Luca dachte.

Julie ging zur Bar und brüllte dem studentischen Barkeeper dahinter »Wasser« zu. Er reichte ihr einen Plastikbecher, doch bevor sie trinken konnte, fiel ihr Blick auf die Treppe zum oberen Stockwerk. Gerade stapfte Luca die Stufen empor.

Das war die Chance.

Julie folgte ihm. Wieso war er allein? Sollten seine Freunde nicht bei ihm sein?

Letztlich konnte man das Gleiche natürlich auch umgekehrt fragen.

Im oberen Stockwerk war weniger los. Zahlreiche Türen führten zu den Zimmern der Verbindungsmitglieder. Dazwischen gab es Durchgänge, die zum Balkon hinausführten. Julie stellte verblüfft fest, dass Luca die Treppen weiter hinaufstieg, in den zweiten Stock. Was suchte er dort?

Gehörte er möglicherweise selbst zur Verbindung?

Kurz überlegte sie, einfach hier zu warten, doch ihre Neugierde siegte. Was hatte der geheimnisvolle Luca Jackson da oben verloren?

Langsam stieg sie ebenfalls die Stufen empor. Die Treppe ging in eine umlaufende Galerie über, von der verschiedene Gänge abzweigten und ebenso viele Türen. Auch hier waren also Verbindungsmitglieder untergebracht. Julie wollte bereits aufgeben, als sie Lucas wütende Stimme vernahm.

»… denkst du, ich lasse mich erpressen?!«

Stille.

Sie schlich in die Richtung, in der sie ihn vermutete. An einer halb geöffneten Tür vorbei, hinter der leidenschaftliche Geräusche erklangen. Eine einzelne Stufe führte in einen höher liegenden Bereich, vier Türen zweigten ab, eine auf einen kleinen Balkon.

»Darum habe ich nicht gebeten!«, fauchte Luca.

Er befand sich hinter einer angelehnten Tür. Julie ging darauf zu, streckte die Hand nach der Klinke aus und verharrte.

»Nein, ich will nicht mehr mit ihm sprechen. Und mit dir auch nicht. Es ist meine Entscheidung, und die Konsequenzen trage ich allein.«

Stille.

»Ja, ich bin sicher!«, brüllte er.

Es war wohl doch keine gute Idee, ausgerechnet in dieser Situation mit ihm zu sprechen. Julie zog ihre Hand zurück. Sie würde unten auf ihn warten, damit es nicht so aussah …

Die Tür wurde aufgerissen. Luca hatte auf sein Smartphone gestarrt, blickte jedoch ruckartig vom Display auf. Sein Gesicht war kreidebleich. Bei Julies Anblick funkelten seine Augen wütend. »Hast du mich etwa belauscht?«

»Wa… nein. Ja. Aber das war nicht geplant.«

»Sag mal, geht's noch?!«, brüllte er. »Hast du mich etwa verfolgt?!«

Die Wahrheit kam hier natürlich gar nicht gut. »Ich wollte dich sprechen und habe gesehen, dass du die Treppe hinaufgehst. Hör zu, das alles ist ein großes Missverständnis.«

Lucas Blick fiel auf den Plastikbecher in ihrer Hand. »Ich fasse es nicht. Du wirst von einem Auto angefahren und tust so, als wäre nichts gewesen. Die anderen haben gesagt, dass du daheim liegst, weil es dir schlecht geht. Und ich Idiot habe mir … Aber du wolltest nur Party machen.«

»Ich war daheim. Also ich bin es.«

»Sieht für mich nicht danach aus. Du lässt dich auf Partys volllaufen und belauschst meine Gespräche!«

Selbst mit dem wütenden Funkeln in seinen Augen wirkte Luca auf wilde Art attraktiv. Wie ein Raubtier, das von der Leine gelassen worden war. Gleichzeitig befeuerte seine Arroganz Julies Wut.

»Also erstens ist da drin nur Wasser!«, brüllte sie und deutete auf den Becher. »Und zweitens habe ich dich versehentlich belauscht. Eigentlich wollte ich mit dir sprechen. Warum verteidige ich mich gegenüber einem arroganten Kerl wie dir überhaupt?! Wenn du ein privates Gespräch führen willst, geh gefälligst auf dein eigenes Zimmer und halte dich von Partys fern.«

»Das hier ist mein Zimmer«, erwiderte Luca kalt.

Stille.

»Hübsch«, krächzte Julie.

Sie wollte im Boden versinken. Ihre Wangen brannten und ihr Hals glich rauem Schmirgelpapier. Mit einem Zug leerte sie den Becher.

Hustend brach sie in die Knie.

»Verstehe, nur Wasser.« Luce verschränkte die Arme. »Für eine Sekunde habe ich dir echt geglaubt, Partygirl.«

Julie wollte etwas erwidern, doch ihre Kehle fühlte sich an wie ein Flussbett aus Lava. Sie bekam kaum noch Luft. Sekunden später setzte bereits der Schwindel ein. Sie taumelte, musste sich an der Wand abstützen.

»Wow, wie viel hast du denn schon in dich hineingeschüttet?« Luca stützte Julie.

Nichts!, wollte sie brüllen, doch die Umgebung verwandelte sich in einen Brummkreisel. Aus ihrem Mund kam nur ein verzweifeltes Krächzen. Ihr wurde übel. Schlagartig erinnerte sie sich an die Worte von Doktor Halbroke: kein Alkohol.

»Wow, du bist ganz grün. Das wird hier jetzt aber nicht die Nummer mit dem Übergeben.« Luca wirkte halb besorgt, halb wütend.

Julie Gesicht war heiß, doch auf ihrer Stirn stand kalter Schweiß. Sie wollte nur noch weg. Sie ließ den Becher fallen und taumelte davon.

Mit wenigen Sätzen war Luca neben ihr. »So lasse ich dich auf keinen Fall allein. Wie kann man nur ... Ich hätte gute Lust ...« Er knurrte.

Wie gern hätte sie ihn jetzt angebrüllt.

Doch ihre Arme zitterten, die Übelkeit nahm weiter zu. Sie brauchte Melissa. Oder Cullen. Doch von beiden war nichts zu sehen.

Luca sprach etwas in sein Smartphone, ausnahmsweise brüllte er dabei nicht. Stattdessen war seine Stimme klar und eindringlich. Er legte auf.

Vermutlich hatte er ein Uber gerufen, das sie nach Hause bringen sollte. Julie konzentrierte sich mit all ihrer Kraft auf die Adresse der WG. Was war nur in dem Plastikbecher gewesen? Und wieso hatte es eine so heftige Wirkung?

Auf dem Weg nach unten trafen sie mitleidige Blicke, einige lachten auch offen. Sie alle glaubten, dass Julie sich mit Alkohol zugedröhnt hatte. Ein Irrtum, den sie nicht aufklären konnte. Es gelang ihr ja nicht einmal, einen klaren Gedanken zu fassen.

Im Erdgeschoss war die Menge mittlerweile so dicht, dass es nur schrittweise voranging. Luca bahnte sich rigoros den Weg, wobei er sie weiter stützte und Rempler von ihr abhielt. Trotzdem wurde sie mehrfach getroffen, stöhnte schmerzerfüllt auf.

»Wir haben es gleich geschafft«, sagte er überraschend sanft.

Sein Atem kitzelte an ihrem Ohr, und für eine Sekunde wollte sie sich einfach in seine Arme fallen lassen, die Augen schließen und den Rest der Welt vergessen.

Die Wirklichkeit hatte jedoch andere Pläne.

Laute Musik, der Geruch nach Schweiß und Alkohol, Ellbogenstöße, alles vermengte sich zu einer Abfolge aus Klängen und Berührungen.

Irgendwann hatten sie das Haus verlassen und klare Luft umfing Julies Gesicht. Sie atmete tief ein, genoss die Stille.

»Wir sind gleich da.« Luca führte sie weiter, ließ ihren Arm nicht los.

Durch den Vorgarten brachte er sie zur Straße. Mittlerweile tummelten sich so viele Studenten vor dem Haus, dass ein Autofahrer sie gar nicht entdeckt hätte. Vermutlich hätte einer der anderen ihnen die Fahrt einfach weggeschnappt.

Er war schlau.

»Du hast schöne Augen«, flüsterte Julie. »Aber das werde ich dir auf keinen Fall sagen. Du bist viel zu arrogant.«

»Und du zu betrunken.« Luca maß sie mit abschätzigem Blick.

Jede Art von Nettigkeit war verschwunden.

An der nächsten Ecke hielt er inne. Vor ihnen stand eine Limousine mit getönten Scheiben. Ein Fahrer stieg aus, eilte herbei und öffnete die Tür im hinteren Bereich.

»Einsteigen«, befahl Luca.

Julie war viel zu verblüfft, als dass sie ernsthaft Widerstand geleistet hätte. Der Sitzbezug roch nach Leder, der Innenraum war geräumig.

»Wer bist du?«, hauchte sie mehr zu sich selbst als zu Luca.

Er stieg ebenfalls ein, hatte ihre Bemerkung dieses Mal nicht gehört.

Die Tür fiel mit einem Knall ins Schloss, und kurz darauf startete der Fahrer den Motor.

»Wo wohnst du?«, fragte Luca.

Julie nannte ihm mit zittriger Stimme ihre Adresse.

Die Limousine setzte sich in Bewegung.

KAPITEL 8

Fahrt durch die Nacht

»Eine Limousine«, brachte Julie schließlich hervor.

»Teures Leder«, sagte Luca emotionslos. »Kotz es bitte nicht voll.«

Mittlerweile war die Übelkeit zu einem stetigen Begleiter geworden, gerade unter der Schwelle, an der es brenzlig wurde. »Hör zu ...«

»Du hast keinen Alkohol getrunken und warst eigentlich auch gar nicht auf der Party. Und belauscht hast du mich auch nicht.« Luca zog eine Flasche Cola aus der seitlichen Minibar und öffnete sie. »Geschenkt.«

Julie kochte auf kleiner Flamme. Wie gern hätte sie diesem Kerl entgegengebrüllt, was sie von seiner Arroganz hielt. Nur einmal. Gerade öffnete sie den Mund, da siegte die Übelkeit erneut.

Luca reichte ihr einen Eiskübel ohne Eis. »Bitte da hinein. Aber ich empfehle dir, langsam ein- und wieder auszuatmen.«

Was sie auch ohne seinen großzügigen Hinweis bedacht hätte. Für den Kübel war Julie allerdings dankbar. Sie legte ihre Stirn an die kühle Scheibe der Limousine und betrachtete die vorbeiziehenden Lichter.

Natürlich waren die Straßen in einer Samstagnacht völlig verstopft, sie mussten immer wieder langsamer fahren oder standen minutenlang im Stau.

»Wie geht es Ihnen?«, fragte der Chauffeur.

Beinahe hätte Julie geantwortet, bemerkte aber noch rechtzeitig, dass die Frage gar nicht ihr gegolten hatte.

»Bestens. Danke, Jennings.«

Der Mann am Steuer nickte, und obwohl Julie ihn nur seitlich sehen konnte, erkannte sie doch die gerunzelte Stirn.

»Bitte sagen Sie meiner Mom nichts hiervon«, entrang sich Luca schließlich.

»Meine Lippen sind versiegelt«, erklärte Jennings.

Sie hatten einen weiteren Stau hinter sich gebracht und wurden langsam schneller.

»Ich fürchte allerdings, dass das gar nicht notwendig sein wird.«

Luca seufzte. »Sie weiß es schon vor dem Frühstück.«

»Mrs Jackson behält alles stets im Blick.«

Die Worte klangen neutral, doch die unterschwellige Spannung blieb Julie trotz ihres benebelten Übelkeitszustandes nicht verborgen. »Sag es ihr einfach selbst.«

Luca verdrehte die Augen. »Halte dich doch einfach aus Dingen heraus, die du nicht verstehst und die dich obendrein nichts angehen.«

»Entschuldige, dass ich es gewagt habe, eine Meinung zu besitzen«, blaffte Julie. »Ist es dir lieber, wenn ich brav neben dir sitze und schweige?«

»Das wäre perfekt.«

»Und drei Schritte hinter dir gehen?«

»Ich habe nicht vor, mit dir auszusteigen.« Er lächelte böse. »Du scheinst wieder fit genug zu sein, immerhin bist du unverschämt.«

»Weißt du, was, ich werde ab hier einfach laufen. Halten Sie bitte an!«

Julie wusste nicht, was es war, doch Lucas Gesicht wurde abrupt kalkweiß.

»Rede keinen Unsinn, wir fahren dich natürlich. Jennings, Sie halten nicht!«

»Dann werde ich die Tür während der Fahrt öffnen.« Was unverantwortlich war, doch Julie verspürte eine Welle der Genugtuung bei Lucas Anblick.

Endlich war das arrogante Grinsen verschwunden.

»Jennings, Kindersicherung.«

Der Fahrer seufzte laut. »Natürlich, Master Luca.«

»Master?!« Die Türverriegelung klackte. Wütend zog Julie am Türgriff, der glücklicherweise tatsächlich nicht aufging. Trotzdem war sie sauer. »Geht's noch?! Ihr könnt mich doch nicht einfach entführen?!«

»Wir bringen dich nach Hause.« Luca hatte sich wieder gefangen und erwiderte ihren Blick mit souveräner Kälte. »Das kann man wohl kaum als ›Entführung‹ bezeichnen. Durch deinen Ausstieg würdest du aber dich und andere Teilnehmer des Straßenverkehrs gefährden, folglich ist die Kindersicherung nur zu deinem Schutz. Und dem aller anderen.«

»Mach sofort die Tür auf.«

»Nein.«

Julie schrie wütend auf.

»In betrunkenem Zustand lass ich dich nicht allein durch New York torkeln.«

»Ich bin nicht betrunken!«, fauchte sie.

»Hauch mich mal an.«

»Nein.« Wieso kapierte er es nicht? »Hör zu. Ich bin nur zu der Party gegangen, weil ein paar Freunde mich unter Menschen sehen wollten. Bei diesem Pseudobarkeeper hatte ich Wasser bestellt.«

»Echt jetzt, reiner Wodka? Du bist hart drauf.«

»Wasser!«, brüllte Julie.

»Schon klar, ich habe die Liste gesehen. Wasser steht für Wodka. Gummibärchen für Energydrink mit Schuss. Tee bedeutet Kräuterlikör.«

Verdutzt erwiderte Julie Lucas Blick. »Das waren Synonyme?«

»Kein Mensch ist so blöd, als dass er das nicht wüsste«, sagte Luca abfällig.

»Nicht jeder ist so ein Profi im Partymachen, als dass er das weiß.«

»Du schon.«

Julie ballte die Fäuste und stellte sich eine Planierraupe vor, die die Betonwand Luca Jackson mit einer Metallkugel bearbeitete. Sie wollte ihn schütteln.

Der Gedanke tat ihrem Magen leider gar nicht gut. Ihre Umarmung des Eiskübels wurde inniger.

»Wenn ich dir einen Rat geben darf …«

Julie schnaubte. »Als ob ich etwas dagegen tun könnte.«

»… meide Partys und werde gesund. Danach kannst du dich wieder mit vollem Einsatz dem Alkohol hingeben.«

»Sonst noch irgendwelche Ratschläge?«

Luca wollte allen Ernstes antworten, doch glücklicherweise bremste Jennings in diesem Augenblick scharf. Ein anderer Wagen brauste von rechts über die Kreuzung, trotz einer tiefroten Ampel.

Mit einem Ruck brachte der Chauffeur die Limousine zum Stillstand.

Julie knallte mit der Stirn gegen den Vordersitz, der Gurt stoppte jedoch den Rest des Körpers. Auch Luca wurde durchgeschüttelt, nahm die Sache aber überhaupt nicht gut auf.

Die Arme um den Oberkörper geschlungen saß er verkrampft im Sitz. Sein Blick war ins Nichts gerichtet, die Muskeln traten unter dem Hoodie hervor, so stark spannte er sie an.

»Master Luca?« Die Stimme von Jennings klang besorgt.

»Alles okay?«, fragte Julie vorsichtig.

Ihre Worte durchbrachen seine Erstarrung. »Was? Klar. Bei dir auch?«

»Mir geht's … gut.«

»Ich meine, abgesehen von deinem Alkoholkonsum.«

Julie seufzte. »Du bist ein Idiot.«

»Und du ein Partygirl ohne Verantwortung.«

Glücklicherweise war Jennings weitergefahren und bog endlich um die letzte Kurve. Vor ihnen tauchte das Gebäude mit der WG auf.

»Dort vorn wohne ich«, sagte Julie.

Mit der Limousine einen Parkplatz zu finden war unmöglich und glücklicherweise unnötig. Sie stoppten einfach neben den parkenden Autos.

»Den Kübel darfst du behalten.« Luca hatte die Arme verschränkt und blickte mit hochgezogener Augenbraue auf den zugeparkten Gehsteig. »Nette Gegend.«

Ironie pur, aber nichts anderes hatte sie von diesem verwöhnten Mistkerl erwartet. Am liebsten hätte sie ihm den Eiskübel gegen den Kopf geworfen. Leider bestand die Möglichkeit, dass sie das Teil noch benötigte.

»Danke fürs Heimfahren«, sagte sie an Jennings gewandt.

»Gern geschehen«, erwiderte Luca. »Und das nächste Mal …«

Sie stieg aus und schlug die Tür hinter sich zu. Was auch immer er hatte sagen wollen, konnte er für sich behalten.

Wütend stapfte Julie zur Haustür, kramte den Schlüssel hervor und trat ein. Ein Blick zurück zeigte ihr, dass die Limousine erst jetzt davonfuhr.

War das alles gerade wirklich passiert?

Hatte der geheimnisvolle Luca Jackson sie mit einer Limousine nach Hause gebracht?

»Das glaubt mir nicht mal Melissa.«

Julie stieg die Treppen hinauf und war froh, der Party entronnen zu sein. Dichte Menschenmassen, Alkohol und laute Musik waren einfach nichts für sie. Stattdessen liebte sie es, in einer Bücherei zu sitzen und sich in ein Buch zu vertiefen oder im Sonnenlicht einen Cappuccino zu trinken. Mit einem Lächeln dachte sie an die Weihnachtszeit daheim in Colorado. Den dichten Schnee, Sonnenschein und der wunderschöne Ausblick.

Sie liebte ihr Leben in New York, die Freiheit und ihre Freunde. Aber gerade jetzt sehnte sie sich nach ihren Brüdern, ihren Eltern, der Natur daheim.

Sie vertrieb die Gedanken, brachte die letzten Stufen hinter sich und öffnete die Tür zur WG. Aufatmend trat sie ein und hatte das Gefühl, einen Marathon absolviert zu haben. Gut, dass morgen Sonntag war.

Sie tapste langsam durch die Wohnung und verzichtete darauf, das Licht anzuschalten. Stille und Dunkelheit taten ihr gerade jetzt gut.

»Hey, Jules.«

»Wah!« Aufschreiend sprang sie zurück.

Vor dem Schein der Straßenlaternen zeichnete sich eine Silhouette auf der Couch ab.

»Cullen?«

»Wieso umarmst du einen Eiskübel?«

Genervt stellte Julie das Ding beiseite. Die Übelkeit war auf ein Maß gesunken, das sie ertragen konnte.

Sie betätigte den Lichtschalter.

Obwohl sie nur die mit Papier überzogenen Stehlampen aktivierte, die im Wohnzimmer verteilt waren und gedimmtes Licht verstrahlten, presste Cullen die Augen zu Schlitzen zusammen.

»Du bist betrunken«, sagte sie und kam sich prompt vor wie Luca.

»Angetrunken«, korrigierte er mit schleppender Stimme.

Das passte gar nicht zu Cullen. Er traf sich oft mit seinen Sportfreunden, und diese tranken ordentlich, doch Julie konnte an einer Hand abzählen, wie oft sie ihn leicht betrunken erlebt hatte.

»Was ist passiert?« Sie sank neben ihm auf die Couch.

Sein Blick verfing sich in der Straßenlaterne. »Ich bin wieder Single.«

»Du warst … du hattest … jemanden?!« Wieso wusste sie nichts davon? Und noch wichtiger: Wie hatte Melissa das entgehen können?

»Na ja, so halb.« Er umarmte ein Kissen.

»Das tut mir leid.«

»Ich hätte wissen müssen, dass es so kommt.« Er seufzte. »War ihm einfach zu gefährlich. Stell dir das nur vor, ein geschiedener Professor outet sich und hat was mit einem Studenten.«

»Was?!«, brüllte Julie.

Cullen schien bewusst zu werden, was er gerade gesagt hatte. Entsetzt riss er die Augen auf. »Du darfst das niemandem erzählen. Versprich es mir, Jules!«

»Na, klar.« Melissa zählte sicher nicht.

»Auch nicht Melissa.«

»Komm schon.«

»Auf keinen Fall.«

»In Ordnung«, lenkte Julie ein. »Aber du solltest es tun. Geheimnisse in der WG tun nicht gut.«

»Da hast du recht. Ich erzähle ihr dann morgen, dass du aus einer Limousine gestiegen bist.« Cullen deutete auf das Fenster. »Einer ziemlich langen Limousine.«

»Was habt ihr Jungs nur immer mit der Länge?«

»Haha, versuch nicht abzulenken.«

Es war einfach nicht ihr Abend. »Du zuerst. Wieso hattest du eine Affäre mit einem Professor?!«

»Er ist einer der jüngeren. Du weißt schon … Anfang dreißig, Dreitagebart, leicht nerdig. Ich mag leicht nerdig. Wir haben gechattet, uns getroffen, und am nächsten Tag stand er vor mir in der Vorlesung am Pult.«

»Klingt nach dem Beginn von Grey's Anatomy.«

Cullen lachte auf. »Na ja, er sah so aus, als hätte er einen Schlaganfall. Wir haben uns noch mal getroffen, um die Sache zu klären. Und irgendwie ging es danach weiter.«

»O Cullen.« Sie schloss ihn in die Arme.

Für eine Weile saßen sie schweigend in der Dunkelheit.

Irgendwann erklang seine dumpfe Stimme. »Ich könnte jetzt einen Muffin vertragen.«

»Du glaubst doch nicht, dass ich jetzt backe.«

»Der Notvorrat ist in der Dose hinter dem Kaffee.«

»Wieso wundert mich das?«

Sie erhob sich, fand die Muffins und brachte sie zurück zur Couch. Im gedimmten Licht zog Julie sich eine Decke über und verschlang den Blaubeermuffin. Ihr Magen knurrte, wollte mehr. Sie hatte den Hunger gar nicht bemerkt.

»Und was ist jetzt mit deiner geheimen Affäre?«, fragte er. »Du und der Eiskübel.«

Sie verpasste ihm einen Rippenstoß. »Das ist nicht lustig.«

»Ein bisschen.«

»Wusstest du, dass man Wodka bekommt, wenn man auf einer der Studentenpartys Wasser bestellt?«

»Klar. Falls jemand von der Administration kommt, können sie die Liste vorlegen. Und alle Anwesenden unter einundzwanzig schütten den Inhalt dann ganz schnell aus.«

»Wieso hat mir das niemand gesagt?!«

»O Jules.« Cullen streichelte ihr mitfühlend über die Schulter. »Was hast du bestellt?«

»Na, Wasser.«

»Ich hätte auf Tee getippt.«

»Willst du heute noch blaue Rippen?« Sie funkelte ihn böse genug an, dass es auch im gedimmten Licht sichtbar war.

»Hat es dich arg erwischt?«

»Ich habe das Zeug auf ex runtergestürzt, um Luca zu beweisen, dass es kein Alkohol ist.«

Cullen prustete los. »Sorry, aber ich stelle mir das gerade vor. Der Beweis ging also nach hinten los. Wieso hast du denn nicht den Notfallbutton auf der App benutzt?«

»An die App habe ich gar nicht mehr gedacht«, gestand sie und fasste das peinliche Treffen zusammen.

»Da hast du aber heftig reagiert«, kommentierte er. »Auf einen Becher. Und er hat echt eine Limousine kommen lassen? So langsam werde ich auch neugierig.«

Julie interessierte das verdammte Auto weniger. Doch der panische Blick und die bleiche Haut von Luca hatten sich in ihr Gedächtnis gebrannt. Gleich zweimal hatte er die Kontrolle verloren, und was sie unter der Maske aus Hochnäsigkeit und Arroganz gesehen hatte, war purer Schmerz.

»Es gibt da noch etwas«, brach es schließlich aus Julie heraus. »Nach dem Unfall habe ich im Krankenhaus etwas erfahren.«

Sie berichtete von den Untersuchungsergebnissen der Doktoren Zimmermann und Halbroke.

»Bist du wahnsinnig?« Jeder Schabernack war aus Cullens Stimme verschwunden. »Jules, du hast hochprozentigen Alkohol getrunken, und das bei diesen Ergebnissen.«

»Es war ja keine Absicht. Außerdem habe ich dafür bereits bezahlt.«

Mit einem Mal brach das ganze Elend über sie herein. Der Unfall, seit dem nichts mehr so war, wie es sein sollte. Diese verdammte Übelkeit, die Angst um das, was vielleicht doch hinter den Werten steckte.

»Hey.« Nun war es Cullen, der sie in eine Umarmung zog. »Eigentlich sollte ich sauer sein, weil du das für dich behalten hast.«

»Wer ohne Schuld ist, werfe den ersten Stein.«

»Das kann man wohl kaum vergleichen«, verteidigte er sich. »Aber jetzt verstehe ich deine Vorliebe für Karotten.«

Da sie gerade so praktisch saß, verpasste sie ihm einen Schlag auf den Hinterkopf.

»Die übrigen Muffins esse ich allein«, stellte Cullen klar.

»Es gibt noch mehr?«

»Äh, wechsel nicht das Thema. Für dich steht wieder Grün-Rot auf dem Speiseplan.«

»Ich hätte dir das nicht sagen sollen.« Am Montag wollte Julie Doktor Halbroke aufsuchen, um noch einen Bluttest machen zu lassen.

Sie gähnte. »Ich werde mich hinlegen. Für heute hatte ich genug Action.«

»Ich sinniere noch etwas.«

»Du willst nur ungestört futtern.«

»Feste Nahrung tut dem Körper nach Alkohol gut«, stellte Cullen klar.

Julie lachte und verschwand in ihr Zimmer. Als sie später nach einer kurzen Katzenwäsche aus dem Bad kam, lag Cullen leise schnarchend auf der Couch. Sie deckte ihn zu, ließ die Überreste der Muffins verschwinden und kroch in ihrem Bett unter die Decke.

Der panische Blick von Luca begleitete sie in ihre Träume.

KAPITEL 9

Ein verregneter Sonntag

Regentropfen prasselten gegen die Fensterscheiben.

Julie drehte sich wohlig von der einen zur anderen Seite, wollte noch ein paar Minuten im Dämmerschlaf verweilen. Mittlerweile hatte sie sich an die Stiche der Hämatome gewöhnt, bemerkte sie kaum mehr.

Und da war dieser wunderbare Geruch von Kaffe, direkt vor ihrer Nase.

Vor ihrer Nase!

Julie riss die Augen auf.

»Wusste ich doch, dass ich dich damit wach bekomme«, sagte Melissa. »Du bist mir eine Erklärung schuldig.«

Verwirrt setzte sie sich auf. »Wovon sprichst du?« Sie wollte nach der Tasse greifen, aber Melissa zog diese davon und trank selbst daraus. Sie hatte Julies Schreibtischstuhl neben das Bett gerollt.

»Ich fasse das jetzt mal zusammen: Du triffst Luca Jackson, betrinkst dich, wirst in einer Limousine nach Hause gebracht und erzählst Cullen von schlechten Leberwerten. Die höchste Priorität beginnt bei dem letzten Punkt.«

Dieser miese Verräter, dachte Julie. »Dieser miese Verräter.«

»Was soll das denn heißen?!« Melissa warf ihr böse Blicke über den Rand der Kaffeetasse zu. »Sollte ich als deine beste Freundin nicht vor einem besten Freund davon erfahren? Achte auf die Betonung des Geschlechts.«

»Es kam einfach so aus mir raus«, gestand Julie. »Ich wollte dir nichts sagen, weil du sonst wieder wie ein Wirbelsturm durchs Internet und danach vermutlich durch die Arztpraxis von Doktor Halbroke gefegt wärst.«

Blitzschnell stellte Melissa die Tasse ab. »Wunderbar, Cullen konnte mir den Namen des Arztes nicht sagen.« Sie zog ihr Smartphone hervor und tippte. »Hm. Die Frau hat ihr Studium an der Harvard Medical School gemacht.«

Julie stöhnte auf und zog sich die Decke über den Kopf. »Lass die Frau in Ruhe.«

»Ich wollte nur sichergehen«, drang es dumpf durch den Stoff. »Du bist immer so naiv, Jules. Und es gibt eine Menge Quacksalber dort draußen.«

»Jetzt möchte ich noch einmal alles zu dieser Sache mit Luca hören. Du hast dir das Nummernschild natürlich nicht notiert?«

»Wieso hätte ich das tun sollen?« Julie riss sich die Decke wieder vom Kopf.

»Dachte ich mir doch. Werde bloß nie Detektivin.«

»Habe ich nicht vor, Nancy Drew.« Trotzdem berichtete sie Melissa noch einmal von den Erlebnissen des Abends.

»Tut mir echt leid«, gab diese schließlich zerknirscht zu. »Ich vergesse immer, dass du so brav bist. Wer bestellt denn Wasser auf einer Party und glaubt, er bekommt tatsächlich welches. Das wird immer schlimmer.«

»Was soll das denn heißen?«

»Die Fliege, das Wasser, der Eiskübel«, zählte Melissa an den Fingern ab und blickte in Richtung Schreibtisch.

Frustriert gab Julie ihre aufrechte Position im Bett auf und warf sich wieder in die liegende.

»Keine Sorge«, Melissa tätschelte ihr den Kopf, »wir kriegen das alles hin. Am Montag gehen wir zu dieser Doktor Halbroke.«

»*Ich* gehe dorthin.«

»Sicher, sicher.«

In Gedanken sah Julie Melissa, die ihr hartnäckig bis zur Praxis folgte und die Ärztin nach ihrem Abschluss befragte.

»Wie lief es denn bei dir?«, versuchte sie das Thema zu wechseln.

»Ein paar Gespräche, ein paar Nummern, üblicher Ablauf.«

»Die armen Kerle.«

»Ich mache niemandem falsche Hoffnungen, ich unterhalte mich einfach nur gut.« Melissas Telefon vibrierte. »Das ist Bob. Auch so ein Football-Kerl. Cullen hat mich schon gewarnt.«

Als ob das nötig gewesen wäre. »Wie geht es ihm denn heute so?«

»Ausgezeichneter Themenwechsel.« Melissa behielt das Smartphone in der Hand, während sie zu Julie linste. »Mein Sherlock-Sinn sagt mir, dass etwas vorgeht, von dem ich nichts weiß. Cullen war gestern auf der Party nämlich nicht mehr zu finden, und seine Freunde haben davon gesprochen, dass er sich mit jemandem treffen wollte. Und dann ist er hier auf der Couch. Und neben ihm lag Muffinpapier.«

Wie viele Geheimverstecke hatte Cullen in der Küche angelegt? »Liebeskummer.«

»Du weißt mehr?« Melissa rollte den Stuhl noch näher heran und beäugte Julie eingehend.

»Kaum. Fast nichts.«

»Raus damit, Warren. Wir wissen beide, dass du eine miserable Lügnerin bist und nichts für dich behalten kannst.«

Sie schüttelte den Kopf. »Sorry, aber das war im Vertrauen.«

»Er hat mir einfach so von deiner Krankengeschichte erzählt. Ich musste ihn kaum quälen.«

Julie lachte auf. »Wie wäre es, wenn du ihn selbst fragst!«

Melissa schürzte die Lippen und wog eindeutig die Erfolgsaussichten je nach Opfer ab. »Ich bin gleich wieder da.«

Sie flitzte aus dem Zimmer.

Julie wollte die Kaffeetasse greifen, doch ihre beste Freundin steckte noch einmal den Kopf herein, schnappte sich die Tasse vom Nachttisch und düste wieder davon.

»Womit habe ich das verdient?«

Julie stieg aus dem Bett und tapste in die Küche, um sich selbst einen Kaffee zu machen. Aus Cullens Zimmer erklang eine schwache Katerstimme, die protestierende Worte ausstieß. In diesem Zustand hatte er keine Chance. Es blieb gerade ausreichend Zeit, Pulver in die Kaffeetiera zu füllen, alles auf der Herdplatte zu erhitzen und das Ergebnis in eine Tasse zu schütten. Noch ein Schuss Milch dazu, eine Brise Zimt darüber. Ja, so konnte ein Sonntagmorgen vernünftig beginnen.

Sie sank auf die Couch.

»Unglaublich, eine Affäre mit einem Professor und ich wusste nichts davon.« Melissa setzte sich neben Julie.

In Gedanken versunken tranken sie ihren Kaffee, lauschten den Regentropfen, die mit einem stetigen *tock, tock* gegen die Fensterscheiben schlugen.

»Hat er dir gesagt, wer?«, fragte Julie.

»War nicht aus ihm herauszukriegen. Und ich konnte nicht weiterfragen, er hatte schon den Baseball in der Hand, um ihn nach mir zu werfen.« Erneut vibrierte Melissas Smartphone.

»Bob?«, fragte Julie.

»René«, erwiderte Melissa. »Austauschstudent aus Frankreich. Ich sag dir, die können flirten.«

»Und kommen traumatisiert zurück nach Hause.«

»Dafür hättest du dir einen Rippenstoß verdient. Ich hoffe, deine Hämatome sind bald wieder weg.«

»Aua, sie tun noch sehr weh.«

»Endlich hast du mal was von mir gelernt«, sagte Melissa. »Die Mitleidsnummer zieht immer. Außer bei mir.«

Sie lachten beide.

»Nicht so laut.« Cullen kam hereingetrottet. Sein Gesicht erinnerte an einen zerknautschten Teddybären.

Er trug lediglich Shorts und T-Shirt. Obwohl Julie am liebsten die Heizung voll aufgedreht hätte, schien Cullen so etwas wie Kälte nicht zu kennen. Ständig riss er die Fenster auf, wodurch die Wohnung sich in eine Eisgruft verwandelte. So war es daheim auch immer gewesen.

»Kaffee steht noch auf dem Herd!«, rief Julie.

»Aua.« Er hielt sich stöhnend den Schädel.

Seine Schritte führten ihn zur Schublade mit den Schmerzmitteln. Er nahm eine der Tabletten, löste sie in Wasser auf und stürzte es hinunter. Erst danach kam der Kaffee. Cullen goss ihn in seine Lieblingstasse der New York Giants.

Bei dem Anblick ihres besten Freundes konnte Julie nur immer wieder innerlich den Kopf schütteln. Die breiten Schultern füllten das gesamte Shirt aus und an seinem Körper gab es kein Gramm Fett. Und das, obwohl er ständig Muffins verschlang, als seien diese ein Grundnahrungsmittel.

»Warum schaut ihr so?«, fragte er.

»Ähm. Sorgen«, sagte Julie.

»Die machen wir uns«, bestätigte Melissa eifrig.

Garantiert hatte sie Ähnliches gedacht, ihr Blick glitt blitzartig von Cullens Brust beiseite.

»Ist nicht der Erste, mit dem es nicht funktioniert«, erklärte er. »Wird wieder.«

Seine trübe Miene strafte die Worte Lügen.

»Wenn wir wüssten, wer es ist …«, begann Melissa.

Julie verpasste ihr einen Rippenstoß. »Cullen sagt uns das, wenn er bereit dazu ist.«

»Nie«, stellte er klar.

»Ach, komm schon.« Julie verzog ihr Gesicht. »Diese Hämatome schmerzen heute wieder.«

»Du hast zu viel Umgang mit dieser Teufelin.« Cullen deutete auf Melissa. »Das zieht nicht. Und wenn du mich das nächste Mal an einem Sonntagmorgen weckst, werde ich den Baseball werfen.«

»In deinem Zustand hättest du alles getroffen«, säuselte Melissa. »Aber nicht mich.«

»Probiere es lieber nicht aus.«

Beide nippten an ihrem Kaffee, warfen sich über den Rand der Tasse jedoch provozierende Blicke zu.

»Ich schlage einen Waffenstillstand vor«, sagte Julie. »Wir klammern die Themen Luca – ich bin der arroganteste Mistkerl der Welt – Jackson, Cullens Liebeskummer und meine Gesundheit für einen Tag aus.«

»Dafür«, stimmte Cullen sofort zu.

»Was habe ich denn davon?«, fragte Melissa. »Ist ja langweilig.«

Ihr Smartphone vibrierte.

»Bob? René?«, wollte Julie süffisant wissen.

»Nein, das ist Florian.« Sie hüstelte. »Auch ein Austauschstudent. Aus Deutschland.«

»Lass uns doch noch mal im Detail darüber sprechen, wie dein Abend gestern verlief«, sagte Julie betont langsam.

»In Ordnung, in Ordnung.« Melissa hielt die Arme in die Höhe. »Ich gebe mich geschlagen. Heute also keine *interessanten* Themen, nur Langeweile.«

Julie ließ ihre Freundin grummeln und dachte darüber nach, was sie unternehmen konnten. In spätestens einer Stunde hatte auch Cullen seinen Kater überwunden.

»Wir könnten Becky besuchen«, schlug sie schließlich vor. »Ich muss sowieso mit ihr klären, wann ich wieder arbeite. Die nächste Woche bin ich noch krankgeschrieben und sollte mich wirklich nicht hinter einer Theke blicken lassen. Aber dann …«

»Simon ist bestimmt überglücklich, wenn er weiter Schichten für dich machen darf«, konnte sich Cullen natürlich nicht verkneifen. »Wie steht es überhaupt auf unserer Liste?«

»Stopp!«, rief Julie. »Heute sind wir brav. Waffenstillstand. Wenn ihr Simon nicht in Ruhe lasst, gehe ich allein zu Becky. Dann könnt ihr von mir aus auf der Couch versauern.«

Ein beeindruckter Blick Melissas traf Julie. »Warren, das war ja richtig ernst. So mit Nachdruck. Bin ich gar nicht gewohnt von dir.«

»Jules kann eben, wenn sie will.« Cullen nickte übermäßig beeindruckt. »Tief in mir drinnen habe ich Angst.«

Ihre verschränkten Arme und der unbarmherzige Gesichtsausdruck sorgten schließlich dafür, dass beide nachgaben. Sie versprachen hoch und heilig, keine Witze mehr über Simon und seine unerfüllte Liebe zu machen. Für heute.

Immerhin ein kleiner Sieg.

Nacheinander verschwanden sie ins Bad. Die typische Sonntagsträgheit sorgte dafür, dass jeder deutlich länger benötigte, und erst drei Stunden später waren sie ausgehbereit.

Cullen trug seinen Hoodie, darüber eine Collegeweste. Wie immer hatte er es geschafft, genau die richtige Menge Haarwachs zu verwenden, wodurch sein Haar auf natürliche Art gestylt wirkte.

Aufgrund ihrer Locken hatte Melissa am längsten benötigt und mehrmals über die Ungerechtigkeit der Haarunterschiede zwischen den Geschlechtern geflucht. Julie lag irgendwo dazwischen.

Sie war einfach in ein paar Jeans geschlüpft, trug die neuen Converse, die sie zum letzten Geburtstag bekommen hatte, und eine modische Bluse darüber. Auch wenn sie *Beckys Café* privat besuchten, war es doch ihr Arbeitsplatz und Rebecca ihre Chefin.

Ausgerüstet mit zwei Regenschirmen verließen sie das Haus.

Ein kalter Wind fegte durch die Straßen, trieb die Regentropfen seitlich heran.

Kurzerhand zog sich Cullen die Kapuze seines Hoodies über und steckte die Hände in seine Taschen.

Melissa und Julie kämpften mit den Schirmen, die ständig verweht wurden.

Das Café lag sechs Häuserblocks entfernt. Normalerweise hätten sie das mit dem Fahrrad oder zu Fuß hinter sich gebracht, doch nicht heute.

Kurzerhand steuerten sie den Abgang zur U-Bahn an, der nur einen Block entfernt zu finden war. Das Ziel lag ebenfalls lediglich einen Block von *Beckys Café* entfernt, wodurch sie sich insgesamt vier ersparten.

Sie lösten ein Ticket, passierten das Drehkreuz und gesellten sich zu den übrigen Personen auf dem Bahnsteig. Dicht an dicht standen Touristen und Stadtbewohner, Studenten und ältere Menschen dort und warteten auf die einfahrende Bahn.

In der Luft lag der typische Geruch von Gummi, muffigen Gängen und Schwüle. Der kalte Wind aus den Zufahrtsschächten vertrieb zumindest Letzteres, als der Wagen einfuhr. Die Türen öffneten sich. Gemeinsam mit der Masse strömten sie hinein, überließen den Älteren den Sitzplatz.

Julie hielt sich an einer Eisenstange fest, während Melissa an der Wand lehnte und Cullen eine Halteschlaufe benutzte. Ruckelnd fuhr die Bahn an. Der Schacht nahm sie auf, die Lichter der Haltestelle verschwanden.

Seltsamerweise musste Julie in diesem Augenblick an ihre Fahrt in der Limousine denken. Das Ruckeln, ringsum das nächtliche New York.

»Ich muss den Eiskübel zurückgeben«, fiel es ihr ein.

»O Jules«, sagte Melissa nur und schüttelte den Kopf.

Minuten später stiegen sie aus und kehrten zurück an die Oberfläche. Der Wind hatte an Stärke zugenommen. Julie atmete auf, als vor ihnen die Fassade von *Beckys Café* auftauchte. Regentropfen rannen an der umlaufenden Fensterscheibe herab. Der Schriftzug *Beckys* war von einem Comiczeichner entwickelt worden und darunter waren lebendige Cappuccino-, Kaffee- und Latte-Macchiato-Tassen aufgemalt. Im Inneren erkannte sie bereits aus der Entfernung die tief hängenden Deckenlampen, die jeden Tisch in einen warmen Schein tauchten.

Sie wusste, dass Becky für jedes Wochenende frischen Kuchen backte, immer andere Sorten. Was wohl heute auf dem Plan stand?

Ihr Magen knurrte.

»Das habe ich auch gerade gedacht«, sagte Cullen mit einem Grinsen.

Normalerweise war das Café an einem Sonntag gut gefüllt. Im Sommer waren die Tische draußen dicht besetzt, im Herbst und Winter konnte man im Inneren um dieses Uhrzeit keinen Platz mehr ergattern.

Doch heute hatten sie Glück.

Mehrere Tische waren nicht besetzt.

Gemeinsam eilten sie zur Tür, Cullen öffnete diese und ließ Melissa und ihr dann den Vortritt.

Der Geruch von frisch gemahlenem Kaffee, Kuchen und Tee stieg Julie in die Nase. Sie lächelte.

Ein Lächeln, das entgleiste, als ihr Blick auf Simon fiel.

»Oh, Shit«, entfuhr es Cullen.

»Was ist passiert?«, hauchte Julie.

KAPITEL 10

Kaffeestunde mit Überraschung

Die Tür des Cafés fiel mit einem leisen Klacken ins Schloss.

Zu dritt strebten sie auf die Bar zu, wo Simon gerade die Siebträgermaschine bediente. Heißes Wasser wurde durch den Einsatz gepresst, frischer Kaffee floss in zwei bereitstehende Espressotassen.

»Es sieht schlimmer aus, als es ist«, wiegelte Simon ab.

Sein Gesicht war von Schnittwunden übersät und nahm bei Julies Anblick einen zarten Rotton an.

»Was ist passiert?«, fragte Cullen.

Simons Blick huschte wie der eines ängstlichen Rehs zwischen ihnen hin und her. »Ach, ich bin ausgerutscht. Und gefallen. Auf ein Glas, das mir davor … ihr wisst ja, ich bin total schusselig.«

Fahrig strich er sich durch eine dunkle Locke, die sofort wieder wie eine Sprungfeder aufhüpfte, und griff nach den Espressotassen. »Dort hinten in Harlem ist ein Tisch frei.«

Er wollte sie eindeutig loswerden, was nicht im Ansatz zu Simon passte. Julie musste keine Melissa sein, um hier etwas zu wittern.

»Interessant«, sagte die Freundin auch prompt. »Simon verheimlicht etwas.«

Cullen verdrehte die Augen. »Lass ihn doch einfach mal in Ruhe.«

»Ist ja gut.«

»Versprich es«, schickte Julie hinterher.

»Heute seid ihr furchtbar, aber gut. Versprochen.«

Sie nahmen an einem der Tische im hinteren Bereich Platz. An der Wand hingen Bilder, die Schwarz-Weiß-Aufnahmen von New York zeigten. Aufgeteilt in einzelne Abschnitte, wurden so verschiedene Stadtteile abgedeckt. Sie saßen in Harlem.

»Julie Warren!« Eine hochgewachsene Frau mit schulterlangen schwarzen Haaren kam auf sie zugeeilt.

»Becky!«

Julie sprang auf und umarmte die Inhaberin des Cafés innig. Ein Stich in der Brust brachte ihr in Erinnerung, dass dies keine gute Idee gewesen war. Sie zog zwischen zusammengebissenen Zähnen die Luft ein.

Sofort traf sie Beckys mitleidiger Blick. »Du machst Sachen, Kind.«

»Ach, weißt du, die Flieg...«

»Sie hat für ein paar Sekunden die Kontrolle über den Lenker verloren!«, überbrüllte Melissa Julies Worte. »Ganz dumme Sache.«

Becky nickte verstehend. »Früh am Morgen in der Rushhour kann das schon mal passieren. Aber zukünftig passt du besser auf dich auf, ja?«

»Fahrradfahren ist erst einmal gestrichen«, versprach Julie. »Und ab kommenden Montag stehe ich auch wieder hinter der Theke.«

Rebecca warf einen fragenden Blick in Richtung Cullen und Melissa. »Ist sie schon wieder so weit?«

Melissa wiegte den Kopf hin und her, nickte aber schließlich. »Andernfalls fängt sie noch damit an, uns daheim zu bedienen. Sie macht sogar schon Frühstück. Halt, wenn ich es mir recht überlege ...«

»Nimm sie wieder auf«, sagte Cullen schnell.

Julie war ihren Freunden dankbar, dass sie den gesundheitlichen Zwischenfall des gestrigen Abends nicht erwähnten. Vermutlich hätte Becky sich rundheraus geweigert, sie wieder arbeiten zu lassen. Sie betrieb das Café seit fünf Jahren, war Mitte vierzig und hatte zwei Kinder. Niemand wusste besser als Becky, dass Julie das Geld dringend benötigte.

»In Ordnung«, sagte sie schließlich. »Wir sprechen im Laufe der Woche darüber, welche Schicht du übernimmst. Aber für den Anfang starten wir langsam.«

»Absolut. Ich käme nie auf die Idee, mir zu viel aufzuhalsen.« Das folgende Auflachen von Melissa ignorierte sie.

Becky nahm ihre Bestellungen auf und versprach, Simon damit vorbeizuschicken. Natürlich setzte Melissa dazu an, nach den Verletzungen zu fragen, doch ein kurzer Rempler von Cullen brachte sie zum Schweigen.

Minuten später stand vor Julie ein Cappuccino, Cullen und Melissa tranken jeweils einen Latte. Sie hatten sich einhellig für Kürbiskuchen entschieden, in dem eine leichte Zimtnote mitschwang.

Vor dem Fenster war der Himmel in tiefe Schwärze getaucht. Immer stärker prasselte der Regen gegen die Scheiben, was sie dazu zwang, den Aufbruch hinauszuzögern. Der Abend brach herein, der Raum leerte sich. Eine Minute bevor Becky das Café abschließen wollte, stürmte ein letzter Besucher durch die Tür.

»Luca?!«, brach es aus Julie hervor.

Sein Blick erfasste sie, grimmig wie immer. Er stapfte auf den Tisch zu und sagte: »Wir müssen reden.«

»Woher weißt du, dass ich hier bin?«

»Instagram.« Er nickte in Richtung Melissa. »Sie hat ein Bild von eurem Kuchen gepostet und getaggt.«

»Und da sag noch mal jemand, ich würde webstalken«, kommentierte diese. »Hoffentlich folgst du jetzt wenigstens meinem Profil.«

Was eine Fangfrage war.

»Ich hab kein eigenes.«

Womit er Melissa in die Falle ging und diese Tatsache enthüllte.

»Lassen wir die beiden allein.« Cullen nickte Luca kurz zu.

Dieser nickte zurück.

Fehlte nur noch das »Dude« oder »Bro«. Glücklicherweise verzichteten sie darauf. Ihre Freunde ließen sich an der Theke nieder und sahen Simon dabei zu, wie er die Siebträgermaschine reinigte. Becky schloss die Tür und drehte das Schild auf *Geschlossen*.

Luca trug eine modische graue Jacke über einem ebensolchen Hoodie. Die Jeans war an mehreren Stellen verschlissen, die Sneaker ebenso dunkel. Farblich betrachtet ein trostloser Anblick, sah man von den Augen ab. Flüssiges Quecksilber mit goldenen Sprenkeln.

Immer wieder nahm Julie sich vor, ihm nicht in die Augen zu sehen. Doch diese Dinger waren wie zwei Magneten, und sofort wurden ihre Knie weich. Ihr Magen kitzelte. Glücklicherweise begannen auch die Hämatome zu jucken. Ha, sie konzentrierte sich einfach darauf.

»Wieso grinst du so?«, fragte Luca prompt.

»Ich habe nur gerade gedacht. An etwas.« Was zur Hölle war in Gegenwart dieses Quecksilberteufels mit ihr los?!

»Klingt auf verdrehte Art logisch«, sagte er. »Aber an dir ist alles irgendwie anders.«

Sie holte bereits Luft, um ihn anzubrüllen.

»Hör zu, das ist jetzt etwas peinlich, aber … ich brauche den Eiskübel wieder.«

Für ein paar surreale Sekunden glaubte Julie, in einer Parallelwelt zu sitzen, in der einfach nichts Sinn ergab.

In diesem Moment erlosch das Licht.

Becky konnte durchaus rigoros werden, aber sie in der Dunkelheit stranden zu lassen passte so gar nicht. Melissa und Cullen waren nicht mehr zu erkennen, selbst Luca, der ihr direkt gegenübersaß, war weg.

Moment!

Was war mit den Straßenlaternen?

»Die ganze Stadt ist dunkel«, hauchte Luca.

In seiner Stimme schwang etwas mit, was sie bereits mehrfach in seinem Gesicht gesehen hatte. Angst? Schmerz? Sie konnte es nicht genau greifen.

»Das wird schon wieder«, hauchte Julie.

Wie konnte so etwas überhaupt passieren?

»Seid ihr alle in Ordnung?!«, rief Cullen.

Nacheinander bestätigte jeder.

»Jeder bleibt, wo er ist«, erklang Beckys Stimme. »Ich hole eine Taschenlampe.«

Etwas rumpelte, als sie gegen einen Stuhl stieß.

Simon war schneller. Eine Kerze leuchtete auf. »Hier in der Schublade sind noch mehr.«

Luca und Julie kamen zur Theke und sie entzündeten ein Dutzend Teelichter, in deren Schein sie durch die Scheiben blickten.

»Was ist da passiert?« Luca wirkte unruhig.

»Stromausfall.« Melissa hob ihr Smartphone in die Höhe. »Der Bürgermeister hat gerade getwittert. Betrifft ganz Manhattan.«

Julie erinnerte sich an den Sommer 2019. Sie hatte daheim in Colorado davon gelesen, dass in New York ganz Manhattan im Dunkeln lag. Damals waren laut des Energieversorgers *Con Edison* technische Probleme die Ursache. Heute tippte sie eher auf das Unwetter.

Becky kehrte zurück, mit einer Taschenlampe bewaffnet. »Ah, ihr habt schon für Licht gesorgt.« Sie trat an das Schaufenster und blickte hinaus. »Das gibt wieder ein Chaos. Beim letzten Mal musste die Feuerwehr Leute aus den U-Bahn-Waggons befreien, aus Aufzügen retten und alle Konzerte wurden eingestellt.«

Sie wollte gar nicht daran denken, was das für viele Menschen bedeutete. Julie bekam sofort Mitleid.

»Die Verletzten«, krächzte Luca. »Es wird viel zu wenig Hilfe geben.«

»Jetzt bleiben wir mal alle ruhig«, forderte Cullen. »Momentan können wir nicht mehr tun, als auf uns selbst aufzupassen.«

»Er hat recht«, stimmte Simon zu. »Ich habe noch Kaffee übrig. Den füllen wir in die Tassen und erhitzen ihn über den Kerzen.« Er grinste lausbubenhaft.

»Und ich sponsore jedem von euch ein Stück Kuchen, ausnahmsweise.« Becky zwinkerte.

Im Kerzenschein richteten Cullen und Simon alles an der Bar her, während Melissa ein Foto machte und es zuerst ihren eigenen Eltern und dann den anderen schickte. Auf diese Art wusste jeder, dass sie okay waren und wo sie sich befanden.

»Kann ich dich kurz unter vier Augen sprechen?« Luca deutete in Richtung Soho-Ecke.

Gemeinsam nahmen sie dort an einem Tisch Platz.

»Ich weiß nicht, ob das jetzt der richtige Zeitpunkt für deinen Eiskübel ist«, merkte Julie an.

Luca atmete schwer aus. »Hör zu, diese Sache mit der Limousine gestern … es ist aufgefallen, dass der Eiskübel fehlt. Er muss dringend wieder zurück.«

»Dir ist schon klar, dass wir gerade inmitten eines Stromausfalls festsitzen?«, fragte Julie.

Prompt vibrierte Lucas Smartphone. Er warf einen Blick darauf und stöhnte auf. »Glaub mir, das Problem wirkt mickrig, aber es kann sich ganz schnell ausweiten.«

Eine Sirene erklang, Blaulicht flackerte.

Luca schloss die Augen und lehnte sich mit den Handflächen gegen die Wand. Langsam atmete er ein und wieder aus.

»Alles okay?«

»Wieso musst du nur alles so kompliziert machen?«

»Du bekommst deinen blöden Kübel ja wieder«, stellte Julie klar. »Sobald wir hier herauskommen, gehen wir zur WG und ich überreiche ihn dir höchstpersönlich.«

»Mehr wollte ich doch gar nicht hören«, sagte er matt.

In diesem Augenblick hätte Julie gern etwas Aufmunterndes gesagt. Er wirkte so verloren, so einsam.

»Dann gehen wir am besten zu den anderen. Gut, dass es nur Kaffee gibt. Und kein Wasser.« Er lachte auf und wandte sich ab.

Julie stand kurz davor, ein Gebäudegemälde abzureißen und auf den Tisch zu schlagen. Wie konnte ein Mensch in einem Augenblick so hilflos wirken und im nächsten wie der Teufel selbst?

Ein Blick zur Theke zeigte ihr Melissa, die Kaffee schlürfte und sich angeregt mit Cullen unterhielt. Simon wirkte ein wenig geknickt, wandte jedoch schnell den Blick ab, als Julie herübersah. Luca sank schweigend auf einen Stuhl und grübelte vor sich hin.

»Du bist souverän, Warren, du bekommst das hin«, sagte Julie leise zu sich selbst. Sie musste ihm nur den Eiskübel zurückgeben und dann nie wieder mit ihm sprechen.

Seltsamerweise verspürte sie bei dem Gedanken einen leichten Stich. Vermutlich die Hämatome.

Sie setzte sich zu den anderen an die Theke.

Becky verteilte die Reste des Kürbiskuchens, sie tranken und unterhielten sich leise. Natürlich schoss Melissa auch Fragen in Richtung Luca ab, doch dieser gab nur kurz angebundene, mürrische Antworten.

»Für den brauchen wir einen Befragungsspezialisten der CIA«, flüsterte sie Julie aus dem Mundwinkel zu.

Sicherheitshalber hatte sie sich an das andere Ende der Theke gesetzt, so weit von Luca entfernt wie möglich. Auf diese Art konnte sie ihm auch nicht mehr in die Augen sehen. Problem gelöst.

Julie war zufrieden mit sich selbst.

Bis sie Lucas Blick im breiten Spiegel hinter der Theke auf sich ruhen sah. Das Licht der Kerzen ließ die goldenen Sprenkel in seinen Augen tanzen. Sein Haar war mittlerweile wieder getrocknet und stand zu allen Seiten ab. Er hatte seine Jacke abgelegt und die Ärmel seines Hoodies hochgeschoben. Am linken Handgelenk trug er ein Armband aus schwarz-grünen Perlen.

»Geschliffene Tigeraugen«, flüsterte Melissa mit einem kurzen Kennerblick in die gleiche Richtung. »Ich soll dich von deiner Mom grüßen, und das nächste Mal möchtest du doch bitte selbst ein Lebenszeichen von dir geben. Außerdem wusste sie schon immer, dass New York kein guter Ort ist. Um deine Brüder muss sie sich nie solche Sorgen machen. Den Rest kannst du später selbst nachlesen.«

Was genau der Grund war, weshalb Julie es Melissa überlassen hatte, die Nachricht zu schicken. Ihr eigenes Smartphone fühlte sich gut dort an, wo es war – in ihrer Hosentasche.

Mittlerweile hatte auch Luca seines wieder hochgenommen und eine Nachricht eingetippt. Wie seine Eltern wohl waren? Machten sie sich ebenfalls Sorgen um ihren Sohn, der irgendwo in New York unterwegs war?

Auf jeden Fall schien ihnen der Eiskübel überaus wichtig zu sein. Hatte Jennings vielleicht doch geplaudert?

Die Stunden verstrichen, und die Intervalle, in denen das Blaulicht von Rettungswagen und Polizeifahrzeugen aufblitzte, nahmen ab.

Erst weit nach Mitternacht hielt Becky es für sicher, dass sie nach Hause gingen.

Simon wollte bleiben und den Abwasch machen, doch das lehnte sie rundheraus ab. Sie selbst würde alles aufräumen.

Nacheinander verließen sie das Café.

Da Simon einen deutlich weiteren Weg zurücklegen musste, er wohnte in Brooklyn, sollte er mit in die WG kommen. Das Sofa war schließlich breit genug. Cullen und Melissa hatten ihm klargemacht, dass er auf keinen Fall den ganzen Weg allein laufen konnte. Zu dritt gingen sie voraus.

Julie folgte mit Luca.

Schweigend trotteten sie nebeneinanderher.

Der Regen hatte mittlerweile aufgehört und auch die Wolken hatten sich verzogen. Der Mond warf seinen Schein auf den erloschenen Stadtteil und das reichte aus für eine Orientierung.

»Wie kommst du denn zurück zum Studentenwohnheim?«, fragte Julie.

»Mach dir um mich keine Sorgen, ich kann auf mich aufpassen«, gab Luca zurück.

»Weißt du, manchmal schadet es nicht, ein freundliches Gespräch zu führen.«

»Ach?«

»Ja, tatsächlich. Die Nummer mit dem grummeligen Höhlenmensch muss nicht ständig sein.«

Verblüffenderweise lachte Luca bei diesen Worten leise auf.

»Was ist so lustig?«, fragte Julie.

»Du hast mich nur an jemanden erinnert.« Das Lächeln verschwand wie ausgeknipst und machte einer Dunkelheit Platz, die jede Freude zu schlucken schien.

»Einen Freund?«

Luca nickte.

Wieso spielte er ständig Auster? Konnte er nicht einfach einen normalen Satz aussprechen, ohne sie gleich anzuschreien oder zu beleidigen?

»Du hast nette Freunde«, sagte er.

»Wir machen Fortschritte.«

»Was meinst du?«

»Ich glaube, das war das erste Mal, dass du mich nicht angeschrien oder beleidigt hast«, erwiderte Julie.

»Davor hattest du es ja auch verdient.«

»Was soll das denn heißen?!«, rief sie.

»Dass es ziemlich dumm von dir war, ohne Schutzkleidung Rad zu fahren. Oder in krankem Zustand Alkohol in sich hineinzuschütten.

Ehrlich gesagt wundert es mich gar nicht, dass du in einem Stromausfall bei Sturm und Regen unterwegs bist.«

»Ach, das ist jetzt auch meine Schuld?!«

»Du hättest daheim sein sollen, um gesund zu werden.«

Ob es auffiel, wenn sie das nächste Straßenschild abriss und Luca um die Ohren schlug?

»Nur zu deiner Information ...«

Neben ihnen hielt eine Limousine. Genau genommen war es die gleiche wie gestern.

Jennings öffnete die Fahrertür und stieg aus. »Master Jackson.«

Luca starrte auf den Fahrerbereich hinter den getönten Scheiben. »Ich habe wohl keine Wahl.«

»Nun ...« Jennings zuckte entschuldigend mit den Schultern.

»Schon klar.« Luca wandte sich Julie zu. »Den Eiskübel kannst du behalten, das hat sich erledigt.«

Die Tür wurde geöffnet und er schlüpfte so schnell ins Innere des Wagens, dass sie keinen Blick auf die Person auf dem Rücksitz erhaschen konnte.

Mit einem freundlichen Nicken in ihre Richtung verabschiedete sich der Chauffeur und stieg wieder ein. Die Limousine glitt in die Dunkelheit davon.

Julie blieb allein zurück.

KAPITEL 11

Einfach leben

Der Wochenauftakt stand ganz im Zeichen des Stromausfalls. Überall waren Einsatzkräfte unterwegs, die Notaufnahmen überfüllt. Da zahlreiche Studenten weite Wege zurücklegen mussten, fielen die Vorlesungen aus.

Einige der Professoren hielten sie kurzerhand online, die Teilnahme war damit selbst bei Pflichtveranstaltungen von zu Hause aus möglich.

Doktor Halbroke musste den Termin mit Julie verschieben, da es zahlreiche Notfälle gab, die Vorrang hatten. Glücklicherweise fühlte sie sich wieder wohl, die Übelkeit war nicht zurückgekehrt. Langsam begann sie damit, die Diät aufzuweichen, hielt sich aber von Alkohol vollständig fern.

Den ganzen Montag über starrte Julie auf den Eiskübel.

Wer hatte in der Limousine gesessen?

Melissa hatte erstmals in Sichtweite miterlebt, was geschehen war, und prompt sowohl das Nummernschild als auch Jennings fotografiert. Doch selbst Bildersuche und intensive Textrecherche blieben erfolglos.

»Langsam habe ich keine Lust mehr«, grummelte sie. »Dieser Kerl stürmt herein, stellt sich nicht mal vor und haut dann wieder ab.«

Der Frust war ihr anzuhören.

Nach dem Gespräch war Julie noch immer zwiegespalten. Ihre Gedanken pendelten zwischen »Luca hatte ihr zweimal in Not geholfen« und »Er war ein arroganter Verbindungsstudent, der keine vernünftige Erziehung im Umgang mit anderen Menschen genossen hatte«.

Die Tage verstrichen und Julie nutzte ihre Zeit, um Stoff nachzuarbeiten und mit Becky die nächsten Schichten zu vereinbaren. Simon sprach es nicht aus, doch sie sah ihn aufatmen. Die Doppelbelastung hätte er nicht mehr lange durchgehalten. Doch Julie fühlte sich wieder bereit, wollte endlich zurück in ihr normales Leben.

Sie sehnte das Wochenende herbei, das das Ende ihrer Isolation einleiten sollte. Rückkehr hinter die Theke, ans College ab folgendem Montag.

Cullen war noch immer geknickt und untypisch eigenbrötlerisch. Sein sonniges Gemüt hatte einen Dämpfer erhalten, den er noch nicht verarbeitet hatte. Selbst der Schlagabtausch mit Melissa schien ihn nicht aufzuheitern.

»Wenn das so weitergeht, müssen wir beide Sparringspartner werden«, kommentierte die Freundin irgendwann. »Vorher müssen wir aber an deiner Schlagfertigkeit arbeiten, Jules.«

»Äh.«

»Sag ich doch.«

»Kommt nicht infrage«, lehnte sie kategorisch ab.

Sollte Cullen nicht bald wieder der Alte sein, würden sie das Notfallprotokoll aktivieren. In seinem Fall hieß das, gemeinsam ein Footballspiel anzusehen, ihn mit Muffins vollzustopfen und so zu tun, als jubelten sie über jedes Tor für das richtige Team. Vorher mussten sie sich natürlich informieren, welches das war. Beim letzten Mal war das ziemlich schiefgegangen.

Am Sonntag vor der Rückkehr zum Alltag ging Julie bei Becky vorbei, um sich über die neuen Sonderangebote und die Kuchen der Woche zu informieren.

»Auf dich ist einfach Verlass.« Becky zog sie in eine sanfte Umarmung.

Das Zusammenzucken kam eher als Reflex, die Hämatome hatten sich in blau-violette Flecken verwandelt, die kaum noch schmerzten.

Aus dem Informationsbesuch wurde ein entspanntes Plaudern, zuerst mit Rebecca, später mit Simon. Julie gönnte sich ein Stück Kuchen und arbeitete an ihrem Laptop in der Soho-Ecke.

Am Nachmittag blickte sie zufällig auf, nur um Luca am Tresen stehen zu sehen. Er war in eine eifrige Diskussion mit Rebecca vertieft.

Julie gesellte sich zu den beiden. »Luca.«

»Warren.« Er nickte kurz.

Allein in diesem einen Wort lag so viel Distanz wie zwischen dem Nord- und dem Südpol.

»Sag deinem Freund bitte, dass er den Kuchen nicht bezahlen muss, den er am vergangenen Sonntag gegessen hat«, stellte Becky klar. »Wir haben gemütlich beisammengesessen, nach Ladenschluss. Dafür nehme ich kein Geld.«

»Aber ich möchte dir nichts schuldig bleiben«, erwiderte Luca.

»Tust du nicht, es war ein Geschenk.«

»Aber wir kennen uns nicht.«

»Für einen Freund von Julie habe ich das gern getan«, sagte Becky.

»Glaub mir, du musst wirklich nicht …«, begann Julie.

»Warren und ich sind keine Freunde«, stellte Luca kalt klar. »Ich habe ihr zweimal aus selbst verschuldeten Situationen herausgeholfen, das würde ich für jeden tun.«

Ihr verschlug es die Sprache.

Womöglich sollte sie doch mit Melissa an ihrer Schlagfertigkeit arbeiten.

Becky riss bei diesen Worten verblüfft die Augen auf. »Das ist natürlich … nett.« Sie wusste sichtlich nicht mit der Situation umzugehen.

»Okay, Jackson«, betonte Julie seinen Nachnamen. »Dann haben wir das doch ein für alle Mal geklärt. Der Kuchen ist eine Einladung von mir, schließlich will ich dir nichts schuldig bleiben!«

Luca erwiderte ihren Blick gelassen, als nehme er die Wut in ihrer Stimme überhaupt nicht wahr. Besaß dieser Kerl auch nur einen Funken Emotion?

»In Ordnung, dann sind wir quitt.« Er nickte langsam. »Pass zukünftig selbst auf dich auf. Beim nächsten Mal ist niemand da, um dich vor dir selbst zu schützen.«

Damit wandte er sich ab.

»Dein Eiskübel«, konnte Julie sich nicht verkneifen.

»Kannst du behalten.«

»Will ich aber nicht. Er gehört schließlich nicht dir.« Es bereitete ihr diebische Freude, ihn zusammenzucken zu sehen. »Wohin soll ich ihn schicken?«

Kurz überdachte Luca ihre Worte. »Jennings wird ihn abholen.«

Das versetzte Julie einen Stich. Tief im Inneren hatte sie gehofft, dass er vorbeikommen würde. Dass sich doch noch alles klären ließ. Was immer in der Limousine vorgefallen war, es hatte dafür gesorgt, dass Luca die Mauern um sich herum wieder hochzog.

Sie zog ihr Smartphone hervor und wandte sich Becky zu. »Verbuchst du es bitte?«

»O Julie.« Becky seufzte.

Trotzdem ging sie zur Kasse, buchte alles ein, was Luca gegessen oder getrunken hatte, und schob das kleine Pad zum kontaktlosen Bezahlen über die Theke. Die Kamera das Smartphones erfasste Julies Gesicht, entsperrte die virtuelle Karte und ein Piepsen signalisierte, dass der Bezahlvorgang abgeschlossen war.

Wenn nicht genug Trinkgeld abfiel, würde sie Simon um eine seiner Schichten bitten müssen. Ihr Geld rann wie Sand durch das Loch eines Eimers namens Konto.

Sie verabschiedete sich von Becky und kehrte in die WG zurück.

Cullen saß in Sportklamotten vor dem Fernseher. Irgendeine Sportsendung lief. Im Hintergrund telefonierte Melissa lautstark.

Mit einem Seufzen ließ Julie sich auf die Couch fallen. »Das klingt aber ernst. Mit wem spricht sie?«

Cullen zuckte mit den Schultern. »Seit einer Stunde flitzt sie euphorisch hin und her.«

Einige Minuten lang folgte Julie den Ereignissen auf dem Bildschirm, ihre Gedanken waren jedoch weit weg. Das College, die Arbeit, der, dessen Name nicht gedacht werden sollte, die unbekannte Person in der Limousine.

»Für dich.« Melissa reichte Julie das Smartphone.

»Was?« Verwirrt starrte sie auf das Gerät.

»Deine Mom.«

»Du hast seit einer Stunde mit meiner Mom telefoniert?!«, krächzte Julie entsetzt.

»Es war wichtig. Sie hat mir mit dem Internet geholfen.«

Sie nahm das Gerät entgegen. »Meine Mom? Dir? Mit dem Internet?«

Genau genommen hätte Julie das nicht verwundern sollen, immerhin hatte ihre Mom innerhalb weniger Stunden den Unfall auf Youtube entdeckt und eine Recherchekette in Gang gesetzt.

Sie schloss die Augen. »Hallo, Mom.«

»Juliette Warren«, wurde sie mit so viel Vorwurf in der Stimme begrüßt, wie die Telefonleitung transportieren konnte. »Neun Monate habe ich dich ausgetragen. Achtzehn Jahre genährt und aufgezogen.«

»Ich war eine Frühgeburt, Mom, es waren acht Monate.«

»Walther, deine Tochter ist respektlos.«

»Natürlich Schatz«, erlang es aus dem Hintergrund, gefolgt von Zeitungsrascheln.

»Ich bin allein auf dieser Welt«, sagte ihre Mom seufzend. »Ein Stromausfall und du meldest dich mit keinem Wort. Deine beste Freundin muss uns mitteilen, dass es dir gut geht. Ich mag Melissa, habe ich das schon erwähnt? Deine Brüder melden sich regelmäßiger. Nun ja, Josh nicht unbedingt. Aber Max. Sie haben auch schon lange nichts mehr von dir gehört, ich habe sie alle gefragt. Ich denke, wir sollten eine gemeinsame Whatsapp-Gruppe aufmachen. Josh hat erzählt, dass das geht.«

Und vermutlich hatte er die Worte Sekunden später bereut, sie aber nicht zurücknehmen können.

»Mom, das ist total kompliziert.«

»Kind, du hast von moderner Kommunikation wirklich gar keine Ahnung. Ich habe die Gruppe schon eingerichtet. Dein Vater ist auch schon beigetreten, und euch habe ich alle hinzugefügt. Verlinkt. Also ihr seid auf jeden Fall dabei. Hast du keine Einladung bekommen?«

Julie zog ihr eigenes Smartphone aus der Tasche.

Tatsächlich wies eine Pushnachricht darauf hin, dass *Lonelymother* sie der Gruppe *Familiengespräche* hinzugefügt hatte. Sie würde Josh gehörig die Meinung sagen!

»Klar, Mom, ich sehe es. Das ist eine tolle Idee.«

»Ein wenig mehr Euphorie! Ab jetzt können wir uns täglich austauschen, das wird Farbe in meinen grauen Alltag bringen.«

Was nur bedeutete, dass Julies Smartphone mit Pushnachrichten geflutet werden würde. Bilder von Wandergruppen, Kaffeekränzchen,

Waldspaziergängen. Ihre Mom war ein aktiver Mensch mit unglaublich vielen Freunden. Wenn ihr Leben eines nicht war, dann grau.

»Gibt es denn etwas Neues zu diesem geheimnisvollen Jungen? Lu…«

»Nein«, unterbrach Julie.

Sie wollte den Namen nicht mehr hören.

»Was hast du mit Melissa besprochen?«, fragte sie.

»Ah, das ist etwas, das ich von deinem Bruder habe.«

»Du redest ja oft mit Josh.«

»Von Max«, korrigierte ihre Mom. »Melissa benötigte das für Recherchezwecke. Auf diese Art kann man im Internet Dinge auffinden, auch wenn sie schon nicht mehr online sind.«

Was eindeutig bewies, dass Melissa die Recherchen eben nicht beendet hatte.

»Ab Montag geht es also weiter? Bist du denn wirklich wieder in Ordnung? Hat die Ärztin noch etwas gesagt?«

Immerhin, die Beste-Freundin-Person, von der sich Julie nicht sicher war, dass sie das tatsächlich noch war, hatte nicht über die Blutwerte geplaudert. Trotzdem warf sie Melissa einen bösen Blick zu, den diese unschuldig erwiderte. Gerade war sie dabei, Cullen in alles einzuweihen.

»Ich bin wieder vollständig hergestellt und bereit, die Weltherrschaft zu übernehmen.«

»Das ist nicht witzig!«

»Lass mich einfach mein Ding durchziehen, Mom. Bitte. Ich verspreche dir, ich gebe auf mich acht.«

Stille.

»Ich hab dich lieb. Pass einfach auf dich auf.«

Die Sanftheit in der Stimme ihrer Mom war ungewohnt, im ersten Augenblick fast schockierend. Gleichzeitig begriff Julie, dass ihre Mom sich wirklich Sorgen gemacht hatte.

»Ich dich auch. Ab sofort werde ich dich über alle wichtigen Neuigkeiten informieren.«

»Versprochen?«

»Versprochen.«

»Mehr wollte ich doch gar nicht hören.« Das Lächeln drang selbst durch die Telefonleitung bis nach New York. »So, jetzt muss ich mich wieder mit Instagram beschäftigen. Henrietta hat ein neues Profil, um ihren Rosengarten permanent zu präsentieren. Ich sage dir, wenn wir nicht immer die Ersten sind, die Likes dalassen, ist das nächste Gespräch eisig.«

Mit einem Lachen verabschiedete sich Julie und realisierte gleichzeitig, wie viel Spaß ihre Mom dabei hatte, neue Dinge auszuprobieren.

»Alles klar, Jules?«, fragte Melissa.

Sie nickte.

»Du bist nicht sauer?«

Sie schüttelte den Kopf.

»Aber die Stimme ist noch da?«

»Warum bin ich ständig so vorsichtig?«, fragte Julie mehr zu sich selbst als in Richtung von Melissa.

Was diese aber nicht davon abhielt, eine Antwort zu liefern. »Permanente Angst zu scheitern?« Auf den verblüfften Blick von Julie ergänzte sie entschuldigend. »Nur eine Idee.«

»Du hast recht!«

»Das wusste ich, wollte nur nicht zu direkt sein.«

Egal was sie tat, die Angst war ein ständiger Begleiter. Noch mehr seit dem Unfall. Sie jonglierte mit dem Job, den Vorlesungen, und obwohl er sich furchtbar verhielt, schielte Julie doch ständig irgendwie in Lucas Richtung. Warum? Wenn sie so weitermachte, führte das nur zu … sie hatte keine Ahnung, aber der Gedanke gefiel ihr nicht.

Ihre eigene Mutter lernte jeden Tag neue Dinge, beschäftigte sich mit dem Leben und besaß unerschöpfliche Energie. Weshalb galt das nicht für Julie?

»Das sieht übel aus.« Melissa stand mit zusammengekniffenen Augen einen Schritt von Julie entfernt und starrte sie an.

»Sieht für mich eher aus, als realisiere sie etwas«, sagte Cullen. »Ist mir auch schon passiert.«

»Ach?«, hakte Melissa nach.

»Stell dir vor, es gibt Menschen, die sich Gedanken über das eigene Leben machen und Fehler korrigieren.« Etwas leiser grummelte er: »Und manche sind einfach Feiglinge und Idioten.«

»Darauf kommen wir gleich zurück«, sagte Melissa an Cullen gewandt. »Ich kann nicht zwei Feuer gleichzeitig löschen. Jules, sprich darüber, was in deinem Kopf vorgeht. Sonst bekomme ich Angst.«

Wortlos marschierte Julie zum Fenster und starrte hinaus. New York sollte aufregend sein. Es gab tausend wunderschöne Orte zu erkunden, Cafés und Bars. Allein das College bot so viel, was sie sich noch nicht angesehen hatte. Stattdessen vergrub sie sich in Bücher, wälzte Unterlagen, kannte die WG in- und auswendig aber kaum etwas vom Rest der Stadt.

Das Studium war ihr Wunschtraum gewesen, hatte der Start in einen Neubeginn werden sollen. Freunde, Entdeckungen, Spaß am Lernen und Leben.

»Wird sie springen?«, erklang Melissas Stimme.

»Ich wette dagegen«, kam es von Cullen. »Sieht eher so aus, als rennt sie gleich aus der Wohnung und fängt an zu singen.«

»Wie eine Zeichentrickfigur?«

»Ich habe einen Entschluss gefasst«, verkündete Julie und drehte sich um. »Das muss alles anders werden.«

Damit flitzte sie in ihr Zimmer und ließ die beiden auf der Couch zurück. Natürlich folgte ihr Melissa, doch Julie schlug die Zimmertür zu.

»Wir reden morgen!«, rief sie.

»Das ist nicht fair«, drang es dumpf durch das Holz.

Doch sie ließ sich nicht erweichen. In Gedanken machte sie bereits Pläne, verwarf sie jedoch direkt wieder. Wozu Pläne machen? Das Leben stellte sowieso seine eigenen Regeln auf. Nein, sie würde ab morgen alles anders angehen.

Angefangen mit ihren Klamotten.

In diesem Augenblick richtete Julie ihr Leben völlig neu aus. Mit allen Konsequenzen.

KAPITEL 12

Die Leichtigkeit des Seins

»Bist du Julie Warren?«

Die Stimme durchbrach das Schweigen in der Bibliothek, und hätten sie sich an den Arbeitsplätzen mit den Rechnern befunden, wären sie in der nächsten Sekunde von gezischten »Pst« aus allen Richtungen umgeben gewesen.

Glücklicherweise genoss es Julie, Informationen aus echten Büchern zu notieren. Gerade stellte sie einen Titel von Patryks Leseliste zurück. Es war das Einzige, das sie lesen würde. Für den Rest suchte sie im Internet Zusammenfassungen. Warum sich die Mühe machen?

»Das bin ich.« Julie wandte sich um.

Vor ihr stand eine Studentin und lächelte sie offen an. Das blonde Haar glänzte seidig, die Markenjeans betonten ihre Figur und die Bluse verband konservative Zurückhaltung mit modernem Schnitt. Kein Wunder, dass einige Studenten die Hälse reckten, um ihr nachzusehen.

»Ich bin Susann. Susann Larson. Professorin Obermeyer hat mich zu dir geschickt.«

Professorin Mathilda Obermeyer unterrichtete französische Literatur. Ein Fach, das Julie Spaß machte. Längst dachte sie darüber nach – sollte sie das Stipendium bekommen –, ein Auslandssemester in Paris einzulegen.

»Ich habe ein paar Schwierigkeiten mit Gustave Flaubert. Madame Bovary.« Sie seufzte. »Obermeyer sagt, du hast die zensierte Version aus der Zeitung von 1856 gelesen *und* die vollständige Romanausgabe von 1857?«

Eine der Fleißaufgaben, mit denen Julie auf sich hatte aufmerksam machen wollen. Immerhin, bei Professorin Obermeyer hatte es funktioniert. »Stimmt.«

»Ich muss einen Absacker in den Noten ausgleichen«, erklärte Susann.

»Ein Paper?«

»Zu den Unterschieden der Versionen im Kontext der damaligen gesellschaftlichen Stellung der Frau. Das Ganze unterlegt mit Argumenten zum Gerichtsverfahren gegen Flaubert. Einmal Pro, einmal Kontra.«

»Wow, das ist ein Brocken.«

»Das findet Obermeyer auch, deshalb hat sie mich zu dir geschickt. Um ein paar Informationen einzuholen. Andernfalls schaffe ich das niemals in vier Wochen neben all dem anderen Stoff.«

Insbesondere die Recherche zur damaligen Zeit umfasste dann wohl auch ein paar Gesetze. Immerhin war der Autor angeklagt worden, weil er in seinem Roman angeblich den Ehebruch verherrlichte.

»Was springt für mich dabei heraus?«, fragte Julie, bevor sie weiter darüber nachdenken konnte.

Ihr altes Ich hätte ohne Gegenleistung sofort geholfen. Es hatte sich aber auch von einer Fliege beinahe ins Jenseits befördern lassen.

»*Evolution, Warren*«, sagte sie sich leise vor.

»Gefällt mir, wie du denkst.« Susann lachte auf und schien kein Stück verlegen über die Frage zu sein. »Was hältst du von einer gemeinsamen Shoppingtour mit anschließenden Entspannungscocktails am Pool?«

Was Julies Verdacht bestätigte, dass Susann aus einer Familie mit Geld stammte.

»Okay. Wann hast du denn Zeit?«

»Heute«, erwiderte sie und lachte bei Julies verblüfftem Gesicht herzlich auf. »Nur wenn du magst. Aber da wir in den kommenden

Tagen beschäftigt sein werden und ich sowieso etwas habe zurücklegen lassen …«

»Nein, das passt«, sagte Julie schnell.

Sie würde ihre Schicht bei Rebecca einfach verschieben. Das ließ sich machen, Simon hatte meistens Zeit. Auf dem Weg nach draußen schickte sie ihm eine Whatsapp-Nachricht. Eine Minute später sagte er zu, sie war frei für den Mittag.

Natürlich wollte sie nichts kaufen, dafür war das Geld zu knapp. Aber sich einfach unterhalten und lachend durch die Shops zu tigern machte auch mit Melissa immer Spaß.

Vor dem College wartete bereits ein Wagen. Es war keine auffällige Limousine, aber im Fahrerbereich saß ein Chauffeur. Beinahe hätte Julie ihn mit Jennings angesprochen. In der dunklen Uniform und der Mütze wirkten sie irgendwie alle gleich.

Er setzte sie vor einer Boutique ab, die Julie nicht im Traum betreten hätte.

»Du musst dir unbedingt die neue Sommerkollektion Birkin Bags ansehen«, sprach Susann begeistert.

Im Gegensatz zu einer Person, deren Name nicht gedacht werden durfte, war sie dabei weder arrogant noch höhnisch. Sie plappert einfach drauflos und erinnerte in ihrer Art auf erfrischende Weise an Melissa, um ein paar Grad heruntergepegelt.

In der Boutique roch es nach frischem Lavendelduft, in den Fenstern hingen edle Designerstücke, alles Haute Couture. Ein Blick auf die Preise ließ Julie auflachen.

»Ich weiß, das totale Schnäppchen«, quietschte Susann.

An diesem Punkt konnte sie einfach nicht mehr schweigen und erklärte, dass sie sich das erste Semester durch Jobs angespart hatte. Auch das erhoffte Stipendium wurde erwähnt.

»Das tut mir leid«, sagte Susann bedrückt. Mit einem kurzen Wink bedeutete sie der Verkäuferin zurückzubleiben. »Hätte ich das gewusst … ich wollte nicht protzen. Ach verdammt, Warren.«

»Schon okay, du konntest es doch nicht wissen.«

»Jetzt fühle ich mich trotzdem mies. Lass es mich wiedergutmachen.«

Jetzt durfte die Verkäuferin herbeieilen. Sie wurden mit Sekt versorgt, während Susanns Kleid geholt wurde. Doch damit war es nicht getan.

Da ein paar neue Stücke aus Italien eingetroffen waren, ließ Susann es sich nicht nehmen, diese anzuprobieren.

Julie stellte das Sektglas beiseite, ohne davon getrunken zu haben.

»Das sieht atemberaubend aus«, hauchte Julie bei einem schwarz-weißen Kleid.

Der Stoff war in Streifen übereinandergenäht, ein paar elegante Schnüre am Rücken betonten die Noblesse. Die Ärmel endeten auf halber Höhe des Oberarms.

»Probiere es an«, forderte Susann sie auf.

Zuerst weigerte sich Julie, doch dann gab sie nach. Warum nicht? Wenigstens für ein paar Minuten konnte sie sich so fühlen, als würde sie das Kleid besitzen. Möglicherweise besaß sie in zehn Jahren genug Rücklagen, um sich so etwas Teures zu kaufen. Ein ferner Traum.

»Wow, Warren, damit würdest du auf jeder Party die Blicke auf dich ziehen.« Susann stürzte den Rest Sekt hinunter.

»Danke.« Julie konnte nicht anders, als freudig zu lächeln und sich vor dem Spiegel zu drehen.

So also fühlte sich das Leben der Schönen und Reichen an.

Sie probierten noch ein paar Kleider durch, dann verschwand Susann an die Theke, kehrte jedoch mit leeren Händen zurück.

»Wo ist dein Kleid?«

»Ich lasse es liefern.«

Sie verließen die Boutique und der Fahrer wartete noch immer. Der Wagen brauste durch die Straßen von New York in Richtung Upper East Side. Julies Blick glitt über die omnipräsenten gelben Taxis, die Schaufenster und auf den Gehsteig hervorragenden Vordächer der Luxusapartments.

Eine andere Welt.

Die Shoppingtour hatte sie überraschend müde gemacht, und so dämmerte sie im hereinfallenden Sonnenlicht langsam weg. Erst als ein großes Metalltor sich öffnete, blinzelte Julie.

»Wir sind da«, kommentierte Susann. »Ich wollte dich nicht wecken.«

Sie fuhren eine gebogene Auffahrt hinauf.

Ein weißer Flachbau mit viel Glasfläche, und ein Infinitypool im Hintergrund lag zwischen gemähtem Rasen und einem Meer aus Blumen.

»Sorry«, fühlte sich Susann bemüßigt zu sagen.

»Hör auf, dich ständig zu entschuldigen. Du kannst doch nichts dafür, dass ihr … dass ich … du weißt schon.«

Eine Haushälterin begrüßte die beiden, nahm die Schultaschen entgegen und deutete auf bereitstehende Drinks.

»Ich habe uns angekündigt«, erklärte Susann.

Die folgenden Stunden waren wie eine wahr gewordene Fernsehserie. Mit einem Badeanzug von Susann begaben sie sich in den beheizten Pool. Auf dem Tisch wurden Schnittchen und Cocktails bereitgestellt. Als die Wolken dichter wurden, fuhr automatisch eine Markise aus, und so konnten sie weiterschwimmen, als der Regen herunterprasselte.

»Nächsten Sommer machen wir das Ganze mal bei schönem Wetter«, kommentierte Susann.

Julie lehnte am Ende des Pools mit verschränkten Armen auf dem Stein und blickte in das dichte Grün, ließ sich von der Wärme umfangen. Es tat so gut.

»Sag mal …« Susann druckste herum. »Ich will dir nicht zu nahe treten, aber woher kommen diese Hämatome?«

Erst in diesem Augenblick wurde Julie bewusst, dass sie schon gar nicht mehr daran gedacht hatte. Trotzdem waren die blau-violetten Flecken natürlich sichtbar.

Sie erzählte Susann von dem Unfall.

»Was ist, wieso schaust du so skeptisch?«, fragte Julie danach.

»Nur so. Hast du einen Freund?«

»Nein. Den einzigen, den ich kennengelernt habe, ist dieser arrogante … aber der zählt nicht. Wie kommst du darauf?« Erst als Susann erneut zu den Hämatomen blickte, begriff Julie. »O nein. Glaub mir, niemand hat mich geschlagen. Es war wirklich ein Unfall.«

Ein Wunder, dass die ganze Sache bisher nicht zu ihr vorgedrungen war.

Noch einmal berichtete Julie genau von dem Ablauf und den folgenden Tagen.

»Okay, ich schätze, das kann sich niemand ausdenken.« Sie nickte mitfühlend. »Aber immerhin hattest du einen Retter in der Not.«

Julie verdrehte die Augen und bereute bitterlich, die Andeutung fallen gelassen zu haben. Sie fasste in wenigen Sätzen ihre bisherigen Begegnungen mit Person X zusammen. »Und mehr Worte möchte ich über *ihn* nicht verlieren.«

Das breite Grinsen auf Susanns Gesicht wollte einfach nicht weichen. »Schon klar.« Sie zwinkerte.

»Nein, wirklich.«

»Ich sag ja nichts.«

Kurzerhand spritzte Julie ihr Wasser ins Gesicht, was in eine Badeschlacht ausartete.

Es dämmerte bereits, als sie den Pool verließen. Die Schnittchen schmeckten fantastisch, ebenso die Fruchtcocktails. Am Ende gab es Tiramisu, das die Köchin der Familie selbst zubereitet hatte.

»Wir müssen langsam Schluss machen«, sagte Susann schon fast traurig. »Meine Eltern bestehen auf ein gemeinsames Abendessen, und das ist in zwei Stunden fällig. Sagst du mir deine Adresse, dann lass ich dich daheim absetzen.«

Aus Reflex wollte Julie protestieren, besann sich dann jedoch eines Besseren. Hier hielt definitiv keine U-Bahn, außerdem war es so schlicht bequemer.

Mir frisch geföhntem Haar und vollem Bauch stieg sie in das Auto. Ihr Körper genoss den Komfort. Prompt schlief Julie erneut ein. Am Ziel wurde sie mit freundlicher Stimme geweckt.

»Vielen Dank.« Sie verließ den Wagen, der sie direkt vor dem Haus abgesetzt hatte.

Fröhlich summend stieg sie die Treppenstufen empor. In der WG erwartete sie ein mürrischer Cullen und eine skeptisch dreinblickende Melissa.

»Da wurde was für dich abgegeben«, erklärte ihre beste Freundin und deutete in Richtung Couch.

Ein schwarzes Päckchen mit Schleife lag dort. Eine weiße Karte war daran befestigt.

Julie zog sie ab und las: »Als Dankeschön und Entschuldigung. Ich habe Grayson gebeten, die Fahrt etwas hinauszuzögern, damit das Päckchen vor dir eintrifft.«

Gezeichnet: Susann Larson.

»Zuerst dachte ich ja, es wäre von Luca.« Melissa spähte über ihre Schulter. »Aber ein weibliches Pseudonym wäre doch etwas viel.« Sie tippte bereits auf ihrem Smartphone.

»Was tust du da?«, fragte Julie.

Sie hatte das Päckchen geöffnet. Im Inneren lag das schwarz-weiße Kleid, das ihr so sehr gefallen hatte.

»Warten, dass du uns aufklärst«, gab Melissa zurück. »Und gleichzeitig anschauen, wer sich so teure Kleider leisten kann. Hallo, It-Girl.«

Auf dem Display des Smartphones war Susann zu sehen, die im Kreis von Freunden am Pool stand. Auf Partys Cocktails schlürfte. Edles Essen fotografiert hatte.

»Wie bist du denn an die geraten?«

»Sag das nicht so abfällig«, bat Julie. »Sie hat mich um Hilfe bei einem Projekt von Professorin Obermeyer gebeten.«

»Ah, verstehe.« Melissa nickte. »Das Kleid ist die Bezahlung. Jules, du bist gut geworden im Verhandeln. Das Ding kostet doch sicher mehrere Tausend Dollar.«

»Es ist keine Bezahlung«, stellte sie klar. »Du siehst doch die Karte, es ist ein Geschenk.«

»Aber so teuer …« Cullen blickte skeptisch auf das Kleid.

»Ich glaube, in Susanns Kreisen ist das eher Protokasse«, sagte Julie mit einem sehnsüchtigen Blick auf das Kleid. »Das macht alles so viel leichter.«

Cullen zuckte nur mit den Schultern. »Ich will trotzdem nicht mit ihr tauschen.« Er verschwand in sein Zimmer.

»Gibst du es zurück?«, fragte Melissa.

»Ich denke nicht.« Julie betrachtete das Kleid nachdenklich. »Wenigstens einmal will ich auch etwas Schönes besitzen. Verstehst du das?«

Melisse blickte lange auf das Kleid, bevor sie sagte: »Solange du den Preis dafür zu zahlen bereit bist.« Sie wirkte ungewohnt ernst.

»Diese Art von Mädchen kommt aus einer anderen Welt. Wie du schon gesagt hast: Geld spielt keine Rolle und alles wird damit geregelt. Sei vorsichtig.«

»Susann ist wirklich in Ordnung.«

»Wenn du das sagst, Jules.«

Julie schob den Deckel wieder auf das Päckchen. »Es ist ein Geschenk, nicht mehr und nicht weniger.«

»Eines, das mehrere Tausend Dollar wert ist.« Melissa winkte ab. »Aber lassen wir das. Becky hat angerufen. Sie hofft, dass es dir bald besser geht, und es wäre kein Problem, wenn du mit Simon Schichten tauschst, aber du sollst ihr zukünftig Bescheid geben.«

»Oh.«

»Sie hatte wohl einen Willkommenskuchen für dich gebacken.« Melissa sah zur Seite.

»Schon kapiert.« Julie raffte das Päckchen an sich.

Zum ersten Mal wirkte Melissa angesäuert. »Vergiss nicht, dass Becky dir mit dem Job eine Chance gegeben hat.«

Julie hielt in der Bewegung inne und seufzte. »Das vergesse ich sicher nicht. Und bald ist alles wieder wie zuvor. Ich jobbe, lerne, habe keinen Cent. Aber dazwischen möchte ich mich auch einfach mal lebendig fühlen. Gönn es mir doch einfach.«

»Tue ich doch!«

»Vielleicht bist du auch einen kleines bisschen eifersüchtig?«

Melissa atmete scharf ein. »Jules, das bin ich nicht.«

»Klingt aber so.«

»Ich versuche lediglich, dich darauf aufmerksam zu machen, dass du gegenüber Becky etwas netter sein sollst.«

»Na, danke.«

»An einem Mittag hast du Simon ausgenutzt und Becky stehen lassen. Und mir unterstellst du, ich wäre eifersüchtig.«

»So viel zum Thema ›kein schlechtes Gewissen‹.«

»Es ist die Wahrheit.« Melissa sprach ruhig weiter. »Von mir aus lebe, gehe auf Partys, aber vergiss nicht, wer deine Freunde sind.«

»Danke für deine Erlaubnis!«

»Jetzt fass doch nicht alles gleich als Angriff auf!«

»Klingt aber so! Wenn ich ein schlechtes Gewissen brauche, rufe ich meine Mom an.«

Julie hatte genug.

Sie ließ Melissa kurzerhand stehen und zog sich in ihr Zimmer zurück. Das Päckchen legte sie beiseite, die Freude war ihr vergangen. Sie würde das Geschenk annehmen! Es kam von Herzen, das hatte sie gespürt.

Trotzdem hatte Julie nicht vor, Susanns Paper für diese zu schreiben. Falls die davon ausging, würde sie sich mit der Realität abfinden müssen.

Doch bereits am nächsten Tag erwies sich ihr von Melissa eingepflanzter Verdacht als unbegründet. Susann saß nach der Schule in der Bibliothek, hatte den Laptop vor sich aufgebaut und Literaturergänzungen ausgebreitet. Auf einem Notizblock standen gut und gern dreißig Fragen, die sie stellen wollte.

Mit einem Lächeln blickte sie auf, als Julie sich zu ihr an den Tisch gesellte. »Bereit?«

»Aber so was von.«

Sie begannen mit der Arbeit.

Selbst der mürrische Blick von Luca, der in Sichtweite hinter einem Rechner saß, konnte ihr nicht die Laune verderben. Endlich war alles gut.

KAPITEL 13

Ein Sturm zieht auf

Die Herbstwochen zogen ins Land, und bevor Julie es richtig realisierte, war der Dezember gekommen.

Sie saß in einem der kleineren Vorlesungsräume und blickte aus dem Fenster hinaus auf den verregneten Campus. In wenigen Tagen würden dicke Schneeflocken vom Himmel fallen. New York standen eisige Temperaturen bevor.

Ihr Leben war von einer ungewohnten Leichtigkeit erfüllt. Auch nach der Hilfe bei ihrem Paper hatte Susann den Kontakt nicht abgebrochen, im Gegenteil. Sie gingen oft gemeinsam Mittagessen, Julie lernte weitere Freunde der Clique kennen und sie sah völlig neue Orte in der Stadt. Solche, die nur denen mit Geld zugänglich waren.

Sie sah Luca öfter von Weitem, ob in der Bibliothek oder in den Vorlesungen. Doch immer wenn sie Gefahr lief, ihre eigenen Vorsätze zu brechen, half ihr Susann. Bei einer Party stellte sie ihr auch einen Jungen vor, der einem Modelkatalog entsprungen schien und sich mächtig ins Zeug legte. Der Funke sprang aber nicht über.

Seltsamerweise wirkte Luca mit jedem Tag mürrischer, in sich gekehrter, niedergeschlagener.

Die WG suchte Julie nur auf, um zu schlafen, sich umzuziehen oder zwischen Tür und Angel etwas in sich hineinzustopfen. Die Diät hatte sie ebenfalls aufgegeben. Doktor Halbroke hatte in der

Zwischenzeit um einen Termin gebeten, damit eine Abschlussuntersuchung erfolgen konnte. Julie hatte nicht darauf reagiert. Sie wollte keine neuen Sorgen oder Gedanken um irgendwelche Blutwerte.

Ihr ging es gut!

An die unterschwellige Übelkeit hatte sie sich gewöhnt, ihr Magen war wohl einfach sensibel. Das hatte sie von ihrem Vater geerbt.

Am gestrigen Abend hatte Susann sie mit einem Lagerfeuer im Garten der Villa überrascht. Zusammen mit Pamela, Jean und Aria hatten sie sich Geschichten erzählt, Marshmallows geröstet und gelästert.

Dabei hatte sich insbesondere Pamela hervorgetan, die auch Seitenhiebe auf Melissa verteilt hatte. Ihr Freund war außerdem Footballer und hielt nicht viel von Cullen. Sie begann damit, über diesen herzuziehen und darüber, dass er schwul war. Julie setzte gerade zum Sprechen an, da hatte Susann eingegriffen. Kurzerhand steckte sie Pamela ein Marshmallow zwischen die Lippen. Auch eine Art, die Wogen zu glätten. Julie stand kurz davor, dieser dämlichen Pamela noch zwei zusätzliche in die Nasenlöcher zu schieben.

Doch Susann war verdammt gut darin, die gegensätzlichen Welten zu vereinen. Der Abend zog sich bis tief in die Nacht. Erst um zwei Uhr lag Julie im Bett, der Wecker stand auf sechs Uhr. Entsprechend müde war sie nun.

Es gelang ihr kaum, den Worten von Professor Pillard zu folgen. Dabei sprach er über die eingereichten Paper, die er auch gleich ausgeben wollte. In einer Woche begannen die Weihnachtsferien, im Januar stand ein ganzer Schwung von Klausuren an.

Allein in den letzten drei Tagen hatte Julie vier Papers zurückbekommen. Sie waren nicht verheerend, doch eine gute Benotung reichte nicht aus. Sie musste besser sein.

Pillard entschied mit seiner Benotung darüber, ob sie endgültig eine Note nach unten rutschte – was das Ende ihres Traums vom Stipendium bedeutete – oder mit gutem Gewissen in die Weihnachtsferien gehen konnte.

»Schon wieder abgelenkt, Ms Warren?« Pillard trat an ihr Pult und legte das Paper darauf.

In der rechten oberen Ecke prangte ein B-, knapp vorbei an einer befriedigenden Benotung.

Julies Magen verwandelte sich in einen schmerzhaften Klumpen.

Über seine Brillengläser hinweg warf Pillard ihr einen durchdringenden Blick zu. Das Deckenlicht spiegelte sich auf seiner Halbglatze. »Bitte kommen Sie doch nach der Stunde zu mir, Ms Warren.«

Er ging weiter.

Überall atmeten Kommilitonen befreit auf oder scharf ein. Sie konnte genau sehen, wem die Note egal war. Für all jene, die bereits mit einem Stipendium hier waren, hing viel von den Ergebnissen ab.

Eine Hand legte sich sanft auf ihre Schulter. »Was hast du?«, wollte Susann wissen.

Julie hob nur das Blatt in die Höhe.

»Shit. Tut mir leid.« Susann wusste um Julies Kampf um das Stipendium. »Aber hey, du kannst es im Januar noch rausreißen.«

Das konnte sie, auch wenn die Wahrscheinlichkeit gerade ins Bodenlose gesunken war, dass sie ihr Ziel erreichte. Ihre Konkurrenten mussten schlechter werden, sie besser. Weihnachten war gestorben.

Wie brachte sie es ihrer Mom am besten bei, dass sie nicht wie geplant nach Hause kommen würde?

»Kopf hoch«, flüsterte Susann noch hinterher.

Julie konnte den Blick nicht von der Note abwenden.

Natürlich ging Pillard in der Nachbesprechung auch auf die korrekten Antworten und Standardfehler ein, die gemacht worden waren. Wie hatte sie nur so viele falsche Ergebnisse auswählen können?

Die Zeit verstrich in einer Mischung aus Zeitlupe und doch viel zu schnell.

Am Ende strömten die anderen schwatzend hinaus. Melissa blieb an der Tür stehen und warf Julie einen kurzen Blick zu, Susann legte ihr noch einmal tröstend die Hand auf die Schulter.

»Ms Warren«, begann Pillard schwer und nahm die Brille ab. »Es kommt immer wieder vor, dass wir neue Studenten annehmen, die bereits durch ihre Bewerbung vielversprechend wirkten und diese Vermutung in den ersten Wochen auch bestätigen.«

Nicht das, was Julie erwartet hatte.

»Doch dann kommt der Absturz«, sprach er gnadenlos weiter. »Ob zu viel Party, Alkohol oder eine falsche Einstellung zu Pünktlichkeit und Fleiß, es gibt zahlreiche Faktoren. All diesen Studenten ist gemeinsam, dass sie ihr Stipendium verlieren oder sie mit ihrem Abschluss nicht viel anfangen können.«

»Ich …« Julie wusste nichts zu erwidern.

»Jeder Professor kannte Ihren Namen nach den ersten Wochen«, sprach Pillard unbeirrt weiter. »Sie waren fleißig, pünktlich, freundlich und haben es sogar geschafft, Job und Studium sauber zu vereinen. Himmel, Sie sind eine der wenigen, die sich das erste Semester durch Ansparen ermöglicht hat. Das ist ungewöhnlich.«

Wieder sah Julie das vergangene Jahr vor sich. Einkäufe für Nachbarn erledigen am Morgen, im Café arbeiten mittags und Regale einräumen im Supermarkt bis tief in die Nacht. Dazu hatten ihre Eltern auf alle zusätzlichen Ausgaben verzichtet und, soweit möglich, geholfen.

»Sie waren auf dem besten Weg zum Stipendium, ich weiß, dass der Stiftungsrat von Wentworth Sie definitiv auf der Shortlist hatte.« Pillard deutete mit dem ausgestreckten Zeigefinger auf ihr Paper, das Julie noch immer in der Hand hielt. »Aber mit einer solchen Arbeit ist das unmöglich.«

»Ein Ausrutscher«, sagte sie leise.

»Wie mir von den Kollegen zu Ohren gekommen ist, trifft das nicht zu. Sie sind in allen Fächern unaufmerksam oder übermüdet. Werden Sie etwas gefragt, können Sie nicht antworten, weil Sie die Frage gar nicht mitbekommen haben oder unvorbereitet zur Vorlesung gekommen sind. Ihre Noten haben sich überall verschlechtert.« Er räusperte sich. »Letztlich ist es Ihr Leben. Lassen Sie mich nur ergänzen, dass jemand wie Susann Larson auch mit einem leidlich guten Abschluss keine Probleme haben wird. Jemand wie sie könnte auch einfach nach dem College nichts tun, der Trust Fund dürfte voll sein.«

Julie wusste, dass Pillard zur liberalen Riege der Professoren gehörte. Immer wieder kritisierte er die Schere zwischen Arm und Reich.

»Meine Freundschaft zu Susann hat nichts mit meinen Noten zu tun«, stellte Julie klar und war überrascht von der Deutlichkeit ihrer Stimme. »Wieso will sich da jeder einmischen?«

»Ms Warren, es geht nicht um die Freundschaft an sich, sondern das, was diese aus Ihnen macht.« Damit setzte er seine Brille wieder auf. »Das war alles, Sie dürfen gehen.«

Kurz dachte Julie darüber nach, noch einmal klarzustellen, dass ihr Privatleben ihn nichts anging. Doch sie verzichtete darauf. Letztlich würde das nicht das letzte Paper sein, das Pillard korrigierte.

»Und?« Susann wartete bereits vor der Tür.

Julie winkte ab. »Moralpredigt.«

»Wieso habe ich keine bekommen? Ich bin schlechter als du.«

»Du kennst ihn doch.«

»Armes schlaues Mädchen, reiches Püppchen.« Sie nickte. »Bei mir ist wohl sowieso alles verloren.«

Julie lachte auf. Sie mochte Susanns direkte Art. Die Freundin nahm sich auch Kritik nie allzu schwer zu Herzen.

»Wie sieht es aus, kommst du noch mit zu mir?«

»Geht leider nicht.« Julie hätte gern etwas anderes gesagt. »Ich muss noch mein letztes Paper abschicken. Heute. Deadline ist um fünf. Danach habe ich alles durch.«

»Tief in deinem Herzen bist du eben doch eine Streberin.« Susann kicherte. »Mittlerweile bereuen meine Eltern wohl, dass wir beide bei der Geburt nicht vertauscht wurden.«

»Jetzt komm schon, deine Noten sind auch verdammt gut.«

Sie alberten ein wenig herum, und bevor sie in den Wagen stieg, nahm Susann Julie das Versprechen ab, nur noch das Paper abzuschicken. Danach begannen quasi die Ferien. Die letzte Woche war eher als pro forma anzusehen.

Mit einem sehnsüchtigen Seufzen blickte Julie dem Wagen hinterher. Sie hatte sich an den Komfort gewöhnt, einfach einzusteigen und am Ziel anzukommen. Da ihr Fahrrad eher einem

Schrotthaufen als einem Fortbewegungsmittel ähnelte, blieb ihr nur die U-Bahn.

Auf dem Weg zur WG wurde ihr bewusst, wie dreckig alles hier unten war. Dicht auf dicht standen die Menschen, quetschten sich aneinander vorbei. Der Geruch von Schweiß und Dreck war allgegenwärtig. Früher war ihr das nie aufgefallen. Im Gegenteil, sie hatte es als Markenzeichen der New Yorker U-Bahn sogar gemocht.

Sie erreichte das Ziel, stieg die Treppenstufen empor und schlenderte durch die Straßen. Früher wäre sie hektisch nach Hause gerannt, um zu essen und sofort zu lernen.

»Jules?«, erklang Melissas Stimme aus der Küche, als Julie die Wohnung betrat.

»Oh, hey.« Verblüfft wanderte ihr Blick zwischen Cullen, Melissa und Simon hin und her.

»Wir haben einen Gast«, sagte Cullen.

»Der dich auf deinem Smartphone nicht erreichen konnte«, ergänzte Melissa.

»Hey.« Simon nickte kurz.

»Sorry, ich war beschäftigt. Ihr wisst ja: lernen, Klausuren.«

»Pool-Partys«, sagte Melissa leise.

Julie ging nicht darauf ein. »Was gibt es denn?«

»Also …« Simon wand sich. »Es geht nicht mehr.«

»Ookay.« Julie trat an den Kühlschrank, nahm sich Käse heraus und belegte sich ein Sandwich. »Was denn?«

»Ich habe auch Klausuren und Vorlesungen«, erklärte Simon geknickt. »Ich kann deine Schichten nicht mehr ständig übernehmen. Becky wird auch langsam misstrauisch.«

Julie hatte ihrer Chefin berichtet, dass die Hämatome langsamer heilten als gedacht. Sie benötigte länger und schaffte gerade so ihre Vorlesungen.

»Was soll denn das heißen, ›misstrauisch‹?«, wollte Julie wissen. »Ich habe Klausurzeit.«

»Ja, aber Becky hat ein volles Lokal, es ist Winter«, schaltete sich Melissa ein. »Sie wollte bereits zweimal mit dir sprechen, aber du bist nicht ans Telefon gegangen.«

»Sag jetzt nicht, du hattest zu viel zu tun«, bat Cullen. »Wir wissen es besser.«

»Becky will jemanden einstellen«, ergänzte Simon. »Sie hat lange mit sich gerungen. Wo es ging, habe ich deine Schichten übernommen, aber jetzt kann ich das nicht mehr.«

Julie ließ das Sandwich sinken. »Sie will mich ersetzen?«

»Was hast du denn erwartet?«, fragte Melissa mit umwölkter Stirn. »Du schließt uns aus deinem Leben aus, machst einen auf Reich und Schön und Becky steht mit vollem Laden da!«

»Es tut mir ja aufrichtig leid, dass ihr alle so furchtbar enttäuscht von mir seid, aber es ist *mein* Leben!«, brach es aus Julie heraus. »Wenn die Sache mit dem Unfall anders ausgegangen wäre, wäre ich tot gewesen. Aber anstatt etwas vom Leben zu haben, durchzuatmen, es ein wenig zu genießen, habe ich mich permanent von der Angst treiben lassen. Das reicht!«

»Dagegen sagt doch niemand etwas«, stellte Melissa klar. »Aber in Maßen, nicht in Massen. Jules, du wirfst gerade alles weg.«

»Jetzt übertreibst du«, sagte Julie. »Mal wieder.«

»Was soll das denn heißen?!«

»Du bist einfach gern dramatisch.« Sie hatte genug davon, Melissa ständig in Watte zu packen. »Du willst, dass ich mit auf Partys gehe, irgendwelche Recherchen zu einer gewissen Person betreibe ...«

Es klingelte.

Für einen Augenblick hielten sie alle in der Bewegung inne, als habe jemand die Stopptaste bei einem Film gedrückt.

»Vielleicht ist es Becky«, schlug Simon vor.

War es nicht.

Vor der Tür stand eine Person, auf den Julie gern verzichtet hätte.

Luca trug dunkle Jeans, ein blaues Shirt aus Merinowolle und darüber eine Lederjacke. An seinem linken Handgelenk glänzten die Tigersteine. Sein Haar war verwuschelter als sonst und das flüssige Quecksilber in seinen Augen hatte jede Strahlkraft verloren.

»Hey, Warren.«

»Was willst du?«

Eine seiner Braue wanderte in die Höhe, darüber hinaus kommentierte er ihre Feindseligkeit nicht. »Auch schön, dich zu sehen.«

Er ging einfach an ihr vorbei in die Küche.

»Geht's noch?!« Sie kam hinterhergelaufen.

»Um deine Frage zu beantworten: Ja, wir erwarten noch jemanden.« Cullen nickte in Lucas Richtung. »Jackson.«

Dieser erwiderte das Nicken. »Ist sie immer noch auf dem Selbstzerstörungstrip 2.0.?«

»Schlimmer als vorher«, sagte Melissa.

Julie verwandelte sich in einen explodierenden Kochtopf. »Was soll das hier?« Ihr Blick wanderte über die versammelte Truppe, und endlich begriff sie es. »Das ist nicht euer Ernst. Eine Intervention?«

»Wir dachten, es ist an der Zeit«, sagte Melissa. »Ich habe heute mitbekommen, wie Pillard dir deine Arbeit zurückgegeben hat und konnte die Note sehen.«

»Wie immer bist du gar nicht neugierig.«

»Ich sorge mich um dich!« Melissa Wangen färbten sich rot ein, ein untrügliches Zeichen dafür, dass sie ebenfalls kurz vor der Explosion stand.

»Und ich habe mitbekommen, dass mein allerbester Freund – Achtung: Ironie – aus dem Footballteam mit seiner Freundin Pamela gesprochen hat.« Cullens Stimme war frei von jeglicher Emotion. »Ihr scheint am Lagerfeuer ja auch gern zu lästern.«

Julie schluckte. »Ich würde niemals über dich lästern.«

»Und hast du ihn in Schutz genommen?«, fauchte Melissa.

Cullen seufzte auf. »Ich kämpfe meine Kämpfe allein, Jules. Aber selbst wenn ich dank meiner Muskeln und dem Sport einen gewissen Stand habe, werde ich im Leben doch immer wieder angefeindet. Wenigstens von einer Freundin hätte ich mir da Schützenhilfe erhofft.«

Julies Brust wurde zunehmend eng, trotzdem war sie nicht dazu bereit, klein beizugeben. »Ich wollte das ja klarstellen, aber dann hat Susann eingegriffen.«

»Das ist dann wohl mein Part.« Luca saß halb auf der Fensterbank, hatte die Beine schräg übereinandergeschlagen und die

Arme verschränkt. »Du hast echt gute Freunde, dass sie sich so um dich kümmern, scheinst es aber kein Stück wertzuschätzen. Ich habe keine Ahnung, warum Susann Larson mit dir abhängt. Egal wie gut ihr euch versteht, du wirst niemals *wirklich* Teil dieser Clique sein.«

»Wir sind Freunde!«

»Und im Sommer, wenn die ganzen Familien in die Hamptons fliegen, nehmen sie dich dann mit? Und falls sie das wider Erwarten tun, welchen Stellenwert hast du in ihrer Clique?«

»Nur weil du ein Snob bist, heißt das ja nicht, dass alle anderen es auch sind«, stellte Julie klar. »Ich wurde sogar zu einer Party in die Villa von Susann eingeladen. Der Winterabschluss am nächsten Wochenende.«

Jetzt schien Luca tatsächlich verwirrt. »Zugegeben, das hätte ich nicht gedacht. Aber wenn du mich für versnobt hältst, warte, bis du die kennenlernst. Du machst dich abhängig von deinen neuen Freunden.«

Julie hasste ihn dafür, es anzusprechen. Natürlich war ihr klar, dass sie nicht einmal genug Geld besaß, ein Mittagessen mit Susann in deren Lieblingsrestaurant einzunehmen. Ein Gedanke, den sie beständig verdrängte.

»Na ja, meinen Teil habe ich ja schon gesagt«, war Simon an der Reihe. »Ich mache mir Sorgen um dich. Becky stellt jemand Neues ein, und das fände ich schade.«

Am liebsten hätte Julie sie alle angebrüllt. Stattdessen atmete sie ruhig und beherrscht ein und aus. »Simon.«

»Ja?«

»Ich bin nicht in dich verliebt.«

Melissa zuckte zusammen. Luca riss die Augen auf und selbst Cullen wirkte ob dieser Direktheit entsetzt.

Simon sank noch tiefer in das Sitzkissen der Couch. Seine Wangen waren knallrot. »Was … wieso … aber ich …« Seine Stimme versagte.

»O Warren.« Melissas Stimme war nur ein Hauch. »Wie kannst du nur?«

»Es tut mir leid!«, rief Julie. »Ihr alle scheint schrecklich enttäuscht von mir zu sein, aber hört auf, mich ständig mit Erwartungen zu überfluten. Ich bin, wer ich bin.«

Ein letzter Blick in die Runde, dann stürmte Julie aus dem Zimmer.

Es gab nichts mehr zu sagen.

KAPITEL 14

Konfrontation

Die letzte Woche erwies sich als Katastrophe.

In der WG tuschelten Cullen und Melissa ständig, sobald Julie auftauchte, schwiegen sie jedoch. Simon hatte sich nicht mehr gemeldet, dafür hatte Becky geschrieben, dass sie nach den Weihnachtsferien eine neue Bedienung einstellen wollte. Falls sie sich dazu äußern wolle, könne sie jederzeit vorbeikommen.

Zum ersten Mal spürte Julie so etwas wie Enge in ihrer Brust. Wie sollte sie ihr Geld verdienen? Überhaupt, wie …

Sie drängte die aufkommende Panik beiseite. Es würde eine Lösung geben. Susann fiel sicher etwas ein. Am heutigen Abend war die Party, danach konnte sie mit ihr sprechen.

Cullen hatte bereits seine Sachen gepackt und würde spät in der Nacht den Zug nach Hause nehmen, Melissa fuhr am kommenden Morgen. Julie würde nicht nach Colorado fahren, sie wollte Weihnachten hier verbringen.

Susann und ihre Familie würden eine Weihnachtsparty ausrichten, darüber war schon mehrfach gesprochen worden. Auf diese Art konnte Julie lernen und gleichzeitig eine schöne Feier haben. Niemand konnte sagen, dass sie sich keine Mühe gab.

Für den Abend ließ sie sich extra Zeit im Bad, wusch und föhnte die Haare, zupfte die Wimpern, legte dezent Make-up auf. Am Ende wirkte sie wie ein anderer Mensch. Das Kleid lag bereit. Ein verwobenes Schwarz-Weiß, perfekt geeignet für den eleganten Abend. Sie schlüpfte hinein.

»Schöne Weihnachten«, wünschte Cullen.

»Dir auch«, gab sie zurück.

Es versetzte ihr einen Stich, doch sie wollte jetzt auch kein dramatisches Gespräch führen.

Vor dem Haus wartete der Wagen.

Während der Chauffeur die bekannte Route nahm, lehnte sich Julie im Sitz zurück und blickte auf die nächtlichen Straßen. Vor den Lippen der Spaziergänger kondensierte der Atem, die Temperaturen fielen längst über Nacht ins Minus. Jetzt konnte es jeden Tag schneien.

Wie schnell der Sommer doch vorbeigezogen war, der Herbst ebenso. Die vergangenen Wochen und Monate erschienen ihr wie eine kurze Abfolge aus Erinnerungen – Momentaufnahmen.

Sie erreichten das Anwesen von Susanns Familie. Das Metalltor öffnete sich und gab den Blick auf die geschwungene Auffahrt frei, die von Fackeln gesäumt wurde. Am oberen Ende warteten livrierte Bedienstete. Julie stieg aus und bekam sofort ein Sektglas in die Hand gedrückt. Eine Platte mit Schnittchen wurde gereicht, doch sie lehnte ab.

»Julie!« Susann winkte ihr zu und sagte etwas zu ihrer Nachbarin.

Diese trug ein knöchellanges schwarzes Kleid, hatte eine Handtasche unter den linken Arm geklemmt.

»Guten Abend.« Sie gab Susann ein Küsschen auf die Wangen.

»Das ist Brenda«, erklärte sie.

»Freut mich.«

Doch Brenda kräuselte nur die Lippen, ließ ihren Blick von oben nach unten über Julie wandern und nickte leicht. »Ich sage mal noch George Hallo.«

Und schon war sie fort.

»Sympathisch«, sagte Julie trocken.

»Gib ihr etwas Zeit. Brenda schließt nur schwer Freundschaften.« Susann räusperte sich, warf einen suchenden Blick in die Runde und zog sie beiseite. »Du hast mir nicht gesagt, dass dein Luca Jackson *der* Luca Jackson ist.«

»Wovon sprichst du?«

»Er ist hier.«

»Was?!«, krächzte Julie. »Du hast ihn eingeladen?«

»Nein, das ist es ja.«

Susann öffnete die Terrassentür. Glücklicherweise hatten sich die meisten Besucher am Pool zusammengefunden, wo Heizpilze aufgestellt worden waren. Sie schwatzten, lachten, tranken Sekt. Überraschend viele Blicke trafen Julie.

»Dein Luca Jackson ist mit Alexander Benton hier aufgetaucht. Weißt du, wer das ist?«

»Ein Kommilitone?«

»Manchmal vergesse ich, dass das alles hier neu für dich ist.« Susann seufzte. »Benton ist der Erbe einer Consultingfirma, aktuell auf Trust Fund, aber mit dreiundzwanzig soll er bei seinen Eltern einsteigen. Als er hier mit diesem Luca aufgetaucht ist, habe ich recherchiert!«

Für einen Augenblick wirkte Susann tatsächlich wie Melissa.

»Ich habe einen Privatdetektiv engagiert.«

»Oookay. Ist das nicht ein bisschen krass?«

Doch Susann schien das nicht so zu empfinden. »Luca Jackson existiert online nicht. Und das, Julie, ist nahezu unmöglich. Dieser Kerl zieht alles ans Licht.«

»Und das heißt?«

»Hinter Luca steckt viel Geld. Mehr, als du oder ich … als ich oder Benton besitzen.«

Wieder dieser Stich. »Und konnte dieser Benton das nicht aufklären?«

»Er schweigt wie eine Auster, dieser kleine Mistkerl. Aber wir werden ja sehen. Alles klar, du wirkst so bleich?«

Sie wusste genau, weshalb Luca hier aufgetaucht war. Nach der Intervention in der WG wollte er es hier noch einmal versuchen. Auf sie achtgeben, damit ihre neuen Freunde ja nichts Schlimmes taten oder sie sich betrank. Oder mit dem Rad im Pool landete.

»Ich hatte nur gehofft, einen entspannten Abend zu verbringen«, erklärte Julie.

»Kannst du doch.« Nach kurzer Überlegung stahl sich ein Funkeln in Susanns Blick. »Wir stellen einfach klar, dass du Spaß hast. Ich kläre das.«

Gemeinsam traten sie wieder auf die Terrasse.

Die Markise war eingezogen und der sternenklare Himmel spiegelte sich im Infinitypool.

»Das hier ist Christian«, stellte Susann ihr einen breitschultrigen jungen Mann vor.

Er hatte aschblondes Haar, fein geschnittene Gesichtszüge und dunkle Augen. Das Poloshirt stand ihm ausgezeichnet, betonte es doch die breiten Schultern.

Sein Blick suchte den ihren. »Freut mich.« Er lächelte. »Susann hat gesagt, dass ich helfen soll, einen anhänglichen Ex loszuwerden?«

»Äh … genau.«

»Bei dem Anblick helfe ich doch gern.« Christian setzte ein schmutziges Lächeln auf.

Julie befürchtete, dass er es für einnehmend hielt. Egal! Sie hakte ihn kurzerhand unter. Aus den Augenwinkeln sah sie erstmals Luca, und der Blick auf seinem Gesicht verdeutlichte, dass auch er sie gesehen hatte. Und den Model-Wandschrank an ihrem Arm ebenso.

Nach und nach stellte Susann ihr die anderen vor. Tatsächlich gab es ein paar freundliche Gespräche, aber auch viel Arroganz. Da sie sich innerlich davor gewappnet hatte, perlten die hochmütigen Blicke an Julie ab.

Immer wieder bekam sie lobende Worte für ihr Kleid.

Das Sektglas leerte sich, und wie von Geisterhand erschien stets aufs Neue ein Kellner, der es entgegennahm und Nachschub reichte. Bei den übrigen Gästen war es genauso.

»Die Jungs können was«, sagte Julie und erkannte schockiert, dass ihre Zunge die Worte bereits schleppend formulierte.

Prompt sah sie den tastenden Blick von Luca, der mit gerunzelter Stirn zu ihr herüberstarrte. Er wirkte wie eine Atombombe kurz vor der Explosion. Natürlich sprach ihn schon wieder eine der perfektionierten Schönheiten an, die ihn ständig umschwirrten. Doch in seiner Arroganz hatte er keine Augen für sie.

Julies Bewegung gefror. Konnte es sein …? Immerhin war er mit diesem Alexander hier aufgetaucht. War Luca vielleicht schwul? »Ich muss kurz zu Susann.« Sie tätschelte den Arm ihres Begleiters. »Warte doch am besten hier.«

Er gehorchte aufs Wort.

Julie bahnte sich einen Weg durch die Menge. Der Sekt entfaltete seine Wirkung, sie hätte doch ein paar Häppchen zu sich nehmen sollen. Wo waren diese Kellner nur, wenn man sie mal benötigte?!

»Weißt du, wo Susann ist?«, fragte sie eines der unbekannten It-Girls, die ständig auf ihr Smartphone eintippten.

»Drinnen«, sagte die. »Schickes Kleid.«

Bevor sie die Kamera auf Julie richten konnte, war sie schon auf dem Weg. Das fehlte noch, dass Bilder auftauchten, auf denen sie betrunken auf einer Party herumturnte. Bei den stetig wachsenden IT-Kenntnissen ihrer Mom würde die das sofort bemerken.

Endlich erreichte sie die Terrassentür, schob sie auf und betrat den dahinter liegenden Bereich. Hier drinnen hielt sich niemand auf. Julie lauschte in die Stille, und tatsächlich, da unterhielt sich jemand.

Sie folgte den Stimmen die Kellertreppe hinunter.

Es wundert sie nicht, dass es sich um Susann, Pamela, Jean und Aria handelte.

Julie erreichte die Kellertür und hatte ihre Hand bereits ausgestreckt, um den luxuriösen Entspannungsraum zu betreten, als sie innehielt. War da ihr Name gefallen?

»Es ist ja wirklich drollig, wie dein Hündchen dir überallhin folgt«, sagte Pamela gerade. »Aber reicht es nicht langsam? Auch Sozialprojekte müssen irgendwann enden.« Sie lachte böse.

Julie erwartete, dass Susann ihre Freundin in die Schranken wies. Pamela war so ein Miststück.

»Jetzt sei nicht so«, sagte Susann auch Sekunden später streng. »Ich habe sie extra in ein vernünftiges Kleid gesteckt und es allen Anwesenden gesagt. Sie finden es bewundernswert, dass ich einen Straßenfall versorge.« Sie lachte boshaft.

Julies Innerstes gefror zu Eis.

»Immerhin hast du ihr die gröbsten Manieren beigebracht«, sagte Aria seufzend. »Es wäre so peinlich gewesen, wenn sie sich danebenbenommen hätte.«

»Es ist wichtig, dass jeder sie sieht, und noch wichtiger: sie am Arm von Christian sieht.«

»Was hast du ihm bezahlt, sag schon?«, hakte Jean nach.

Susann zierte sich, antwortete dann jedoch: »Wenn er den Abend mit ihr erträgt, gehen wir gemeinsam aus. Und er darf ein Bild davon bei Instagram posten.«

»Wieso ist dir das so wichtig?«, hakte Jean nach. »Ich dachte wirklich, du willst einfach ein gutes Paper, damit deine Eltern endlich Ruhe geben.«

Stille.

Die Welt um Julie herum entwickelte ein Eigenleben. Die Wände schienen sich unaufhörlich zu drehen. Das alles konnte nicht wahr sein, es durfte nicht sein. Wieso sagten sie so etwas? Sie hatten gemeinsam gelacht, hatten Marshmallows über dem Feuer geröstet, waren im Cabrio von Arias Eltern in den Sonnenuntergang gefahren.

»Es ist wichtig …« Susann zögerte. »Wisst ihr, das Paper hätte ich gar nicht so gut abliefern müssen. Professorin Obermeyer ist es völlig egal, was ich schreibe.«

»Wieso bist du dann an diesem Fall für die Sozialhilfe?!«, ereiferte sich Pamela. »Und wir mussten sie ertragen.«

Zustimmendes Gemurmel.

»Es gibt da jemanden, dem es echt wichtig ist, dass Warren im nächsten Semester nicht mehr bei uns studiert.« Susann seufzte. »Die Arme wird leider viel zu schlecht für ein Stipendium sein und ohne Freunde das Weite suchen.«

»Wer?«, fragte Aria.

»Sorry, Geheimhaltungsvereinbarung. Aber wenn das Ganze klappt, springt für mich ein Sommerjob in Washington heraus.« Ihre Worte bekamen einen eindeutig zweideutigen Klang.

Julie hatte gewusst, dass Susann später eine politische Laufbahn einschlagen wollte, doch dass sie selbst das Trittbrett für einen Job war …

Übelkeit wirbelte ihren Magen auf, sie musste sich abstützen. Zu spät bemerkte Julie, dass sie das Gleichgewicht nicht halten konnte. Sie fiel gegen die Tür, die nach innen aufschwang.

Vier verdutzte Gesichter starrten sie an.

»J… Julie.« Susanne schenkte ihr ein herzliches Lächeln. »Stehst du schon lange da?«

»Wie kannst du nur?«, hauchte sie.

»Shit, du hast es gehört.« Susanne schaltete um. Ihr Gesicht bekam einen Ausdruck purer Arroganz, den auch Luca immer trug. »Hättest du dumme Gans nicht einfach Christian abschleppen können? Genieß doch, was man dir bietet.«

Verteilt auf ein Sofa mit edlem Lederüberzug saßen vier Menschen, die Julie zu kennen geglaubt hatte.

»Du wolltest, dass ich versage.« Die Worte klangen fremd.

»Hat doch geklappt.« Susanne winkte ab. »Das Stipendium kannst du vergessen.«

»Aber …«

»Ich habe vorhin ein Minivideo gemacht. Du stürzt Sekt hinunter und hängst an Christians Arm.« Susanne schwenkte ihr Smartphone. »Gepostet. Und da ich zufällig zwei Mitglieder der Stippendienkommission kenne, habe ich sie getaggt. Da sind die Sympathien für das arme Mädchen aus der Gosse wohl dahin.«

Julie bekam kaum noch Luft.

»Du kotzt jetzt aber nicht über das Sofa, ja?« Aria wedelte mit der Hand. »Husch, husch, geh nach draußen.«

»Weißt du, Julie, eines wollte ich dir unbedingt noch sagen.« Pamela lächelte zuckersüß. »Du trägst da ein wunderschönes Kleid.«

Alle vier brachen in schallendes Gelächter aus.

Julies Stimme versagte. Die Welt verwandelte sich in einen zähen Ablauf aus Bildern, Gesichtern, Eindrücken. Treppenstufen, grelles Licht, schrilles Lachen. Finger, die in ihre Richtung zeigten.

»Wieso?«, hauchte sie.

Zwei Männer, die stritten.

Luca? Christian?

Beide brüllten sich an, Fäuste wurden gereckt.

Lucas Blick traf Julie. In seine Augen trat ein entsetzter Ausdruck. Wieso sah er sie so an? Plötzlich fühlte sie sich schmutzig in dem Kleid. Wieso waren ihre Wangen nass, regnete es? Sie blickte hinauf in den Himmel. Kein Tropfen. Aber woher kam dann die Feuchtigkeit?

»Wieso?«

Ihre Stimme klang so fremd, so kratzig. Weit entfernt. Ihre Gedanken wollten sich einfach nicht richtig bewegen. Als habe jemand Honigsirup in sie hineingegossen.

Luca bewegte die Lippen, blickte sie besorgt, fast schon panisch an.

Noch immer konnte Julie klar das Lachen hinter sich hören, wieso verstand sie ihn dann nicht? Die Übelkeit erzeugte kalten Schweiß auf ihrer Stirn.

Alles war falsch.

Sie war in einem Albtraum gefangen, und gleich würden sie aufwachen. Melissa saß mit einer Kaffeetasse an ihrem Bett. Cullen backte bestimmt schon wieder Muffins. Später würde Simon nach einer Ausrede suchen, sich zu ihnen zu setzen. Und später fuhren sie zu zweit zu *Beckys Café* für eine lustige Zweierschicht. Sie konnte sich in Bücher vergraben, während es draußen stürmte.

Es gab doch noch so viel zu sehen in New York. Sie hatte doch einfach ihrem Traum folgen wollen.

Aber das war vorbei.

Alles.

Luca riss die Arme nach vorn, die Augen geweitet. Er sah den Schlag von Christian nicht kommen, der ihn seitlich traf. Aufkeuchend kippte er um.

Aber irgendwie sah das falsch aus.

Oh, das war es! Luca kippte vom Schlag getroffen auf die eine Seite, Julie fiel auf die andere. Sie hatte den Halt verloren. Es klatschte, als sie auf der Wasseroberfläche des Infinitypools auftraf.

Kälte umfing sie.

In der ersten Sekunde ein Schock, der ihre Gedanken geraderückte. Doch der Effekt verschwand im nächsten Augenblick. Es war so leicht, so einfach.

Anstatt zu strampeln, zu kämpfen und ihre letzte Kraft dafür aufzubrauchen, in eine gemeine Welt zurückzukehren, konnte sie auch loslassen.

Ja, das war die Lösung.

Einfach loslassen, aufhören zu kämpfen. Sie lächelte. Das Wasser zog sie nach unten. Die künstlichen Wellen des Pools waren aktiviert worden und trugen sie fort von der Menge, ans Ende des Pools.

Für einen Augenblick glaubte Julie, sich selbst zu sehen. Das Gesicht friedlich, ihr Haar aufgewirbelt von den künstlichen Wellen. Das wunderschöne schwarz-weiße Designerkleid wurde vom Sternenlicht beschienen, in der Ferne leuchteten die Lampen an den Heizpilzen.

Ihr Bewusstsein flackerte, glitt langsam davon.

Arme griffen nach ihr. Das Wasser verschwand. Stimmengewirr drang an ihr Ohr, weitere Arme folgten.

»Wage es ja nicht, Warren.« War das Luca?

Egal.

Sie ließ los.

Und ihr Bewusstsein versank in wohltuender Schwärze.

KAPITEL 15

Abschied

Julie öffnete die Augen.

Sie hörte nichts, um sie herum herrschte Stille. Durch das Fenster schien die Sonne herein, der vertraute WG-Geruch lag in der Luft.

Wie kam sie hierher?

Die Erinnerung kam nur langsam und brachte Kraftlosigkeit mit sich. Die beleidigenden Worte von Susann, Aria, Jean und Pamela waren wieder da.

Schlagartig erinnerte sie sich an den Pool. Das Wasser. Sie wäre beinahe ertrunken.

Julie sah an sich hinab.

Sie trug einfache Jogginghosen und ein altes T-Shirt. An ihrem rechten Arm gab es eine Einstichstelle, die mit einem Pflaster zugeklebt war. Obwohl sie sich alle Mühe gab, konnte sie sich nicht daran erinnern, im Krankenhaus gewesen zu sein.

»Totaler Blackout«, murmelte sie.

Sie starrte an die Stelle, an der noch vor wenigen Wochen Melissa gesessen hatte, eine Kaffeetasse in der Hand.

Doch außer Julie war niemand in der WG.

Alles war still.

Das Smartphone lag auf dem Nachttisch, war an ein Ladekabel angeschlossen. Sie tippte kurz auf den Bildschirm. Eine Flut an Pushnachrichten bedeckte jeden Zentimeter, ganz oben der Familien-Whatsapp-Chat.

Beim Anblick des Datums schrak Julie endgültig in die Höhe. Sie hatte zwei volle Tage geschlafen! Prompt knurrte ihr Magen. Wackelig kam sie auf die Beine. Ihr Kreislauf protestierte und die Umgebung verschwand in einem Wirbel aus Blitzen. Sie musste einen Moment durchatmen. Erst dann ging sie in die Küche zum Kühlschrank.

Sie warf Käse, Wurst und Salat auf ein Sandwich, konnte gerade noch Ketchup darauf spritzen, bevor der Hunger sie übermannte. Mit jedem Biss wurde sie stehsicherer, ebbte das Zittern langsam ab.

Ihr Blick fiel auf die Couch.

Eine Sporttasche stand daneben. Aus dem Inneren lugte Wechselkleidung hervor. Die zerwühlten Decken deuteten darauf hin, dass jemand hier übernachtet hatte.

»Luca«, hauchte sie.

Er musste sie aus dem Pool geholt und hierhergebracht haben. Ein Arzt hatte dann etwas gespritzt. Aber was? Und wieso hier? Sie wollte Antworten, schreckte jedoch davor zurück, ihr Smartphone zu benutzen.

Nie zuvor hatte sie sich so geschämt.

Susann hatte sie benutzt, um ihren Job zu bekommen. Sie vorgeführt wie einen Hund, dem man ein nettes Mäntelchen angelegt hatte. Alle auf der Party hatten es gewusst. Vermutlich zirkulierten die Bilder von einer betrunkenen Julie, die in den Pool fiel, längst überall.

Es war vorbei.

Die Noten zu schlecht, das Stipendium verloren und ihr Ruf ruiniert. Sie konnte es Melissa und Cullen nicht einmal verdenken, dass diese nichts mehr mit ihr zu tun haben wollten. Bei dem Gedanken löste sich eine Träne aus Julies Auge.

Sie sank am Kühlschrank entlang auf den Boden, umklammerte die Knie mit den Armen und schluchzte. Es war alles weg. Ihr Traum zerstört. Und Schuld trug allein sie selbst.

Irgendwann kam sie langsam wieder in die Höhe, schnäuzte sich und trank ein Glas Wasser in wenigen Zügen.

Auf dem Tisch lag ein Zettel.

Eine geschlagene Minute starrte Julie das Papier an. Mit zittrigen Fingern nahm sie es auf, entfaltete es und las.

Falls du aufwachst, Warren, mach keine Dummheiten.
Wir müssen reden.
L

Selbst die mit krakeliger Schrift notierten Worte atmeten den Geist von Lucas grummeliger Einsilbigkeit. Sie hätte gelacht, wenn sie nicht genau gewusst hätte, was bevorstand. Er würde ihr erneut sagen, wie dumm sie doch war. Und arm. Und dass sie ihr Leben ruinierte.

Und dass er sie verabscheute.

Das konnte sie nicht ertragen. Es ging einfach nicht. Ihre Kraft war fort. Vollständig. Sie wollte sich in eine Decke einrollen und weiterschlafen, nur schlafen.

Doch spätestens wenn Luca hier auftauchte …

Julie eilte in ihr Zimmer, riss den Koffer aus dem Schrank und warf ihre wichtigsten Kleidungsstücke hinein. Ein kurzer Schwenk durchs Bad und sie hatte auch hier alles Notwendige zusammen. Ihre Eltern hatten längst das Geld für die Fahrt überwiesen, das machten sie jedes Jahr so. Selbst Josh, Max, Leo und Ben mussten es nehmen, obwohl drei ihrer Brüder längst gut verdienten.

Ein kurzer Blick auf die Internetseite der Busfirma zeigte ihr die möglichen Verbindungen an. Mit einem Umstieg würde sie zwei Tage unterwegs sein. Perfekt. Kurzerhand ließ Julie ihren Laptop im Rucksack verschwinden und schob den alten MP3-Player hinterher.

Das Smartphone schaltete sie ab.

Die Welt konnte ihr gestohlen bleiben. Keine Chats, Nachrichten über Bilder oder E-Mails.

In der Küche drehte sie den Zettel einfach um, den Luca hinterlegt hatte. Mit einem Kuli hinterließ sie ihrerseits eine Nachricht.

Danke für deine Hilfe.
Vorwürfe ertrage ich gerade nicht.
Fahre nach Hause. New York hat mir kein Glück gebracht.
One Way.

Leb wohl
J

Da sie in den letzten Wochen ihren Job verloren hatte, gab es hier nichts mehr zu tun. Die Miete würde sie natürlich erst einmal weiter überweisen, Melissa und Cullen durften keinesfalls für ihre Fehler haften. Zuhause in Oak Creek konnte sie den Job im Café bestimmt wiederbekommen.

Mit einem letzten Blick verabschiedete sie sich von der Wohnung, die wenige Monate ihr Heim gewesen war. Kurz glaubte sie, das Lachen ihrer Freunde zu hören, der Duft von frischer Pizza wehte durch den Raum.

Sie schlüpfte in eine Jacke, zog den Rucksack über die Schultern und nahm den Koffer. Bevor Luca zurückkehrte, musste sie fort sein.

Den Schlüssel legte sie neben den Zettel auf den Tisch.

Die Tür fiel mit einem endgültigen Laut hinter ihr ins Schloss. Es tat weh, war aber gleichermaßen befreiend.

Kurz dachte Julie auch darüber nach, zum College zu fahren und sich abzumelden. Da sie die Gebühren für das Semester bereits vollständig überwiesen hatte, würde sie dadurch jedoch nichts gewinnen. Außerdem ließ sich das auch durch eine Mail an die Administration erledigen.

Nein, sie wollte weg.

Mit der U-Bahn fuhr sie zur Busstation. Es gelang ihr, ein Ticket zu lösen und eine Stunde vor Abfahrt in den Bus zu steigen. Ihr Koffer wurde im Gepäckabteil des Busses verstaut, den Rucksack konnte sie mit auf den Platz nehmen.

Der Motor wurde schließlich angelassen.

Julie atmete tief ein und wieder aus. Das war der Moment. Sollte sie doch bleiben? Nein! Sie trieb den Gedanken beiseite. Sie war einfach zu müde, zu kraftlos. Diese kalte, gemeine Welt der Großstadt war nicht ihre.

Neben ihr sank eine ältere Dame in den Sitz, packte ihr Strickzeug aus und klackerte drauflos. Julie nickte ihr freundlich zu, steckte aber sofort ihre Kopfhörer in die Ohren. Jetzt kein Gespräch.

Sie schaltete den MP3-Player nicht ein, benutzte ihn nur als Alibi, damit sie nicht angesprochen wurde. Das beständige Klacken der Stricknadeln wurde zu einem monotonen Hintergrundgeräusch. Sie sank erneut in einen tiefen Schlaf.

Als Julie erwachte, war es bereits Nacht. Sie hatten New York in östlicher Richtung verlassen. Weiße Flocken fielen vom Himmel herab. Ja, diesen Anblick kannte sie. In ihrer Heimatstadt würde schon meterdick Schnee liegen, die Skilifte hatten geöffnet, die Wintersaison hatte begonnen.

Die alte Dame ließ Julie durch, als sie zur Toilette verschwand. Nach ihrer Rückkehr fuhr sie den Laptop hoch und sah sich ein paar Folgen *Grey's Anatomy* an.

Ihre Gedanken wanderten wieder zu ihren Blutwerten. In Oak Creek würde sie den Hausarzt aufsuchen. Er kannte sie von klein auf. Vielleicht konnte sie zumindest diese Antwort noch bekommen. Ansonsten wollte sie einfach …

… mit Josh Kekse futtern, mit einem gewissen bellenden Fellknäuel durch den Schnee tollen, schlafen. Vergessen, dass es einen Ort namens New York gab.

»Alles in Ordnung?«, fragte die alte Dame neben ihr.

Julie brach in Tränen aus.

Sie hatte es nicht kommen sehen, doch diese einfache Frage, von einer wildfremden Frau gestellt, riss alle Dämme nieder.

»Um Himmels willen.« Die Unbekannte zog ihre Handtasche hervor und kramte darin herum. »Hier, nimm.«

Das Taschentuch kam gerade noch rechtzeitig.

»Entschuldigung. Danke.«

»Aber doch nicht dafür.« Sie suchte erneut in ihrer Tasche. »Hier, nimm.«

Verblüfft starrte Julie auf die Stricknadeln. »Ich kann nicht …«

»… deshalb bringe ich es dir bei.«

Zum ersten Mal nahm sie die Frau richtig wahr. Sie mochte irgendwo in ihren Siebzigern oder Achtzigern sein, wirkte aber rüstiger, als sich Julie in diesem Augenblick fühlte. Ihre Kleidung war elegant, aber nicht protzig. Eine Sphäre der Erhabenheit umgab die Frau, obgleich sie so robust und im positiven Sinne gewöhnlich wirkte wie Miss Marple. Ihr Ton machte deutlich, dass sie keinen Widerspruch duldete.

»Siehst du«, sagte die alte Dame Minuten später. »Masche für Masche. Das beruhigt ungemein.«

»Das Ergebnis wird schrecklich aussehen.«

»Wenn ich eines in meinem Leben gelernt habe, dann, dass es in den seltensten Fällen auf das Ergebnis ankommt. Der Weg dorthin ist das Bedeutsame.« Sie lächelte. »Ich bin Sophia.«

»Julie.«

»Freut mich sehr. Flucht oder Rückkehr?«

»Flucht. Und Rückkehr.« Sie seufzte. »New York … ich habe ein paar Fehler gemacht.«

»Es ist immer gut, Fehler einzusehen. Sich Zeit für sich selbst zu nehmen, um Kraft zu schöpfen.« Sie warf Julie einen intensiven Blick zu. »Aber du wirst natürlich zurückkehren und die Fehler korrigieren.«

Julie lachte auf. »Sie sind sehr direkt.«

»Mit neunundsiebzig darf ich das auch sein«, stellte Sophia klar. »Und wenn ich Lust darauf habe, steige ich einfach in einen Bus und fahre durch das Land.«

»Wohin wollen Sie denn?«

»Einstweilen Buffalo«, erwiderte Sophia.

»War das Flugzeug zu teuer?« Dabei wirkte die alte Dame nicht so, als hätte sie kein Geld. Dafür war sie zu elegant, die Haare sauber frisiert, die Zähne gepflegt.

»Wie schon gesagt, oft ist der Weg das Ziel.« Sie deutete in die Dunkelheit. »Ich möchte ab und an auch etwas von unserem schönen Land sehen, nicht ständig nur darüber hinwegbrausen. Gefangen zwischen Terminen, durchgetaktet bis zum Ende. Nein danke. Das liegt hinter mir.«

Womit Sophia offenbart hatte, dass sie in ihrem beruflichen Leben gut verdient hatte. Julie würde als Kellnerin enden. Daheim in Oak Creek.

»Wie heißt er?«

»Wie bitte?«

»Oder sie? Entschuldige, ich weiß, dass vieles heutzutage offener und leichter ist. Glücklicherweise.«

Julie mochte Sophia. »Es ist ein Er. Aber er nervt. Und ist arrogant.«

»Die große Liebe also.«

»Das war jetzt nicht die Grundaussage.«

Sophias Stricknadeln klackten. »Wenn er dir egal wäre, würdest du nicht so wütend reagieren. Himmel, ich klinge wirklich wie mein Kalender. Das kommt wohl mit dem Alter.«

»Sie sind ein toller Kalender.« Julie schloss die Augen und sah Melissa vor sich, die sich bei diesen Worten gegen die Stirn schlug. »Ich meine …«

Sophia kicherte. »Ich verstehe schon. Aber dieser junge Mann war hoffentlich nicht der Grund für die Flucht. Lass dir das Leben niemals von einem Mann vorgeben. Es ist deins und deines allein.«

»Sie sind wohl nicht verheiratet.«

»Doch, das war ich. Mein Mann, möge er in Frieden ruhen, war mein Ein und Alles. Aber das konnte nur so sein, weil wir ein Team waren. Dazu gehört auch gegenseitiger Respekt.« Sie schmunzelte. »Aber das kommt nun wirklich erst mit dem Alter. Genieß die stürmische Zeit. Das Chaos gehört dazu, das Fühlen.«

Julie zog eine Packung Kekse aus dem Rucksack und bot Sophia einen davon an. »Ehrlich gesagt habe ich genug von Chaos und Leidenschaft.«

Dankbar griff die alte Dame zu. »Du wirst dich noch danach zurücksehen. Irgendwann plätschert das Leben nur noch vor sich hin, ohne Herausforderungen, ohne Pepp. Es sei denn, du greifst nach dem Steuer und legst wieder Kurs an.«

»Und fahre in einem Bus durch das Land?«

»Du hast es begriffen.«

Die Stricknadeln klackten weiter.

Der Bus fuhr weiter durch die Nacht, während das Schneetreiben zunahm. New York lag vermutlich längst unter einer dichten Schneedecke begraben. Fuhren überhaupt noch weitere Busse? Julie hatte wohl Glück gehabt.

Sie nickte mehrfach ein und wachte am Morgen gerädert auf.

Sophia besaß eine unermüdliche Energie. Julie sah sie niemals schlafen, trotzdem wirkte die alte Dame ständig ausgeruht. Der Schal, den sie strickte, nahm in Höchstgeschwindigkeit Form an.

Der erste Tag ihrer Reise verstrich.

Am Morgen des nächsten würden sie Buffalo erreichen.

Als der Bus in die Stadt einfuhr, reichte Sophia Julie den Schal.

»Aber das kann ich nicht …«

Die alte Dame linste auf das Ergebnis von Julies Strickversuchen und sagte: »Glaub mir, das hier ist die bessere Variante.«

Sie lachten beide.

Dankend nahm Julie an.

»Ich habe noch etwas für dich.« Sophia griff in ihre Tasche. »Es ist ein Geschenk, das ich vor langer Zeit bekommen habe. Keine Sorge, nichts Wertvolles. Es hat einen persönlichen Wert. Immer wenn ich an einem Scheideweg war, hat es mich erinnert.« Sie zog einen geschliffenen Stein aus der Tasche.

Julie starrte es nur an. »Ist das ein Tigerauge?«

»Aber ja. Du kennst dich mit Schmuck aus.«

In diesem Augenblick hätte sie das Schicksal gern angebrüllt. Sie wollte Luca Jackson vergessen, nicht permanent an ihn erinnert werden. Trotzdem nahm sie den Stein entgegen.

Für einen Moment ruhte Sophias Blick darauf, dann lächelte sie. »Die nächste Generation.«

»Was meinen Sie?«

»Viel Glück, Julie.«

Damit verließ die alte Dame den Bus, rüstig und energiegeladen wie eine junge Frau. Draußen reichte ihr der Fahrer die Tasche. Sophie sah sich um, dachte kurz nach und ging dann einfach in eine Richtung drauflos. Als habe sie keine Angst, egal was sie dort erwartete.

Das Tigerauge lag kalt in Julies Handfläche.

»Danke«, hauchte sie.

Der Bus fuhr nach einem kurzen Aufenthalt weiter. Lange würde es nicht mehr dauern.

Wieder kam die Dunkelheit. Der Platz neben Julie blieb leer, was sich seltsam anfühlte. Ihr Leben war ebenfalls leer.

Am Mittag des kommenden Tages stieg sie in einen lokalen Bus um und erreichte am späten Abend Oak Creek.

Ihre Seele seufzte auf, als sie am Bahnhof ausstieg und den Koffer entgegennahm.

Überall brannten die Laternen, in der Ferne war das noble Skihotel erleuchtet. Am Berghang lagen Dutzende luxuriöser Chalets, deren Licht sich wie ein Heiligenschein über den Berg zog.

»Willkommen daheim.«

Julie war an den Anfang ihrer Reise zurückgekehrt.

II.

Trümmer

KAPITEL 16

Heimkehr

Vom Bahnhof aus trottete Julie gemächlich durch den Schnee.

Die Luft war eiskalt, doch die Sonne schien. Ein perfekter Wintertag, wie sie ihn liebte. Sie hätte noch einmal den Bus nehmen können, aber zu Fuß ging es ebenso. Bis zum Stadtrand, wo ihr Elternhaus stand.

In der Ferne zeichneten sich die Rocky Mountains ab wie kleine Kuchen mit weißem Zuckerguss. Bald konnte sie wieder durch den Nationalpark streifen und in Beaver Creek, wo in der Skisaison jede Hand gebraucht wurde, würde sie problemlos einen Job finden. Vermutlich sogar gut bezahlt.

Ein zweistündiger Marsch und sie erreichte das weiße Holzhaus. Es wunderte Julie keine Sekunde, dass ihre Mom bereits in der Tür stand. Irgendjemand aus der Stadt hatte Julie entdeckt und natürlich sofort durchtelefoniert. Sie war längst Stadtgespräch.

Als ihre Mom nun einfach nur die Arme ausbreitete, ließ sie den Koffer stehen und rannte auf sie zu. Erst in dem Augenblick, als die tröstende Umarmung sie aufnahm, bemerkte Julie, wie sehr sie ihre Familie vermisst hatte. Die Geborgenheit und bedingungslose Liebe.

Sie schluchzte.

»Alles gut.« Ihre Mutter tätschelte ihr den Rücken.

»Wer hat mich verraten?« Sie löste sich aus der Umarmung.

Auch die Augen ihrer Mutter glänzten verräterisch. »Ach, weißt du, die Ortungsfunktion deines Smartphones …«

»Mom!«

»Was denn, du hast sie letzten Frühling freiwillig in der Familienfreigabe aktiviert. Seitdem sehe ich immer mal wieder nach, wo du gerade bist. Die vergangenen beiden Tage bist du immer näher gekommen. Anrufen konnte ich aber nicht.«

Sie hatte das Smartphone auf der Fahrt mehrfach eingeschaltet, um an einer Raststätte etwas zu essen oder trinken zu kaufen. Dadurch hatte die Ortungsfunktion die Koordinaten des Smartphones aktualisiert.

»Aber jetzt komm erst mal rein.«

Ihre Mutter trug eine Strickjacke, die Lesebrille hing ihr um den Hals. Ein paar graue Strähnen hatten sich in das dunkle Haar geschlichen.

Julie klopfte sich den Schnee von den Stiefeln und streifte sie ab. Einen Moment blieb sie stehen, atmete tief ein. Es roch nach frisch aufgebrühtem Kaffee und Zimtrollen. »Du hast gebacken.«

»Ich wusste ja, dass du kommst.« Ihre Mutter zwinkerte. »So eine Ortungsfunktion hat Vorteile.«

»Hat sie wohl.«

»Wo ist Dad?«

»Er ist rübergefahren nach Beaver Creek«, erklärte ihre Mom und nahm die Kaffeetiera vom Herd. »Dein Dad hat eine neue Leidenschaft für sich entdeckt.«

Aus irgendeinem Grund sah sie ihn auf Skiern vor sich, was ein breites Grinsen auf ihr Gesicht zauberte. Dann erinnerte sie sich daran, was in New York passiert war, und wurde wieder ernst.

»Kaffee«, erklärte ihre Mutter. »Er holt sich alle möglichen Bohnen, um sie auf unterschiedliche Art aufzubrühen. Anfangs war ich ja skeptisch, aber was er mittlerweile zaubert … das kriegen die garantiert auch in New York nicht hin. Wusstest du, dass es Kaffeebohnen gibt, die aus den Ausscheidungen eines Tieres gewonnen werden?«

Gedankenverloren malte Julie Kringel auf den Untersetzer. Wie von Zauberhand erschien ein Teller mit einer Zimtrolle darauf vor ihr, daneben eine Tasse voll dampfendem Kaffee.

»Was ist passiert?«

»Das Studium ist vorbei«, brach es aus Julie heraus. »Ich habe es versaut. Alles.«

Der Kaffee schmeckte tatsächlich dunkel und stark, war gleichzeitig im Nachgang aber samtig. Wie bekam man so etwas hin? Sie brach ein Stück von der Zimtrolle ab und kaute langsam.

»Ich bin sicher, dass es nicht ganz so schlimm ist«, sagte ihre Mutter beruhigend. »Deine Noten sahen doch ganz gut aus.«

»Weißt du … Woher weißt du, welche Noten ich geschrieben habe?«

»Das ist doch jetzt nicht wichtig.«

»Mom!«

Ein Seufzen. »Ach, weißt du, ich bin hier so einsam. Und da habe ich an einem dieser stillen Tage im Büro eurer Administration angerufen. Wusstest du, dass Mrs Harbor einen ganz entzückenden Hund hat?«

Was Julie sofort an Spongy denken ließ. Ihre Eltern hatten den Golden Retriever gekauft, als sie und ihre Brüder noch jung gewesen waren. Allesamt auf einem SpongeBob-Trip. Die Sendung hatte dafür gesorgt, dass sie die Hündin trotz vehementer Gegenwehr ihrer Eltern so oft Spongy nannten, dass sie auf den Namen hörte. Noch heute verzog ihr Dad schmerzhaft das Gesicht, wenn er Spongy rufen musste.

»Du bist gut.«

»Was meinst du?«, fragte ihre Mom arglos.

»Du hast den Hund von Mrs Harbor erwähnt, damit ich an Spongy denke und das Thema wechsle.«

»Siehst du, das College hat deine Analysefähigkeiten immens gestärkt.«

»Mom!«

Wieder ein Seufzen. »Nach einem längeren Gespräch mit Mrs Harbor über unsere Kinder, die wir schmerzlich vermissen, hat sie mir Einblick in deine Noten gegeben. Eigentlich tut sie das immer noch. Die B- auf dem Paper von Professor Pillard hat mich etwas gewundert. Ich fand deine Argumentationskette recht stichhaltig.«

»Du siehst dir die Arbeiten auch noch an?!«

»Nun ja, die Professoren speichern alle Dokumente in einer zentralen Cloud. Und ich will ja dazulernen.«

Julie fragte sich unweigerlich, was ihre Mom noch alles über die Ereignisse in New York wusste. Diese Frau war einfach unmöglich. Beschwatzte eine Administrationsmitarbeiterin des Colleges, um an die Noten zu gelangen. Am besten ließ sie sie einfach ein paar Minuten mit dem Stipendienkomitee allein.

»Du hast dich aber nicht in diese Cloud gehackt?«, fragte Julie mit einem Anflug von Panik.

»Kind, wo denkst du hin? So gut bin ich noch nicht.«

Noch?!

»Aber du kennst doch sicher diesen netten Helfer, Patryk. Er hat mir seine Zugangsdaten geliehen, damit ich mir alles ansehen kann. Schließlich hat er eingesehen, dass ich nach deinem Unfall ein Auge auf dich haben muss.«

»Mom!«

»Jetzt komm mir nicht ständig mit ›Mom‹, Juliette Warren! Du fährst zwei Tage, um nach Hause zu kommen, nachdem dieses Bild bei Instagram aufgetaucht ist.«

Julie schloss die Augen. »Du hast es gesehen.«

»Natürlich, es ist überall. Und natürlich sauber mit Hashtags versehen.« Sie seufzte. »Bist du alkoholabhängig? In der Familie deines Dads gibt es einen Cousin, bei dem wir die Anzeichen auch erst übersehen haben. Aber wir konnten ihm helfen.«

»Glaub mir, Mom.« Julie tätschelte ihre Hand. »Alkohol ist nicht das Problem. Ich habe *einmal* versehentlich und *einmal* im Übermut etwas mehr getrunken. Das Zeug schmeckt nicht mal.«

»Gott sei Dank.« Sie erwiderte das Tätscheln. »Drogen?«

»Mom!«

»Ich muss doch wissen, was mit dir vorgeht.«

Julie realisierte, dass ihre Mom sich tatsächlich Sorgen machte, und beschloss sie einzuweihen. Sie legte die Jacke ab, genoss die Wärme des Kamins, die aus dem Wohnzimmer in die Küche herüberzog, und brach sich ein weiteres Stück Zimtrolle ab.

Dann begann sie zu erzählen.

Zuerst kamen die Worte zögerlich, doch mit jedem zusätzlichen Satz sprudelte die gesamte Geschichte aus ihr heraus. Als sie an die Stelle mit dem belauschten Gespräch kam, wurde ihre Mutter bleich.

»Diese schrecklichen Menschen«, hauchte sie.

Schnell sprach Julie weiter und erreichte schließlich den Punkt ihrer Busfahrt. Das Zusammentreffen mit Sophia erwähnte sie nicht extra, der Schal befand sich in ihrem Rucksack, das Tigerauge wollte sie sich mit einem Lederband um ihren Hals hängen. Einstweilen lag es jedoch in ihrer Hosentasche.

»Kind, das tut mir alles so leid.« Ihre Mom trank einen kleinen Schluck Kaffee. »Wenn wir nur mehr Geld …«

»Nein, Mom«, unterbrach Julie, sprang auf und ging vor ihrer Mutter in die Knie. »Bitte, mach das nicht. Ihr habt uns ein liebevolles Zuhause gegeben und hart gearbeitet, damit wir versorgt sind. Was in New York passiert ist, hat nichts mit Geld zu tun. Nur mit meiner Dummheit.«

»Ach, Schatz.« Sie streichelte sanft durch Julies Haar, das Gesicht hatte Julie in den Schoß ihrer Mutter gelegt. »Du wolltest einfach frei sein. Einmal keine Gedanken um die Zukunft machen, Geld haben, unbeschwert lachen und feiern. Das ist doch keine Dummheit. Ich verstehe das. Und deine Freunde sicher auch.«

Sie stand wieder auf. »Ich brauche Zeit für mich, Mom.«

»In Ordnung.«

»Einfach so?«

»Dein Zimmer wartet auf dich, Weihnachten steht vor der Tür und deine Brüder sind schon auf dem Weg. Wann, wenn nicht jetzt, kannst du dir die Zeit nehmen?«

Julie hielt ihre Tränen nur mit Mühe zurück. Warum war sie so verdammt nah am Wasser gebaut? »Ich habe dich lieb.«

»Ich dich auch.«

»Hör trotzdem damit auf, die Einsamkeitskarte zu benutzen, um Mitarbeiter der Collegeadministration zu beeinflussen.«

»Aber wenn es doch wirkt.«

Sie lachten beide.

Eine zufallende Autotür, gefolgt von Gebell ließ Julie zur Tür blicken. Sie wurde geöffnet und ein hochgewachsener, breitschultriger Mann mit dichtem Vollbart trat ein. In seinen Händen hielt er eine Tüte, aus der Kaffeeverpackungen herausragten. Schnee hing in seinem Bart, ebenso im dunklen Haar.

»Dad!«

Bevor sie sich in seine Arme werfen konnte, sauste ein Fellknäuel heran. Treue Augen blickten zu ihr auf.

»Spongy!«

Sie umarmte die Hündin, strich durch ihr Fell und verbarg die Nase darin.

»Da muss jemand gewaschen werden«, erklärte sie.

Ihr Vater hatte mittlerweile Jacke und Schuhe abgelegt. Ohne Worte zog er sie in eine Umarmung. Ein wenig glich er einem Felsen beständiger Ruhe. Das Gegenteil zu ihrer Mom. Vermutlich ergänzten sie sich deshalb so gut.

»Jetzt lass das Kind wieder Luft holen«, forderte besagte Mom auch direkt. »Sie benötigt Zeit.«

»Mom!«

Doch die Worte hatten Erfolg. »Zeit wofür?«

»Was denn, soll ich deinen Vater nicht einweihen?«, hakte ihre Mutter nach. »Das wäre unfair. Schließlich leben wir unter einem Dach.«

»Ach ja? Ich dachte, du bist allein. Lonelymom!«

»Im Herzen, Kind. Im Herzen.«

Und dass sie stets das letzte Wort haben musste, hatte sich ebenfalls nicht geändert. »Ich verziehe mich nach oben. Zwei Tage Busfahrt sind genug. Ich brauche Schlaf.«

»Und zufällig einen Koffer?«

Erst jetzt realisierte Julie, dass sie diesen hatte stehen lassen. Ihr Vater hatte ihn mitgebracht und an der Eingangstür abgestellt.

»Danke.«

Er strich ihr sanft über die Wange. »Dann lasse ich mich von deiner Mom in alles einweihen. Ich bin sicher, sie vergisst kein Detail.«

»Walther Warren …«, begann ihre Mutter.

Julie ließ die beiden allein und stieg mit ihrem Koffer in den ersten Stock hinauf. Ihr Zimmer lag zwischen dem von Ben und Leo. Joshs war am Ende des Gangs untergebracht und Max hatte den ausgebauten Speicher.

Julie erinnerte sich daran, wie oft sie mit Max dort oben gesessen und an der Uraltkonsole gespielt hatte. Durch das Dachfenster konnte man den Sternenhimmel sehen, im Mondschein glitzerten nachts die Rocky Mountains.

Ihr Zimmer sah noch genauso aus wie an jenem Tag, als sie aufgebrochen war. An den Wänden hingen Naturaufnahmen von berühmten Fotografen. Auf der Tischplatte lag noch der Notizblock mit ihren aufgeführten Plänen für New York. Durch das Fenster konnte sie in den Garten hinausblicken.

Ohne lange nachzudenken, sank Julie auf das Bett. Hier wirkten die Ereignisse in New York so fern, als hätten sie nie stattgefunden.

Sie nahm ihr Smartphone hervor und legte es in die Nachttischschublade. Einstweilen wollte sie von niemandem etwas wissen. Natürlich musste sie in den nächsten Tagen Cullen und Melissa eine Mail schreiben, damit diese das Zimmer neu vermieteten. Bis Februar fiel aber definitiv noch Miete an. Bei Luca musste sie sich noch einmal bedanken, bei Becky entschuldigen.

Der Gedanke an Simon drehte ihr den Magen um. Wie hatte sie nur so gemein zu ihm sein können?

Julie lag auf dem Bett, den Blick auf die gegenüberliegende Wand gerichtet. Sie versank in den wunderschönen Naturaufnahmen, die von Freiheit kündeten. Licht, frische Natur. Eiskaltes Wasser.

Irgendwann tauchte goldenes Fell neben ihr auf. Tiefbraune Augen fixierten sie, ein Schwanz wurde gewedelt.

»Komm schon rauf.«

Spongy machte einen Satz und landete halb auf Julie. Sie lächelte, als die Hämatome keine Schmerzen mehr durch ihren Körper sandten. Auch das war vorbei.

»Das Leben ist schon seltsam.«

Spongy wedelte mit dem Schwanz. Sie begann mit der Kraulsession, worauf die Hündin sich langsam zur Seite sinken ließ. Immer sorgfältig darauf bedacht, dass die Hand an der richtigen Stelle blieb. Der Bauch wanderte in die Höhe, und ohne dass Julie ihre Position veränderte, kraulte sie plötzlich den Bauch.

»Ich will auch, dass jemand meinen Bauch krault«, sagte sie mit einem Gähnen.

Spongy schwieg.

»Schon klar, du hast Nachholbedarf.«

Vor dem Fenster zog der Abend heran, ging zügig in die Nacht über. Das in der Nachbarschaft gelegene Beaver Creek erwachte jetzt zum Leben. Die Skiabfahrten wurden geschlossen, doch in den Luxuslodges feierten und lachten die Menschen. Es wurde getanzt und vor dem Kaminfeuer entspannt. Die Sorgen der Besucher traten in den Hintergrund.

Letztlich hatte ihre Mutter recht.

Julie sehnte sich nach genau diesem Gefühl und hatte in den letzten Monaten alles getan, es zu erreichen. Sicherheit, Unbeschwertheit. Mehr als ein Lachen, das in der nächsten Sekunde verschwand, weil die Sorgen zurückkehrten. Doch jetzt und hier drängte Julie noch einmal alles zurück.

Sie benötigte Zeit.

Und wann, wenn nicht jetzt, konnte sie sich diese nehmen? Bei dem Gedanken an ihre Mutter musste sie lächeln.

Der Schlaf nahm sie auf.

KAPITEL 17

Wie geht es weiter?

Der kommende Tag begann mit dichtem Schneetreiben.

Julie öffnete die Vorhänge und sah nichts außer Weiß. Wirbelnde Flocken, die gegen das Fenster geweht wurden.

Sie schlüpfte in eine Jogginghose, streifte ein Shirt über und tapste auf den Gang. Spongy war bereits fort, hatte ihren Spaziergang vermutlich längst hinter sich. Und tatsächlich, die Hündin lag vor dem Kamin und döste.

»Hast du gut geschlafen?«, fragte ihr Dad, als Julie die Küche betrat.

»Das habe ich wirklich.«

Nach der langen Busfahrt hatte sie die weiche Matratze genossen, sich in die Steppdecke eingewickelt. Der vertraute Geruch hatte ihr Sicherheit versprochen.

»Wo ist Mom?«

»Du kennst sie doch.« Er lachte leise. »Da muss schon mehr passieren als ein kleiner Schneesturm, um sie aufzuhalten.« Er deutete auf einen Terminkalender, der am Kühlschrank hing.

Julie betrachtete die Einträge des aktuellen Monats. Ihre Mutter war jeden Tag verplant. Da gab es Tanzkurse, einen Lesekreis, einen Computerkurs (!) und vieles mehr. »Ihr Stundenplan ist straffer als meiner.«

Was die Erinnerung an New York zurückbrachte.

Sie trat an die Kaffeemaschine und wollte sich einschenken, wurde jedoch von ihrem Vater zurückgehalten.

Er ging an den Kühlschrank, nahm eine Glaskaraffe hervor und goss ihr davon in eine Tasse. »Ein Cold Brew. Probier mal.«

Skeptisch blickte sie auf die schwarze Flüssigkeit, über der keinerlei Dampfschwaden zu sehen waren. »Dad.«

»Sei offen und flexibel.« Auf ihre hochgezogene Augenbraue hin ergänzte er: »Deine Mom und ich machen seit Kurzem Meditation. Das hält den Geist flexibel und den Fokus weich.«

»Aha.« Wenn es um ihren Kaffee ging, wollte Julie weder flexibel noch weich sein. Der erwartungsvolle Blick ihres Vaters überzeugte sie jedoch.

»Fruchtig«, kommentierte sie. »Gar nicht schlecht.«

»Das Wasser läuft zwölf Stunden durch«, erklärte ihr Dad. »Dabei entzieht es den frisch gemahlenen Bohnen die Geschmacksstoffe und das Koffein.« Er goss sich selbst ein und stupste ihre Tasse mit seiner an, bevor er einen Schluck nahm.

Melissa hätte sich sofort auf den Kaffee gestürzt, aber …

Sie vertrieb den Gedanken.

»Deine Mom hat mir erzählt, was passiert ist. Willst du reden?«

»Hm.«

»Wenn ich das jetzt interpretieren soll, ist es ein Ja.« Er schmunzelte in seinen Bart. »Setz dich.«

Julie sank auf den Stuhl, die Finger um die Tasse verkrampft, als könnte der kalte Kaffee sie wärmen. Erst nach einigen Minuten merkte sie, dass ihre Gedanken ein Eigenleben entwickelt hatten. In der Küche lag der Duft von frischen Pancakes und Ahornsirup, vor ihr wurde der Teller abgestellt.

»Dad, das hättest du doch nicht tun müssen.«

»Wollte ich aber. Außerdem ist es eine gute Übung für Max. Sobald der hier ist, müssen wir schnell sein.«

Ihr kleiner Bruder war mit seinen achtzehn Jahren drei Jahre jünger als Julie. Seit er klein war, hatte er Pancakes geliebt und sich eifrig eigene Rezepte notiert. Mit fünfzehn hatte er darauf bestanden, selbst welche zu machen.

Mit seiner Mischung aus French Toast und Pancake hatte er ein ganz besonderes Frühstück auftischen wollen. Das Ergebnis war ein heulender Feueralarm, weil der Zimt anbrannte und dichte Rauchschwaden die Küche einhüllten.

Seit dieser Zeit stand ihre Mutter extra früh auf, damit die Pancakes bereits fertig waren, sobald Max verschlafen in die Küche geschlichen kam.

Sie dachte mit einem Lächeln an ihren kleinen Bruder. »Wie läuft es bei ihm auf dem College?«

»Na ja, wie befürchtet. Er kann es nur dank des Sportstipendiums besuchen, liebt aber ganz andere Bereiche. Wenn du mich fragst … aber das muss er selbst wissen.«

Sie wusste, dass Josh seinen IT-Consulting-Job mochte, Leo bei der Krankenversicherung gut aufgehoben war und Ben geradezu idealistisch bei der *Chicago Tribune* als Journalist Schlagzeilen produzierte.

»Also, ich weiß eindeutig zu viel über einen gewissen Luca Jackson.«

Julie stöhnte auf. »Sag diesen Namen bitte nicht.«

»Es kommt mir absolut falsch vor, dass ich als dein Dad einen Jungen verteidige, aber ich rechne ihm hoch an, was er getan hat. Dich verarztet. Dir geholfen, als du ›Wasser‹ bestellt hast.«

»Dad«, stöhnte Julie.

»Nicht zuletzt diese Sache mit dem Poolsturz.« Er sagte es leichthin, doch in seinen Augen konnte sie die Angst ausmachen.

Der Sturz hätte böse enden können.

Im Nachhinein war Julie erschrocken über sich selbst. Immerhin hatte sie für einige Minuten einfach aufgehört zu kämpfen.

»Ich weiß noch nicht, wie es weitergeht«, gestand sie. »Aber New York ist vorbei. Ich habe das Stipendium verloren, Susann hat ganz Arbeit geleistet.«

»Du aber auch.«

Sie senkte den Kopf. »Ich weiß.«

»Das sage ich nicht, um dir ein schlechtes Gewissen zu machen, Schatz.« Er trank einen weiteren Schluck Cold Brew. »Was Susann getan hat, kannst du nicht rückgängig machen. Aber deine Freunde …

da bist du nicht machtlos. Und das Stipendium ist erst verloren, wenn der Tag der Verkündung kommt.«

Sie seufzte. »Ich habe keine Kraft mehr.«

»Gönn dir die Weihnachtstage über frei und triff deine Entscheidung danach. Versprich mir, dass du wartest. Es ist nie gut, sich für eine Richtung in einem Moment der Schwäche zu entscheiden.«

»Ich hab dich lieb, Dad.«

»Ich dich auch, Kleines.« Er hauchte ihr einen Kuss auf die Stirn.

Sie plauderten noch eine Weile über die Neuigkeiten aus der Stadt. Geschäfte, die geschlossen, neue, die eröffnet hatten. Touristen hatten die Hotels und Pensionen überflutet, wie jeden Winter um diese Zeit. Durch die Nähe zu Beaver Creek profitierte auch Oak Creek.

Gegen Mittag ließ der Schneefall nach, die Sonne lugte hervor und warf ihren Schein auf die glitzernden Eiskristalle. Die gesamte Landschaft wirkte, als habe ein Bäcker sie mit Puderzucker und Diamanten bestäubt.

Schnell schlüpfte Julie in ihre Winterkleidung und trat hinaus. Zumindest eine Sache konnte sie sofort klären. Ihr Vater erlaubte ihr, den Wagen zu benutzen. Es war zwar etwas her, dass sie das letzte Mal selbst hinter einem Steuer gesessen hatte, doch ihr Führerschein besaß noch Gültigkeit. Kurz vor dem Aufbruch nach New York hatte sie ihn verlängert.

Nach wenigen Minuten fühlte sie sich wieder sicher und lenkte den schwarzen SUV zur Stadtmitte. Auf dem Zentrum des kleinen Platzes stand eine Pagode, ein Park schloss sich hinter dem Rathaus an.

Die Praxis von Doktor Shelfi lag zwei Querstraßen neben *Coffee and Cake*, wo sie früher gearbeitet hatte. Erst am Ziel merkte Julie, dass sie ihr Smartphone nicht mitgenommen hatte. Früher oder später musste sie sich zumindest den Textnachrichten stellen.

Einstweilen gab es jedoch eine andere Priorität.

»Julie!«, wurde sie freudig von Olivia begrüßt, der Sprechstundenhilfe. »Du bist wieder da?!«

Sie wurde in eine heftige Umarmung gezogen, wobei der gewölbte Bauch von Olivia kein Hindernis darstellte.

»Ich habe schon von der freudigen Nachricht gehörte«, sagte Julie, was eine glatte Lüge war. »Welcher Monat ist es noch gleich?«

»Sechster. Und ich fange gar nicht erst davon an.« Sie winkte ab, strich kurz darauf aber mit einem sanften Lächeln über die Wölbung. »Was führt dich hierher?«

»Ich müsste mit Doktor Shelfi sprechen. In New York ...«

»Der Unfall.« Olivia nickte mitfühlend. »Ich habe davon gehört.«

Und von wem, musste Julie nicht erst fragen. »Genau.«

»Wie gut, dass Luca da war.«

»W... was?«

»Na, der Junge, der dir geholfen hat.«

Mom!, schrie Julie lautlos. »Ja, der totale Held. Wir lieben ihn alle.«

»Seid ihr etwa ...«

»Nein, keinesfalls!«

»Oh, schade. Er klang so nett. Als er dir wegen ›dem Wasser‹ geholfen hat. Oder mit dem Eiskübel. So nett.«

Julie starrte Olivia fassungslos an. »Woher weißt du das?«

»Ach, deine Mom und ich treffen uns jeden Morgen für einen Spaziergang mit den Hunden. Sie hat ein wenig geplaudert.« Olivia legte verschwörerisch den Zeigefinger auf die Lippen. »Aber keine Angst, ich bin verschwiegen wie ein Grab.« Sie eilte wieder hinter die Theke. »Setz dich doch ins Wartezimmer, du kannst bestimmt gleich rein.«

Während sie sich auf einen Stuhl sinken ließ, den Blick auf ein Poster mit einem beschriftetem menschlichen Skelett gerichtet, überlegte Julie, welche Todesart für ihre Mutter angemessen war. Als sie gerade bei *Kommunikationsentzug* ankam, wurde sie ins Sprechzimmer gerufen.

Doktor Shelfi war indischer Abstammung, hatte die Fünfziger bereits erreicht und das Haar saß wie ein angewachsener Heiligenschein der krisseligen Sorte auf seinem Kopf. War aber immer noch schwarz. »Julie! Schön, dich zu sehen. Auch wenn es unter diesen Umständen geschieht. Tut mir leid wegen des Unfalls.«

»Danke«, sagte sie schicksalsergeben.

»Wie gut, dass L...«

»Ja, ich bin so froh, dass er da war.«

So viel zum Thema Verschwiegenheit. Natürlich hatte Olivia ihrem Chef alles erzählt.

»Du bist sicher wegen den Übelkeitsattacken hier.«

»Hat meine Mom auch schon das Blutbild organisiert?«, fragte sie säuerlich.

»Ähm.« Doktor Shelfi schob verlegen eine Akte über einen Ausdruck.

»Das sollte ein Witz sein!«

»Nun, deine Mom hat lediglich ihre Sorge zum Ausdruck gebracht, dass es dir so schlecht geht. Und mich gebeten, bei einer gewissen Doktor Halbroke in New York deine Akte anzufordern.«

»Aber ich bin volljährig.«

Doktor Shelfi nickte eifrig. »Und es ist ganz wunderbar, dass du ein so enges Verhältnis zu deiner Mom hast. Ich wünschte, mein Sohn würde sich melden, aber seit er in Harvard studiert, bekomme ich ihn nur noch einmal im Jahr zu Gesicht. Wie auch immer. Durch die Intervention deiner Mom habe ich mit der Kollegin gesprochen, und sie hat mir eine Kopie der Daten gefaxt.«

Mit einem Mal machte es bei Julie klick. Ihre Mom war gerissener, als sie ihr zugestanden hatte. Sie hatte Olivia das alles nicht erzählt, um zu tratschen. Es war darum gegangen, dass diese mit dem Doktor sprach, der dann mit ein wenig Ansporn die Akte anforderte.

»Sie ist so verdammt gut«, hauchte Julie.

»Solide«, kommentierte Doktor Shelfi, der davon ausging, dass Julie von seiner Kollegin sprach. »Aber vergessen wir nicht den Arzt, der dich seit deiner Kindheit kennt.« Er lächelte ihr zu.

»Und haben Sie eine Erklärung für alles?«

»In der Tat.« Doktor Shelfi lehnte sich zurück, schlug die Beine übereinander und betrachtete Julie eingehend. »Es steht außer Frage, dass deine Leber entzündet war. Die Werte deuten darauf hin, dass sie ein erhöhtes Maß an Giftstoffen abbekommen hat. Durch diese Sache mit ›dem Wasser‹ wurde das abrupt erhöht.«

Ruhig bleiben, Warren. Julie lächelte einfach weiter. »Was ist mit meiner Leber?«

In Gedanken sah sie sich schon auf dem Operationstisch.

»Nichts. Das ist der Punkt. Deine Leber bekommt mehr Giftstoffe, weil ein anderes Organ – meiner Vermutung nach– nicht richtig arbeitet. Da auch deine Mom mit dieser Problematik konfrontiert war, gehe ich von einer erblichen Sache aus.«

»Und was ist es?«

»Nichts Tödliches, aber ich möchte erst noch eine abschließende Untersuchung machen. Keine Angst, das Ergebnis liegt in zwei Tagen vor.«

»Oder Sie sagen es mir einfach jetzt.«

»Julie.« Doktor Shelfi lächelte breit. »Ein guter Arzt analysiert und lässt sich seine Theorie erst bestätigen. Ich möchte dir nichts Falsches sagen.«

»Also gut. Welche Untersuchung? Röntgen? MRT? Ich mache alles.«

»Das höre ich gern.« Doktor Shelfi öffnete eine Schublade und zog ein Etui hervor, aus dem er ein Röhrchen entnahm. »Ich brauche eine Stuhlprobe.«

»Das ist jetzt ein Witz.«

»Bring sie einfach vorbei, sobald du …«

»Schon klar! Danke.« Sie nahm das Etui entgegen und erhob sich. »Ich bin gespannt.«

»Oh, ich ebenfalls. Ach, Julie.«

»Ja?«

»Bitte trink in den nächsten Tagen kein ›Wasser‹, das wäre überaus schädlich.«

Jetzt konnte sie ihr Lächeln einfach nicht mehr aufrechterhalten. »Alles klar.« Doch selbst ihr Knurren brachte Doktor Shelfi nicht dazu, sein Grinsen auszuknipsen.

»Nur damit wir uns nicht missverstehen. Du sollst natürlich Wasser trinken. Viel sogar. Aber kein ›Wasser‹.«

»Danke für die Klarstellung, ich hatte es verstanden.«

»Ausgezeichnet.«

Fluchtartig verließ Julie die Praxis.

Wie lange es wohl dauern würde, bis die gesamte Stadt von diesem Gespräch erfuhr?

Bevor sie zurückfuhr, machte sie einen Halt bei *Coffee and Cake.* Sie benötigte noch einen echten heißen Latte. Und dazu einen Muffin.

Die meisten Touristen waren zu dieser Zeit schon auf dem Weg nach Beaver Creek und dort vermutlich die Piste hinunter. Dadurch war direkt am Fenster ein Platz frei. Julie ließ sich auf den Stuhl sinken und bestellte bei einem unbekannten Kellner das Gewünschte.

Von ihren damaligen Kollegen war niemand mehr hier. Wenn sie sich die Einrichtung so ansah, hatte wohl auch der Inhaber gewechselt. Zuvor hatte das Café einem gemütlichen Wohnzimmer geähnelt, jetzt war es eher die Kopie eines *Starbucks.*

Und war es nicht genau das, was sie selbst auch gewollt hatte? Den Start in ein neues Leben? Nach einem Jahr sparen, ohne Freizeit. Sie hatte alles auf ihr Ziel fokussiert. Mit dem Collegeabschluss hätte sie an einer der großen Universitäten studiert, um … aber diesem Gedanken durfte sie wirklich nicht nachhängen.

Er führte ihr nur eines vor Augen: verlorene Träume.

Ihr Latte kam. Sie genoss den samtigen Geschmack von Milch, die sich mit dem Kaffee vermischte. Der Muffin war jedoch weder so cremig noch blaubeerig, wie sie ihn in Erinnerung hatte. Ein Blick auf die Tafel verkündete *neues Rezept.* Sie aß ihn trotzdem zu Ende und trank aus.

Das Gefühl der Vorfreude war der kalten Realität gewichen.

Alles veränderte sich.

Julie hatte das Gefühl, dass sie die Einzige war, die das nicht tat. Die Welt um sie herum schien ihr immer fremder zu werden. Bevor das Gefühl der Einsamkeit erneut seine Krallen in ihr Herz schlagen konnte, verließ sie das Café.

Da die Wettervorhersage von einem beständigen Wechsel zwischen Schneestürmen und sonnigen Stunden kündete, wollte sie zu Hause sein, bevor es wieder losging.

Sie fuhr trotzdem gemächlich, betrachtete die Stadt, die sich unaufhörlich veränderte. Über die Landstraße fuhr sie dann zum Haus, mit dem Wagen nur wenige Minuten entfernt. Die weiten Felder und dichten Bäume waren wenigstens noch so, wie sie es in Erinnerung hatte.

Julie nahm sich vor, zwischen den Jahren unbedingt die Rockys aufzusuchen. Ein Spaziergang zu ihrem Lieblingsplatz würde ihr guttun.

Sie parkte den Wagen in der Garage, schließlich sollte er nicht eingeschneit werden, und betrat das Haus. Sofort wurde sie von einer schwanzwedelnden Spongy begrüßt.

»Braves Mädchen.« Sie nahm sich Zeit, sie zu kraulen.

Julie nahm sich vor, ihre Mutter auszufragen. Doktor Shelfi mochte seine Theorie ja erst bestätigt wissen wollen, doch sie würde keinesfalls so lange warten.

Da weder ihr Vater noch ihre Mutter zu Hause waren, musste das aber warten.

Sie stieg nach oben in ihr Zimmer, streckte die Hand nach der Schublade ihres Nachttisches aus, um das Smartphone hervorzuholen. Doch ein Geräusch ließ sie innehalten. Etwas hatte gepoltert.

Vorsichtig lugte Julie hinaus auf den Flur.

Es erklang erneut.

»Hallo?«, fragte sie zaghaft.

Stille.

Sie tapste in Richtung Treppe und sah hinunter. »Hallo?«

Sie lauschte.

Direkt neben ihrem Ohr erklang ein: »Hallo.«

»Wah!« Sie fuhr herum.

Vor ihr stand ein breit grinsender Max. »Du bist aber schreckhaft.« Er liebte es, sie zu erschrecken. »Wenn ich das gewusst hätte, hätte ich ja sicherheitshalber einen Eiskübel …«

Was folgte, war eine Verfolgungsjagd durch das Haus, an deren Ende sie ihm zuerst auf die Schulter boxte – sanft – und ihn dann durchkitzelte.

So unschuldig, wie die Stupsnase und das dunkle Wuschelhaar ihren Bruder wirken ließ, war er nämlich gar nicht.

Am Ende lagen sie schwer atmend nebeneinander auf der Couch.

Wenigstens manche Dinge änderten sich nie.

Dachte Julie.

KAPITEL 18

Etwas, was du wissen musst

»An deiner Stelle hätte ich wenigstens mal in die Whatsapp-Gruppe reingesehen«, merkte Max an. »Mom hat uns längst in alles eingeweiht. Ich habe mich schon gewundert, dass du nicht total abdrehst.«

Sie hatten gerade die Controller für die Spielkonsole weggelegt. Jetzt saßen sie auf Max' Bett unter dem Dach, aßen frisch gebackene Zimtrollen und tranken Tee. Durch das Dachfenster war der nächtliche Sternenhimmel zu sehen. Ein Anblick, den sie vermisst hatte. In New York war selbst die Nacht lichterfüllt.

»Erzähl lieber mal etwas über dich«, forderte Julie. »Mein Leben scheint ja Gesprächsthema Nummer eins zu sein, aber du hältst dich verdächtig bedeckt.«

»Nichts Neues bei mir.« Max griff nach einer Zimtrolle und begann intensiv zu kauen.

»Du konntest noch nie gut lügen.«

»Was redest du da?«, sagte er mampfend. »Ich war von uns allen der Beste.«

»Mom hat dich immer durchschaut.«

»Das ist was anderes. Sie hat diesen Instinkt. Gruselig.«

»Also, spuck's aus.« Julie ließ ihn nicht davonkommen.

Er seufzte. »Ich habe abgebrochen.«

»Was denn?« Im nächsten Augenblick starrte sie ihn mit großen Augen an, geschockt von der Erkenntnis. »Das College?! Aber du hattest ein Stipendium!«

»Meine Träume sind andere.«

»Kann man so ein Stipendium nicht einfach überschreiben? An die Lieblingsschwester, zum Beispiel?«

»Ich fürchte, nein.«

»Was hast du denn jetzt vor?«

Max' Augen begannen zu strahlen. »Ich eröffne ein Café.«

Julie starrte ihn verdutzt an. »Darf ich dabei sein, wenn du das Mom erzählst?«

»Du bist so gemein.«

»Sorry, okay, ich höre zu.«

»Ich möchte dort Backwaren aus aller Welt anbieten, die ich selbst zubereite. In den letzten Jahren habe ich Rezepte von überallher gesammelt.« Bei diesen Worten freute er sich wie ein kleines Kind am Weihnachtsmorgen. »Der Businessplan steht schon, Josh hat mir geholfen.«

»Aber kostet das nicht viel Geld?«

»Die Bank hat mir den Kredit zugesagt, ich fange nächste Woche damit an, nach einer Location zu suchen.«

»In Chicago?«

Er schüttelte den Kopf. »Kalifornien.«

»Willst damit sagen, dass Josh die ganze Zeit Bescheid wusste?«

»Du warst ja nicht erreichbar.«

»Hast du es versucht?«, feuerte Julie anklagend ab.

»Oh, sieh mal, eine Fliege.«

Verwirrt sah Julie auf, bis sie realisierte, dass Max sich gerade über sie lustig machte. Kurzerhand nahm sie ein Kissen und schlug es ihm ins Gesicht, wodurch seine Hand mit der Zimtrolle gegen seine Wange gepresst wurde. Als die Tatwaffe zu Boden fiel, saß Max mit Zimtrollenmatschgesicht vor ihr.

»New York hat aus dir einen aggressiven Menschen gemacht«, kommentierte er trocken.

»Nein, dafür ist meine Familie zuständig«, konterte Julie.

»Ich wollte dich nur ablenken. Und die Fliege …«

»Wir reden die nächsten Tage über gewisse Dinge nicht mehr.«

Max schürzte die Lippen. »Aber falls es mir rausrutscht …«

»Rutscht mir dein Collegeabbruch heraus.«

Er seufzte. »Also schön. Wir schweigen beide.«

»Siehst du, so geht das mit dem Deal.«

Das Geräusch von Tatzen auf der Treppe ließ sie hochsehen. Spongy streckte den Kopf durch die Lucke und sprang herein. Mit einem Satz war die Hündin bei ihnen auf dem Bett.

Sie streichelten sie abwechselnd.

Da hier oben die Heizung nicht immer problemlos funktionierte, wickelte sich Julie mit fortschreitender Stunde in eine dicke Steppdecke. Max war in seinem vorherigen Leben zweifellos ein Eskimo gewesen. Unbeeindruckt saß er in Jogginghose und T-Shirt auf dem Bett, nicht einmal Socken trug er.

»Wann willst du es Mom und Dad sagen?«, fragte Julie.

»Nach Weihnachten«, erklärte er. »Schließlich will ich nicht die ganzen Feiertage Erklärungen abliefern müssen. Außerdem wird Mom bestimmt den Businessplan sehen wollen.« Er seufzte. »Vermutlich lässt sie ihn von irgendjemandem überprüfen.«

Was ein neues Projekt in ihren Fokus rücken würde. Damit wäre Julie aus dem Schneider.

»Ich weiß genau, was du denkst.« Max blickte sie mit zusammengekniffenen Augen an. »Denk nicht mal daran, mich als Ablenkung zu benutzen.«

»Iiich? Niemals. Was denkst du denn von deiner großen Schwester?«

»Dass sie verzweifelt ist.«

»Der Punkt geht an dich.« Julie zuckte mit den Schultern. »Aber da lasse ich der Natur ihren Lauf. Mom bekommt von mir sowieso noch eine Standpauke.« Sie berichtete von Doktor Shelfi.

»Ja, das wundert mich nicht.« Max reichte ihr die letzte Zimtrolle. »Die hast du dir verdient. Und morgen früh mache ich die Pancakes.«

»Äh, alles klar.«

Wozu ihn aufregen?

Gegen Mitternacht merkte Julie, dass sie müde wurde. Sie verabschiedete sich in wärmere Gefilde. Spongy blieb bei Max. Diese verräterische Hündin hatte ihn schon immer am liebsten gemocht. Vermutlich hatte er sie jahrelang heimlich gefüttert, ha!

Im Bett zog sie sich die Decke unters Kinn und schlief sofort ein.

In ihren Albträumen floh sie vor Susann, die gemeinsam mit ihren Freundinnen Jagd auf Julie machte. Durch die Räumlichkeiten des Colleges ging es aufs Spielfeld, wo Melissa, Cullen und Luca gemeinsam Baseball spielten.

»Helft mir!«, rief Julie.

Plötzlich sah sie sich zwischen ihnen und der Susann-Clique, die zur gegnerischen Mannschaft geworden waren. Auf Julies Shirt erschien der Aufdruck *Baseball*. Im nächsten Augenblick war sie der Ball, wurde von Susann gepackt und in die Luft geschleudert.

»Homerun!«, rief diese.

Julie erwachte.

Sie barg den Kopf unter dem Kissen und fluchte. Ein Jaulen von links war die Antwort.

»Ah, du bist hier? Genug von Max?« Vermutlich schlief ihr Bruder zu lange.

Es war noch überraschend früh. Entsprechend müde war Julie, als sie aus dem Bett stieg. Aus dem Erdgeschoss drang der Duft frischer Pancakes an ihre Nase. Vermutlich ihre Mom, die alles erledigte, bevor Max auf die gleiche Idee kam.

Sie trug ihr gammeliges Shirt, Jogginghosen und ihre Haare erinnerten an eine Klobürste. »Notiz an mich selbst: Nicht mehr zu einer solchen Uhrzeit in den Spiegel sehen.«

Das Holz knarzte unter ihren Füßen, als sie auf den Gang trat.

In ihrem Traum hatte Luca mit weiten Augen ihre Flugbahn verfolgt, als Susann den Julie-Baseball davonschleuderte. Sie musste auflachen. Nun glaubte sie schon, seine Stimme aus dem Erdgeschoss zu hören.

Sie schüttelte über ihre eigene Luca-Manie den Kopf, stieg die Stufen hinunter und betrat die Küche.

»Die Sturheit hat sie von mir, das darfst du nicht … Oh, guten Morgen, Schatz.« Ihre Mutter deutete auf Luca. »Sieh mal, wer uns besucht.«

Am Esstisch saß Luca. Vor sich eine Tasse Kaffee – dampfend, nicht kalt – und einen Teller mit einer Zimtrolle. Er hatte gerade abgebissen, ein paar Krümel hingen an seinem Mund. Die Haare waren vom Wind zerzaust worden. Er trug einen Rollkragenpullover, Jeans und Boots. Selbst in dieser ungewohnten Kleidung wirkte er wie ein Katalogmodel, das sich von einem Shooting erholte.

»Was tust du hier?!«, stieß Julie fassungslos aus und ärgerte sich darüber, dass ihre Stimme so quietschte.

»Da du aus New York verschwunden bist und keine einzige Nachricht beantwortest, musste ich eben hierherkommen.«

»Und dir ist nicht vielleicht der Gedanke gekommen, dass ich meine Ruhe will?«

»Doch«, gab Luca zu.

»Aber?«

»Das war mir egal.«

Und da war es wieder, das Brodeln. Julie stand kurz vor der Explosion.

»Ist das nicht nett von ihm?«, warf ihre Mom mit klimpernden Wimpern ein. »Den ganzen weiten Weg, nur um mit dir zu sprechen.«

Luca setzte einen Dackelblick auf und nickte eifrig. »Hör auf deine Mom, sie ist eine weise Frau. Ihre Zimtrollen sind ein Traum, Mrs Warren.«

Dieser elende Schleimer! »Iss doch eine auf dem Heimweg.«

»Juliette Warren!« Ihre Mutter blickte sie wütend an und wiederholte mit Betonung: »Luca hat den ganzen Weg von New York zurückgelegt, um mit dir zu sprechen. Das Mindeste, was du tun kannst, wäre, ihn anzuhören.«

»Es war wirklich weit.«

»Privatjet?«, fragte Julie.

»Bus«, konterte er.

»Ich gehe mich frisch machen.« Sie wandte sich ab. »Genieße den Kaffee.«

»Tue ich.«

Sie konnte sein Grinsen im Rücken spüren. Er liebte es, Julie zu provozieren.

Vor ihr schoss Max die Treppe hinunter. »Wieso rieche ich Pancakes?! Ich wollte doch welche machen.«

»Ach, Schatz«, säuselte ihre Mutter, »das tut mir leid. Das war heute? Ich war früh auf, und dann haben wir hier einen Gast. Da konnten wir nicht warten. Und ich wollte dich nach der langen Fahrt doch nicht wecken.«

Julie schüttelte nur den Kopf. Typisches Familienchaos. Und es fehlten sogar noch drei.

Sofort richteten sich ihre Gedanken wieder auf Luca. Warum kam er den ganzen weiten Weg hierher? Ein schlechtes Gewissen hatte sie doch längst.

Sie betrat das Bad, duschte, machte ihr Haar und ließ sich Zeit. Sollte er ruhig etwas warten. Zu spät fiel ihr ein, dass das auch Gesprächszeit zwischen ihm und ihrer Mutter bedeutete.

Julie beschleunigte die Bad-Session, schlüpfte in einen roten Pullover, enge Jeans und Stiefel. Ein weiterer Blick in den Spiegel zeigte ihre rosige Haut, glänzendes Haar und, trotz der Albträume, wache Augen.

Als sie unten ankam, rieb sich Luca den vollen Bauch. »Die Pancakes waren wirklich gut.«

Max saß in der Ecke, schob sich eine Gabel in den Mund und wirkte mürrisch. »Aber morgen mache ich sie dann.«

»Aber sicher, Schatz.« Ihre Mutter wirkte bei dem Gedanken ängstlich.

»Wollen wir …«, begann Julie.

»Setzen«, befahl ihre Mutter. »Ich lasse dich nicht ohne Essen aus dem Haus.«

Was die perfekte Überleitung zu einem Streitgespräch über Doktor Shelfi, gestohlene Blutwerte und Smartphoneüberwachung gewesen wäre. Leider war Luca anwesend.

Er betrachtete sie aus diesen Augen. Flüssiges Quecksilber, goldene Sprenkel und tiefe Traurigkeit. Sie konnte sich nicht davon lösen, wenn sie den Blick erwiderte. Deshalb starrte sie in ihre Kaffeetasse, nahm einen Schluck und runzelte die Stirn.

»Das schmeckt seltsam«, erklärte Julie.

»Anders, Schatz. Neu. Wo ist deine Entdeckerfreude?«

»Dads Kreation?«, fragte sie.

»Er hat einen Siphon benutzt. Ehrlich gesagt sieht das Gerät recht antiquiert aus. Wurde in den 1930ern in Deutschland entwickelt und der Kaffee ist recht …«

»Bitter«, merkte Julie an.

»Wieso darf Dad Kaffee kreieren, aber ich keine Pancakes?«, hakte Max sofort nach.

»Darfst du doch, Schatz.« Ihre Mutter strich ihm über das Haar. »Aber alles zu seiner Zeit.«

»Können wir nicht wieder normalen Kaffee trinken? Aus der Kanne.«

»Sei doch mal flexibel«, forderte Max, und sie wusste genau, dass er nur auf die Zustimmung ihrer Mutter wartete, um einzuhaken.

»Hör auf deinen Bruder«, ging sie ihm in die Falle.

»Meine Pancakes wären auch ein Experiment, das einen flexiblen Geist erfordert«, sagte er prompt. »Ein Rezept aus der Türkei. Mit geraspelten Mandeln und Honig.«

»Man sollte nicht zu viele Experimente auf einmal wagen«, erklärte ihre Mutter. »Manche Dinge müssen sich … entwickeln.«

»Wie deine Tochter, zum Beispiel?«, sagte Julie. »Die würde sich auch gern allein entwickeln.«

»Jetzt werd nicht pubertär, ich habe mir nur Sorgen gemacht.«

»Und deshalb Doktor Shelfi beschwatzt, meine Blutwerte zu besorgen.«

»Das ist doch lieb von deiner Mutter«, sagte Luca.

»Halt du dich da raus!«

»Kein Grund, unseren Gast so anzufahren, Juliette Warren«, kam es von ihrer Mom.

»Ich fühle mich ignoriert«, warf Max ein.

»Nicht doch, Schatz.« Sie wuschelte ihm durchs Haar.

»Mom!« Womit er eifrig beschäftigt war, die Frisur wieder zu richten. Knockout in der ersten Runde.

»Hat er dir denn schon gesagt, welche Untersuchung du …«

»Mom!«, rief Julie schriller als je zuvor. »Darüber reden wir jetzt nicht.«

Womit sie sofort die Aufmerksamkeit von Max und Luca geweckt hatte.

»Welche Untersuchung sollst du denn machen?«, fragte ihr kleiner Bruder.

»Eine gefährliche?«, Lucas Augen wurden groß.

»Total easy«, haspelte sie mit einem Blick auf Max.

Sie sahen einander an, und er wusste sofort, was Julie plante.

»Wusstest du schon, dass Max …«

»Wann kommt Josh?«, brüllte er.

»Was weiß ich nicht von deinem Bruder?«, fragte ihre Mom. Dabei ignorierte sie ihn vollkommen, den Blick auf Julie gerichtet.

Sie warf ihm einen Sorry-aber-da-musst-du-jetzt-durch-Blick zu.

»Er …«

»Ja?«

»Also …« Sie konnte es einfach nicht, aber ein kleiner Denkzettel musste sein. »Er und Josh haben eine tolle Überraschung für dich, wollen aber bis nach Weihnachten damit warten.«

Sollte Max jemals die Gelegenheit bekommen, Pancakes zu machen, würde er in ihrem zweifellos eine gewaltige Dosis Abführmittel unterbringen.

»Das ist ja so lieb von euch.« Sie strich Max über die Wange. »Aber wieso bis nach Weihnachten warten? Du weißt doch, wie neugierig deine arme, einsame Mutter ist. Bring ein wenig Freude in mein Leben.«

»Aber das wäre … unfair?«

»Warum?«

»Wegen … Josh sollte dabei sein.«

»Wie schön, er kommt in zwei Stunden.« Zufrieden erhob sich ihre Mutter. »Ich bin schon sehr gespannt.«

Max warf Julie böse Blicke zu.

»Mir gefällt es bei euch«, sagte Luca. »Es ist so realistisch.«

»Wie ist es denn bei dir?«, fragte Max.

»Weniger … Dialoglastig.«

»Wir gehen jetzt.«

Julie nutzte es aus, dass ihre Mutter kurz in den Keller verschwand, um von dort Backzutaten heraufzuholen. Kurzerhand packte sie Luca am Arm und lenkte ihn in Richtung Tür. Sekunden später trugen sie ihre Jacken, hatten die Schals um den Hals geschlungen und traten in die Kälte hinaus.

Immerhin hatten sie Glück.

Die Sonne schien herab, die Luft war eiskalt, aber von einem Sturm war nichts zu sehen.

»Es ist wunderschön hier«, sagte Luca mit einem Blick in die Weite.

»Lass uns zum Wald laufen.« Julie deutete in Richtung der verschneiten Bäume, die den Übergang vom Stadtrand zum Wald markierten.

»Gern.«

Sie stapften schweigend drauflos. Die Minuten verstrichen, und sie bemerkte aus den Augenwinkeln, dass Luca in seiner eigenen Welt versunken war.

»Bist du wirklich den ganzen Weg gefahren, nur um mir noch ein paar Vorwürfe hinterherzuschicken?«

»Was?« Verwirrt fand er zurück in die Wirklichkeit. »Nein, wie kommst du darauf?«

»Du tust nichts anderes.«

»Stimmt doch gar nicht.«

Sie ließ eine Braue in die Höhe wandern. »Ich kann von ganzen Autofahrten berichten, die daraus bestanden.«

»Das ist was anderes.«

»Ach?«

»Da hatte ich recht. Du warst verantwortungslos.«

»Luca …«

Er grinste frech. Seltsam, sie hatte ihn noch nie lächeln gesehen. Um seine Augen herum entstanden lustige kleine Falten und er hatte ein Grübchen am Kinn.

In diesem Augenblick bemerkte er ihren Blick und wurde sofort wieder ernst.

Julie holte tief Luft. Er hatte sie gerettet und letztlich stand eine dicke Entschuldigung an. »Ich …«

»Ich wollte mich entschuldigen«, sagte er.

Abrupt blieb sie stehen. »Was?!«

»Das alles ist meine Schuld. Susann … einfach alles.«

Er ging weiter.

Julie eilte ihm nach.

Und Luca begann zu erzählen.

KAPITEL 19

Lucas Wahrheit

»Ich war dumm.«

Julie hätte darauf gern etwas erwidert, doch bei dem Anblick von Lucas Augen verzichtete sie auf jeden Kommentar.

Sie gingen eine Weile schweigend nebeneinanderher auf dem Waldweg. Der Weg wurde von Bäumen gesäumt, auf den Rinden lag Raureif. Die gefrorene Erde war stellenweise von Schnee bedeckt. Eine wunderschöne Winterlandschaft, die so gar nicht zu dem passen wollte, was Luca umgab. Eine düstere Aura der Traurigkeit.

»Mein bester Freund Kenneth, meine damalige Freundin Sam und ich waren auf einer Party.« Er lachte auf. »Genau wie du es dir vorstellst, wenn du über unsereins sprichst. Lästernde Grüppchen, viel Alkohol, alles oberflächlich.«

Er schluckte, fast als hoffte er auf eine Antwort. Alles, damit er nicht weiter in die Vergangenheit vordringen musste.

Doch Julie schwieg.

»Damals nahm ich die Dinge noch leicht, weißt du. Alkohol, Spaß, alles war so simpel. Besuch eines Elitecolleges mit dem Ziel, eines Tages die Firma zu übernehmen, die meine Grandma aufgebaut hat. Meine Mom leitet sie aktuell, doch sie setzt alle Hebel in Bewegung, mich aufzubauen.«

»Ist das nicht nett von ihr?«

»Da gibt es noch meinen Onkel väterlicherseits. Der hat auch einen Sohn – Paul. Sie hatte Angst, dass er von meiner Grandma als Nachfolger auserkoren wird. Deshalb hat sie diese mit dem Aufsichtsrat entmachtet. Glaub mir, nett kann man das nicht nennen.«

Machtkampf unter den Reichen. Julie fühlte sich sofort an *Gossip Girl* erinnert. *Denver Clan* traf es auch ganz gut. Natürlich sprach sie das nicht aus.

»Auf der Party habe ich mich mit Sam gefetzt.« Er lachte leise auf. »Irgendeine dumme Lappalie. Wenn ich mich zurückerinnere, sehe ich immer uns beide, schreiend im Raum. Aber was wir sagen, kann ich nicht hören. Es war so bedeutungslos.«

Julie sah es vor sich. Die Menschenmenge in der Bar, pikierte und neugierige Blicke aus allen Richtungen. Smartphones, die heimlich auf Aufnahme geschaltet wurden.

»Eigentlich sollte ich an dem Abend nüchtern bleiben, aber durch den Streit …«

»O nein.« Julie ahnte es.

»Daher bat ich Kenneth darum, Sam heimzufahren.« Immer wieder stockte er bei diesen Worten, sein Blick sauste hektisch zwischen den Bäumen hin und her. »Er hat mir nie einen Wunsch abgeschlagen.«

Wieder kehrte die Stille zurück.

Wie das weiße Kleid aus Schnee, das über allem lag, senkte sie sich herab.

»Ihnen wurde die Vorfahrt genommen«, sagte Luca tonlos.

»Sind sie …« Julie schluckte.

»Kenneth war sofort tot. Sam hat überlebt, aber schwer verletzt. Sie sitzt heute im Rollstuhl.«

Julies Geist erschuf umgehend das zugehörige Kopfkino. Sie sah Cullen und Melissa, die durch die Nacht brausten. Bremsen quietschten, dann der Aufprall. Melissa im Rollstuhl, die Trauergemeinde am Grab von Cullen.

»Aber du hast …«

»Wenn du jetzt sagst, dass ich keine Schuld trage, werde ich schreien.« Lucas Gesicht wirkte kalt und leer.

»Tut mir leid.«

»Ich sollte an dem Abend fahren. Ich!«

»Kein Chauffeur?«, die Frage war heraus, bevor Julie sie aufhalten konnte.

Doch Luca nahm sie nicht als Provokation. »Es gibt Dinge, da willst du definitiv nicht, dass deine Eltern etwas erfahren. Jennings war immer in Ordnung, aber auf eine direkte Frage meiner Mom hat er nie gelogen. Ab dem Tag, als wir einen Führerschein hatten, fuhren wir selbst. Das ist Freiheit.«

»Deshalb warst du so entsetzt, als ich den Unfall hatte«, begriff Julie. »Und dieses Missverständnis mit dem Wasser, das Alkohol war.« Auf seinen skeptischen Blick ergänzte sie: »Ich habe es wirklich nicht gewusst.«

Und vielleicht lag es daran, dass sie es völlig emotionslos sagte. Es war ein Fakt. Er glaubte ihr. Sie konnte es in seinen Augen sehen, die sich weiteten.

»Du bist echt ein Dorfkind.«

»Oak Creek ist eine Stadt.«

»Angeblich«, kommentierte Luca.

»Ich rechne es dir ja hoch an, dass du dir Sorgen gemacht hast«, brachte Julie das Thema zurück zum Kern. »Aber selbst wenn dich die Schuldgefühle zerfressen, du bist nicht an Susanns Intrigenkunst schuld.«

Wieder seufzte Luca schwer.

Sie stapften eine kleine Anhöhe hinauf, die am Berghang entlang in die Höhe führte. Bereits hier war der Ausblick auf ein weites Tal und Skifahrer, die in der Ferne Abhänge hinunterglitten, atemberaubend.

»Nach der Sache schaltete sich meine Mom ein«, berichtete Luca weiter. »Kenneths Bruder wusste von unserer Fahrvereinbarung und erzählte es seinen Eltern. Daraufhin tauchten diese bei uns auf. Ein Gespräch mit meiner Mom später zogen sie ab.«

»Sie hat sie bezahlt«, schloss Julie.

»Weißt du, selbst unter den Reichen gibt es Unterschiede. Wir gehören eher zu den ziemlich Reichen.« Er nickte. »Ich habe nie wieder etwas von ihnen gehört. Sam wollten sie ebenfalls unterstützen, aber die Familie lehnte ab. Als Kenneths Bruder ein Interview geben wollte, kamen die Anwälte ins Spiel. Eine einstweilige Verfügung später durfte über die Sache nicht mehr gesprochen werden.«

Die Worte schienen Luca noch schwerer zu fallen als die zuvor. Er hatte mit dem Schmerz nie abgeschlossen. Vermutlich hätte er es begrüßt, wenn jemand in der Zeitung ihm die Schuld gegeben hätte. Immerhin war er davon überzeugt, sie zu tragen.

»Meine Mom wollte, dass alles so weiterläuft wie bisher.« Er zuckte mit den Schultern. »Also bin ich abgehauen. Sie hat ein paar Leute engagiert, die mich im Auge behalten und alle Social-Media-Hinweise bereinigen.«

»Das haben Melissa und ich bemerkt.«

Er lachte auf. »Wundert mich nicht. Deine Freundin ist hartnäckig.«

»Ich glaube nicht, dass sie das noch ist.«

»Hartnäckig bedeutet auch, dass sie dich nicht so einfach aufgibt.«

»Dann war das in der Limousine deine Mom?«

»Sie hat dich bemerkt und sofort mit der Fragerei begonnen. Deshalb war ich am Tag darauf wieder distanziert. Du sollst nicht in meine Probleme verwickelt werden.«

Sie erreichten den Aussichtspunkt. Für einen Augenblick verschlug es Julie die Sprache, obgleich sie schon unzählige Male hier oben gewesen war. Das Quecksilber in Lucas Augen wurde glasig, als er seinen Blick schweifen ließ.

»Jetzt weiß ich, weshalb meine Grandma mich immer wieder dazu gedrängt hat, das ganze Land zu bereisen«, sagte er leise. »Diese Art der Schönheit findest du in der Großstadt nicht.«

Sie setzten sich auf die Bank.

Die Wintersonne kitzelte Julies Gesicht, sie zog die Mütze vom Kopf und reckte ihre Stirn dem Himmel entgegen.

»Meine Mom will, dass ich wieder zurückkomme«, erklärte er. »Daheim einziehen, wieder mein altes College besuchen. Praktika im Sommer und dann Aufstieg in der Firma. Sie hat kein Verständnis für ›diese Art von Gefühl‹.«

»Klingt total sympathisch.«

»Sie ist Geschäftsfrau durch und durch.« Es klang wie eine Entschuldigung.

Gerade war Julie in eine Person auf Skiern vertieft, die als schwarzer Punkt in eleganten Linien den Hang hinunterbrauste, als Luca die Bombe platzen ließ.

»Sie hat Susann auf dich angesetzt«, erklärte er.

»Was?!« Sie fuhr herum.

»Der fehlende Eiskübel. Sie hat ihn bemerkt und Jennings ausgequetscht. Als sie uns dann am Abend des Stromausfalls zusammen gesehen hat, bist du in ihr Fadenkreuz gerutscht. Sie will dich loswerden, weil du mich ablenkst.«

»Das ist lächerlich! Wie kommt sie auf die dumme Idee, wir beide haben uns ein paarmal gesehen und dabei gestritten.«

»Ich habe ihr auch erklärt, dass du den Charme einer Klobürste besitzt.«

»Wie bitte?«

»Ich musste überzeugend sein«, sagte er entschuldigend.

»Wie engagiert von dir«, kommentierte Julie trocken.

»Hat sie leider nicht überzeugt. Als dann Susann aufgetaucht ist, habe ich so etwas geahnt.«

»Und du bist nicht auf die Idee gekommen, mich zu warnen?!«

»Habe ich doch. Ich habe extra Melissa instruiert. Aber du wolltest ja nicht hören.«

Schlagartig fühlte Julie sich noch schlechter, wenn sie an ihre beste Freundin dachte, die das womöglich gar nicht mehr war. Sie alle hatten sie vor Susann warnen wollen.

»Du hast ...«

»Wenn du jetzt sagst, dass ich keine Schuld habe, dann ...«

»Schon klar, du schreist.«

Ein trauriges Lächeln umspielte Lucas Lippen. »Aber es war tatsächlich meine Schuld. Mit einer einzigen Dummheit hat alles angefangen.«

Er blickte hinaus auf den Hang, versunken in seinen Schuldgefühlen.

»Also was mit Susann passiert ist, ist schlicht meine Schuld!«, stellte Julie klar. »Ich hätte nicht auf ihre oberflächlichen Freundschaftsangebote einsteigen müssen. Und was damals passiert ist ... Letztlich ist das etwas, was du mit dir ausmachen musst.« Sie legte vorsichtig eine Hand auf seinen Arm. »Aber du warst nicht der andere Fahrer.«

Luca wandte ihr das Gesicht zu. Das Sonnenlicht spiegelte sich in seinen Augen und brachte die Goldsprenkel zum Glühen.

Ihre Blicke trafen sich.

Julies Hand wog schwer auf seinem Arm.

Sekunden wurden zu Funken der Ewigkeit. Eingefroren in diesem Moment, nahm Julie jedes Detail glasklar wahr. Lucas vom Wind zerzaustes Haar, in dem ein paar einsame Schneeflocken hingen. Seine langen Wimpern, der sanfte Blick. Wie von einem wilden Tier, das schwer verletzt worden war. Sein Atem kondensierte in kleinen Wolken vor dem Mund.

Ruckartig zog er den Arm fort. »Ich brauche keine Psychotante, Warren.«

Innerlich seufzte Julie auf. »Ein paar Schläge wären eindeutig hilfreicher.«

»Jetzt weißt du auf jeden Fall, was passiert ist. Und in einem Punkt gebe ich dir recht: Du hast, was Melissa und Cullen angeht, echt Mist gebaut.«

»Du …« Die Hitze stieg wieder in ihr auf. »Was bildest du dir eigentlich ein, wer du bist?! Kommst mir einfach nachgefahren, machst einen auf dunkler Ritter und gibst Ratschläge?! Aber Gott bewahre, dass dir jemand hilft.«

»Ich brauche keine Hilfe.«

»Schön, ich auch nicht.«

»Sieht aber so aus.« Luca verschränkte die Arme.

»Weil du nicht richtig hinsiehst.« Sie tat es ihm gleich.

Wieder kam es zum Blickkontakt, ein stummes Duell aus purem Trotz.

»Gehen wir doch zurück, dann kannst du in den Bus nach New York steigen und dort grüblerisch die Wand anstarren.«

»Gute Idee. Wird auch Zeit, dass du mal eine der guten Sorte hast. Normalerweise führt das ja immer in die Katastrophe.«

Hätte sie jetzt den Eiskübel, Julie hätte ihn Luca kurzerhand ins Gesicht gedonnert. Stattdessen standen sie auf und stapften in brütendem Schweigen zurück. Für die Schönheit des Waldes hatte sie dieses Mal keinen Blick.

Passend zu ihrer Stimmung zog der Himmel zu.

Sie erreichten das Haus gerade noch rechtzeitig. Der Himmel hatte sich längst in eine schwarze Masse verwandelt, als habe jemand ein Tintenfass umgekippt. Der Schnee wirbelte so dicht, dass man die Hand vor Augen kaum sehen konnte.

Julie steuerte das Auto in die Garage und sie rannten zum Haus. Selbst bei diesen wenigen Schritten hätten sie sich verlaufen können.

Doch sie kannte den Weg.

Aufatmend traten sie ein.

»Da seid ihr ja«, wurden sie von ihrem Dad begrüßt. »Ich habe mir langsam Sorgen gemacht.«

»Mister Warren.« Luca reichte ihm die Hand. »Ich bin Luca Jackson.«

»Das dachte ich mir schon.« Julies Vater erwiderte den Händedruck. Lächelnd! Er lächelte nie bei Fremden.

»Ich werde nur schnell meinen Rucksack nehmen und dann wieder verschwinden.«

Verdutzt blickte ihr Dad Luca an. »In der Theorie ein netter Plan. Aber unmöglich durchzuziehen.«

Julie seufzte schwer. »Er hat recht.«

»Danke, Tochter, wie nett von dir.«

»Du kannst nicht verschwinden«, erklärte sie an Luca gewandt. »Solche Stürme toben Stunden. Mit etwas Pech die ganze Nacht. Du kommst nicht bis zum Bahnhof.«

»Ich könnte ein Taxi rufen.«

Julies Dad lachte.

»Ein Uber?«

Lachte noch lauter.

»Du bleibst natürlich hier«, erklang die Stimme von Julies Mom. »Leo wird sich verspäten, du kannst sein Zimmer haben. Er wird erst morgen Abend eintreffen, Josh doch erst morgen Mittag. Vielleicht können wir deinen Bruder ja gemeinsam davon abhalten, den größten Fehler seines Lebens zu begehen.«

»Mom!«, bat Julie.

»Er will das College abbrechen! Gerade du, die für ihren Traum so hart gekämpft hat, sollte das doch zu verhindern wissen. Max hört auf seine große Schwester. Du bist ein Vorbild.«

Er hatte es ihr also doch gesagt.

»Ich kann ihm die Bilder von der Poolparty zeigen«, sagte Julie trocken.

»Das bezog sich auf die Zeit *vor* der *Phase.*« Ihre Mutter glitt in die Küche und nahm den Raum mit ihrer Präsenz ein.

Dass Lucas Mundwinkel bei diesen Worten zuckten, ignorierte Julie. »Mom, es ist seine Sache.«

»Seit wann?«

»Äh, schon immer.«

»Wir sind eine Familie.« Ihre Mom legte die Hand auf ihr Herz. »Ich mache mir ernsthafte Sorgen um ihn, seine Zukunft, sein Leben.«

»Max kann auf sich aufpassen.«

»Seit wann?«

»Schon immer!«, rief Julie aufgebracht.

»Wieso schreist du deine arme Mutter an?« Ihre Augen glitzerten, vermutlich würde gleich eine Träne rollen. »Vor New York hättest du das nie getan.«

»Ich sollte lieber …«, zog Luca die Aufmerksamkeit auf sich. Ganz dumme Idee.

»Was sagst du denn dazu, Luca?« Ihre Mom reichte ihm eine Zimtrolle.

»Ich habe keine Meinung«, sagte er schnell. »Grundsätzlich nicht.«

»Aber die hat doch jeder. Du studierst am College?«

Schnell stopfte sich Luca den Mund voll. »Hm, hm.«

»Erfolgreich?«

Er zuckte mit den Schultern, wiegte den Kopf und nickte schließlich.

»Und mehr will ich doch gar nicht für meinen Sohn. Das verstehst du, ja?«

Luca nickte, bevor Julie ihn aufhalten konnte.

»Siehst du, er ist meiner Meinung!«, schaltete Julies Mom sofort um. Die Augen wirkten jetzt wie Laserstrahlen, die Rückstände falscher Tränen waren auf magische Weise verschwunden.

»Hat er nicht! Du hast ihm einen Zimtschock verpasst und seine Gesten interpretiert. Und selbst wenn, es ist die Entscheidung von Max!«

»Du warst schon immer auf seiner Seite, das ist Instinkt.« Sie tätschelte Julie den Kopf. »Willst du dem armen Luca nicht das Zimmer zeigen? Er ist bestimmt müde von der Fahrt.«

Klar, an dieser Stelle kam ein eifriges Nicken des New Yorker Snobs.

»Mit Vergnügen«, sagte Julie.

»An dem Lächeln musst du arbeiten.« Ihre Mom grinste breit. »Ich habe da einen guten Theaterkurs, den ich gerade besuche.«

Was so einiges erklärte.

»Gehen wir rauf«, grummelte Julie und deutete auf die Treppe.

Immerhin folgte ihr Luca bereitwillig.

Vor dem Fenster tobte der Sturm.

KAPITEL 20

Sturmnacht

Leos Zimmer war in einem Wort: akkurat.

Während Max, Josh und Julie eher dem Chaos zugeneigt waren und Ben irgendwo im Mittelfeld angesiedelt war, musste es bei Leo immer ordentlich zugehen. Zumindest daheim. Vermutlich der Gegensatz zu seinem chaotischen Beruf in der Medienbranche.

Geradezu vorsichtig beäugte Luca die Einrichtung. Den Computermonitor. Die Bilder von Bob Woodward und Carl Bernstein, den Reportern der *Washington Post*, die in den 1970ern den Watergate-Skandal aufgedeckt hatten. Weitere Fotos von Enthüllungsjournalisten, Aussagen von hochrangigen Politikern vor dem Kongress und Zeitungsartikel.

»Er ist Journalist«, erklärte Julie. »Wollte er schon früh werden.«

»Eindeutig.« Luca betrachtete jedes einzelne Bild und bekam wieder diesen abwesenden Gesichtsausdruck.

»Alles okay?«

Er nickte nur. »Ich finde es schön, dass deine Eltern ihm … euch alle Freiheiten gelassen haben.«

»Da würde Max etwas anderes sagen«, widersprach sie. »Du hörst ja, was gerade abgeht.«

»Er folgt seinem Traum, sie haben Angst um ihn.« Mit verschränkten Armen sank er auf die Tischkante. »Ist das nicht auch ein Zeichen von Liebe?«

»Hast du wieder deine fünf Minuten?«

»Meine was?«

»Du weißt schon, fünf Minuten netter Luca. Bevor dann der versnobte Arsch zum Vorschein kommt.«

Verdutzt sah er sie an. »Äh.«

»Mach's dir bequem, wenn du etwas brauchst, sag Bescheid. Ich bin zwei Räume weiter den Gang runter. Bad ist gegenüber. Ich lege dir Handtücher bereit.«

Sie ließ ihn stehen.

Dieses Hin und Her ging Julie gehörig auf die Nerven. Sie kam sich vor wie auf einem Schleudersitz. Der an einem Karussell hing. Sobald das Gewitter vorbei war, sollte dieser kleine Mistkerl sich in den Bus setzen und abhauen. Von ihr aus konnte Jennings auch einfach mit der Limousine vorfahren, Hauptsache, sie wurde Luca Jackson endlich los.

Seltsamerweise schmerzte dieser Gedanke gleichzeitig irgendwo tief in ihr drin.

Sie kramte frische Handtücher aus dem Badezimmerschrank und legte sie im Bad auf den kleinen Schrank. Ein kurzer Blick in den Spiegel ließ sie aufstöhnen. Der Sturm hatte ihr Haar auf gemeine Weise zerzaust, sie sah aus wie durch eine Turbine gedreht. Sie richtete ihre Haare, rieb sich die Augen und genoss für ein paar Augenblicke die Wärme, die im Badezimmer stets vorherrschte.

Eines der großen Streitthemen.

Mit vier Brüdern hatte man es nicht leicht. Ständig wollten diese es *frisch* haben. Heizung aus und Fenster auf war die bevorzugte Art, das zu erreichen. Sowohl Julies Mom als auch sie selbst waren oft mit klappernden Zähnen herumgerannt. Die Natur war schlicht unfair bei ihrer Entwicklung des menschlichen Körpers vorgegangen.

Irgendwann hatte man sich darauf geeinigt, dass das Badezimmer und das Wohnzimmer auf einer humanen Temperatur gehalten wurden. In ihren eigenen Räumen konnten die Jungs machen, was sie wollten.

Mit einem Ruck wurde die Tür geöffnet.

»Oh«, sagte Luca. »Tut mir leid.«

»Schon okay, ich habe nur … du weißt schon … nachgedacht.«

»Das ist ja ’ne Sauna hier drin.«

Julie funkelte ihn an. »Das Fenster bleibt zu und die Heizung an.«

Luca hob die Arme. »Alles klar, Ice-Queen.«

»Quecksilberteufel«, brach es aus ihr heraus.

Wieder ließ sie ihn stehen.

Mittlerweile war es vor den Fenstern dunkel geworden, als sei es längst tiefste Nacht. Julie schaltete das Licht in ihrem Zimmer ein. Ein solcher Sturm konnte den Tag zur Nacht werden lassen. Und manchmal Tage dauern. Sie hoffte von ganzem Herzen, dass dies heute nicht der Fall war.

Es reichte vollkommen, dass ihre Mutter mit einer furchtbaren Laune herumrannte.

Julie kehrte zurück auf den Gang und trat an die Klappe zum Speicher heran. Mit dem Stab zog sie diese nach unten. »Kann ich raufkommen?«

»Bist du allein?«, erklang Max’ Stimme.

»Mom ist in der Küche.«

»Dann von mir aus.«

Sie stieg die Stufen hinauf und steckte den Kopf durch die Luke.

Max hatte seine Sneaker in die Ecke geworfen und lag auf dem Bett, die Füße gegen die Wand gestemmt. »Und, wie ist die Gradzahl in der Küche?«

»So eisig wie draußen.«

Julie ging zu seinem Schreibtisch und setzte sich auf den Drehstuhl. Auf der Arbeitsplatte stand der Laptop, den Max mitgebracht hatte. An den Wänden hingen untypischerweise Bilder von Cafés und Bars, im Regal Bücher über Kaffee und Gebäck. Sie hatte es nie wirklich realisiert.

»Es ist dir echt wichtig.«

»Ich werde es tun«, stellte er klar. »Mit oder ohne Moms Zustimmung.«

Sie bewunderte seinen Mut, wusste aber auch, dass er Angst hatte. Eine solche Entscheidung musste in jedem ein gewisses Maß an Verlorenheit auslösen. Und die ewige Frage: »Was, wenn es schiefging?«

Julie fragte sich das ständig. Auch bevor sie nach New York aufgebrochen war. Und dabei hing noch nicht einmal ein Kredit mit an, sie hatte sich alles angespart. »Sie wird sich beruhigen.«

»Sprechen wir hier von unserer Mom?«

»Sie wird monatelang die Dramatische geben, aber letztlich weißt du so gut wie ich, dass sie nur Angst hat. Um dich. Deine Zukunft.« Das klang ganz schrecklich.

»Das klingt schrecklich.«

Julie kicherte. »Mom 2.0.?«

»Lass es besser, sonst muss ich dich vom Speicher verbannen.«

Etwas Ähnliches hatte ihr kleiner Bruder tatsächlich einmal getan. Wütend darüber, beim Einkauf keinen Donut bekommen zu haben, hatte er den Holzstab mit dem Haken einfach mit nach oben genommen und die Speichertür zugezogen. Das Problematische: Zuvor hatte er die halbe Speisekammer geplündert. Natürlich nur die Süßigkeiten.

Zwei Tage hatten sie ihm gegeben, dann hatte ihr Dad kurzerhand einen Ersatz gebastelt und die Klappe geöffnet. Max lag mit schmerzendem Magen, umgeben von Süßigkeitenpapier auf dem Bett. Ein Häufchen Elend. Eine Umarmung und getrocknete Tränen später war er mit nach unten gegangen, wo Mom ihm einen Tee gemacht hatte.

»Also beim …«, begann Julie.

»Wenn du jetzt vom letzten Mal sprichst, werde ich dich mit dem Stock verprügeln.«

»Wow, wow, wow, wo kommt diese brutale Ader her?«

»Reden wir lieber über diesen Luca.«

»Äh, nein.«

»Äh, ja.« Max änderte die Position und setzte sich aufrecht auf das Bett. »Schließlich will ich wissen, wen meine Schwester da angeschleppt hat.«

»Wenn du mit ›angeschleppt‹ meinst, dass er mir nachgefahren ist, um mich hier zu überfallen und zu nerven, hast du recht.« Sie verschränkte die Arme.

»Netter Versuch.«

»Was soll das denn heißen?«

»Nichts.«

»Spuck es aus, Warren!«

Max grinste.

»Hör auf zu grinsen!«

Max grinste noch breiter.

Julie warf ein Kissen, was seine Sturmfrisur noch ein wenig verschlimmerte, ihm aber nicht das verdammte Grinsen aus dem Gesicht wischte.

»Bin ich nicht«, sagte sie.

»Ich habe doch gar nichts gesagt.«

»Aber gegrinst. Und ich kenne meinen nervenden kleinen Bruder«, erklärte Julie.

»Und immerhin hat er dich verarztet.« Max begann an den Fingern abzuzählen. »Und dann mit der Limousine heimgebracht. Dir einen Eiskübel geschenkt. Und schließlich …«

»Ich hasse Mom«, stöhnte Julie. »Und das Internet.«

»Komm schon, es ist Mom. Sie hat es vermutlich sogar deinem Kinderarzt erzählt.«

Innerlich verdrehte sie die Augen und verzichtete darauf, Max diese im Spaß gemachte Bemerkung zu bestätigen. Doktor Shelfi war ihr Kinderarzt.

»Vielleicht hätte ich lieber nach Kanada flüchten sollen«, murmelte sie.

»Da wohnt Tante Christy«, merkte Max an. »Die weiß bestimmt auch schon alles. Aber jetzt sag, Luca wirkt doch von der Erzählung ganz nett.«

»Er hat seine Momente«, gab sie zögerlich zu. »Und eigene Probleme. Aber diese schreckliche Arroganz. Ich will ihn ständig schütteln.«

»Und küssen?« Max klimperte mit den Wimpern.

»Du brauchst dringend eine Freundin.«

»Ganz deiner Meinung, aber lenk nicht ab.« Er fischte sich einen sauren Apfelring aus einer Packung, die Julie am Morgen noch in der Küche gesehen hatte. »Könnte was draus werden?«

»Niemals!«, stellte sie klar. »Jetzt sowieso nicht mehr. New York ist vorbei. Das Stipendium weg, meine Freunde hassen mich«, was ihre

Gedanken erneut zum Smartphone wandern ließ, das in der Schublade des Nachttisches auf sie wartete, »und das Internet ist voller gemeiner Bilder und Bemerkungen.«

»Nimmst du dich da nicht ein wenig zu wichtig?«

»Hey!«

»Ich meine ja nur.« Max zuckte mit den Schultern. »Früher wäre es dir egal gewesen, was ein paar It-Girls über dich denken. Und Bilder von einer Party in New York landen nicht in der Yellow Press.«

Wofür sie dankbar war. Wie hielten berühmte Menschen das nur aus? Ständige Gerüchte, manipulierte und neu zusammengesetzte Bilder, angebliche Enthüllungen.

»Glaub nur nicht, dass du so einfach davonkommst.«

»Wie meinst du das?«

»Wenn Mom mit mir fertig ist, ist deine Schonzeit ebenfalls vorbei«, erklärte er. »Sie werden wollen, dass du nach New York zurückkehrst.«

»Ehrlich gesagt, können Mom und Dad wollen, was auch immer sie … wollen. Am Ende des Tages kann ich mir das Studium nicht mehr leisten.«

Womit Max und sie mal wieder in ähnlichen Situationen gelandet waren. Er benötigte das Geld für sein Café, Julie für das weitere Studium.

Max deutete auf das Dachfenster und seufzte. »Meinst du, Josh, Leo und Ben schaffen es überhaupt hierher?«

»Bisher hat es noch immer geklappt. Wir haben drei Tage bis Heiligabend, das kriegen die hin. Außerdem kennst du doch Josh.« Bei dem Gedanken verbarg sie das Gesicht in den Händen.

Max kicherte. »Er wird für jeden von uns scheußliche Weihnachtspullis mitbringen und Zuckerstangen.«

»Die Lebkuchen sind immerhin meist ganz lecker«, merkte Julie an.

Josh liebte Weihnachten und bestand auf der gesamten Tradition. Plätzchen, Zuckerstangen, Pullis mit Rentieren darauf und der Weihnachtsbaum. Sogar singen mussten sie alle, weil er sonst die ganzen Feiertage über schlechte Laune hatte.

Einmal hatte er sogar ein Computerspiel programmiert, bei dem sie die Rolle von Santa Claus eingenommen hatten, der seine vermissten Rentiere suchte. Natürlich total simpel, aber sie hatten es trotzdem alle durchspielen müssen. Als Julie es durch einen Bug zum Absturz gebracht hatte, war er einen Tag nicht ansprechbar gewesen.

Sie lächelte. Ihr kleiner Nerd. Obwohl er zwei Jahre älter war, wirkte er noch immer wie ein Teenager.

»Vielleicht haben wir Glück und er kommt erst ein paar Stunden vor Heiligabend«, überlegte Max. »Dann kann er uns nicht foltern.«

»Sei nicht so gemein.«

»Ich erinnere dich daran, wenn ich neben dir laut singe.«

»Du singst nicht, du brüllst.«

»Eben.« Wieder grinste Max frech. »Direkt neben deinem Ohr.«

Sie plauderten noch eine Weile, dann stieg Julie wieder die Stufen hinab und schloss die Luke sorgfältig. Am liebsten hätte sie sich einen Schlafsack genommen und mit Max auf dem Speicher übernachtet. Leider hatte er deutlich gemacht, dass die Heizung nicht wieder angeschaltet wurde. Die Temperaturen sanken kontinuierlich.

In ihrem eigenen Zimmer war es gemütlich warm. Kurz warf Julie einen Blick in Richtung Luca, doch außer der geöffneten Tür sah sie nichts. Der Raum dahinter lag in vollkommener Dunkelheit. Vermutlich hatte die Fahrt hierher ihn völlig ausgelaugt.

Julie kroch unter ihre Decke, gähnte und war im nächsten Augenblick eingeschlafen.

Mitten in der Nacht schreckte sie hoch. Wieso war sie wach geworden? Der Sturm tobte noch immer, Schnee wirbelte gegen die Scheiben mit sanften, tatzenhaften Geräuschen.

Sie lugte über den Bettrand. Von Spongy gab es keine Spur, vermutlich war die Hündin bei Julies Dad untergekrochen.

Da!

Wieder erklang ein Geräusch. Ein Stöhnen? Sie schälte sich aus der Decke und tapste halb verschlafen auf den Gang. Es kam aus Leos Zimmer.

»Luca?«, sagte Julie vorsichtig.

Sie betrat den Raum.

Eisige Kälte lag in der Luft. Er hatte tatsächlich das Fenster einen Spalt geöffnet, die Heizung abgedreht. Nur in Shorts und Shirt gekleidet lag er auf dem Bett, hatte die Decke weggestrampelt.

Für einen Augenblick nahm Julie das Bild in sich auf.

Lucas Gesicht war nass, das Shirt von Schweiß getränkt. Er atmete schwer.

Von der Situation überfordert schloss sie das Fenster und drehte die Heizung auf. Erst dann trat sie an das Bett heran.

»Luca?« Sie berührte ihn an der Schulter. »Hey.«

Er fuhr auf, riss die Augen auf und starrte sie an. Tränen hatten sich gelöst, rannen in einem stetigen Strom über seine Wangen.

»Was?« Er schien völlig orientierungslos zu sein.

»Es ist alles gut. Du bist hier bei uns.«

Erst langsam kehrte er in die Wirklichkeit zurück, rieb sich fahrig die Wangen trocken. »Ich hatte … muss wohl ein Albtraum gewesen sein.«

»So viel konnte ich mir zusammenreimen. Warte hier.«

Sie eilte ins Bad und kramte ein Handtuch hervor. In Joshs Zimmer fischte sie ein frisches Shirt aus der Schublade, er hatte etwa Lucas Statur.

»Hier.« Zurück im Zimmer reichte sie ihm alles.

»Danke.« Er blickte trübe zu ihr auf.

Er schien nicht zu realisieren, dass er einfach sein Shirt auszog und nur noch in Shorts vor ihr saß. Sein Oberkörper war schlank, leichte Muskelkonturen waren erkennbar. Die Schulter auf natürliche Art breit.

Mit dem Handtuch trocknete er sich ab, schlüpfte in das frische T-Shirt und kroch rückwärts an die Wand. Die Beine angezogen, vergrub er das Gesicht zwischen den Armen.

»Hey«, sagte Julie sanft.

»Mir geht es gut, du kannst gehen.«

Sie zog den Schreibtischstuhl heran und sank darauf nieder. »Das glaubst du ja wohl selbst nicht.«

»Es gibt wirklich niemanden, der so nervig ist wie du.« Luca wollte es ihr entgegenschmettern, doch seiner Stimme fehlte die Kraft.

Und zum ersten Mal erkannte Julie klar und deutlich, dass er sie und alle anderen nur auf Abstand hielt. Wieso war ihr das nicht früher aufgefallen?

»Willst du reden?«

»Es war nur ein Albtraum«, erklärte er.

»Der Unfall?«

Luca schluckte, nickte verkrampft und barg das Gesicht erneut in den Armen.

Sie schwiegen beide.

Irgendwann sackte Luca zur Seite und glitt zurück in einen unruhigen Schlaf. Sie legte ihm die Decke über und blieb noch eine Weile auf der Bettkante sitzen. So konnte sie ihn unmöglich allein lassen. Was, wenn er erneut einen Albtraum bekam? Immerhin war das hier eine fremde Umgebung. Sein Geständnis am Mittag musste die alten Erinnerungen wieder aufgewirbelt haben.

Julie gähnte.

Sie würde sich eine Weile neben ihn legen.

Schließlich befand sich die Decke zwischen ihr und Luca. Der nur in Shorts und Shirt darunterlag.

»Denk an etwas anderes, Warren«, sagte sie leise.

Die wohlige Wärme breitete sich langsam aus, die Kälte wurde zurückgedrängt. Julie gähnte und überließ sich dem weichen Gefühl der Matratze.

Fast schon unbewusst spürte sie, wie eine Decke über sie gebreitet wurde. Ein Arm umschlang sie, regelmäßige Atemzüge kitzelten an ihrem Ohr.

Mit einem Lächeln schlief sie ein.

KAPITEL 21

Noch einmal mit Gefühl

»Darf ich es Mom sagen?«

Julie öffnete die Augen und starrte in das grinsende Gesicht von Max. »Sagen? Was denn? Oh, Shit!«

Sie fuhr zusammen und in die Höhe.

»Was?« Ein verschlafener Luca blinzelte zu ihr auf.

Sein zerknautschtes Gesicht wirkte wie das eines Teddybären. Eines besonders hübschen mit Sturmfrisur und Schlafzimmerblick. Er lächelte bei ihrem Anblick.

Dann schrak er zusammen und fuhr in die Höhe. »Warren!« Sein Blick fiel auf Max. »Äh.«

»Der jüngere Warren«, erklärte dieser überaus freundlich. »Es ist schön, dich kennenzulernen. Nur ein Tipp: Falls Dad diese Treppe dort draußen nach oben kommt und dich halb nackt – du hast unter der Decke doch noch was an?«

»Max!«, rief Julie.

»Ich … habe was an.« Dass Luca noch einmal unter die Decke sah, um sich zu vergewissern, ließ seine Glaubwürdigkeit leiden.

»… also halb nackt hier findet, wirst du dich in dem Schneesturm dort draußen wiederfinden.« Max deutete zum Fenster. »Und froh darüber sein.«

Luca erbleichte.

»Er übertreibt«, beruhigte Julie ihn schnell.

»Wirklich?«

Sie schluckte. »Zieh dir doch lieber etwas an. Also mehr.«

Wie Cullen, wenn es darum ging, den letzten Muffin zu bekommen, schoss Luca aus dem Bett. Was grundsätzlich ein wunderbarer Anblick war. Julie gönnte es sich, ihn genau zu betrachten. Das breite Kreuz, ein Spiel nackter Muskeln. Er warf das Shirt in die Ecke, um sich ein frisches zu nehmen. Erst kam die Jeans. Darunter ein ausgesprochener Knackarsch.

»Begaffst du mich?«, fragte er und hielt darin inne, sein T-Shirt überzustreifen.

»Nein«, sagte sie. »Doch nicht in dieser Situation. Du bist ja paranoid.«

Max verdrehte die Augen. »Darf ich Leo erzählen, dass ihr in seinem Bett Sex hattet?«

»Hatten wir nicht!«, stellten sie gleichzeitig klar.

»Dachte ich mir«, sagte ihr Bruder trocken. »Wollte nur sichergehen.«

»Wenn du nicht abhaust, werfe ich dir ein Kissen ins Gesicht!« Sie nahm es auf, um der ganzen Sache Nachdruck zu verleihen.

»Überleg es dir gut«, sagte Max in Richtung von Luca gewandt. »Sie hat das Gen von Mom geerbt. So was von gewalttätig.«

Das Kissen flog.

Krachte jedoch gegen den Türrahmen. Max war darunter weggetaucht und stand lachend auf dem Flur.

Mittlerweile hatte Luca sich das Shirt übergestreift. Mit ein paar gezielten Griffen richtete er sich die Haare. Und sie saßen natürlich prompt perfekt.

Ihre Blicke trafen sich.

»Also …«, druckste er.

»Weißt du …«, begann Julie.

Stille.

»Du zuerst«, sagte sie.

»Du zuerst«, kam es gleichzeitig von Luca.

»Nein, du«, bestand Julie.

Er seufzte. »Du bist so ein Dickkopf.«

»Dito.«

»Danke wegen … also du weißt schon. Ich habe nicht so gut geschlafen.« Die Worte fielen ihm schwer, aber Julie ließ ihm die notwendige Zeit. »Das Gespräch von gestern hat wohl doch ein paar Spuren hinterlassen.«

»Das habe ich gemerkt.« Sie schenkte ihm den Hauch eines Lächelns, bemerkte den dunklen Schimmer in seinem Blick. »Geht es dir jetzt besser?«

Er dachte über ihre Frage nach, nickte schließlich. Doch sie konnte das Echo des Albtraums sehen, die Schatten der Vergangenheit, die hinter dem flüssigen Silber und den Goldsprenkeln einen beständigen Schimmer von Traurigkeit erschufen.

»Weißt du, da der Sturm ja noch immer tobt.« Sie nickte in Richtung Fenster. »Also, bleib doch hier. Wenn du jetzt zurückfährst, wirst du Weihnachten im Bus verbringen.«

Luca würde frühestens am Abend einen erwischen und damit am 24. nachts New York erreichen. Der Gedanke, dass er allein über die Weihnachtstage durch die Dunkelheit fuhr, machte sie traurig.

»Ich bin mir nicht sicher, ob ich es mit dir so lange unter einem Dach aushalte.« Er verzog die Lippen in einem neckenden Lächeln.

»So, glaubst du. Frag mich mal. Aber wenn ich das ertrage, wirst du zartbesaitete Seele es auch hinbekommen.«

Gemächlich schritt Luca zur Tür, hob das Kissen auf und grinste in ihre Richtung.

»Das wagst du nicht.«

Das Kissen traf Julie direkt im Gesicht.

»Du bist tot, Jackson.«

»Versuchs doch, Warren.«

Was folgte, war eine gnadenlose Kissenschlacht, die von Leos Zimmer – Julie musste aufräumen, bevor er eintraf – bis hinüber in ihres tobte.

Irgendwie fanden sie sich auf dem Bett wieder. Sie saß auf Luca, das Kissen erhoben. Doch er fing ihren Schlag ab, ergriff beide Handgelenke überraschend sanft.

Die Zeit schien stillzustehen, seine Augen leuchteten, ihre Blicke trafen sich. Das Kissen fiel zu Boden, doch keiner von ihnen beachtete es.

Ein Kitzeln in Julies Magen wurde zu einer Explosion. Tausend Schmetterlinge flitzten darin herum. Sie wollte sich hinunterbeugen, wusste aber gleichzeitig, dass selbst die kleinste Bewegung den Augenblick zerstören würde.

Stille senkte sich herab, erschuf eine eigene kleine Welt, die eingefroren war in einem einzigen Moment. In diesem konnte sie ruhen, einfach sein und nicht mehr denken.

Luca lächelte sie zaghaft an. Sanft wie ein verletztes Raubtier, das sich seit langer Zeit wieder aus der Höhle wagte. Den Schutz zurückließ und darauf hoffte, keine neue Wunde davonzutragen.

»Ich …«, krächzte er.

»Julie!«, brüllte ihre Mom von unten. »Bewege dich hier herunter!«

Der Moment zerbrach wie hauchdünnes Glas, das von der Stimme ihrer Mutter zerschlagen worden war.

»Du solltest nach unten gehen«, sagte Luca leise.

»Nur wenn du hierbleibst.«

»Ich bekomme aber langsam Hunger.«

Julie stöhnte auf. »Ich meine allgemein gesprochen. Du verbringst Weihnachten mit uns.«

»War das eine Frage?«

»Nein.«

»Dann verbringe ich Weihnachten wohl mit euch.«

Zufrieden stieg sie vom Bett. »War doch gar nicht so schwer.«

»Im Gegensatz zu dir«, fiel er wieder in den neckenden Modus.

Sie knallte ihm das Kissen ins Gesicht und lauschte seinem Lachen, als sie die Treppe hinunterstieg.

»Aber ich wollte die Pancakes machen«, beschwerte Max sich gerade.

»Wer sein College abbricht, macht in dieser Küche keine Pancakes«, stellte ihre Mom klar.

»Willst du mir die Festtage versauen?«, knurrte Max.

»Schlimmer kann es sowieso nicht mehr werden.« Ihre Mutter schniefte. »Du wirst mit vierzig auf dem Speicher wohnen und vor dich hin vegetieren. Das wird mir das Herz brechen.«

»Wenn ich vierzig bin, bist du bestimmt schon tot, Mom«, konnte Max natürlich nicht den Mund halten.

Es schepperte. Eine Pfanne wurde wuchtig auf den Herd gedonnert. »Wenn du mich ins Grab bringen willst, leistest du auf jeden Fall ausgezeichnete Arbeit, Maximilian Warren!«

Gefahr! Es war nie gut, wenn ihre Eltern den vollen Namen aussprachen. Egal ob Maximilian, Benjamin, Leonardo, Joshua oder Juliette.

Sie überlegte bereits, wieder nach oben zu verschwinden, wo die Badtür gerade ins Schloss fiel. Sie konnte in ihrem Zimmer warten, bis Luca zurückkam, und dann würden sie das Gespräch weiterführen.

Ihre Entscheidung wurde von einem seltsamen Geruch unterbrochen, der ihr bekannt vorkam. Ein Parfüm, das den Hauch von Pfirsich und Zitrus in sich trug.

»Willst du ewig dort oben stehen bleiben?«, erklang eine Stimme aus dem Wohnzimmer.

Erst jetzt realisierte Julie, dass jemand, der sie beobachtete, im Schatten stand.

»Melissa«, hauchte sie.

»Jules.« Ein Nicken.

»Wie … woher …«

»Busfahrt. Genau wie Luca.«

»Du weißt …«

»Jules, du solltest mittlerweile begriffen haben, dass ich alles weiß.« Melissa stand in ihren Mantel gehüllt im Wohnzimmer, den Reisekoffer neben sich. »Luca hat mich informiert, nachdem er dich aus dem Pool gezogen hat. Ich habe die Bilder gesehen und … mir Sorgen gemacht.«

»Ich …«

»Aber nein, es kommt keine Nachricht. Stattdessen erfahre ich – wieder von Luca!–, dass du aus der WG abgehauen bist und dich hierher abgesetzt hast.«

Vorsichtig stieg Julie die Stufen hinab. Direkt vor Melissa blieb sie stehen.

»Er ist dir hinterher und hat uns darüber aufgeklärt.« Sie verschränkte die Arme und brachte den Koffer zwischen sich und Julie. »Da kann ich natürlich nicht in New York herumsitzen! Und da Luca jetzt auch nicht unbedingt kontaktfreudig ist, musste ich eben selbst hierherkommen.« Sie verdrehte die Augen. »›Bin da. Melde mich. Luca‹.« Ein Kopfschütteln. »Wieso können Jungs nicht einfach mal vernünftige Sätze bilden.«

Julie presste ihre Lippen zusammen und versuchte, die Schuldgefühle nicht hochkochen zu lassen. »Es tut mir so leid.«

»Guter Anfang.« Melissa schlüpfte aus dem Mantel. »Hättest du das nicht innerhalb der ersten fünfzehn Minuten gesagt, wäre ich wieder gegangen.« Sie sah auf ihre Uhr. »Zwei Minuten hattest du noch.«

Julie musste auflachen. Gleichzeitig kullerten ihr einfach so Tränen über die Wangen. »Ich habe dich vermisst.«

»Jetzt gibst du aber Gas, Warren.« Melissa schob den Koffer beiseite. »Komm schon her.«

Im nächsten Augenblick lagen sie sich in den Armen und schluchzten beide.

Ein drittes Schluchzen kam hinzu.

Beide sahen auf.

»Dad?« Julie sah ihren Vater erst jetzt, der im toten Winkel in einem Sessel saß.

»Was denn? Auf meine alten Tage darf ich mich doch auch für meine Tochter freuen, oder?« Er lächelte sein Brummbärlächeln.

In der Küche war es beängstigend still geworden.

»Deine Mom ist nicht so gut drauf, hm?«

»Ach, weißt du, Max …«

»Hat sie alles erzählt.«

»Wann?«, fragte Julie.

»Am Telefon. Denkst du, ich fahre zwei Tage und warte auf Informationen, bis ich hier bin? Natürlich habe ich mit Max, deiner Mom, deinem Dad – Danke, Mister Warren! – und Luca geschrieben. Na ja, bei Letzterem war es eben eher Interpretation.«

Das war Melissa. »Verstehe. Dann brauche ich ja gar nichts mehr zu erzählen.«

»Du kannst mir sagen, wie die Aussprache mit Luca verlaufen ist. Und wie es dir geht. Außerdem kannst du verschiedene Entschuldigungen über die nächsten Tage verteilt einplanen. Sei kreativ.«

Julie lachte auf, dann realisierte sie die Worte. »Du bleibst hier?«

»Willst du mich etwa zurück in den Sturm schicken?«

Jauchzend zerrte sie ihre beste Freundin in eine weitere Umarmung. »Weihnachten gemeinsam, das ist so großartig. Schade, dass Cullen nicht dabei ist.«

»Der ist natürlich auf dem Weg.« Nun wirkte Melissa fast schon entrüstet. »Denkst du wirklich, ich nutze dein schlechtes Gewissen allein aus? Ha, vergiss es. Du wirst tagelang Abbitte leisten. Damit angefangen, dass ich dein Bett bekomme.«

»O ja, es wird ein fantastisches Weihnachtsfest.«

Melissa schnappte sich bereits den Koffer und stieg die Treppe nach oben. Da sie aus Erzählungen wusste, wo sich Julies Zimmer befand, würde sie problemlos alles in Beschlag nehmen.

»Alles gut, Schatz?«, fragte ihr Vater.

Sie erwiderte seinen Blick. »Auf dem Weg der Besserung.«

Über ihr erklang ein Rumms.

Julie zuckte zusammen und hetzte die Treppe hinauf.

In ihrem Zimmer stand Luca mit bleichem Gesicht vor dem Bett. Melissa sah aus, als hätte jemand einen Föhn vor ihr explodieren lassen.

»Jules, warum bekomme ich in deinem Zimmer ein Kissen ins Gesicht geschlagen?!«

Luca schluckte. »Ich dachte … also …?«

Er hatte Julie erwartet.

Sie prustete los und hielt sich den Bauch.

»Das ist nicht lustig«, stellte er klar. »Es tut mir leid, Melissa.«

»Ich verzeihe dir.« Sie schlug ihm das Kissen ins Gesicht.

Eine weitere Kissenschlacht später waren sie außer Atem, und da Melissa hungrig war, hatte Max kurzerhand zum Picknick auf dem Speicher geladen.

Eine Decke wurde ausgebreitet, Getränke standen daneben. Er kam mit einem Teller voller Pancakes die Treppe herauf. Es duftete nach fluffigem Teig und Ahornsirup, Dampfschwaden stiegen in die Höhe.

»Sie hat dich wirklich an den Herd gelassen?«, staunte Julie.

»Dad ist mit *ihr* Kaffee kaufen gefahren«, erklärte er. »Das konnte ich ausnutzen.«

Eins zu null für Max.

In den nächsten Minuten war Julie dankbar dafür, denn sie hatte noch nie so luftige und gleichzeitig cremige Pancakes gegessen. Max hatte in den Ahornsirup eine Prise Zimt gegeben und die Kombination schmeckte … ihr fehlten die Worte.

»Wow, die sind verdammt gut!« Melissa betrachtete die Teigstücke auf ihrem Teller. »Ich wusste nicht, dass du so himmlisch backen kannst, Mini-Warren.«

Max knurrte. »Hör auf, mich so zu nennen.«

»Ist ein Kompliment«, sagte Melissa zuckersüß.

»Dann beleidige mich.«

»Wusste nicht, dass du darauf stehst, aber von mir aus.« Sie dachte kurz nach und setzte an.

»Sind echt gut«, sagte Luca.

»Es kann sprechen«, lenkte er damit sofort Melissas Aufmerksamkeit auf sich.

»Ich lege Cullen ein paar zurück«, beschloss Julie.

»Schlechtes Gewissen ist ja gut und schön, aber übertreib nicht«, machte Melissa klar. »Wir haben alle noch Hunger. Denk dir was anderes aus.«

Unbarmherzig stellte Julie den Teller mit den drei verbliebenen Pancakes beiseite.

»Das ist Mundraub«, erklärte Melissa und schaufelte die letzten Reste von ihrem Teller.

Max strahlte über das ganze Gesicht und Julie hätte ihm am liebsten das Haar verwuschelt. Natürlich hätte er dann lautstark protestiert, weshalb sie es unterließ. Für dieses Mal.

»Wann kommt Cullen denn?«, fragte sie stattdessen.

Melissa warf einen Blick auf die Uhr. »Vor einer Stunde. Dein Dad holt ihn ab.«

»Was?!« Julie spähte durch das Dachfenster. »Aber der Sturm.«

»Die Busse sind gefahren, und laut meinen Informationen kam er an.«

»Wieso weiß ich davon nichts?!«

»Überraschung«, sagte Melissa trocken.

Julie runzelte die Stirn. »Aber als ich vorhin in die Küche gegangen bin, habe ich das Auto meiner Eltern gehört.« Sie erhob sich. »Vielleicht sehe ich mal nach.«

Sie ging zur Bodenluke und schrak zusammen. »Cullen! Wie lange sitzt du schon hier?«

Das Kinn in die Hand gestützt, saß ihr hoffentlich bald wieder bester Freund auf den untersten Stufen der Treppe. »Ich wollte euch ein wenig zuhören.«

Er rutschte zur Seite, als Julie neben ihm Platz nahm. Sie hörte ein Rascheln, sah Max' neugieriges Gesicht über sich. Dann erschien die Hand von Melissa in seinem Nacken, packte zu und zog ihren kleinen Bruder wieder zurück.

»Lass die beiden, Mini-Warren.«

»Hör auf, mich so zu nennen! Ich bin achtzehn!«

Julie wollte lachen, konnte aber nicht. Neben ihr saß ein Mensch, den sie sehr verletzt hatte. »Es tut mir leid.«

»Da muss dir mehr einfallen.«

»Ich habe dir Pancakes zur Seite gelegt«, versuchte sie es halb scherzhaft.

»Jules, weißt du, wieso es überhaupt kein Problem ist, dass ich mich in den Bus setze und an Weihnachten hierherkomme?«

Sie schluckte und schüttelte den Kopf.

»Weil ich mir Schöneres vorstellen kann als die stolzen Augen meines Dads zu Hause, wenn ich ihm von den erfolgreichen Spielen erzähle. Die leuchtenden Augen, die sofort enttäuscht dreinschauen, wenn ich über mein Privatleben berichte. Meine Mom, die heimlich in der Küche weint und die Töchter von Freundinnen einlädt, in der Hoffnung, dass ich mich verliebe.«

Julies Innerstes gefror.

»Weißt du, warum man es Klischee nennt? Weil es oft tatsächlich so ist. Ich lebe daheim dieses Klischee. Enttäuschung, Schluchzer, abfällige Bemerkungen von ehemaligen Freunden. New York war anders. Das war mein sicherer Hafen, das war Geborgenheit mit euch.«

Die Klinge aus Schuld fraß sich so tief in Julies Herz wie nie zuvor. Längst war jede Stimme auf dem Speicher erloschen.

»Du hast ihn sehr gemocht«, begriff Julie.

Cullen dachte kurz nach, zuckte mit den Schultern. »Vermutlich eher das, was er präsentiert hat. Stärke und Stabilität.«

»Aber du bist stark.«

»Weil ich es muss. Und immer musste. Jeden Tag muss ich all meine Kraft aufbringen, um doppelt so gut zu sein wie alle anderen. Wenn ich auf dem Spielfeld versage, dann bin ich das Weichei. Der schwule Spieler. Passiert das einem der anderen, war es ein schlechter Tag. Ich kämpfe gegen diese Klischees, Tag für Tag. Bis vor wenigen Jahren durfte ich nicht heiraten, und dreißig Jahre zurück war es illegal, wenn ich jemanden geliebt habe. Verdammt, es gibt Dutzende von Ländern, in denen Männer wie ich im Gefängnis landen oder von Lynchmobs kurzerhand umgebracht werden.«

Julie presste die Lippe zusammen, um ihre Tränen zurückzuhalten.

»Für dich war es ein simples Gespräch am Lagerfeuer«, sprach er leise weiter und brachte damit die Erinnerung an Pams Lästern zurück. »Aber das sind genau die kleinen Sticheleien, die einem Stück für Stück Wunden zufügen. Bei dir und Melissa wollte ich nie unverwundbar sein müssen.«

»Ich weiß, dass es nichts gibt, was das wiedergutmachen kann«, presste sie hervor, ihre Wangen waren längst nass. »Aber ich schwöre dir, ich werde das nie wieder zulassen. Ich wusste nicht ... aber das ist egal. Es tut mir leid. Diesen Gedanken werde ich immer mit mir tragen. Aber bitte verzeih mir.«

Cullen starrte noch immer auf den Gang, das Kinn auf die Handflächen gestützt. Eine solch tiefe Traurigkeit hatte sie noch nie an ihm bemerkt. Er war immer der lustige, lachende Sonnenschein gewesen.

»Es gibt viele, denen es schlechter geht«, erklärte er. »Deshalb wollte ich auch nie ein Geheimnis daraus machen. Es ist ein Kampf, aber für viele Jungen dort draußen auch ein Signal, dass sie sich nicht zu verstecken brauchen. Dass Veränderung von jedem angestoßen werden muss.«

Zum ersten Mal wandte er sich ihr zu, streckte den Arm aus.

Julie sank zur Seite, legte den Kopf an seinen Nacken und genoss die einfache, unbeschwerte Nähe. »Ich hab es kapiert.«

»Gut, denn du hast deine Carte Blanche aufgebraucht. Noch mal verzeihe ich dir nicht.«

»Verstanden.«

Sie saßen noch eine Weile in der Stille.

Schließlich sagte Cullen: »Wie war das mit den Pancakes?«

Julie lachte befreit auf.

Gemeinsam stiegen sie auf den Speicher.

KAPITEL 22

Suche im Schnee

Weihnachten war da, und wie bei einem Weihnachtswunder üblich, klarte der Himmel auf. Damit stand fest, dass auch Josh, Ben und Leo hier auftauchen würden.

Melissa und Julie würden sich das Bett teilen, Luca wanderte ins Wohnzimmer auf die Couch und Cullen auf den Speicher zu Max.

Am Morgen stand Julies Mutter sinnierend am Fenster, in der Hand einen Teller, auf dem ein Pancake lag. Irgendwie war es Max gelungen, sie dazu zu bewegen, doch einen von seinen zu essen.

Immer wieder sagte sie: »Hm.« Schwieg darüber hinaus jedoch.

Das führte dazu, dass Max stündlich etwas im Erdgeschoss *zu erledigen* hatte. Dabei steckte er seinen Kopf im Vorbeigehen in die Küche, knabberte auf den Lippen und flitzte sofort weiter, wenn ihre Mom Anstalten machte, sich umzudrehen.

Wie würde das Urteil ausfallen?

»Dad!«, rief Julie.

Schuldbewusst sah ihr Vater auf, der gerade aus dem Haus hatte schleichen wollen. »Ja?«

»Gehst du den Baum holen?«

Er räusperte sich. »Möglich.«

Sie funkelte ihn an. »Ich wollte doch mit.«

»Weißt du … wegen der Verletzungen.«

»Ich bin in fünf Minuten fertig, wage es nicht, ohne mich loszugehen.«

Durch den Schneesturm hatten sie den Weihnachtsbaum nicht schon vor zwei Tagen holen gehen können. Julie kam das zugute, denn von ihren Hämatomen war endlich nichts mehr zu sehen.

Melissa beschloss kurzerhand mitzufahren, und auch Cullen und Luca ließen es sich nicht nehmen.

»Ist es eine gute Idee, Max mit deiner Mom allein zu lassen?«, fragte Melissa.

»Im schlimmsten Fall streiten sie und er versteckt sich auf dem Speicher«, erklärte Julie und winkte ab. »Aber letztlich ist er ein Dickkopf. Er wird seinen Weg gehen.«

Sie stiegen ins Auto. Da Spongy herzzerreißend winselte, durfte auch sie mitfahren – im mit einem Netz gesicherten Kofferraum.

Julie saß neben ihrem Dad, die Jungs und Melissa auf der Rückbank. Die Straßen waren frei, früh am Morgen musste ein Pflug alles frei geräumt haben. Das war der Vorteil, wenn man in der Nähe eines Skigebiets wohnte. Die Stadt konnte nie riskieren, dem Tourismus zu schaden.

Ihr Dad hatte natürlich längst eine Stelle im Wald ausgekundschaftet, wo er die Tanne noch selbst schlug. Die Erlaubnis des Besitzers hatte er eingeholt.

»Ach, wir gehen das Ding nicht kaufen?«, fragte Luca neugierig. »Ich war noch nie dabei, wenn eine Tanne geschlagen wurde.«

»Dann kannst du es dieses Mal direkt ausprobieren«, sagte Julies Vater listig.

Luca schien das als riesigen Spaß zu interpretieren und sagte sofort zu, was ihm einen mitleidigen Blick von Melissa einbrachte.

»Habt ihr hier die Rollen getauscht?«, fragte Julies beste Freundin. »Du setzt dich in jeden Fettnapf und Jules ist die Souveräne?«

Vergangene Nacht hatte sie Melissa in die Ereignisse eingeweiht. Diese hatte Verständnis für Luca aufgebracht, wollte ihm aber auch zukünftig nicht alles durchgehen lassen. Immerhin war Julie diejenige, die über beide Ohren verknallt war und deshalb ihren sozialen Status, ihre Freunde und ihr Studium aufs Spiel gesetzt hatte. O-Ton Melissa.

»Wir haben hier noch eine Regel«, erklärte Julie. »Wir schweigen auf Roadtrips.«

Melissa lachte und schüttelte dann ihr Smartphone. »Wieder kein Netz.«

»Und wie ich dir erklärt habe, nutzt es nichts, das Smartphone zu schütteln«, sagte Cullen liebenswürdig. »Dadurch kommt der Empfang nicht zurück.«

»Und für dich haben wir Pancakes aufgehoben«, knurrte Melissa.

»Das war Jules.«

»Ich hätte sie auch aufessen können. Da ich das nicht getan habe, habe ich sie auch aufgehoben«, stellte Melissa klar.

Cullen seufzte genervt, doch um seine Augen erkannte Julie im Rückspiegel das altbekannte Lächeln. Trotzdem sah sie ihn mit anderen Augen. Auf der Frohnatur lag ein Schatten.

Spongy kratzte an der Tür.

»Da will jemand im Schnee tollen«, sagte Luca.

»Darf sie aber nicht«, kam es von Julies Dad sofort. »Dieser Hund ist ein Träumer. Vergisst alles um sich herum und verirrt sich im Schnee.«

»Das hat Jules von dem Hund geerbt«, erklärte Melissa sofort.

»Ich bin weder verträumt noch mit Spongy verwandt.«

»Morgens nach dem Aufwachen siehst du aber so aus wie ein Schwamm«, schaltete sich Luca grinsend ein.

Seine Miene entgleiste, als er seiner eigenen Worte gewahr wurde. Die Knöchel von Julies Dad wurden weiß, was auf einen gewissen Druck schließen ließ. Das arme Lenkrad.

»Keine Sorge, Dad, er meint damit beim Frühstück.« Sie tätschelte ihm den Arm und verfluchte Luca.

Ihre Eltern mochten eine gewisse liberale Einstellung besitzen, doch wenn sie herausbekamen, dass sie beide eine Nacht im selben Bett verbracht hatten, konnte das Zyankali ganz schnell in Lucas Morgenkaffee landen.

Glücklicherweise schien ihr Vater die Worte zu glauben und entspannte sich sofort wieder.

Sie fuhren noch eine Weile, wobei Luca sich aufs Schweigen verlegte und Melissa mit Cullen diskutierte, stritt, weiterdiskutierte.

Julies Vater stoppte den Wagen und gemeinsam stiegen sie aus.

»Dad, wo ist die Tanne?«, hakte sie ängstlich nach.

»Dort vorn.« Er deutete zu einem Hügel.

»Da ist Schnee.«

»Dahinter.« Ihr Dad nahm eine Axt aus dem Bodenfach des Kofferraums. »Wir müssen ein Stück laufen.«

»Ich muss noch etwas tippen«, erklärte Melissa hektisch. »Vielleicht bleibe ich besser hier.«

»O nein.« Cullen drückte die hintere Tür ganz langsam zu. »Wir sind doch gemeinsam gefahren, um eine schöne Zeit zu haben.«

»Einige von uns könnten dabei aber sterben«, säuselte Melissa.

»Wer lebt schon gern ewig?«

»Grausamer Tod, Cullen.«

»Beweg dich, Melissa.«

Gemeinsam stapften sie durch den Schnee. Der Hügel schien eindeutig vor ihnen zurückzuweichen, und es dauerte eine Dreiviertelstunde, bis sie ihn erreichten. Natürlich hatte auf dem Feld niemand geschippt.

Immer wieder warf Julies Dad Luca einen Blick zu, als erwartete er, dass dieser nörgelte oder einfach umkehrte. Doch Luca genoss den Ausflug sichtlich. Er grinste breit, warf immer wieder Schneebälle in Richtung von Cullen und Melissa und stapfte geradezu herausfordernd durch den Schnee.

Endlich erreichten sie die andere Seite des Hügels und fanden die Tanne, die Julies Dad herausgesucht hatte. Luca wurde eingewiesen, dann begann er damit, den Baum zu schlagen. Dabei stellte er sich überaus geschickt an.

»Du knabberst auf deiner Unterlippe, als wolltest du ihn gleich verspeisen«, flüsterte Melissa ihr leise zu.

»Das sieht aber auch so sexy aus.«

Luca trug natürlich eine Jacke, doch wie er allein neben der Tanne stand, die Muskeln anspannte und das Holz bearbeitete. Julie schluckte.

»Baum fällt!«, brüllte Luca irgendwann.

Und gerade rechtzeitig.

Der Horizont wurde schon wieder dunkel. Ein Blick auf die Uhr bestätigte Julie, dass es erst früher Mittag war. Ihre Brüder mussten mittlerweile angekommen sein.

Ihr Dad packte die Tanne, Cullen ging ihm zur Hand, und gemeinsam kehrten sie zum Wagen zurück.

In Sichtweite blieb Julie stehen und starrte auf das Auto, dessen hintere Tür offen stand. »Spongy!«

Von der Hündin fehlte jede Spur.

Selbst Julies sonst souveräner Vater war kalkweiß, als er den Horizont betrachtete. »Der Sturm wird schlimm. Wir dürfen nicht mehr hier draußen sein, wenn er losbricht.«

»Dad«, hauchte Julie.

»Ihr bleibt hier, ich suche.«

»Vergiss es.« Sie schüttelte den Kopf.

»Julie.«

»Nein! Das ist Unsinn, und du weißt es. Gemeinsam können wir schneller ein großes Gebiet abdecken.«

Er rang mit sich.

»Ich habe die Tür nur angelehnt«, machte sich Cullen schwere Vorwürfe. »Sie hat sie aufgestemmt. Aber … das Netz.«

»Da quetscht sie sich seitlich immer durch«, erklärte Julie. »Normalerweise sitzt sie dann auf dem Fahrersitz und sieht uns schon entgegen. Mach dir keine Vorwürfe, okay?«

Melissa schwenkte ihr Smartphone. »Ich habe zwar kein Netz, aber in weiser Voraussicht die lokale Karte von GMaps offline gespeichert.« Sie öffnete die App. »Hier.«

»Also gut«, rang sich Julies Dad durch. »Aber wenn der Sturm näher kommt, geht es sofort zurück zum Auto. Das wird sowieso eng. Und wir suchen nur hier im Umkreis.«

Es gab ein paar Spuren, doch der Wind hatte den Schnee längst wieder verweht, und so fanden sie einige Schritte weiter schon nichts mehr.

Melissa überspielte die Karte mit einer Bluetooth-Verbindung auf Julies Smartphone. Sie bildete eine Gruppe mit Luca, ihr Dad flankierte Melissa und Cullen. Sie sah ihm an, dass er lieber bei ihr – seiner Tochter – geblieben wäre, doch sie beide kannten sich in der Wildnis bei schlechter Witterung aus. Die *Städter* nicht.

Während er mit Cullen und Melissa die andere Seite absuchte, wollten Luca und sie noch einmal in Richtung Tannenplatz gehen. Von dort in kreisförmigem Suchmuster weiter, bis sie das Auto wieder erreichten.

»Hey, alles in Ordnung?«, fragte Luca sie auf halber Strecke.

Sie nickte reflexartig, schüttelte dann aber den Kopf. »Wenn wir Spongy nicht vor dem Sturm finden, müssen wir nach Hause fahren. Sie wird hier draußen nicht überleben.«

Der Gedanke an die treuen braunen Augen und das weiche Fell des stets fröhlichen Hundes ließ Julies Brust eng werden. Sie mussten die Hündin finden.

»Wir schaffen das.« Luca nahm ihre Hand und drückte sie aufmunternd.

»Danke.«

Sie arbeiteten sich auf dem gleichen Weg vor, den sie schon einmal genommen hatten. Der Wind hatte ganze Arbeit geleistet, doch eine leichte Spur war noch erkennbar.

Der Himmel über ihnen wurde minütlich dunkler, der Wind frischte auf. Die Temperaturen hatten längst einen Punkt erreicht, an dem sogar Luca zitterte.

In der Ferne tauchten die verschneiten Spitzen der Tannen auf. Dazwischen das Loch, das sie hinterlassen hatten.

Immer wieder riefen sie den Namen der Hündin, doch es gab kein freudiges Bellen. Nirgendwo ein Hecheln.

Der Gegenwind verlangsamte ihre Schritte, doch sie kamen näher. Irgendwann vernahm Julie tatsächlich ein Jaulen.

»Da ist sie!« Luca versuchte sich schneller durch den Schnee zu arbeiten.

Etwas stimmte nicht!

Sie überboten sich dabei, durch das dichte Weiß zu stapfen. Was war Spongy passiert?

Die Hündin befand sich zwischen den Tannen, ihre Hinterläufe waren unter Bergen von Erde begraben.

»Verdammt!« Luca besah sich das Ganze genauer. »Sie muss kurz nach uns hier angekommen sein und hat an dieser Wurzel geschnüffelt. Da war ein ausgehöhlter Bereich.«

Durch Lucas Baumfällaktion war die Tanne auf einen anderen Baum gekracht. Anfängerfehler. Dieser war samt Wurzel herausgerissen worden und die entstandenen Löcher für Spongy ein Fest, liebte sie doch Höhlen.

Doch die Erde war härter als im Sommer und Teile wieder herabgestürzt, nachdem die Wurzeln nun fehlten.

Julie beruhigte den winselnden Hund mit Streicheleinheiten. »Alles gut, wir sind da.«

Mit bloßen Händen grub Luca im Erdreich. Mehrmals wischte er sich den Schweiß von der Stirn, was Streifen aus Erde auf seiner Haut zurückließ. Innerlich betete Julie, dass Spongy nicht verletzt war.

Bisher wirkte es, als steckte die Hündin einfach fest.

Über ihnen war der Himmel längst in tiefes Schwarz getaucht, es war dunkel wie am späten Abend. Neben dem Wind begann es auch wieder zu schneien. Julie wusste, dass sie in einer guten Stunde kaum noch die Hand vor Augen sehen würden. Das konnte sogar den Rückweg zum Auto problematisch gestalten.

Mit einem freudigen Bellen sprang Spongy in die Höhe, als der letzte Erdbrocken von Luca herausgerissen wurde. Keuchend lehnte er sich an die Tanne.

Sie lächelten einander zu.

»Wir müssen zurück«, sagte Julie mit bebender Stimme.

Luca schien zu begreifen, dass das hier sehr schnell lebensgefährliche Ausmaße annehmen konnte. Doch erst auf dem Rückweg realisierte er, dass es bereits so weit war.

»Sollten wir nicht längst beim Auto sein?«, fragte er vorsichtig über den Wind hinweg.

Sie erreichten ein Wäldchen voller Tannen. »Wir haben uns verlaufen.«

Spongy hielt sich brav an ihrer Seite, den Kopf eingezogen. Auch die Hündin zitterte. Es wurde immer kälter.

Zwischen den Bäumen stoppten sie.

»Luca …« Julie bekam Angst.

»Hey, wir schaffen das.«

Er nahm sie in den Arm, strich ihr sanft das Haar aus der Stirn. »Du bist eine Kämpferin, Warren.«

»Das sind ja ganz neue Töne.«

»Melissa hat recht, ich habe es nur zu spät kapiert. New York ist für dich einfach Neuland, da macht man auch mal Fehler.« Mit geschürzten Lippen ergänzte er: »Außerdem hat sie mir den Kopf gewaschen und noch einmal alles erklärt.«

Wärme durchflutete Julie. »Sie ist eine gute Freundin.«

Wieder war da dieser unergründliche Blick. In der Dämmerung des Sturms schienen die Goldsprenkel in Lucas Augen zu glühen und jeden Schatten zu vertreiben.

Es gab nichts außer ihrer Körperwärme, dem pfeifenden Wind und wirbelndem Schnee, der die Welt ringsum aussperrte.

Langsam kam Luca näher. Seine Lippen suchten ihre, doch dann hielt er inne. Ja, sie konnte es sehen. Die Angst war wieder da, die Erinnerung, die Schuld.

Sie strich ihm sanft über die Wange.

Es lag an ihr, die andere Hälfte des Weges zurückzulegen, die Barriere zu überwinden.

Und das tat sie.

Ihre Lippen trafen sich, sanft und vorsichtig. Erst ein sachtes Stupsen, ein Testen. Rote Flecken erschienen auf Lucas Wangen, was das Kitzeln in Julies Magen noch einmal befeuerte. Das Raubtier hatte sich aus der Höhle gewagt.

Ihr Kuss wurde intensiver, länger. Er schmeckte nach Zimt und roch trotz all der Arbeit nach frischem Duschgel. Mit den Händen umschlang er ihre Hüfte, presste sich an sie.

Sie versanken im Augenblick.

Bis das Hupen erklang.

Julie blinzelte. »War das Einbildung?«

»Wenn ja, hängen wir beide schon im Delirium«, erwiderte er. »Komm.«

Sie fassten sich bei den Händen.

Julie achtete darauf, dass Spongy in der Nähe blieb.

Das Hupen erklang noch einmal. Scheinwerfer blinkten in der Dunkelheit.

»Wir waren ganz nah an der Straße!«, rief Luca.

Nur ein paar Schritte und sie standen beim Wagen. Die hintere Tür wurde geöffnet und Luca reichte Spongy hinein, bevor er selbst zustieg.

Julie rannte zum Beifahrersitz, obwohl sie nichts lieber getan hätte, als mit Luca auf dem Rücksitz zu kuscheln.

Keuchend kam sie zu Atem.

»Juliette Warren«, begann ihr Vater. Sein Blick wurde mild. »Gut gemacht.«

»Wie habt ihr uns gefunden?«

Melissa drehte eine ihrer lockigen Haarsträhnen. »Ach, das war doch nichts. Na gut, wenn du es unbedingt wissen willst. Wir haben vorhin Bluetooth aktiviert, und jeder von uns hat die Familienfreigabe angeschaltet.«

»Okay, und?«

»Denk zurück. Die Party in Verbindungshaus.«

»Die App!«

Julie lachte auf. Wenn das Internet ausfiel und das Smartphone keine Verbindung mit dem Telefonnetz bekam, konnte man mithilfe von Bluetooth andere Geräte in der Nähe suchen und bekam eine ungefähre Entfernung. Allerdings keine Richtung.

»Wir haben die Suche aktiviert und sind ganz langsam gefahren«, ergänzte Cullen. »Dadurch haben wir gemerkt, wenn die Entfernung hoch- oder runterging. Ihr habt das Hupen erst gehört, als wir fast bei euch waren.«

Im Stillen war Julie gerührt und dankbar für ihre Freunde. Und für deren Einfallsreichtum. »Schaffen wir es nach Hause, Dad?«

Noch war die Gefahr nicht gebannt.

»So schnell wie möglich, so langsam wie nötig«, erwiderte dieser mit schwerer Stimme.

Vier Stunden später erreichten sie das Haus.

Wo sie bereits erwartet wurden.

KAPITEL 23

Die Weihnachtshexe

Noch nie zuvor hatte Julie so sehr gefroren.

Nach dem Abenteuer durften Melissa, Luca, Cullen und sie auf der Couch sitzen, Weihnachtstee trinken und Gebäck in sich hineinstopfen. Spongy wich nicht von ihrer Seite.

Mittlerweile waren auch ihre Brüder eingetroffen.

Josh kam direkt aus dem Büro der Consultingfirma, trug noch seinen Anzug und verschwand, nachdem er Spongy ordentlich geknuddelt hatte, in sein Zimmer. Er war eigentlich eher der Jogginghose-und-Hoodie-Typ, Anzüge standen ihm jedoch gut. Sein Haar war sauber geschnitten und wie mit dem Lineal gezogen. Businessstyle.

Leo wirkte müde, sprach davon, dass seine Arbeitslast gerade viel zu hoch sei und half ihrer Mutter in der Küche. Er war schlaksig, hochgewachsen und atmete das Wort *Versicherungsangestellter*.

Natürlich saß Ben an seinem Laptop und tippte rasend schnell einen Artikel, den er noch abliefern sollte. Sein lockiges Haar wirkte buschig, auf seiner Nase saß eine Brille. Melissa versuchte ihm auf einer Website modische Gestelle nahezubringen, aber er ließ sich nicht ablenken. Irgendwie besaß Ben eine Imprägnierung gegen die Freundin.

Spongy rollte sich auf der Couch zusammen.

Als Josh zurückkehrte, trug er einen Weihnachtshoodie – grün, mit Rentieren darauf. »Echt ein Glück, dass Mom mir von euch allen erzählt hat. So konnte ich mehr Pullis organisieren.«

Er strahlte über das ganze Gesicht, und Julie brachte es nicht fertig, den Pulli abzulehnen. Ihre Version war orange mit einem violetten Weihnachtsmann darauf.

Cullen grinste breit. Bei ihm trug der Weihnachtsmann ein Football-Outfit. »Cool.«

»Ich will auch so eins«, verlangte Melissa. »Wieso trägt meiner einen Rock?«

»Ich dachte, wegen Gleichberechtigung.« Josh lächelte selig. »Gute Idee, hm?«

Melissa überdachte die Sache kurz, dann nickte sie zufrieden und streifte den Pulli kurzerhand über.

Julie betrachtete Luca. »Warum ist sein Weihnachtsmann ein muskelbepacktes Model?«

»Das war last minute«, verteidigte sich Josh. »Ich habe versucht, jedem einen individuellen Pulli mitzubringen, aber sie hatten keine mehr. Sorry.«

Luca grinste breit. »Wieso, passt doch super. Der Typ sieht aus wie ich.«

Julie lachte auf. »In deinen Träumen, Jackson.«

»Du darfst meinen Pulli anfassen, Warren.« Das Lächeln wurde schmutzig.

»Vielleicht mache ich das ja. Aber nicht dass dir dann so heiß wird, dass du alle Fenster aufreißt.«

Melissa stöhnte auf. »Nehmt euch ein Zimmer.« Sie schlug sich die Hand vor den Mund. »Äh, das war metaphorisch gemeint.« Schnell sah sie sich nach Julies Eltern um, doch diese waren in Küche und Keller.

Julies Wangen begannen zu brennen und auf denen von Luca erschienen rote Flecken.

Max betrachtete stolz seinen Pullover, auf dem der Weihnachtsmann genüsslich über ein Blech voller Gebäckstücke gebeugt war. »Danke.«

Josh wuschelte seinem kleinen Bruder den Kopf und sagte: »Was auch immer du mit Mom gemacht hast, es hat funktioniert. Sie spricht die ganze Zeit davon, wie fantastisch du backen kannst.«

Die Worte zauberten ein breites Grinsen auf Max' Gesicht.

Der Abend gestaltete sich wie ein Weihnachtstraum, wenn auch einer mit schriller Tonart.

Sie aßen gemütlich zu Abend, es wurden Weihnachtslieder gesungen (worauf Josh bestand) und Plätzchen gefuttert (viel zu viele). Es war an Julies Mom, von jedem Taschen entgegenzunehmen und unter dem Weihnachtsbaum zu verteilen.

Einzig die kurze Textnachricht an Leo hatte verhindert, dass Julie nichts für die anderen hatte. Er übergab ihr die Tüte, in der sich alles befand, was sie in Auftrag gegeben hatte.

Es war bereits spät, als sie nach oben schlichen.

Als die Tür hinter ihnen ins Schloss fiel, schoss Melissa auf Julie zu. »Erzähl mir alles.«

»Wie kommst du darauf, dass …«

»Jetzt zieh es nicht in die Länge, du hast etwas gutzumachen. Seit ihr beide aus dem Wald zurück seid, seht ihr euch alle paar Minuten an und dann schnell wieder weg. Luca lächelte so viel, dass ich erst dachte, er sei betrunken. Aber der Punch war wirklich alkoholfrei.«

Julie lachte auf. »Ja, schon süß, oder?«

»Himmel, Jules.«

»Wir haben uns geküsst.«

Melissa blickte gen Decke und flüsterte: »O danke, Herr.«

»Willst du wieder ein Kissen ins Gesicht?«

»Was? Ich bin nur froh, dass ich dieses Danke nicht in meinen Achtzigern nach oben schicke. Ich sah schon vor mir, wie ein humpelnder Luca mit Rollator die Senioren-WG besucht, in der wir gemeinsam leben.«

»Golden-Girls-Style?«

»Na ja, Cullen ist dabei. Also eher Golden-Oldies-Style, aber kommt hin. Dann wäre er in die Knie gegangen, um seine Liebe zu gestehen, aber leider nicht mehr in die Höhe gekommen.«

Julie prustete. »Hör auf damit.«

»Wie war es? Auf einer Skala von eins bis zehn, wobei eins …«

»Perfekt«, unterbrach Julie. »Ich würde ihn ja am liebsten unten besuchen. Aber …«

»Deine Eltern werden vermutlich hinter ihrer Tür auf der Lauer liegen.« Melissa nickte schwer. »Morgen habt ihr bestimmt ein wenig Zeit für euch. Wir machen ein wenig Sightseeing in der Stadt.« Sie runzelte die Stirn. »Ihr habt doch so was wie eine Innenstadt, oder?«

Daraufhin ließ Julie nun wirklich ein Kissen fliegen.

Sie setzten sich gemeinsam im Schneidersitz auf das Bett, Julie ließ eine Playlist ablaufen und zog den Teller mit Plätzchen hervor, den sie gerettet hatte.

»Ich bin froh, dass Cullen mir verziehen hat«, sagte sie leise. »Er verhält sich echt wieder ganz normal.«

»Obwohl es ihm miserabel ging«, merkte Melissa zwischen zwei Bissen an. »Mittlerweile textet er aber überraschend viel. Ich glaube, er hat jemanden kennengelernt.«

»Wirklich, wen?«

Melissas Stirn umwölkte sich. »Keine Ahnung. Das ist es ja. Er rückte nicht mit der Sprache heraus und achtet immer darauf, dass ich nicht hinter ihm stehe, sobald er tippt.«

»Ernsthaft? Du lässt nach.«

»Ich weiß!« Unglücklich knabberte sie an einem Zimtstern. »Frau wird halt alt.«

»Ich könnte ihn fragen.«

»Genau, weil das so viel ändert. Gib ihm doch erst einmal Zeit, wieder Vertrauen aufzubauen.« Melissa kroch zur Seite und schloss ihr Smartphone an das Ladekabel an.

»Ist es mit seinen Eltern wirklich so schlimm?«

Sie dachte kurz darüber nach. »Wie er sagt, sie zeigen das nicht wirklich offen. Es sind mehr diese enttäuschten Blicke und kleinen Aktionen. Gut, dass wir hier bei euch feiern.«

»Und deine Eltern?«

»Schleppen keine Frauen an, um mich zu verkuppeln.«

Julie lachte und gab Melissa einen Rippenstoß. »Du weißt, was ich meine.«

»Ich habe meiner Mom die Situation erklärt. Also dass du abgerutscht bist, völlig den Halt verloren hast und jetzt dem Alkohol frönst. Die Drogen habe ich weggelassen.« Ein Schulterzucken. »Da hatte sie keine Probleme mit meiner Reise.«

»Nicht dein Ernst.«

»Doch. Das hast du verdient. Außerdem fand sie es absolut genial, dass ich meiner Freundin in ihrer schweren Zeit beistehe.«

»Ich hasse dich.«

»Oh, ich dich auch, Jules. Ich dich auch.«

Sie sanken nebeneinander auf den Rücken, starrten die Decke an und plauderten immer weiter. Über das College, mögliche Pläne, Luca, Weihnachtspullis und noch mehr Luca.

Irgendwann dämmerte Julie langsam weg.

Erst als die Tür mit einem lauten Knall aufgesprengt wurde, fuhr sie hoch. Im Rahmen stand Josh, mit einer Zipfelmütze auf dem Kopf und dem typischen Weihnachtspulli am Körper. »Es ist Weihnachtsmorgen!«

Er rannte weiter. Noch mehr Türen knallten.

»Hau ab!«, erklang die Stimme von Ben.

Fußtapser.

Dann rief Josh: »Max, komm sofort runter! Haben wir einen Ersatzstab für die Speicherluke?«

Julie lächelte verschlafen. Nächstes Weihnachten würde sie bei Max übernachten und sie konnten den Stockhaken wieder verstecken. »Gute Taktik, oder?«

Ein Blick verriet Julie, dass sie mit dem leeren Bett gesprochen hatte.

Es sah Melissa nicht ähnlich, so früh wach zu werden. Der Wecker zeigte gerade mal acht Uhr.

»Brüder sind eine Plage«, stellte Julie fest.

Sie stieg aus dem Bett und trottete die Treppe nach unten, wo die gesamte Familie bereits saß. Selbst Max war dort und lachte über Josh, der ihn wütend anstarrte. Die Luke war also eine falsche Fährte gewesen.

Sie machten sich ans Auspacken.

Melissa freute sich riesig über eine gewaltige Packung Mozartkugeln, genug für drei Monate. Cullen bekam Tickets für ein Spiel der New York Giants. Max erhielt ein Kochbuch, Leo eine Meditations-CD und Ben das neue Buch von Woodward. Josh ein Bildband der USA. Für ihre Eltern hatte sie Konzerttickets besorgt und war bis ans

Limit ihrer Finanzen gegangen. Eigentlich darüber hinaus, aber das war egal. Luca bekam selbst gebackene Plätzchen, die sie unter der strengen Anleitung von Max mitten in der Nacht gebacken hatte.

Umgekehrt bekam Julie ebenfalls Bücher, zahlreiche Gutscheine (nicht jeder ihrer Brüder war kreativ, wenn es um Geschenke ging), ein Armband und Süßigkeiten.

Cullen, Luca und Melissa hatten aber ein Geschenk zurückgehalten. Ein großer Karton, den sie jetzt auf den Tisch stellten.

»Für mich?« Julie war gerührt.

»Definitiv.« Cullen nickte nachdrücklich.

Mit zittrigen Fingern öffnete sie die Schleife, bis Melissa ein genervtes »Jules, reiß es weg« entfuhr. Das Papier viel zu Boden. Ein Karton kam zum Vorschein. Sie öffnete ihn und nahm den Inhalt heraus.

»Was … bedeutet das?«, fragte Leo, der noch keine Details kannte. »Ist das ein Eiskübel?«

Melissa kringelte sich eine ihrer Locken um den Finger. »Aber doch nicht irgendeiner. Sieh genau hin.«

Julie drehte ihn und las die aufgebrachten Lettern: *Julies Kübel.* Im Inneren befanden sich Kopfschmerztabletten, Pflaster, Schokolade, Gummibärchen und Verbandsmaterial. Neben den Worten hatte jemand mit Permanentmarker eine Fliege und eine Karotte aufgemalt.

Julie war irgendwie gerührt. Und irgendwie wollte sie Melissa schütteln. »Das ist … süß.«

»Und es ist der Originalkübel«, merkte Luca überaus freundlich an.

»Danke für den Hinweis.« Sie lächelte zuckersüß. »Jackson.«

»Gern, Warren.«

Die Spannung lag knisternd in der Luft.

»Ich schwöre es, ich miete ihnen ein Hotel«, sagte Melissa leise zu Cullen, als Julies Eltern gerade in der Küche zugange waren.

»La, la, la, Kopfkino!«, brüllte Max.

»Stell dich nicht so an, Mini-Warren.« Melissa schubste ihn auf die Couch. »Wenn du wüsstest, was deine Schwester alles in New York angestellt hat.«

»Hör auf, Lügen zu erzählen!«, forderte Julie.

»Außerdem will ich das nicht wissen«, erklärte Max und rückte von Melissa ab.

Die übliche Neckerei ging weiter.

Julie betrachtete ihre Freunde lächelnd. Bis Luca sich neben sie an die Wand lehnte. »Danke, dass ich bei all dem dabei sein durfte.«

»Schön, dass du dabei bist.« Sie schluckte. »Wollen wir vielleicht einen kleinen ... in die Stadt ... oder so?«

»Gute Idee!«

Sie zwinkerte Melissa zu, die daraufhin noch lauter sprach und die Aufmerksamkeit aller auf sich zog.

Julie setzte sich hinter das Steuer und sie fuhren in Richtung Innenstadt. Ein Parkplatz war schnell gefunden, und so schlenderten sie an den Geschäften vorbei, tranken Kaffee, betrachteten die Auslagen.

»Weißt du ... wegen gestern ...«

Luca zog sie in seine Arme und hauchte ihr einen weiteren Kuss auf die Lippen. »Willst du mir sagen, dass es ein Fehler war? Und wir doch nur Freunde sein sollen?«

Kurzerhand zog sie ihn wieder an sich. Dieser Kuss wurde länger. Sie roch seinen wunderbaren Duft, umfasste seine Hüften. »Eigentlich wollte ich wissen, wie du darüber denkst, Jackson.«

Winzige Lachfalten umrahmten seine Augen, die golden aufleuchteten. »Ich denke, das habe ich dir gerade gezeigt.« Er strich ihr über die Wange.

Julie wollte sich fallen lassen, nicht über die Zukunft nachdenken, wirklich. Doch es ging nicht. So war sie nicht. »Wir haben nur noch ein paar Tage, dann ... ja, was dann?«

»Ich dachte, das sei klar.« Luca wich keinen Zentimeter von ihr zurück.

»Ist es?«

»Wir fahren wieder nach New York.«

»Und dann?« Julie atmete müde aus. Kurz vergrub sie die Stirn an Lucas Hals. »Ich meine ... es ist so viel ...«

»Jules.«

»Es ist total seltsam, dass du mich so nennst.«

»Du hast so viele Kämpfe durchgestanden«, sagte Luca, ohne ihre Bemerkung zu beachten. »Deine Freunde stehen zu dir. Das Semester am College ist nicht zu Ende. Du kannst es noch immer schaffen.«

»Glaubst du das wirklich?«

»Ja.« Lucas Blick traf den ihren.

Sie sah in seinen Augen, dass er es ernst meinte. Wieso besaß er ein solch großes Vertrauen in ihre Fähigkeiten?

»Das Stipendium ist weg.«

»Gib doch einfach dein Bestes und warte ab, was passiert. Ich mache es genauso. Unsere Zukunft ist noch nicht geschrieben.«

»Shakespeare?«, fragte sie.

»*Zurück in die Zukunft 3*, aber das ist ein anderes Thema.« Er lachte laut auf. »Komm schon. Du hast es vielleicht übertrieben, aber weniger Angst zu haben und locker in die Zukunft zu sehen ist nicht falsch.«

»Und das von dir?«

Sein Blick trübte sich ein. »Bei mir ist eher die Vergangenheit das Problem.«

»Tut mir leid, ich wollte nicht …«

»Schon gut.« Er hielt sie noch immer umschlungen. »Auf jeden Fall sollst du wissen, dass das hier kein einfacher Flirt für mich ist. Seit der Sache damals, dem Unfall, habe ich niemanden mehr an mich herangelassen. Und wenn ich das jetzt tue, ist das nicht leichtfertig. Vorausgesetzt, du willst das auch.«

Er sprach die Worte langsam aus, bedächtig und betont. Nur bei der letzten Frage schlich sich Angst in seine Stimme. Julie war in der Regel wirklich mies, wenn es darum ging, zwischen den Zeilen zu lesen. Doch hier war die Message klar. Luca wollte mit ihr zusammen sein. Gemeinsam mit ihr ausloten, was die Zukunft bereithielt.

»Ich denke, ich gebe dir eine Chance, Luca Jackson«, hauchte Julie.

»Obwohl wir in unterschiedlichen Welten leben?«

Sie runzelte die Stirn. »Denkst du, das könnte ein Problem sein?«

»Ich habe … also ich wollte nicht lauschen. Aber als du dich mit Max auf dem Speicher unterhalten hast … ich musste ins Bad.«

»Und hast uns gehört.« Julie begriff. Sie hatte darüber gesprochen, dass sie aus verschiedenen Welten kamen. Welten, die nicht miteinander vereinbar waren. »Ich war sauer auf dich. Es war nicht so gemeint.«

»Aber es stimmt. Ganz so einfach wird es nicht werden.«

Sie spazierten weiter die Straße entlang, doch dieses Mal lagen ihre Finger ineinander verschränkt. Julie konnte nicht anders, als breit zu grinsen. In etwa fünf Minuten würde das Telefon bei ihrer Mom klingeln und Mrs Huber vom Blumenladen ihr verkünden, dass sie Julie und einen jungen Mann Händchen haltend durch Oak Creek hatte schlendern sehen.

Heute Abend würde es die ganze Stadt wissen.

Luca blieb so abrupt stehen, dass Julie einen Schritt allein machte. Ihre Finger lösten sich voneinander.

»Hey, was ist los?« Sie folgte seinem Blick.

Eine Limousine hatte neben ihnen angehalten.

»Das ist jetzt ein Witz«, hauchte sie.

Jennings stieg aus und öffnete die hintere Tür. »Master Jackson, Ihre Mom wünscht Sie zu sprechen.«

Luca lachte auf. »Alles klar. Sonst geht es ihr aber gut? Wenn ich wieder in New York bin …«

»Ihre werte Frau Mutter hat ein Chalet in Beaver Creek gemietet. Ich habe die strikte Anweisung, sie dort hinzubringen.« Nach einem dezenten Räuspern ergänzte er: »Bitte.«

Luca wandte sich Julie zu. »Wenn Sie hier ist, habe ich keine Chance. Wartest du …«

Einem Impuls folgend, sagte sie: »Natürlich komme ich mit. Du hast meine Welt kennengelernt, jetzt bin ich an der Reihe.«

Sein Blick war skeptisch, doch er nickte.

Gemeinsam stiegen sie ein.

Die Tür fiel mit einem dumpfen Laut ins Schloss, Jennings lenkte den Wagen hinaus aus Oak Creek.

Sie befanden sich auf direktem Weg zur Hexe, die ihnen das Weihnachtsfest zerstören wollte.

KAPITEL 24

Eine andere Welt

Jennings fuhr langsam.

Julie bemerkte sofort, dass er in der ungewohnten Umgebung zur Vorsicht neigte.

»Was erwartet mich?«, fragte sie.

Luca schreckte aus seinen Gedanken auf. »Hm? Oh, du brauchst dir da keine Sorgen machen.«

»Sie hat Susann engagiert, um mich aus der Bahn zu werfen. Natürlich mache ich mir Sorgen, und nur damit du es weißt, ich werde ihr die Meinung sagen.«

»Viel Glück.« Ein Ausdruck des Leidens legte sich auf sein Gesicht. »Sie besteht aus unzerstörbaren Diamanten, die von Teflon überzogen sind. Alles perlt ab.«

In diesem Augenblick tat Luca ihr noch mehr leid als bisher. Sie nahm seine Hand, was ein Lächeln auf sein Gesicht zauberte.

»Schon besser. Du lächelst viel zu selten.«

Was ihm die Tatsache bewusst machte. Der leidende Grübler kehrte zurück.

Sie erreichten Beaver Creek. Das Skigebiet befand sich in privater Hand und bot Touristen aus aller Welt einen Luxusurlaub mit Skierlebnis, beheizten Whirlpools und wunderschönen Chalets. Auf den Bürgersteigen flanierten braun gebrannte Männer und Frauen mit schneeweißen Zähnen im angesagten Ski-Outfit. Jugendliche flirteten, kleine Gruppen zogen lachend umher.

Und alle wirkten sie schön.

Vermutlich musste es so sein. Wer sich diesen Urlaub leisten konnte, besaß auf jeden Fall ein volles Bankkonto. Es gehörte dazu, mit den besten Klamotten und perfekt durchgestylten Kindern zu protzen.

Nachdem Julie die Welt des Reichtums kennengelernt hatte, empfand sie keinerlei Verlangen mehr. Ihre Familie war ihr tausendmal lieber.

Lucas abschätziger Blick verdeutlichte, dass er es ebenso sah. Dieses Leben lag hinter ihm.

»Vermisst du es nicht?«, fragte Julie.

»Die Oberflächlichkeit? Das Lästern? Der Vergleiche der Luxusautos und Karriereaufstiege?« Er schnaubte. »Was glaubst du, wie oft sich ein Mädchen an mich herangemacht hat, weil ich der Sohn reicher Eltern bin? Sie wollten Zugang, in den inneren Kreis gehören.«

»Tun das nicht alle hier?«

Er lachte auf. »Es gibt überall Unterschiede. Selbst in diesen Kreisen ist meine Familie noch einmal eine Stufe über dem Rest. Was glaubst du, weshalb meine Mom so sehr darauf achtet, dass nichts von mir im Netz landet? Geld hat sie genug, der Ruf ist heilig.«

Jennings öffnete ihnen die Wagentür.

Luca stieg aus und half Julie, indem er ihr den Arm anbot. »Es tut mir leid.«

»Was denn?«

»Alles, was jetzt passiert.«

Was Julie nicht gerade Mut machte. Andererseits fragte sie sich, was Mrs Jackson ihr noch antun wollte. Der einzige Angriffspunkt war der, den Julie zugelassen hatte.

Eine Angestellte öffnete die Tür des Chalets auf Lucas Klingeln.

»Master Jackson!« Es war eine dralle Frau mittleren Alters mexikanischer Herkunft, die Luca mit einem liebevollen Blick bedachte. »Schön, Sie wiederzusehen.«

»Valentina.« Luca hauchte ihr einen Kuss auf die Wange.

Die Frau errötete und wandte sich kurz ab.

»Das ist Julie«, stellte er sie vor. »Julie Warren.«

»Ms Warren.« Valentina nickte freundlich. »Ich sage Mrs Jackson gleich Bescheid.«

Schon eilte sie davon.

»Ihr nehmt eure Angestellten also mit in den Urlaub.« Julie sah ihn mit großen Augen an.

»Warum nicht?«

Was sollte sie auf so eine Frage antworten?

Das Chalet erwies sich als gemütlicher Bau, der rundum verglast war und den Blick auf die schneebedeckten Hänge der Rockys erlaubte. Der Eingang führte direkt in ein weites Wohnzimmer, wo Flammen im Kamin loderten. Durch das Fenster erspähte Julie eine Terrasse, auf der ein Whirlpool blubberte.

Die Wände waren mit Malereien eines Künstlers behangen, der aus dem Ort stammte. Die Bilder zeigten allesamt die Berge.

»Mrs Jackson erwartet Sie in ihrem Arbeitszimmer«, verkündete Valentina, die hinter ihnen aufgetaucht war.

Luca schloss die Augen, atmete tief ein und straffte die Schultern. »Also dann.«

Sie stiegen die Treppen nach oben und betraten durch eine wuchtige Holztür ein Zimmer.

Ein Bücherregal aus dunklem Holz bedeckte die rechte Wand, vor der linken war eine Sitzecke eingerichtet. Ein flauschiger Teppich dämpfte jeden Schritt. Der Schreibtisch stand direkt vor dem gegenüberliegenden Fenster. Eine Frau blickte hinaus und wandte ihnen den Rücken zu.

Ihr Körper war gertenschlank, sie trug ein weißes Businesskostüm. Das schwarze Haar war kurz geschnitten und smaragdgrüne Ringe baumelten an ihrem Ohr. Vermutlich echte Smaragde.

»Mom«, sagte Luca nur.

Sie wandte sich um. Mit stahlblauen Augen musterte sie zuerst ihn, dann huschte ihr Blick über Julie. Falls Mrs Jackson von ihrem Auftauchen überrascht war, zeigte sie es nicht. Überhaupt wirkte ihr Gesicht glatt und emotionslos wie das einer Statue. Sie war makellos und schön, doch ohne jede Art von Feuer. Als hätte jemand einer Eisskulptur Leben eingehaucht.

Sie umrundete den Tisch.

»Es ist schön, dich zu sehen.« Eine kurze Umarmung, sie hauchte Luca ein Küsschen auf beide Wangen. »Und du bist also Juliette Warren.«

»Das bin ich, Mrs Jackson.«

»Cassandra«, korrigierte diese mit gespielter Freundlichkeit.

»Ich wüsste nicht, warum ich eine Frau mit dem Vornamen ansprechen sollte, die ein Praktikum dafür verspricht, wenn ich aus meinem Leben gekegelt werde.« Nun lächelte Julie zuckersüß.

Im Blick von Cassandra Jackson flackerte es für eine Millisekunde. Darüber hinaus zeigte sie weiterhin keine Emotion. »Wie erfrischend. Jemand, der tatsächlich sagt, was er denkt. Das weiß ich zu schätzen. Setzt euch.«

Sie kehrte zurück zu ihrem Sessel.

Luca nahm gemeinsam mit Julie Platz.

»Es war nichts Persönliches, eine reine Geschäftsentscheidung«, erklärte Mrs Jackson. »Du hast meinen Sohn in die falsche Richtung gelenkt.«

»Ich entscheide selbst über mein Leben!«, blaffte Luca.

»Du und dein Helfersyndrom. Es interessiert mich nicht, ob sie dich bewusst oder unbewusst manipuliert hat. Du gehörst in die Firma, und dafür benötigst du einen perfekten Abschluss.«

»Kein Mensch ist perfekt«, sagte Luca leise.

»Wir schon.« Cassandra Jackson verschränkte die Finger ineinander, stützte ihren Ellbogen auf der Tischplatte ab. »Es stimmt, ich habe Susann darin bestärkt, für ihre Karriere zu kämpfen. Du, Juliette, hast dich nur allzu leicht manipulieren lassen. Das war nicht Susanns Schuld. Wer im Spiel des Lebens versagt, muss die Konsequenzen tragen.«

Julie betrachtete Lucas Mutter und konnte nicht fassen, was diese von sich gab. Es war ein Wunder, dass Luca sich nach dem Verlust seines besten Freundes nicht von der nächsten Brücke gestürzt hatte. Unterstützt hatte ihn Cassandra sicher nicht.

»Hast du dich jetzt ausreichend lange in dein Schwert gestürzt?«, fragte sie kalt. »Diese unschöne Sache liegt doch wirklich lange genug zurück.«

Luca wurde bleich. »Kenneth ist tot.«

»Es war ein Unfall! Der andere Fahrer war schuld. Ich habe mich um deine Ex-Freundin gekümmert, deren Reha ausgezeichnete Fortschritte macht. Und nach einer freundlichen Aufforderung hat der Staatsanwalt Anklage gegen den Fahrer erhoben. Ich gehe davon aus, dass dieser den Rest seines Lebens im Gefängnis verbringt. Was also willst du noch?«

»Verarbeiten, zu Kräften kommen?«, entfuhr es Julie.

»Dieses Gespräch betrifft meinen Sohn und mich, Juliette.«

Luca ergriff ihre Hand. »Julie ist Teil meines Lebens, sie geht das auch etwas an.«

Mrs Jackson lehnte sich zurück und betrachtete sie beide aus zusammengekniffenen Augen. »Nach den Ereignissen verstehe ich durchaus, wenn du gewissen sozialen Projekten frönst. Und natürlich bist du in einem Alter, in dem man sich austobt.« Luca setzte zu einer wütenden Erwiderung an, doch eine Handbewegung von Cassandra stoppte ihn. »Aber all das kannst du auch im Schoß der Familie tun. Gründe eine Stiftung, und wenn du dich körperlich austoben willst, gibt es genug passende Kandidatinnen in den richtigen Kreisen.«

Julies Magen wurde zu einem Kloß. Noch nie zuvor hatte sich jemand ihr gegenüber so verhalten. Sie kam sich vor wie eine Mikrobe, die mit einem Schnippen entfernt werden sollte.

»Ich habe mich noch nie so sehr geschämt, dein Sohn zu sein«, sagte Luca mit gepresster Stimme. »Status und Ruf, das ist alles, was für dich zählt.«

»Es ist alles, was in dieser privilegierten Welt Bedeutung besitzt, in die du geboren wurdest. Dir stehen alle Wege offen, eine perfekte medizinische Versorgung und weltweite Bildung. Dein Potenzial ist gewaltig. Verstehst du das nicht? Du kannst die Firma in die nächste Generation führen. Himmel, wenn du es wolltest, könntest du in zwanzig Jahren für das Amt des Präsidenten kandidieren. Es gibt keine Grenze!«

»Nur ein normales Leben steht nicht zur Debatte.«

»Luca.« Seine Mutter betrachtete ihn, als sei er zu dumm, das Offensichtliche zu begreifen. »Die Welt ist voller mittelmäßiger Menschen mit lächerlichem Potenzial. Es gibt nur wenige, die tatsächlich etwas Großes sein könnten, doch denen fehlt es an Geld und Einfluss. Du vereinst beides. Wir sind eine Familie mit ausgezeichneten Verbindungen. Du bist gut aussehend, intelligent und gesund. Das Einzige, was dir schaden könnte, wäre dein Ruf. Davon abgesehen kannst du alles sein. Wer in dieser Situation möchte ein gewöhnliches Leben?«

Julie musste nur in Lucas Augen sehen, um zu begreifen, dass er sich genau das wünschte.

»Grandma …«

»Nein.« Cassandra schlug mit der flachen Hand auf die Tischplatte, was einen peitschenden Knall erzeugte. »Ich will nichts davon hören, was deine Grandma für lächerliche Ideen in deinen Kopf gepflanzt hat. Wäre es nach ihr gegangen, hätte die gesamte Firma sich neu ausgerichtet, und wir wären heute nicht mehr existent oder ein Wohlfahrtsverein. Dass ich ihr über den Aufsichtsrat die Kontrolle entzogen habe, war das Beste, was der Firma passieren konnte. Da kann sie mir aus Rache noch so viele Steine in den Weg legen.«

Julie schluckte. Cassandra Jackson hielt wohl generell nicht viel von ihrer Schwiegermutter.

»Seither haben wir die Geschäfte ausgeweitet. Ich habe den Wert der Firma in den letzten fünfzehn Jahren verzehnfacht.« Es klang ein wenig wie eine Rechtfertigung.

»Während Dad sich in der Welt herumtreibt und …«

Wieder hob sie die Hand. »Sprechen wir nicht über ihn. Er hat sich für seinen Lebensweg entschieden, ich für den meinen.«

Julie war der Meinung, dass es bei verheirateten Menschen ein gemeinsamer Weg sein sollte, aber was wusste sie schon von der Welt der Reichen und ganz schön Reichen.

»Genau deshalb suche ich mir meine Freundin selbst aus! Ich brauche keine von diesen arrangierten Partnerschaften, die doch nur dazu da sind, Reichtum und Einfluss zu mehren.«

Julie hätte nicht geglaubt, dass die Augen von Cassandra Jackson noch kälter werden konnten. Sie wurde eines Besseren belehrt.

»Du undankbarer … dir ist überhaupt nicht bewusst, was ich im Hintergrund getan habe, damit du sicher bist. Wie, glaubst du, hätte der Mob reagiert, wenn die Wahrheit enthüllt worden wäre? Wenn ich Kenneths Bruder nicht an die Leine gelegt hätte, hätte er dich als Verantwortlichen für einen Unfall stigmatisiert. Ich kann mir die Schlagzeilen durchaus vorstellen.« Ihre Stimme wurde etwas tiefer. »Reicher Spross betrinkt sich und schickt besten Freund in den Tod.«

Luca zuckte zusammen. Sein Gesicht nahm die Farbe frischer Kreide an.

»Jetzt gehen Sie zu weit.« Julie konnte nicht einfach still danebensitzen. »Er saß nicht am Steuer!«

»Wie logisch und rational betrachtet, danke, Juliette. Darauf wäre ich allein nicht gekommen. *Ich* weiß, dass mein Sohn keine Schuld an dieser Sache trägt. Vielleicht hast du in deinem Leben aber schon einmal eine Zeitung aufgeschlagen, und dir wird aufgefallen sein, dass Schlagzeilen nicht immer etwas mit der Realität zu tun haben. Allein dadurch, dass Luca zur Elite gehört, wäre er eine Zielscheibe gewesen.«

Die Worte strotzen vor Beleidigungen, doch im Kern hatte Cassandra Jackson wohl recht. »Möglich.«

Eine Braue wanderte in die Höhe. »Ein flexibler Geist und Dialogbereitschaft. Die geborene Diplomatin. Lass mich dir sagen, dass dich das in der Businesswelt nicht weiterbringt.«

Wie gern hätte Julie jetzt den Eiskübel zur Hand gehabt, um Cassandra ein paar schlagfertige Argumente direkt ins Gesicht zu donnern. Diese Frau konnte besser provozieren als Luca. Immerhin wusste sie nun, woher er es hatte.

»Schön, wie du weißt, habe *ich* keinerlei Kompromissbereitschaft«, stellte Luca klar. »Deshalb bleibe ich dort, wo ich bin. Und Julie und ich bleiben ein Paar.«

Es war reines Glück, dass nun Julie nicht zusammenzuckte. Dafür, dass sie sich erst zweimal geküsst hatten, war Luca sich tatsächlich absolut sicher.

»Du hast wirklich nichts von mir gelernt«, sagte Cassandra, während sie zur Seite rollte und zwei Fingerbreit Whiskey in ein Glas mit Eiswürfeln schenkte. »Es kostet mich einen Anruf und alle deine Konten sind gesperrt. Eine Spende, damit die Verbindung dich vor die Tür setzt. Der Direktor wird mit einem Lächeln einen Grund finden, dich zu exmatrikulieren.«

»Leg los.« Erstmals grinste Luca böse. »Damit wäre mein Ruf sowieso ruiniert. Aber der geht dir doch über alles, nicht wahr?«

Tatsächlich stahl sich ein Funke der Überraschung ins Gesicht von Lucas Mutter. War sie etwa beeindruckt? Wie viele Neuronen konnten in einem einzelnen Gehirn noch eine Fehlzündung hinlegen?

»Schön, dass du dein eigenes Arsenal kennst. Aber wie steht es mit ihr?« Cassandra Jackson nickte in Richtung Julie und öffnete eine Aktenmappe. »Um das Stipendium zu bekommen, müsste sie Berge versetzen. Und selbst dann gibt es ein Dutzend Punkte, an denen ich ansetzen kann. Dein Bruder hat einen Kredit bei einer unserer Banken beantragt, um ein Café zu eröffnen. Deinem Dad schwebt wohl eine Rösterei vor, mit angeschlossenem Café. Und in New York gäbe es da …«

»Sparen Sie sich das.« Julie ballte die Fäuste, und ihre Stimme klang nicht ganz so überzeugt, wie sie es gern gehabt hätte. »Mich erpressen Sie nicht. Niemals. Mein Bruder ist Journalist und schreibt bestimmt gern einen detaillierten Artikel über Cassandra Jackson, die gnadenlose Strippenzieherin im Hintergrund. Und prompt sind alle Scheinwerfer auf Sie gerichtet.«

Zum ersten Mal kräuselten sich die Lippen von Lucas Mom im Versuch eines Lächelns. Es wirkte eher wie ein Raubtier mit Zahnschmerzen.

»Ich merke schon, diese Sache wird problematischer, als ich dachte. Aber das muss es gar nicht.« Sie legte den Schalter um. »Das Semester ist noch nicht zu Ende, also schauen wir doch einfach, was geschieht. Ich bin sicher, dass du letztlich die richtige Entscheidung treffen wirst, mein Sohn.«

Skeptisch erwiderte Luca ihren Blick. »Warum habe ich jetzt noch mehr Angst?«

»Angst ist ein Wort, das du aus deinem Wortschatz streichen solltest.«

»Gut möglich, dass ich das auch mit dem Wort ›Mom‹ mache.«

»Konfrontation bringt Klarheit.« Sie klatschte mit ihrer Hand auf den Tisch. »Nun gut, dann verbringt ein paar rustikale Tage in diesem … *Haus.*«

Diesen Köder schluckte Luca glücklicherweise nicht, und auch Julie ignorierte die Spitze.

Sie erhoben sich.

»Es sind unterschiedliche Welten, aus denen ihr stammt«, schickte Cassandra noch hinterher. »Jede mit ihren eigenen Regeln. Und beide sind gnadenlos gegenüber Fremden. Julie hat das bereits erlebt. Dein Erwachen kommt auch noch, mein Sohn.«

Damit wandte sie sich wieder ihrer Arbeit zu. Sie waren eindeutig entlassen.

Als die Tür des Büros hinter ihnen ins Schloss fiel, atmete Luca auf. »Tut mir leid.«

»Mir tut es leid, dass du so aufwachsen musstest.« Julie konnte verstehen, wieso Cassandra Jackson sich in der winterlichen Umgebung der Rockys wohlfühlte. Sie war kalt wie Eis. »Gehen wir. Ich brauche unbedingt einen heißen Kaffee.«

Gemeinsam verließen sie das Chalet.

Jennings stand bereit, und Julie atmete erst wieder befreit auf, als der Eispalast von Cassandra Jackson hinter ihnen in der Ferne verschwand.

KAPITEL 25

Melissa im Einsatz

»Meine Theorie wurde bestätigt.«

Julie saß Doktor Shelfi gegenüber und hielt unwillkürlich den Atem an. Es waren noch drei Tage bis zum Jahreswechsel, und in wenigen Stunden würde sie gemeinsam mit den anderen zurück nach New York fahren.

Zuvor hatte jedoch noch dieser Besuch angestanden, von dem sie niemandem etwas erzählt hatte. Den Test hatte sie direkt nach den Feiertagen abgegeben, und das Ergebnis war in Windeseile im hiesigen Labor erarbeitet worden.

»Der menschliche Körper ist ein wahres Wunder. Leider wissen wir Menschen noch viel zu wenig darüber. Es ist wie ein gewaltiges Uhrwerk, bei dem unzählige Zahnräder ineinandergreifen.«

Julie lauschte schweigend. Durch die kleine Ansprache musste sie wohl durch. Daher beschränkte sie sich auf ein dezentes Nicken hier und da.

»Du hattest problematische Blutwerte nach deinem Unfall und infolge von ›versehentlichem‹ Alkoholkonsum.«

Dass Shelfi das *versehentliche* in Anführungszeichen setzte, ließ Julie auf kleiner Flamme brodeln. Aber gut, Hauptsache, sie bekam endlich Antworten.

»Was hatten beide Situationen gemeinsam?«, fragte er.

»Keine Ahnung. Auf jeden Fall haben mir die Sanitäter keinen Alkohol gespritzt.« Sie lachte. »Oder?«

»Nein.« Shelfi lächelte milde. »Lediglich verschiedene Medikamente. Aber genau das ist der Punkt. Es gibt solche, die von der Niere abgebaut werden, andere von der Leber.«

Julie schnippte. »Sowohl die Injektionen als auch der Alkohol ...«

»... wurden über die Leber abgebaut. Normalerweise ist das kein Problem, es fällt dir gar nicht auf«, führte Doktor Shelfi weiter aus. »Es sei denn, deine Leber ist schon am Limit. Dann ist sie kurzzeitig überlastet, und das sorgt für sehr starke Symptome. Übelkeit, Migräne-Schmerzen, brennende Haut und sogar Panikattacken.«

Sofort fühlte Julie sich zurückversetzt in die Nacht nach der Party. Sie war davon ausgegangen, dass sie einfach schlecht auf den Alkohol reagierte, weil sie nichts gewohnt war. Letztlich traf das wohl auch irgendwie zu. »Was ist mit meiner Leber?«

»Nichts«, erklärte Doktor Shelfi. »Sieht man davon ab, dass sie dauerhaft am Limit arbeitet.« Er tippte auf die Blutwerte. »Es ist ein wunderbares Organ und hält uns am Leben, aber in deinem Fall gerät der Champion langsam an seine Grenzen. Denn er wird mit zu viel Giften überschüttet.«

»Aber ich ernähre mich gesund! Sieht man von Weihnachten ab. Die Plätzchen, die Pancakes ... O Gott, bin ich schuld ... was mache ich falsch?«

»Ganz ruhig, Julie. Es hat nichts mit der Leber zu tun.« Er machte eine beruhigende Geste. »Es ist eine genetische Sache, und diese liegt an der Stelle, an der unser Körper ein nahezu perfektes Filtersystem aufgebaut hat, um Giftstoffe von unserem Blut fernzuhalten.« Er zog eine laminierte Grafik aus der Schublade und legte sie vor Julie ab.

»Das ist der Darm«, sagte sie verdutzt.

»Es geht um die Schleusen in deiner Darmwand«, erklärte er. »Du hast eine Schleimhautschädigung, zu wenig der benötigten Bakterien und die Schleusen sind dadurch leicht geweitet. Es nennt sich Leaky-Gut-Syndrom. Tatsächlich kann es so schlimm werden, dass ein Mensch sich selbst vergiftet. Doch du bist auf Stufe eins, es lässt sich also problemlos beheben.«

Innerlich atmete Julie auf. »Wie?«

»Eine Kombination aus Nahrungszusätzen probiotischer Natur und einer auf diese Problematik abgestimmten Ernährung. Wir arbeiten antientzündlich, bauen Schleimhaut und Probiom wieder auf.«

»Das ist alles?«

Shelfi lachte auf. »Unterm Strich ja. Aber nimm das bitte nicht auf die leichte Schulter. Du hast erlebt, was geschehen kann. Die meisten Menschen sprechen nicht gern über eine solche Problematik, zahlreiche Kollegen winken ab oder machen sich darüber lustig. Bis das Ergebnis so katastrophal ist, dass man es bei einer Spiegelung entdeckt. Die Medizin hat sich in den letzten Jahren gewandelt, aber das tut sie langsam. Bitte nimm das ernst. Du musst alles vermeiden, was deine Leber erneut überlastet. Es wird einige Monate dauern, bis wir das im Griff haben.«

»Kann es zurückkehren?«

»Absolut, ja. Du wirst generell stärker auf alles achten müssen, was du zu dir nimmst. Aber das ist nichts Schlechtes, du wirst eindeutig gesünder leben als die Mehrzahl der Menschen in unserem Land.«

Eine gute Nachricht, auch wenn es alles an einigen Stellen komplizierter machen würde. »Danke.«

»Gern.« Er zog eine weitere Schublade auf und schob drei ausgedruckte Seiten Papier über die Tischplatte. »Deine Diät. Und Literaturempfehlungen.«

Sie nahm die Unterlagen entgegen und verabschiedete sich von Doktor Shelfi.

»Schritt für Schritt«, sprach sie sich auf der Straße Mut zu.

Langsam, aber sicher lenkte sie ihr Leben zurück in die Normalität. Auch wenn es erst begann.

Am gestrigen Abend hatte sie noch lange mit Luca gesprochen. Nun ja, sie hatten sich geküsst und dazwischen einzelne Sätze geflüstert.

Wenn es ihm gelang, sich gegen seine Mutter auf Kriegsfuß durchzusetzen, konnte auch Julie nicht aufgeben. Sie würde die kommenden Klausuren vorbereiten, Paper schreiben, Essays als Fleißarbeit und sich persönlich bei allen Professoren entschuldigen.

In Gedanken versunken lenkte sie den Wagen heim, stieg aus und betrat das Haus. Melissa, Cullen und Luca saßen auf der Couch, in eine eifrige Diskussion verstrickt.

»Aber wie macht sie das?!«, hakte Melissa gerade nach.

»Keine Ahnung, mit 'ner Agentur«, gab Luca zurück.

»Jules.« Ihre beste Freundin hatte sie entdeckt. »Cassandra Jackson ist quasi unsichtbar. Es existieren keinerlei Eintragungen im Internet.«

Nicht dass sie das überraschte.

»Sie achtet auf ihre Privatsphäre«, ergänzte Luca. »Wie war es beim Doc?«

»Ach, alles gut.« Sie winkte ab.

»Wissen wir sowieso schon.« Melissa starrte auf ihr Smartphone und wandte sich ab, ihre Worte waren leise und wie nebenbei. »Deine Mom hat uns eingeweiht, als du losgefahren bist.«

»Es wird Zeit, dass wir nach New York zurückkehren.« Sie liebte ihre Eltern, ihr Zuhause, doch in diesen Augenblicken wurde ihr bewusst, dass sie mehr Freiheit wollte.

Luca dagegen schien es zu genießen, in einer so warmen, behaglichen Umgebung zu sein. »Wir könnten Silvester auch hier feiern.«

»Nein«, kam es gleichzeitig von Melissa, Cullen und Julie.

»Toll, das Trio ist wieder synchronisiert«, nörgelte Luca, was zu einem Heiterkeitsausbruch bei ihnen führte.

Ben, Josh, Max und Leo wollten hierbleiben. Mittlerweile musste Max ihre Mutter sogar bremsen, denn die wollte sich in die Dekoration des neuen Cafés einschalten. Schließlich habe sie schon immer gewusst, dass ein wahrer Backkünstler in ihm steckte. Und falls er vor Ort Hilfe bräuchte, wäre sie durchaus bereit, die Reise auf sich zu nehmen.

»Ich gehe mal packen.« Julie stieg die Treppe hinauf.

Es verging nicht einmal eine Minute, da griffen Arme um ihre Taille und ein Kuss wurde in ihren Nacken gehaucht. »Geht es dir gut?«

Sie wandte sich in seinen Armen zu Luca um und umschlang seine Hüfte. »Die Wolken verziehen sich langsam.«

Er wirkte skeptisch. »Unterschätze sie nicht.«

»Käme mir nach allem, was passiert ist, nicht in den Sinn.« Bei dem Gedanken an Cassandra Jackson fröstelte es Julie. »Diese Frau ist zu allem fähig.«

»Du hast ja keine Ahnung, wie recht du hast.« Sein Blick wurde abwesend.

»Hey, hiergeblieben!«

»Sorry.« Er schmunzelte. »Zu viele Erinnerungen.«

»Vielleicht sollten wir beide versuchen, mehr im Hier und Jetzt zu leben.«

»Hast du wieder heimlich den Kalenderspruch des Monats bei deiner Mom nachgelesen?«, neckte er.

»Ein wenig Bildung täte dir durchaus auch gut, Jackson.«

Sein Blick drang bis zu ihrer Seele vor und erzeugte ein wohlbekanntes Kitzeln. »Ich lasse mich gern unterrichten, Warren.«

Wieder lagen ihre Lippen aufeinander. Julie sog den Duft seiner Haut in sich ein. Gierig umschlangen sie einander. Ihre Hand glitt unter sein Shirt, berührte die Muskeln seines Rückens. In einer fliegenden Bewegung entledigte er sich des Shirts und warf es beiseite, mit einem Fußtritt schloss er die Tür.

Im Licht der Wintersonne betrachtete sie seinen Körper. Die helle Haut, das Spiel der Muskeln. An seinem linken Handgelenk trug er wie immer das Armband aus Tigeraugen. Mit einem Lächeln dachte Julie an ihren eigenen Glücksbringer. Das Schicksal ging schon seltsame Wege.

Luca bedeckte ihren Körper mit Küssen. Die Stirn, die Wangen … arbeitete sich zum Schlüsselbein vor. Julies Körper verwandelte sich in einziges großes Prickeln, eine Welle des Glücks durchströmte sie. Dieser Augenblick durfte niemals enden.

Ein Klopfen erklang. »Jules, Luca! Ich komme jetzt rein. Wehe, ihr habt nichts an.«

Melissa öffnete die Tür so schnell, dass Luca keine Chance mehr hatte.

»Oh, das war ein Witz«, sagte Melissa. »Sorry. Aber da deine Mom in die gleiche Richtung unterwegs war …«

Luca schoss vom Bett. Während Melissa ihn beeindruckt musterte, streifte er sein Shirt über.

»Hallo?«, holte Julie ihre Freundin zurück in die Wirklichkeit.

»Sorry, ja, nein. Also ich meine, wir müssen bald los, wenn wir den Bus kriegen wollen. Dein Dad sagt, dass schon wieder ein Sturm ansteht, weil sich irgendeine Windrichtung gedreht hat und

Luftströme ...« Sie winkte ab. »Auf jeden Fall müssen wir zum Bahnhof.«

Julie brach in hektische Betriebsamkeit aus, denn sie war die Einzige, die noch nicht gepackt hatte. Gleichzeitig war sie sich der Blicke nur allzu bewusst, mit denen Luca sie beobachtete.

»Hör gefälligst auf damit«, forderte sie.

»Womit soll ich denn aufhören?« Er starrte angestrengt zur Decke. »Ich finde das Muster total interessant.«

»Die Decke ist einfarbig weiß.«

»Genau.«

Sie lachte auf und verwuschelte im Vorbeigehen sein Haar. Im Gegensatz zu Max war ihm das egal. Überhaupt konnte nichts Luca so einfach aus der Fassung bringen, als stünde er noch immer neben der Wirklichkeit.

»Schritt für Schritt«, murmelte sie.

»Was sagst du?«

»Nichts, ich habe nur Selbstgespräche geführt. Wenn du die weiße Decke anstarrst, kann ich doch auch etwas wunderlich werden.« Sie verstaute das letzte Kleidungsstück in ihrem Koffer.

Im Wohnzimmer wartete bereits ihre Mom, ein Taschentuch in der Hand, schniefend. »Ihr könntet doch über Silvester bleiben. Wirklich, es ist so schön hier.« Sie warf einen kurzen Blick zu Luca. »Ich dachte, du wolltest sie fragen.«

»Hat er, Mom«, sagte Julie genervt. »Lass ihn in Ruhe.«

»Ohne euch wird es so einsam.«

»Das habe ich gehört«, rief Max und kam die Treppe hinuntergesaust. »Wir sind auch noch da!«

»Darum geht es nicht«, stellte ihre Mutter klar.

»Wir müssen wirklich los«, sagte Julie schnell. »Schließlich soll Dad nicht am Bahnhof festsitzen.«

Es wurde eine kurze Verabschiedung mit Umarmungen und Schwüren, sich bald zu melden. Und im Familienchat aktiver mitzumachen, was sie hoch und heilig versprechen musste.

Als ihr Vater den Wagen startete, hatte *Lonelymom* bereits einen weinenden Smiley im Familienchat hinterlassen.

»Schick ihr doch etwas Tröstendes«, schlug Melissa vor.

»Erst mal schalte ich den Chat stumm«, stellte Julie klar. »Die nächsten Stunden werden nämlich heftig. Sobald die Jungs sie beruhigt haben, melde ich mich.«

Ihr Vater seufzte. »Schick uns bitte trotzdem regelmäßig Neuigkeiten.«

»Natürlich, Dad.«

Sie erreichten den Busbahnhof in Rekordzeit.

»Pass auf dich auf.« Ihr Vater zog sie in eine heftige Umarmung.

»Versprochen.«

»Diesmal wirklich!«

»Jaaa.«

Er lachte in seinen Bart. »Und ihr anderen passt mit auf mein Mädchen auf.«

»Machen wir«, versprachen sie alle.

»Besonders du, junger Mann.« Er betrachtete Luca mit einem Blick, der schreckliche Folter versprach, falls dieser Dummheiten machte.

»Natürlich, Mister Warren, Sir«, haspelte Luca.

»Willst du nicht gleich noch salutieren?«, schlug Julie vor.

»Du bist noch immer genauso bösartig wie am ersten Tag, Warren«, kommentierte Luca.

»Gewöhne dich nur dran, Jackson.«

Sie grinsten einander an, die Spannung in der Luft war mit den Händen greifbar. Am liebsten hätte Julie Luca an sich gerissen.

Das Aufstöhnen ihres Vaters unterbrach die Szene. »Ich werde keine ruhige Minute mehr haben. Also los, ihr vier, in den Bus.«

Der Fahrer verlud ihre Koffer.

Natürlich setzten sich Julie und Luca nebeneinander, Melissa und Cullen auf die Sitzbank hinter ihnen. Ein letztes Winken, dann blieben die Busstation und schließlich Oak Creek zurück.

»Wir sollten darüber reden …«, begann Melissa.

Doch Julie hörte ihr nicht zu.

Eng umschlungen saß sie mit Luca auf dem Sitz, atmete seinen feurigen Atem, spürte seinen Herzschlag.

»Sieh mal, du kannst gar nicht mehr sehen, wo Jules aufhört und Luca anfängt«, kommentierte Melissa.

»Kann man Sex auch durch Kleidung hindurch haben?«, überlegte Cullen.

»Und gäbe es dafür ein Verhütungsmittel?«, spann Melissa den Faden weiter.

»Ignorier sie einfach«, hauchte Luca.

»Wir könnten sie auch umbringen und ihre Leichen im Gepäckabteil entsorgen«, machte sie einen Gegenvorschlag.

»Vermutlich bekämen wir aber keine Doppelzelle«, merkte Luca an.

»Außerdem steht dir Orange nicht«, ergänzte sie.

»Hey, Orange ist total meine Farbe.«

Sie kicherten.

Melissa seufzte auf. »Was haben wir nur angerichtet? Moment.« Sie richtete sich kerzengerade auf. »Ich bin die Einzige, die Single ist.«

Worauf Cullen sich schweigend zum Fenster drehte und schmunzelnd hinaussah. Nach wie vor schwieg er eisern zu seiner neuen Bekanntschaft. Julie hatte gemeinsam mit Melissa bereits verschiedene Theorien geäußert, um wen es sich handeln könnte.

Als sie bei Professor Pillard angekommen waren, hatten sie aufgegeben. Ohne weitere Hinweise war es einfach unmöglich, dieses Rätsel zu lösen.

»Irgendwann macht er einen Fehler«, hatte Melissa abschließend verkündet. »Und dann werde ich zur Stelle sein.«

Der Bus fuhr weiter in die Dunkelheit, umgeben von wirbelnden Schneeflocken.

New York kam näher.

KAPITEL 26

Auf begangene Fehler …

Sie erreichten New York am Morgen des letzten Tages im Jahr. Zwar hatten sie im Bus viel Zeit gehabt, um zu schlafen, zu diskutieren und – im Fall von Luca und Julie – zu knutschen. Trotzdem atmete sie auf, als sie die WG betraten.

Der vertraute Geruch stieg ihr in die Nase, doch gleichzeitig war es, als betrete Julie einen vergangenen Traum. Einen voller Schmerzen und Fehler.

Im Bus hatten sie und Luca einen Deal gemacht.

Dies war der letzte Tag, an dem sie sich mit der Vergangenheit beschäftigten und im Selbstmitleid wälzten. Ab morgen sollte der neue Lebensabschnitt beginnen.

Was für Julie bedeutete, dass sie an Neujahr ihren Lernmarathon startete.

Doch heute …

»Times Square«, hatte Cullen mit so viel Nachdruck verkündet, dass niemand ihm zu widersprechen wagte.

Gewaltige Menschenmassen würden sich dort um Mitternacht versammeln, um die berühmte Kugel anzustarren und ins neue Jahr zu feiern.

Zuvor stand ihr jedoch noch der ganz persönliche Gang nach Canossa bevor. Im gegenwärtigen Fall war sie jedoch nicht der römisch-deutsche König, der zum Papst schlich, um Abbitte zu leisten. In Ihrem Fall waren es zwei Freunde.

»Was denkst du, wie werden sie …«

Luca lag auf ihrem Bett, hatte sich zu einer Kugel zusammengerollt und schlief. Sie lächelte und bedeckte ihn mit einer Decke. Die Wohnung war ein Wohlfühltempel für Cullen und Luca, da die Heizung die letzten Tage auf ein Minimum geregelt gewesen war.

New York war kalt.

Schnee suchte man jedoch vergebens.

Julie nickte Cullen beim Hinausgehen zu.

»Du schaffst das, Warren!«, rief er ihr hinterher und gab irgendein Footballspielergrunzen von sich. Ein Wunder, dass er ihr nicht irgendwelche Farben ins Gesicht schmierte.

Julie nahm die U-Bahn und wurde mit jedem Meter, den sie sich *Beckys Café* näherte, aufgeregter. Wie sollte sie den beiden nur unter die Augen treten?

Kurzerhand kaufte sie auf dem Weg noch einen kleinen Blumenstrauß. Ihr Dad hatte ihr heimlich ein Kuvert mit ein paar Dollarnoten zugesteckt. Sie kam sich vor wie eine Verehrerin, die ihre Aufwartung machte. Hoffentlich kam Simon nicht auf dumme Gedanken. Sie schalt sich lautlos für diesen Gedanken und betrat das Café.

Wie üblich an Silvester, platzte das Café aus allen Nähten. Sie ging langsam zur Theke, wo Simon hektisch hantierte. Bei ihrem Anblick riss er die Augen auf …

… und donnerte mit einer Bewegung seiner Hand ein Latte-Macchiato-Glas zu Boden.

Köpfe wandten sich ihm zu – mitleidige Blicke, ein paar hämisch grinsende Gesichter.

»Kann ich dir helfen?«, fragte Julie.

»Geht schon.« Sein knallroter Kopf verschwand hinter dem Tresen.

Von Rebecca war weit und breit nichts zu sehen, vermutlich saß sie in ihrem Büro über Rechnungen. Davon gab es immer genug. Oder die Steuer war fällig.

Die neue Kellnerin eilte überfordert zwischen den Tischen umher.

Kurzerhand legte Julie den Blumenstrauß ab, schnappte sich einen Stift mit Block und rief der Neuen zu, dass sie Soho, die Upper East Side und Manhattan übernahm.

Dankbar nickte diese.

Die folgenden Stunden vergingen in einem Wimpernschlag. Einem, der sie morgen früh mit Muskelkater malträtieren würde. Julie war es nicht mehr gewohnt, so lange ohne Unterbrechung auf den Beinen zu sein.

Sie nahm Bestellungen auf, kassierte, unterhielt sich mit Touristen aus aller Welt – teils in gebrochenem Englisch – und wurde mehrfach angeflirtet. Natürlich ließ sie alle Verehrer elegant abblitzen. Früher war ihr so etwas nicht einmal aufgefallen. Doch allein der Blick von Simon war Aussage genug. Mit Argusaugen verfolgte er jeden ihrer Schritte.

Als seine Schicht schließlich endete und die Ablösung eintraf, war auch Julie fix und fertig.

»Weißt du, wo Becky ist?«, fragte sie ihn.

»Die sitzt in ihrem Büro«, erklang deren Stimme. »Beweg deinen Hintern hierher.«

Julie schluckte. Schnell nahm sie die Blumen und eilte durch die Seitentür in den kleinen Raum.

Wie vermutet, saß Rebecca an ihrem Schreibtisch, hatte eine Brille auf der Nase und einen Laptop vor sich auf der Tischplatte. Das Gerät schien ihr Feind zu sein, denn sie funkelte die Tabellen auf dem Monitor wütend an.

»Ich bin hier …«

»Setzen.«

»Klar. Sofort.« Julie warf sich so schnell auf den Stuhl, dass dieser kurz wackelte.

»Kein Grund, den nächsten Unfall hinzulegen.« Becky nahm die Brille ab und lehnte sich zurück. »Sind die für mich?«

»Absolut.« Sie schob den Blumenstrauß über den Tisch.

»Den solltest du lieber Simon geben. Der arme Tropf hat so lange für dich Schichten übernommen und gelogen, dass ihm irgendwann keine Ausrede mehr eingefallen ist.«

»Es tut mir leid.«

»So viel habe ich kapiert. Ist ja nicht so, als hätte ich kein Smartphone.«

»Wie meinst du das?«

»In den letzten Tagen habe ich überschwängliche Nachrichten von Cullen und Melissa erhalten, die für dich argumentiert haben.

Es existiert wohl eine Liste, auf der Für- und Gegenargumente notiert wurden, warum ich dich wiedereinstellen sollte.«

Julie wurde heiß, hatte jemand die Heizung aufgedreht? »Wirklich?«, krächzte sie.

»Ja. Natürlich darf ich sie dir nicht zeigen. Luca hat einen seitenlangen Brief getippt. Mich würde es nicht wundern, wenn er morgen um deine Hand anhält.«

»Darf ich den Brief …«

»Auf keinen Fall. Der bleibt mein Geheimnis.« Becky verschränkte die Arme. »Ich hätte dich trotzdem nicht mehr eingestellt. Dieses Café ist mein Leben, Julie. Mein Traum. Und du hast ihn in Gefahr gebracht. Weil ich dir helfen wollte, dir vertraut habe.«

Ihr Magen verwandelte sich abrupt in einen Klumpen. Julie fragte sich, wie sie so anmaßend hatte sein können, mit Vergebung zu rechnen. Die hatte sie nicht verdient.

»Natürlich bist du dann hier hereingeschneit, hast kurzerhand eine Sechsstundenschicht mitgemacht – ohne Bezahlung, wie ich betonen möchte –, um Simon auszuhelfen. Und der Neuen. Die eingelernt werden muss. Dringend.«

Julie schluckte. »Das heißt …«

»Du bist wiedereingestellt.«

»Danke!« Sie sprang auf.

»Auf Probe! Wenn du auch nur eine Schicht ausfallen lässt oder mich belügst, wirst du nie wieder einen Fuß in diesen Laden setzen. Verstanden?!«

Sie nickte eifrig. »Absolut. Hundert Prozent. Danke. Jetzt muss ich aber zur WG, wir wollen heute Abend gemeinsam ins neue Jahr feiern. Oh, oder brauchst du mich? Ich könnte es ausfallen lassen.«

Becky seufzte. »Die Streberin ist zurück. Hau schon ab. Schaut einfach nach Mitternacht mal vorbei.« Ein Schmunzeln.

»Danke!«

»Schon gut, los.« Sie wedelte mit der Hand. »Ich muss noch die Steuer fertig machen. So viel zum guten Vorsatz, das Zeug immer früher im Jahr abzuschließen.«

Julie flitzte aus dem Büro, kehrte noch einmal zurück, um den Blumenstrauß aufzunehmen, und betrat das Café. Dort stellte sie ihn in eine Vase, hielt vergeblich nach Simon Ausschau und ging.

Er stand vor der Tür.

»Können wir reden?«, fragte er.

»Ja bitte. Das wollte ich sowieso.« Sie schlenderten gemeinsam zur U-Bahn. »Es tut mir leid.«

»Das, hm, sagst du wohl oft in letzter Zeit.«

»Stimmt.« Ihr Lächeln verunglückte. »Weißt du, was ich gesagt habe … ich schäme mich so sehr.«

Simon schwieg überraschend lange.

Sie erreichten die U-Bahn und stiegen zu. Wie immer war sie brechend voll, weshalb sie erst weitersprachen, als sie die Zielstation verließen.

»Weißt du, du hast mir immer zur Seite gestanden. Das habe ich nicht gewürdigt und mich verhalten wie das größte Miststück unter der Sonne.« Julie öffnete die Gebäudetür. »Ich möchte dich bitten, mir zu verzeihen. Sobald die Klausuren vorbei sind, übernehme ich auf jeden Fall ebenso viele Schichten in *Beckys Café* wie du.«

Sie stiegen die Treppen empor und betraten die WG.

»In Ordnung«, sagte Simon leichthin.

»Einfach so?«

»Ich hatte dir sowieso bereits verziehen«, sagte er mit einem Grinsen. »Aber das mit der Übernahme einiger Schichten passt mir echt gut.« Er stellte den Rucksack ab. »Ich möchte nämlich mehr Zeit mit einer gewissen Person verbringen.«

»Du …« Julie starrte ihn entgeistert an. »Du hast eine Freundin?!«

»Na, danke auch.«

»Sorry, so war das nicht gemeint.«

»Er hat keine Freundin«, erklang die Stimme von Cullen.

Im nächsten Augenblick zog er Simon in eine Umarmung, und beide versanken in einem innigen Kuss.

»Was?!«, kreischte Julie.

Melissa kam aus ihrem Zimmer gerannt. »Was ist los?« Ihr Blick fiel auf Cullen und Simon. »Das ist jetzt nicht euer … wieso habe ich das nicht …« Sie stampfte mit dem Fuß auf.

»Aber ich dachte, du wärst hetero«, sagte Julie. »Du warst ständig hier und … oh, warte.«

Simon grinste spitzbübisch. »Ich war nicht wegen dir hier.«

Und all die kleinen Hinweise fielen an ihren Platz. Simons trauriger Blick nach dem Unfall. Aber nicht wegen ihrer Schwärmerei über Luca. Cullen hatte von seinem Flirt erzählt.

Der Abend des Stromausfalls. Simon war nicht unglücklich wegen ihr und Luca gewesen. Zur gleichen Zeit hatte Cullen an der Bar mit Melissa gesprochen und sein Herz ausgeschüttet.

Das ständige Erröten, die abgekehrten Blicke. Alles wegen Cullen.

»Es war immer wegen ihm«, hauchte sie. »Es ging nie um mich.«

»Du hast ihr Ego tödlich verwundet«, kommentierte Cullen. »Dafür ist meines ordentlich gewachsen.«

Simon schien den Moment zu genießen, und Julie konnte es ihm nicht verdenken. Sie hatte sich wirklich mies verhalten. Er war nett gewesen, freundlich …

… und schwul.

»Wieso habe ich das nicht gemerkt?«, hauchte Melissa erneut und wirkte, als habe sie gerade einen Schock erlitten. »Ernsthaft, es lag doch alles vor mir.«

Cullen war mit sich und der Welt zufrieden. »Lassen wir die Mädels den Schock verwinden.«

Gemeinsam verschwanden sie in sein Zimmer.

Die Tür fiel mit einem dumpfen Laut ins Schloss.

»Simon und Cullen«, hauchte Julie.

»Cullen und Simon«, flüsterte Melissa. »Ich mache den Tee. Du besorgst die Muffins. Cullen hat ein neues Versteck gefunden. Eine eingenähte Tasche im Vorhang, dort vorn links.«

Kurz darauf saßen sie auf der Couch, tranken, aßen und philosophierten darüber, wie offensichtlich es gewesen war.

Irgendwann – es wurde bereits dunkel – kam Luca aus dem Zimmer, gähnte herzhaft und biss von ihrem Muffin ab.

»Alles okay? Hat Becky dir nicht verziehen?«

Wirkte sie so geschockt? »Es geht um Simon.«

Sie berichteten Luca abwechselnd.

Er grinste zufrieden. »Perfekt.«

»Warum ist das perfekt?«

»Na ja, er ist keine Konkurrenz. Gönnt ihm doch das Glück.«

»Du selbstloser Mensch«, sagte Julie und hauchte ihm einen Kuss zu.

»Großartig«, grummelte Melissa. »Ich brauche mehr Muffins.«

»Die ersetzen keine Liebe«, merkte Julie an.

»Ich versuch's trotzdem.«

Sie sahen sich gemeinsam Jahresrückblicke im Fernsehen an, bestellten Burger und schließlich kamen Brettspiele an die Reihe. Ein klassisches Silvester, das jedoch zu einem Ende kam, als sie um elf zum Times Square loszogen.

Die Menschenmassen waren so dicht, dass es kaum ein Vorankommen gab. Normalerweise war Julie kein Fan von einem solchen Gedränge, doch heute liebte sie es. Nur für diese Nacht. Gemeinsam an dem Ort zu stehen, den sie zuvor immer im Fernsehen bestaunt hatte. Sie wusste, dass ihre Mom, ihr Dad, Max, Josh, Leo und Ben in Oak Creek vor dem Fernsehgerät saßen und die Zeremonie ebenfalls verfolgten.

Cullen und Luca verteilten Sekt, wobei sie sich an reinen Orangensaft hielt. Das neue Jahr war ein Neubeginn, und sie würde verdammt noch mal alles dafür tun, dass es den richtigen Weg nahm.

Die Zeiger der Uhr glitten voran und schließlich war es so weit. Der Countdown lief ab, die Kugel wurde herabgesenkt, das neue Jahr war da.

»Frohes neues Jahr!«, brüllte Simon und gab Cullen einen intensiven Kuss.

Melissa wünschte ihnen fünfsprachig ein frohes neues Jahr, vermutlich um die Zeit zu überbrücken, in der alle anderen mit Küssen beschäftigt waren.

»Frohes neues Jahr«, hauchte Luca und strich ihr sanft eine Strähne aus der Stirn. »Das wird unseres.«

Seine Lippen waren weich, sein Gesicht glühte. Die Wärme seines Körpers vertrieb die Kälte des alten Jahres und die bösen Erinnerungen.

Sie lachten, leerten die Sektflasche und zogen schließlich fröhlich plaudernd durch die Straßen. Natürlich führte ihr erster Weg zu *Beckys Café*, wo sie noch einmal mit dieser anstießen. Es gab Neujahrsbrezeln, eine europäische Tradition, die Becky neben anderen internationalen Spezialitäten auftischte.

Das große Feuerwerk erhellte den Himmel der Stadt und Becky hatte auf ihrem Laptop CNN geöffnet. Sie verfolgten, wie überall auf der Welt das neue Jahr Einzug erhielt oder bereits begonnen hatte.

Sie stießen noch einmal alle gemeinsam an.

»Auf begangene Fehler …« Becky sah mit ernstem Blick in die Runde. »… und einen Neubeginn.«

Lucas Blick traf den von Julie.

»Auf einen Neubeginn«, flüsterten sie beide.

Und versanken in einem Kuss.

Das neue Jahr begann.

III.

Neubeginn

KAPITEL 27

Die ersten Schritte

Das neue Jahr!

Es war drei Uhr, als sie in die WG zurückkehrten. Melissa war noch dabei zusagen: »Will jemand was trinken?«, da knallte die Tür hinter Cullen und Simon bereits ins Schloss.

»Also wir würden auch eher schlafen gehen«, erklärte Julie. »Jetzt. Ich bin total müde. Und Luca auch.«

Verständnislos blickte er sie an.

Ein Rippenstoß später: »Ich auch. Sehr.« Ein lächerlich falsches Gähnen folgte.

Melissa verdrehte die Augen. »Haut einfach ab. Ich mache den Fernseher extralaut.«

Kichernd verschwanden sie in Julies Zimmer.

Lucas Augen funkelten im Schein der dezenten Beleuchtung, die Julie anschaltete.

»Du.« Ein Kuss auf die Lippen. »Bist.« Ein Kuss auf den Hals. »Einfach.« Ein sanftes Knabbern am Ohr. »Umwerfend.«

Sie wollte etwas erwidern, doch das hätte Lucas Tätigkeit möglicherweise unterbrochen. Außerdem fiel es ihr schwer, einen vernünftigen Gedanken zu fassen.

Mit einer schnellen Bewegung streifte sie ihm Hoodie und Shirt ab. Der warme Schein des Lichtes tauchte seine Muskeln in ein sinnliches Spiel aus Licht und Schatten.

Mit den Fingern strich er zärtlich über ihre Wange, betastete ihr Gesicht, als könnte er nicht glauben, dass sie tatsächlich mit ihm gemeinsam hier war.

»Ich gebe dich nie wieder her«, flüsterte er.

Sofort schlich sich ein düsterer Hauch in seinen Blick, als könne jeden Augenblick das Schicksal zuschlagen und Julie seinen Händen entreißen.

Sie zog ihn heran und bedeckte sein Gesicht mit Küssen, ließ zu, dass er ihr das Shirt abstreifte.

Sie wollte ihn berühren, seinen Körper spüren, seinen Atem aufnehmen. Gierig fanden sich ihre Lippen. Mit einer nachdrücklichen Bewegung schob Luca sie rücklings auf das Bett. Sie ließ sich fallen.

Geradezu zaghaft, als könnte er sie zerbrechen, berührte er Julie mit den Lippen auf der Brust, hauchte sanfte Küsse auf ihren Bauchnabel. Mit einem zielsicheren Griff schnippte er den Knopf ihrer Jeans beiseite, streifte ihr jedes störende Kleidungsstück ab.

Mit seinen Lippen wanderte er tiefer.

Julie genoss die Berührung, sanft wie eine Feder, tastend, elektrisierend. Kleine Schauer rannen durch ihren Körper, ein Kribbeln, das sich von ihrem Unterleib ausbreitete. Die Zeit wurde zu einem einzigen Moment der Leidenschaft.

Als Luca seine Lippen wieder nach oben bewegte, war sie es, die seine verbliebenen Kleidungsstücke abstreifte. Er trug nichts mehr, außer dem Tigeraugenarmband.

»Steht dir gut, wenn du sonst nichts anhast«, sagte sie lächelnd.

Er erwiderte das Lächeln mit glasigen Augen, trunken vor Glück. Seine Erwiderung ging in einem lustvollen Laut unter, denn jetzt war sie es, die ihre Lippen wandern ließ.

Seine Muskeln verspannten sich, wurden wieder locker, er bog den Rücken durch. Julie bemerkte sofort, dass Luca im Bett ein völlig anderer Mensch war. Dort draußen war jeder Ausdruck an Emotion vorsichtig, er hielt die Maske der Distanz stets aufrecht. Doch hier verriet sein Körper alles. Gefiel ihm etwas, überzog eine Gänsehaut seine Arme, seine Lider flatterten. Auf seinem Gesicht lag ein Ausdruck von Sanftheit und Konzentration, mehrmals biss er sich auf die Unterlippe.

Sie versanken in einem Spiel aus abwechselnden Küssen, brennender Haut, geflüsterten Worten. Sie genoss es, als er sanft durch ihr Haar strich. Seinen überaus beweglichen Körper, den er einzusetzen wusste.

Irgendwann bückte er sich zu seinen Jeans und zog ein Kondom hervor, hob fragend die Augenbraue. Sie nickte. Er riss die Packung auf, streifte sich das Kondom über und rutschte wieder zwischen ihre Beine.

Im nächsten Augenblick spürte sie Luca in sich. Tief und sanft, dann fest und intensiv. Sie verschmolzen zu einem einzigen Ich, atmeten einander, waren eins.

Das Prickeln in ihrem Körper wurde zu einer Welle, die über ihr zusammenschlug. Luca stöhnte auf, verkrampfte, seine Muskeln entspannten sich. Mit dem zufriedenen Lächeln eines Raubtiers entsorgte er das Kondom und fiel er neben ihr auf die Matratze.

»Ist das jetzt die Nummer, bei der du in der nächsten Sekunde einschläfst?«, fragte sie.

»Hm, hm.« Nur noch ein Brummen.

Sie stupste ihn an.

Er hob träge einen Arm, zog sie heran. Leise Atemgeräusche deuteten darauf hin, dass Luca nicht daran dachte, weitere Bewegungen durchzuführen.

Vorsichtig schob Julie sich aus der Umarmung heraus. Sie schlüpfte in ihren Slip und zog seinen Hoodie über. Der Stoff roch nach ihm, was ihr prompt ein Grinsen aufs Gesicht zauberte.

Leise öffnete sie die Tür und schloss sie wieder.

Im Wohnzimmer lief noch immer der Fernseher.

»Du bist noch hier?«

Melissa sah von ihrem Smartphone auf. »Du musst es nicht sagen, man sieht es dir an. Der Hoodie steht dir ausgezeichnet.«

»Ich hole das Eis.«

Glücklicherweise gab es davon im Eisfach noch genug. Sie gab Melissa einen Löffel, nahm selbst den anderen. Gemeinsam kuschelten sie sich unter die Decke und löffelten Strawberry-Cheesecake.

»War er gut?«

»Ich schweige. Und genieße. Und damit meine ich nicht das Eis.« Nun musste sie doch wieder grinsen.

»Immer diese ekelhaft glücklichen Pärchen.«

»Du wirst zu einer grummeligen alten Frau, wenn du nicht bald wieder einen abbekommst.«

Melissa seufzte. »Ich weiß. Grummelig bin ich jetzt schon. Und ich esse zu viel Süßigkeiten.«

»Ich habe da eine tolle Diät von Doktor Shelfi im Gepäck.«

Melissa lachte glockenhell. »Du bist süß, Jules.«

»Ist das ein Nein?«

»Und deine Interpretationsfähigkeiten werden immer besser.« Schnell schaufelte Melissa noch einen Löffel Eis in sich, als hätte sie Angst davor, dass Julie in der nächsten Sekunde die Diät-Diktatur ausrief.

Das Smartphone ihrer besten Freundin vibrierte. Julie linste auf den Tisch und wollte schon den Blick abwenden, erkannte dann aber den Namen.

»Du schreibst mit Max?!«

»Wir haben uns nur ein wenig über seine Pläne unterhalten. Du weißt schon …« Melissa schwieg.

Sofort aktivierten sich Julies Antennen. Alle. »Max ist mein kleiner Bruder!«

»Aber du musst zugeben, er ist sehr reif.«

»Er ist … jünger.«

»Jules, dein Bruder ist kein Kind mehr. Er ist volljährig. Und wir schreiben doch nur.«

Aufstöhnend legte sie den Löffel beiseite und vergrub das Gesicht in einem Couchkissen. »Womit habe ich das verdient?«

»Es hat sehr wehgetan, als du mich für Susann …«

»Jaja, schon gut.« Sie sah wieder auf. »Von mir aus schreib mit ihm, so viel du willst.«

»Er kommt demnächst nach New York.« Melissa räusperte sich. »Will hier auch mal ein bisschen was sehen und … was? Ich bin nur freundlich. Immerhin soll dein Bruder vor dem Stress seines eigenen Ladens auch was von unserem Land sehen.«

»Du selbstloses Wesen.«

»Wie fändest du es, wenn er sein Café hier eröffnet?«

»Übertreib es nicht.« Julie schlug Melissas Löffel beiseite und verschloss die Eispackung mit dem Deckel.

»Das ist jetzt nicht nett.«

»Gewöhn dich dran.«

»Dann fahren wir einfach mal nach Kalifornien, um ihn zu besuchen«, sagte Melissa.

Sie brachte das Eis zurück. Ein seltsamer Gedanke, dass Max und ihre beste Freundin so intensiv miteinander schrieben. Die Vorstellung, dass ihr frecher kleiner Bruder mit ... nein, sie vertrieb den Gedanken.

Zurück im Bett kuschelte sie sich in Lucas Arme und genoss dessen Nähe. Immer wieder spannte er im Schlaf die Muskeln an, sein Atem ging stoßweise, und einmal warf er sich herum, den Körper zusammengerollt.

Erst auf ihr beständiges Streicheln entspannte er den Körper und kehrte zu einer normalen Atmung zurück. Die Konfrontation mit seiner Mutter hatte ihm nicht gutgetan.

Das neue Jahr mochte ein Neubeginn sein, doch eines realisierte Julie, während ihr Geist langsam abtrieb. Noch hatten sie nicht den gesamten alten Ballast abgeworfen.

Der zweite Tag im Januar brachte stärker werdenden Regen und sie vermisste den Schnee von Oak Creek. Gleichzeitig war es genau der richtige Zeitpunkt für ... Listen. Sie zog ihre Notizbücher hervor, die sie sträflich vernachlässigt hatte, und begann darin auszuführen, was sich ändern musste. Was sie ändern wollte. Und vor allem: wie.

Der Lernplan ging am schnellsten. Sie fasste exakt zusammen, welche Klausuren anstanden. Wie viele Paper konnte sie in die kommende Woche quetschen? Bei welchen Professoren musste sie Abbitte leisten?

Sie war nicht die Einzige, die in Schweigen verfiel. Auch Melissa, Cullen und Luca brüteten über dem Lernmaterial. Die WG verwandelte sich in einen Vorlesungsraum. Sie tauschten untereinander

Mitschriebe, und wo einer von ihnen nicht weiterwusste, erklärten es die anderen.

Am kommenden Tag verkaufte Julie das Abendkleid, das Susann ihr gekauft hatte. Den Erlös spendete sie der Obdachlosenhilfe von New York und ließ Susann den Beleg zukommen. Damit war auch dieses Thema abgehakt und Julie versah es mit einem fetten roten Haken auf der Liste.

»Das tut gut«, strahlte sie.

»So kenn ich meine Jules«, kommentierte Melissa. »Das nennt man dann wohl einen Hakenfetisch.«

»Oder Kontrollzwang?«, warf Cullen ein.

»Sie ist perfektionistisch«, gab auch Luca seine fünf Cent dazu, hauchte ihr auf den folgenden Blick aber einen Kuss auf die Nase. »Das meinte ich positiv. Ich liebe Perfektionisten. Die sind so …«

»Perfektionistisch«, schlug Melissa mit einem Grinsen vor.

»Ich hasse euch alle«, erklärte Julie.

»Wir dich doch auch.« Ihre beste Freundin tätschelte ihr den Kopf.

In den Tagen vor den Klausuren verließen sie die WG nur noch, um einkaufen zu gehen. Im Falle von Julie gehörten allerdings auch die Abendschichten bei Becky dazu. Sie jonglierte Kaffee und Kuchen zwischen Brooklyn, Manhattan und der Bronx hin und her, in Gedanken wiederholte sie Geschichtsdaten, Fokuspunkte von Lektüren und Matheformeln. Hinter der Theke lagen ihre Notizen, und sobald sie daran vorbeiging, warf sie einen Blick hinein. Längst folgten ihr die mitleidigen Blicke von Becky, doch sie konnte Julie auch nicht freistellen. In diesen Zeiten nahm die Verfügbarkeit von Studenten rapide ab. Alle saßen über ihren Materialien und lernten. Die Phase zog sich bis in den März, wenn der Spring Break begann. Zwischen Ende Februar und Anfang April ging es für die verschiedenen Colleges und Universitäten los. Julie sehnte den Zeitpunkt herbei.

Nicht wegen der Möglichkeit auf Partys, davon hatte sie genug. Sie wollte, dass die Klausuren hinter ihr lagen, um mit Luca gemeinsam unbeschwert die Zeit zu genießen.

Während der Lernphase wurde er zunehmend schweigsamer, brütete über Testklausuren oder Papers. Immer wieder erwischte sie ihn jedoch dabei, wie er nach draußen in das trübe New Yorker Januarwetter starrte. Sein Blick sagte deutlich, worüber er nachgrübelte, doch auf Nachfrage wiegelte er ab. Und das immer gereizter.

Die meiste Zeit verbrachte er in der WG, auch die Nächte. Und obwohl Julie oft müde von ihrer Schicht nach Hause kam, genoss sie den zumeist folgenden Matratzensport. Vollgepumpt mit reinem Glück atmete sie Lucas Atem, sog seinen Duft ein und schlief in seinen Armen. Bis er von einem Albtraum zusammenzuckte.

Eines Nachts verkrampften sich seine Muskeln so sehr, dass sie aufschreckte.

»Hey, Luca.« Sie rüttelte ihn. »Wach auf.«

»Was?!« Er schreckte hoch.

»Du hattest einen Albtraum.«

Er verzog das Gesicht schmerzerfüllt. »Der Stress mit den Klausuren.«

»Dreh dich auf den Bauch.«

Er kam der Aufforderung nach. Julie setzte sich auf seinen Rücken und begann damit, seine harten Muskeln zu kneten. »Die sind ja wie Beton.«

»Danke.«

»Kein Kompliment! Du musst endlich etwas tun.«

»Ich würde ja zur Massage gehen«, erwiderte er, »aber meine Mom hat alle meine Kreditkarten gesperrt. Ich lebe gerade auch von meinen Ersparnissen.«

Grundsätzlich schien Luca Geld tatsächlich völlig egal zu sein. Er war zufrieden, wenn er etwas zu essen kaufen konnte und ein Dach über den Kopf hatte.

»Ich dachte da eher an einen Therapeuten, keinen Masseur.« Schon verkrampften sich die Muskeln unter Julies Fingern wieder stärker. »Du kämpfst noch immer mit …«

»Erinnerungen«, fiel ihr Luca ins Wort. »Das ist etwas völlig Normales und wird bis zu meinem Lebensende so bleiben. Ich wüsste nicht, was ein Seelendoktor daran ändern könnte. Es ist passiert.«

»Aber du kannst lernen, besser damit umzugehen.«

Stille.

»Woher hast du das denn, aus einem Flyer?«, fragte Luca dumpf.

Julie drückte etwas fester zu.

»Aua.«

»Siehst du, die Schmerzen könntest du loswerden, wenn du wieder vernünftig schläfst.« Etwas leiser ergänzte sie: »Und ja, es war ein Flyer.«

Luca lachte dumpf in die Kissen. »Warren, du bist unmöglich.«

»Weißt du, ich schlafe momentan auch nicht so gut.« Sie verlieh ihrer Stimme einen leidenden Klang.

»Das ist der Stress.«

»Nein, das ist mein Freund, der mich ständig weckt!«

»Soll ich lieber wieder ins Studentenwohnheim ziehen?«

»Du bist so ein Dickschädel!«, rief sie ihm ins Ohr. »Natürlich bleibst du hier. Aber du hattest auch Albträume, als die Klausuren nicht in die heiße Phase gegangen sind. Du weißt so gut wie ich, dass es auch danach nicht vorbei sein wird.«

Luca grummelte etwas Unverständliches.

»Was?«

»Ich werde mit jemandem reden«, presste er schließlich hervor.

»Mit einem Psychologen?«

»Nein. Ich dachte eher an Cullen.« Seine Schultern zuckten vor Lachen.

»Das ist nicht lustig.«

Mit einem Ruck drehte er sich um. Julie purzelte von seinem Rücken, und im nächsten Augenblick wurde sie von seinem Körper auf die Matratze gepresst. »Weißt du, wir können weiter über Probleme sprechen. Oder wir werden wieder müde.«

Küsse auf ihrem Hals, ihrem Schlüsselbein, zwischen … Ihre Gedanken wurden von Lust überschwemmt.

»Deine Entscheidung«, sagte dieser listige Mistkerl von unten.

Eine ziemlich miese Taktik, aber Julie beschloss, dass sie ihn heute damit davonkommen ließ. Und immerhin wirkte es.

Nachdem er seinen Körper von ihr rollte, entspannten seine Muskeln und er schlief ein.

»Wir sind noch nicht fertig, Jackson«, sprach Julie leise. »Du hast mich nicht aufgegeben, ich werde das auch nicht tun.«

Ein sanfter Kuss auf seine Stirn, dann schlief auch sie mit einem Lächeln auf den Lippen und Sorge im Herzen ein.

Am kommenden Tag befand die WG sich im Ausnahmezustand. Der letzte Tag vor der Klausur brachte in jedem ein Biest zum Vorschein. Melissa goss Cullen versehentlich frisches Teewasser in den Schoß, worauf dieser brüllend durch die Wohnung sprang. Dass Luca den letzten Apfel aß, löste bei Melissa beinahe eine Panikattacke aus und Julie war sicher, jede Klausur völlig zu versauen.

Simon kam vorbei und starrte sie mit ängstlichen Augen an. »Ihr seht aus, als lernt ihr seit Tagen.«

»Was glaubst du denn?!«, brüllte Melissa, die Haare büschelweise abstehend. »Davon hängt alles ab!«

Natürlich würden auch nach dem Spring Break noch welche anstehen, doch diese waren die wichtigsten. In zwei Wochen würde das Stipendiengremium seine Entscheidung auf Basis aller Informationen des Semesters fällen. Für Julie stand noch mehr auf dem Spiel als für alle anderen.

»Du bist doch eh die große Streberin«, blaffte Melissa. »Aber ich, ich werde als Single unter der Brücke enden!«

Sie schluchzte.

Simon floh aus der WG und kehrte eine Stunde später mit Kuchen und Muffins zurück. »Ihr braucht dringend Zucker.«

Cullen schloss seinen Freund in die Arme, und auch Melissa beruhigte sich langsam. Trotzdem stieg die Spannung mit jeder verstreichenden Stunde.

Letzte Materialien wurden geistig inhaliert, Zettel geschrieben, letzte Buchmarkierungen gelesen. Der Gedanke, dass morgen um die Zeit die erste Klausur vorbei war, jagte Julie einen Schauer über den Rücken.

Diese Nacht krochen Luca und sie müde unter die Decke und schliefen sofort ein. Als um sechs Uhr der Wecker ging, war Julies Magen ein einziger großer Klumpen. Es war so weit. Ihre ganz persönliche Alles-oder-nichts-Zeit begann heute.

Zum Frühstück trank sie nur einen Kaffee, was ihr Magen mit einem Protestieren zur Kenntnis nahm. Doch heute war Julie alles egal.

Cullen, Melissa, Luca und sogar Simon ging es nicht anders. Sie verließen die WG gemeinsam. Die U-Bahn brachte sie zum College, wo gewaltige Massen an Kommilitonen auf den Eingang zuströmten. In den Gesichtern der anderen sah Julie das Gleiche wie bei sich selbst im Spiegel.

Ein stetiger Wechsel zwischen »Ich habe mich bestens vorbereitet und brauche keine Angst haben« und »Ich werde absolut und auf ganzer Linie versagen«.

Schweigend betraten sie das Gebäude.

»Also dann.« Julie nickte, reckte das Kinn in die Höhe und straffte die Schultern. »Legen wir los.«

KAPITEL 28

Alles oder nichts

Die Klausuren erwiesen sich als machbar, und mit jedem Tag, den sie dem Ende entgegenrückten, konnte Julie mehr entspannen. Natürlich konnte sie nicht einschätzen, wie gut die Noten letztlich ausfallen würden, doch allzu schlecht konnten sie einfach nicht sein.

Tatsächlich rief Professor Pillard sie nach einer der Vorlesungen zu sich. Er schob ihr das Blatt mit einem Lächeln über den Tisch. Rechts oben prangte die Bestnote. »Ich bin beeindruckt, Ms Warren. Ich hätte nicht gedacht, dass Sie das Ruder noch einmal herumreißen.«

Julie konnte sich ein Lächeln nicht verkneifen. »Ich gebe mein Bestes.«

»Das macht sich bemerkbar. Und wie ich von den Kollegen gehört habe, in all Ihren Klausuren.«

Mit einem breiten Grinsen auf dem Gesicht verließ Julie den Vorlesungsraum. Letztlich waren es zwar immer noch Pflichtveranstaltungen, die stattfanden, doch die Professoren arbeiteten den kommenden Klausuren eher unterstützend zu.

Auch in der WG ließ die Spannung langsam nach.

»Gutes Mittel.« Melissa deutete auf ihre Klausur. »Bin total zufrieden.«

Cullen war etwas besser, Luca auf Höhe mit Julie.

»Unsere Streberin.« Melissa wirkte geradezu stolz. »Wenn du das Stipendium nicht bekommst, dann weiß ich auch nicht, wer es sonst verdient hätte.«

Mit der Verbesserung ihrer Noten trieb Julie diese eine Frage wieder stärker um. Die anderen Sorgen traten in den Hintergrund, die Probleme waren gelöst. Doch besaß sie wirklich eine Chance? War sie gut genug?

Zwei Tage nach der letzten Prüfung bekam sie die Antwort.

Sie war am College, um ihre Unterlagen zu aktualisieren und den Studienausweis zu verlängern. Das Sekretariat war ein heller Raum mit rundem Tisch hinter einer Empfangstheke. Eine Frau mit schulterlangen blonden Haaren nahm ihre Unterlagen entgegen, warf einen Blick in die Akte und wandte sich ihr zu.

»Ich habe in Ihrer Akte noch keine Zusage.« Das Schild an ihrem Revers wies sie als Martha aus.

»Zusage?«

Die Verwirrung war Julie offensichtlich anzusehen, denn Martha lachte auf. »Sie haben noch keine Rückmeldung zum Stiftungsdinner gegeben. Sie stehen auf der Liste, Ms Warren. Hat die Nachricht Sie nicht erreicht?«

»Nein, leider nicht. Wissen Sie zufällig, wie ich kontaktiert wurde?«

»Die Nachricht ging an Ihr Elternhaus und wurde im neuen Jahr abgeschickt.«

Man hatte sie wohl nachträglich auf die Liste gesetzt, doch ein Brief ins verschneite Oak Creek würde ziemlich lange unterwegs sein.

»Aber jetzt, wo Sie hier sind …«, holte Martha ihre Aufmerksamkeit zurück.

»Ich komme auf jeden Fall!«

Ein Klick, und die Zusage war festgehalten. »Ich drucke Ihnen die Unterlagen aus. Normalerweise erhält jeder Teilnehmer diese per Post oder Mail, aber wir wollen ja nicht, dass noch einmal etwas schiefgeht.«

»Definitiv nicht.«

Eine Minute später stand Julie vor dem Sekretariat und starrte das Papier in ihren Händen an. Die Wentworth-Stiftung lud alle Stipendiaten zu einem Dinner ins Hotel *Hilton* ein. Es waren nur eine Handvoll, und Julie gehörte zu diesem erlauchten Kreis. Auch wenn am Ende nur zwei das Stipendium erhielten, so war allein diese

Teilnahme ein Garant für gute Kontakte. Auch der Direktor des Colleges nahm teil.

Allein bei dem Gedanken wurde Julie bleich.

Hätte sie das Kleid von Susann vielleicht doch nicht verkaufen sollen? Was trug man bei einem solchen Anlass? Ihr Blick fiel auf das Datum.

»Morgen!«

»Was ist morgen?« Melissa kam herbeigeeilt. »Ist Martha noch drin?«

»Ja.«

Melissa warf sich förmlich durch die Tür, denn in wenigen Minuten schloss das Sekretariat. Was bedeutete, dass ihre beste Freundin am kommenden Montag hätte wiederkommen müssen. Morgen war Samstag.

Doch sie hatte es geschafft und kam mit rotem Kopf wieder heraus. »Ha, Martha ist die Beste. Also, was starrst du das Blatt an? Hat jemand eine Fliege darauf gemalt?« Julies Schweigen ließ sie misstrauisch werden. »Raus damit.«

»Stipendium.«

»Du hast es?!«, kreischte Melissa.

»Nicht ganz. Aber ich bin eingeladen. Für ein Galadinner im *Hilton*. Zusammen mit den anderen. Die Top sechs sozusagen.«

»Die Konkurrenz ausspähen, perfekt.« Melissa schnappte sich das Blatt und las. »Das ist ja richtig edel. Was meinen die damit: ›Um Abendgarderobe wird gebeten‹?«

»Wohl eher kein Cocktailkleid.« Dafür ein anderer, vermutlich ziemlich teurer Stoff.

»Wir fragen einfach Luca.«

»Luca?«

»Er ist doch reich«, sagte Melissa. »Da wird er doch schon mal an einer Gala oder einem gemütlichen Familienpicknick im *Hilton* teilgenommen haben.«

»Das schon, aber du glaubst doch nicht wirklich, dass er dabei auf Kleidung geachtet hat. Es wäre ein Wunder, wenn er nicht in Jeans und Hoodie dort aufgetaucht ist.«

»Trotzdem kennt er den Unterschied zwischen Bikini und Abendkleid«, war Melissa sich sicher. »Komm schon.«

Sie fuhren auf dem schnellsten Weg wieder zurück in die WG, wo Cullen und Luca bereits vor der Konsole saßen und in ein Computerspiel vertieft waren. Simon saß im Schneidersitz daneben, schaufelte Chips in sich hinein und sah aufmerksam zu.

Melissa wusste genau, wie sie die Jungs von der Konsole wegbekam. Kurzerhand schnappte sie sich die Fernbedienung und schaltete den Monitor aus. Wie vermutet, erfolgte sofort der wütende Aufschrei. Cullen kannte die miesen Tricks von Melissa bereits und betätigte sofort den Pauseschalter, damit sie im Spiel nicht niedergemetzelt wurden.

»Während ihr als digitale Soldaten durch hart umkämpfte Gebiete zieht, hat Julie einen Kampf in der wirklichen Welt bestanden.« Sie deutete mit beiden Händen auf Julie.

»Einladung zu einem Galadinner für potenzielle Stipendiaten.« Sie lächelte dezent.

Warum musste Melissa aus allem gleich eine so große Sache machen?

Luca verwandelte sich in einen grinsenden Blitz, schloss beide Arme um sie und hauchte einen Kuss nach dem anderen auf ihr Gesicht – Stirn, Mund, Wange, was er eben so erwischte. »Ich wusste es!«

Julie lachte befreit …

… und erwiderte feurig den Kuss. »Da wusstest du mehr als ich.«

»Bevor das jetzt die ›wir verschwinden im Zimmer‹-Nummer wird, haben wir eine Frage«, sagte Melissa.

Auch Cullen und Simon bedachten Julie mit einer Umarmung und gratulierten, wobei sie dafür erst einmal Luca beiseiteschieben mussten. Danach nahm er seinen Platz wieder ein.

»Okay?« Lucas Augen deuteten bereits an, dass dieses Gespräch nicht lange dauern würde. Er linste in Richtung von Julies Zimmer.

»Was zieht man bei so einer Gala an?«, fragte Julie anstelle von Melissa. »In dem Schreiben steht nur etwas von Abendgarderobe.«

»Wo ist das Dinner?«

Sie reichte ihm den Zettel. Luca las aufmerksam alles durch und nickte dabei immer wieder. »Das ist tatsächlich eine größere Sache. Andererseits sind alle Teilnehmer Studenten, die das Stipendium benötigen. Bei den Männern wird ein Anzug ausreichen, bei den Frauen ein Businessrock oder Stoffhose mit Bluse. Ich kann mir nicht vorstellen, dass mehr erforderlich ist.«

Was allein bereits eine große Hürde darstellte.

»Jetzt schau nicht so, Jules.« Melissa tätschelte ihr die Schulter. »Die Stoffhose bekommen wir hin, und die Bluse ist auch kein Hexenwerk. Wir holen dir eine beim Secondhandshop, und wenn jemand genauer hinsieht, sagst du einfach, dass du das Markenetikett entfernt hast, weil du nicht angeben willst.«

»Das würde sogar funktionieren«, erklärte Luca. »Ich kenne drei Freundinnen meiner Mom, die das bei jeder Gelegenheit sagen. Sie nennen die Marke, ergänzen dann aber, dass sie ja nicht angeben wollen und sie diese deshalb entfernt haben.«

»Siehst du, du passt perfekt in diesen Rahmen.« Melissa nickte eifrig. »Und bei Gesprächen kannst du einfach Susann nachmachen. Die war doch auch immer total affektiert.«

Eigentlich war diese stets nett gewesen, erinnerte sich Julie mit einem Stich des Bedauerns. Doch das war nur gespielt gewesen. Alles. Vom ersten Treffen bis zur letzten Enthüllung.

Während Cullen den Monitor wieder anschaltete und dem verdutzten Simon das Gamepad in die Hand drückte, verschwanden Julie und Luca ins Zimmer. Wieder wurde sie von dem Gefühl gefangen genommen, einfach nicht genug von ihm zu bekommen. Sie trank von seinem Lächeln, badete im Glück der Küsse und wollte ihn nicht mehr loslassen.

Als sie danach erschöpft auf dem Bett lagen, streichelte er sanft ihren Arm. »Wenn dieses Treffen gut läuft, hast du echt wieder eine Chance. Das freut mich so für dich.«

Ganz so optimistisch sah Julie das Ganze nicht, immerhin hatte Susann mit Bildern von der Party zusätzlich Porzellan zerschlagen. Trotzdem würde es nach jetzigem Stand nicht an den Noten scheitern.

»Wundert mich, dass deine Mom nicht kurzerhand die Professoren bestochen hat, um meine Noten zu verschlechtern.«

»Das ist nicht ihre Art«, erklärte Luca. »Stell dir vor, das käme raus. Unter den Profs gibt es zu viele Idealisten. Ein falsches Wort, einen Umschlag an den falschen … sie geht auf Nummer sicher, wenn sie jemanden attackiert.«

»Siehe Susann.«

»Siehe Susann«, bestätige Luca. »Aber mach dir keine Sorgen. Wenn wieder etwas passiert, werde ich da sein. Meine Mom mag ja denken, sie kommt mit allem durch, doch ich werde nicht zulassen, dass sie dir noch einmal Probleme bereitet.«

Sie liebte Luca für die Worte, gleichzeitig war ihr nur allzu bewusst, dass er keine Chance gegen die Ressourcen von Cassandra Jackson besaß. Seine Mutter verfügte über eine Art von Macht, die generationenlang gewachsen war.

»Hey.« Er lächelte sanft. »Hör auf, dir Sorgen zu machen.«

»Na gut.«

»Ich merke es, wenn du es doch tust.«

Sie kniff ihm in die Seite. »In spätestens zehn Minuten schlummerst du hier wie ein Raubtier im Winterschlaf. Ich kann mir Sorgen machen, so viel ich will.«

»Dann beschließe ich hiermit, heute nach dir einzuschlafen. Außerdem ist erst Nachmittag.«

Zehn Minuten später döste Luca friedlich.

Julie schlüpfte in ihre Jeans und seinen Hoodie. Sie liebte es, seinen Geruch einzuatmen. Eine Mischung aus ihm und Duschgel. Vom Schreibtischstuhl aus betrachtete sie ihn eingehend. Er lag auf dem Rücken, das Gesicht entspannt, um seinen Mundwinkel herum ein Lächeln.

Wie es schien, war ihr Leben wieder auf Kurs.

Sie hatten diesen verdammt attraktiven Dickkopf an ihrer Seite, wieder eine Chance auf das Stipendium und ihre Freunde hatten ihr verziehen. Die bedeutenden Klausuren für das Stipendium waren fast vorbei, und damit kam auch die Entscheidung näher. Es fiel ihr schwer, dem Gedanken nicht nachzugehen, dass womöglich all das vorbei sein könnte. Ein Leben in New York war ohne Studium einfach nicht machbar.

Sie nahm das Papier hervor, das Martha ausgedruckt hatte, und blickte lächelnd darauf. Der letzte Zwischenhalt vor der Entscheidung.

»Das wäre doch gelacht.«

Sie ließ Luca noch ein wenig schlafen. Gemeinsam mit Melissa kümmerte sie sich ums Abendessen, im Backofen waren die Muffins bereits dabei, braun zu werden. Cullen hatte wieder gezaubert, mit der Unterstützung von Simon.

Als ein zerknautschter Luca in die Küche getrottet kam, war bereits alles vorbereitet. Sie nahmen am Tisch Platz und berichteten von ihrem Tag, ihren Erlebnissen, ihren Klausuren. In diesem Augenblick hatte Julie das Gefühl, von außen in das Zimmer zu blicken. Sie konnte das Glück fühlen, das greifbar in der Luft lag. Hier saßen echte Freunde, verbrachten einen wichtigen Teil ihres Lebens miteinander.

Und sie war dankbar.

Für die gemeinsamen Momente, die Menschen, die Zeit. Ihr Unfall und die nachfolgende Suche nach dem Problem hatten ihr das überdeutlich gemacht.

Und sie war bereit zu kämpfen.

Wieder berührte sie das Tigerauge in ihrer Tasche und dachte zurück an die Begegnung im Bus. Wie ein einzelnes Gespräch so viel verändern konnte.

In der Nacht erwachte sie erneut, als Luca neben ihr aufstöhnte und mit verkrampften Muskeln zusammengerollt unter der Decke lag. Sie hatte mittlerweile eine Technik entwickelt, die dafür sorgte, dass er nicht aufwachte, aber entspannte.

Trotzdem wuchs ihre Sorge.

Wie lange konnte ein Mensch das durchhalten?

Am nächsten Morgen saß er mit trüben Augen am Frühstückstisch.

Bevor Julie den Albtraum ansprechen konnte, kam Melissa herein. »Also, Jules, bereit für ein Makeover?«

»Du meinst eine neue Bluse«, sagte Julie vorsichtig.

Melissa lachte auf. »Du bist so süß. Ich habe Termine gemacht. Friseur, Maniküre, dann kaufen wir die Bluse, holen dir eine neue Hose … den Rest erfährst du noch.«

»Wieso ist das plötzlich so viel?«

»Weil du Eindruck machen sollst. Also positiven. Muss ja nicht immer gleich die Eiskübel-Variante sein.«

»Ich hasse dich.«

»Das weiß ich doch.« Kopftätscheln. »Wieso sieht Luca so aus, als habe er sich gestern Abend abgeschossen? Habt ihr noch eine kleine Privatparty gefeiert?«

»Kümmere dich um deinen Kram«, forderte Luca.

»Also schlecht geschlafen.« Melissa zog einen Stuhl herbei und dachte ganz offensichtlich nicht im Traum daran, die Sache auf sich beruhen zu lassen. »Du weißt, ich könnte die Maniküre auch für drei machen.«

Ein mörderischer Blick erfasste sie.

»War einen Versuch wert. Sprich zu mir. Wir können Julie auch rausschicken, wenn du dich mir allein anvertrauen willst.«

»Hey!«, protestierte Julie.

»Jules, es gibt Dinge, die kann ein Mann nur seinem Psychologen oder mir anvertrauen.«

»Wegen deiner Sanftmut?«

»Und meiner Empathie«, ergänzte Melissa.

»Lasst mich in Ruhe.« Luca schob den Stuhl ruckartig zurück. »Man muss nicht immer über alles sprechen!«

»Okay, sorry.« Julie hob beschwichtigend die Hände. »Wir lassen dich in Ruhe.«

»Gut, ich will mich nämlich nicht ständig rechtfertigen.« Er atmete tief durch, rieb sich die Augen. »Macht einfach euren Mädelstag, und ich wünsche dir viel Erfolg für heute Abend. Ich habe sowieso etwas vor.«

»Alles klar.« Julie spürte, dass Luca nicht mehr sagen wollte.

Heute hing eine Gewitterwolke direkt über ihm, die schlechte Stimmung verströmte. Ein Wunder, dass keine Blitze durch den Raum schossen und sie alle verbrannten.

Kurz darauf knallte die Tür.

»Ist das so eine Situation, bei der wir ihm folgen sollten?«, fragte Melissa.

»Und mit ›wir‹ meinst du mich, ja?«

»Klar. Ich würde mich da im Traum nicht einmischen«, bestätigte sie. »Ich kann einen dezenten Hinweis durchaus deuten.«

»Aha.« An dieser Stelle war es wohl angebracht, einfach zu schweigen.

Nach wenigen Minuten kehrte Luca vollständig angekleidet zurück. »Ich gehe heute ins Wohnheim.«

»Ist zwischen uns alles gut?«, fragte Julie.

»Alles bestens«, bestätigte er und gab ihr einen Kuss ins Haar. »Ich brauche heute nur etwas Ruhe.«

Schon fiel die Tür hinter ihm ins Schloss.

Was war nur los mit ihm?

»Jules.«

»Hm?«

»Nicht heute.« Melissas Blick war eisern.

»Was meinst du?«

»Komm mir nicht so. Heute steht zu viel auf dem Spiel. Lucas Grummeligkeit ist morgen auch noch da. Alles, wofür du gearbeitet, gelitten und deine Freunde in den Wahnsinn getrieben hast, entscheidet sich heute.«

»Nur kein Druck.«

»Genug, damit du den Weg wiederfindest. Fokus!«

»Okay.« Sie streckte die Waffen. »Vermutlich braucht Luca heute tatsächlich einfach etwas Ruhe. Er hatte keine gute Nacht.«

Sie beendeten das Frühstück, machten sich fertig und verließen die WG. Und tatsächlich vergaß Julie die Probleme mit Luca. Etwas, was sie noch viele Wochen später bitter bereute.

KAPITEL 29

Du kannst alles haben

Das Taxi setzte sie vor dem *Hilton* ab und Julie nahm sich einen Augenblick, den Moment in seiner Gänze zu erfassen. Vor ihr ragte der hell erleuchtete Eingang auf, ein livrierter Page stand an der Seite und nickte Neuankömmlingen zu.

Es war ein kalter Januartag, aber immerhin ohne Regen oder Schnee. Eine Verschnaufpause nach dem Chaos der vergangenen Tage.

»Du schaffst das, Jules.«

Mit zielsicheren Schritten ging sie auf den Eingang zu. Sie trug eine weiße Bluse, eine schwarze Stoffhose und Stilettos. Vor ihrem Aufbruch hatte Melissa Bilder gemacht und Luca geschickt. Ein kurzer Blick auf das Smartphone verriet ihr jedoch, dass er bisher nicht darauf reagiert hatte.

Heute ging es ihm wohl richtig schlecht.

Die Nacht hatte ihre Spuren hinterlassen, obwohl er doch hatte ausschlafen können. Wenn er nur über seine Träume sprechen würde. Aber dieser verdammte Sturkopf war verstockt wie eine Auster.

»Ich werde dir so was von die Meinung sagen!«

Sie vertrieb die Gedanken an seinen schlechten Zustand und trat ein.

In der Luft lag ein Geruch von Frische, wie ihn nur professionelle Reiniger hinbekamen. Eine Mischung aus Blütenduft und unterschwelligem Reinigungsmittel. Türgriffe, Kleiderhaken und alle möglichen sonstigen Oberflächen bestanden aus goldenem Messing. Die Wände waren mit edlem Holz vertäfelt.

Eine andere Welt.

»Kann ich Ihnen helfen?«, fragte jemand.

Julie fuhr zusammen und starrte in das Gesicht eines freundlich dreinschauenden Herrn in Uniform. »Nein, ja, vielleicht.« Sie räusperte sich. »Ich bin auf Einladung der Wentworth-Stiftung hier.«

»Ah, eine angehende Stipendiatin.« Ihr Gegenüber war im mittleren Alter, und die Lachfalten um die Augen herum ließen ihn sympathisch wirken. »Dort vorn den Aufzug, hinauf zu den Suites.« Er nannte das entsprechende Stockwerk. »Verraten Sie mir auch Ihren Namen?«

»Warren. Juliette Warren.«

»Vielen Dank, ich werde Bescheid geben, dass Sie auf dem Weg sind.« Er neigte leicht den Kopf und verschwand in Richtung Empfangstresen.

Julie hatte das Gefühl, die erste Hürde bereits genommen zu haben, obgleich das natürlich Unsinn war. Dort oben würde sie auf den Direktor treffen, die Vertreter des Stiftungsrates und ihre Konkurrenten um das Stipendium. Sie hasste den Gedanken, andere Studenten als Konkurrenz zu sehen, doch so war es.

Der Aufzug öffnete sich.

Eine Gruppe elegant gekleideter Frauen und Männer trat heraus. Julie erhaschte den Blick auf eine Birkin Bag. Eine ganze Reihe davon hatte es in dem Laden gegeben, den sie mit Susann besucht hatte. Ihre *Freundin* besaß fünf. Das Geld hätte Julie durch die nächsten Monate getragen. Für andere war es nur ein Statussymbol, in seinem Wert kaum wahrnehmbar.

Sie trat in den Aufzug, seufzte einmal laut auf und betätigte den Knopf für das Stockwerk. Mit einem *Ping* schlossen sich die Türen, es ging nach oben. Die Zahlen leuchteten um die Wette, die Kabine raste durch den Schacht.

Am Ziel wartete ein ruhiger Gang, der zu einer einzelnen Tür führte. An den Wänden hingen ein paar dezente Gemälde, eine Kommode stand unter einem. In der Schale obenauf lagen weiße Steine. Der Anblick beruhigte Julie.

Sie trat an die Tür und klopfte.

Jemand öffnete.

»Guten Abend«, wurde sie von einem livrierten jungen Mann begrüßt.

»Ich bin Juliette Warren«, stellte sie sich vor.

»Natürlich, nur herein.« Er machte eine einladende Armbewegung.

Julie kam der Aufforderung nach und war erneut überwältigt. Eine lange gedeckte Tafel stand in der Mitte des Raumes. Dahinter bestand die gesamte Raumfront aus Glas und bot einen Blick auf die Skyline von New York.

Gefangen von den tausend Lichtern, trat Julie näher und ließ ihren Blick über die nächtliche Stadt schweifen. Wie kostbar ein solcher Moment war. Sie lächelte.

»Man gewöhnt sich irgendwann daran«, sagte jemand.

Julie fuhr herum. »Mrs Jackson!«

Von dem livrierten Mann war nichts mehr zu sehen.

»Wie immer scharfsinnig festgestellt.«

Die lange Tafel mit dem edlen Porzellangedeck und den Gestecken schien Julie zu verhöhnen. »Ist das alles hier nur ein Trick?«

Cassandra ließ nur eine Braue in die Höhe wandern. »Aber Juliette, das ist jetzt doch ein wenig viel, nicht wahr? Ich versichere dir, in einer Stunde tauchen hier die ersten Vertreter des Stipendiatengremiums auf. Kurz darauf deine Konkurrenten. Doch ich wollte mir die Möglichkeit nicht entgehen lassen, ein paar persönliche Worte mit dir zu wechseln. Immerhin gehöre ich seit Kurzem ebenfalls dem erlauchten Gremium an, das über die Vergabe entscheidet.«

Und da war es. Das grausame Schicksal in Form von Cassandra Jackson, die jede Hoffnung auf eine bessere Zukunft im Keim erstickte.

»Sie wollen mir wieder drohen.«

»Nicht doch.« Sie winkte ab. »Unser gemeinsamer Start ist eindeutig missglückt. Dabei bist du ein passioniertes, engagiertes Mädchen. Nein, im Gegenteil.«

Damit wandte sie sich einer Durchgangstür zu, die in einen anderen Raum führte.

Julie folgte ihr.

Ein edles Ledersofa lud zum Sitzen ein, in Regalen standen Bücher, die garantiert kein Mieter dieser Räumlichkeiten je gelesen hatte. Waren sie überhaupt echt?

Cassandra trat an eine Getränkebar und schenkte sich eine bernsteinfarbene Flüssigkeit in ein Glas. »Für dich auch einen Whiskey?«

»Mit Ihnen trinken? Ich denke nicht.«

Schweigen. Ein Nicken. Sie kam zur Couch, nahm in einem Sessel gegenüber Platz. »Als Teil der Stiftungskommission habe ich deine Noten verfolgt und muss schon sagen, du hast das Steuer herumgerissen. Hut ab für diese Leistung.«

»Ich brauche Ihre Anerkennung nicht.«

»Lass doch den kindischen Trotz.« Cassandra trank einen wohlbemessenen Schluck, schwenkte das Glas und stellte es auf dem kleinen Tisch neben dem Sessel ab. »Du hast dich wieder hochgearbeitet, und eine solche Leistung honoriere ich. Deshalb mache ich dir auch ein Angebot.«

Julie schüttelte den Kopf. »Kein Interesse.«

Doch die Worte beeindruckten Cassandra Jackson kein bisschen. »Du bekommst das Stipendium.«

»Wie bitte?«

»Du hast die Grundlagen selbst gelegt. Deine Noten konkurrieren nur noch mit einer einzigen weiteren Person. Letztlich folgt nun eine Charakterevaluation, die die Entscheidung herbeiführt. Da kommt natürlich dieses gewisse Bild ins Spiel, das Susann verschickt hat.«

»Womit ich keine Chance mehr habe.«

Lucas Mom winkte ab. »Ich versichere dir, ein kurzes Gespräch mit Paul, Richard, Samantha und Eleonora genügt, damit sie das Bild vergessen. Schließlich stellen sich Konkurrenten ständig ein Bein durch solche Spielchen.«

»Und dieses Gespräch wollen Sie führen.«

»Damit hättest du dein Stipendium völlig legal und rechtmäßig durch harte Arbeit errungen«, erklärte Mrs Jackson. »Ich bügle lediglich eine Ungerechtigkeit aus.«

»Eine, an der Sie nicht ganz unschuldig sind. Und ich formuliere hier diplomatisch.«

Sie hob die Hand. »Du bist selbst für deine Taten verantwortlich. Und was Susann getan hat … das war Susann.«

Womit Lucas Mom wunderbar aus dem Schneider war. Tatsächlich würde man ihr niemals etwas nachweisen können. Und selbst wenn, sie hatte nichts Ungesetzliches getan. Selbst jetzt bot sie nur an, ein Gespräch zu führen.

»Und der Preis?«

»Kannst du dir das nicht denken?«

Konnte sie. »Ich will es hören.«

»Du wirst dich von Luca trennen und jeden Kontakt zu ihm abbrechen.«

»Hassen Sie Ihren Sohn so sehr?«

»Ich dachte wirklich, du hättest es begriffen.« Cassandra Jackson blickte in Richtung Fenster, nahm einen weiteren Schluck Whiskey und überdachte ihre Worte. »Luca war perfekt. Er hat fleißig studiert, hatte eine passende Freundin und einen besten Freund, der ihm nie das Wasser reichen konnte. Er war der geborene Anführer, ein Erfolgsgarant. Ich konnte ihn dem schädlichen Einfluss seiner Großmutter entziehen, er nahm sein Erbe an. Dieser verdammte Unfall hat alles zunichtegemacht.« Wieder stellte sie das Glas beiseite, mit weitaus mehr Nachdruck als zuvor.

»Vielleicht hat Luca sein Leben infrage gestellt und es neu ausgerichtet.«

»Davon spreche ich doch!« Ihr eisiger Blick traf Julie. »Er wird zu einem weichen Gutmenschen, der alles Wichtige aus dem Blick verliert.«

»Diese Meinung kann ich nicht teilen.«

»Juliette! Luca wurde in eine andere Welt geboren. Er ist dazu bestimmt, in dieser aufzusteigen. Der Kronprinz eines Imperiums. Willst du wirklich, dass er all das wegwirft, weil es ihm schlecht geht? Du bist lediglich eine Flucht. Ein Ausweg. Auf diese Art muss er sich der harten kalten Welt nicht stellen. Sag, hat er noch Albträume?«

Ihr Magen verwandelte sich in einen anschwellenden Säureklumpen. »Er muss erst noch …«

»Alles verarbeiten? Komm schon, Juliette, du bist zu schlau dafür.«

»Sie wollen nur Misstrauen säen.«

»Ich spreche über Fakten«, konterte Cassandra. »Und du bist schlau genug, das zu erkennen. Luca ist nach einem tragischen Zwischenfall von zu Hause weggelaufen, er hat sich von allen distanziert und ist in eine andere Welt geflüchtet. Eine, in der er niemanden kennt und niemand ihn kennt. Er muss keine Herausforderung bestehen, sich keinen Problemen stellen. Stattdessen lebt er in den Tag hinein. Natürlich geht er weiterhin auf ein College, er nimmt an Klausuren teil. Der letzte Selbsterhaltungstrieb, denn andernfalls gäbe es keinen festen Punkt mehr in seinem Leben.«

All das traf zu, doch Julie konnte es nicht glauben. Wollte es nicht glauben. Sie konnte nicht einfach nur ein Ausweg sein. Eine willkommene Abwechslung. »Er wird jemanden aufsuchen.«

»Natürlich«, sagte Cassandra höhnisch. »Da bin ich ganz sicher. Aber nicht freiwillig. Juliette, ich biete dir einen Ausweg. Einen, der euch beide rettet.«

»Wie können Sie nur …«

»Du wirst problemlos dein gesamtes Studium durchführen können«, sprach sie unbeirrt weiter. »Und glaube mir, ohne Geldsorgen ist das deutlich angenehmer. Außerdem wirst du wissen, das Richtige für Luca getan zu haben. Sobald du weg bist, werde ich dafür sorgen, dass er in den Schoß der Familie zurückkehrt. Sein Dad vermisst ihn.«

»Der, der sich auf der ganzen Welt herumtreibt?«

»Trotzdem denkt er an seinen Sohn und macht sich Sorgen«, stellte Cassandra klar. »Willst du uns wirklich die Chance auf ein Wiedersehen mit ihm nehmen?«

»Sie können sich Luca auch jetzt nähern, mit ihm reden, ihn anrufen.«

»Das ist nicht dasselbe, du weißt es.« Sie warf einen Blick auf die Uhr. »In Kürze treffen die anderen ein. Also?«

»Ich soll mich jetzt entscheiden?«

»Natürlich. Falls du ablehnst, wirst du das Stipendium nicht bekommen«, stellte Cassandra klar. »Das Bild allein reicht dafür bereits aus. Aber ich werde zusätzlich ein Loblied auf deinen Konkurrenten singen und du bist aus dem Spiel. Letztlich wirst du über kurz oder lang so oder so aus Lucas Leben verschwinden.«

Was tatsächlich der Wahrheit entsprach. Trotzdem konnte Julie es nicht tun.

Cassandra musste das bereits erkannt haben, denn sie ergänzte: »Wusstest du, dass ich das Treffen absichtlich auf den heutigen Abend gelegt habe?«

»Und das heißt?«

»Ich wollte sehen, ob du tatsächlich kommst. Luca geht es heute vermutlich sehr schlecht, aber dass du hier bist, sagt viel darüber aus, wie sehr du dieses Stipendium willst.«

»Was soll das heißen? Was ist heute?«

Schweigen.

»Die Tatsache, dass du das nicht zu wissen scheinst, lässt mich in Zweifel ziehen, dass ihr euch wirklich so nahesteht. Heute vor einem Jahr war der Unfall. Heute vor einem Jahr hat Luca erfahren, dass sein bester Freund und seine Freundin einen Unfall hatten. Er ist ins Krankenhaus gerannt – durch die halbe Stadt. Dort hat er vom Tode Kenneth' erfahren und der Lähmung von Sam.« Sie schüttelte traurig den Kopf. »Eine schreckliche Nacht. Ich nehme an, er wird erneut tausend Qualen durchleben.«

»Ich muss gehen.«

»Wir stehen oft an Scheidewegen, die den Rest unseres gesamten Lebens definieren, Juliette.« Cassandra blieb unbeeindruckt sitzen. »Heute ist für dich ein solcher Tag. Du musst entscheiden, wer du bist. Wenn du jetzt gehst, ist deine Zeit in New York vorbei. Ich halte meine Versprechen immer. Falls du mein Angebot annimmst, überlasse Luca sich selbst. Du setzt ein Lächeln auf, streckst deinen Rücken durch und wir beide gehen gemeinsam hinaus. Wir unterhalten uns in angenehmem Plauderton über das Studium, ich stelle dich allen vor, und nach zehn Minuten werden sie so begeistert von dir sein, dass du das Stipendium in der Tasche hast.«

Julie war entsetzt über die kalte Entschlossenheit, mit der Cassandra Jackson ihren Sohn in dieser schweren Nacht allein lassen wollte. »Als wir uns das erste Mal gesehen haben, hielt ich Sie für ein Monster. Heute Abend hat sich dieser Eindruck verfestigt.«

»Lass diese emotionalen Überflüssigkeiten.«

»Trinken Sie noch einen Schluck Whiskey auf Ihren Sohn. Anstatt ihm zu helfen, denken Sie nur an … Wieso rede ich überhaupt noch mit Ihnen?!« Julie eilte zur Tür.

»Du lehnst mein Angebot also ab.«

Kurz blieb sie stehen und warf der Frau, die mehr Ähnlichkeit mit einem Eisblock als einer Mutter hatte, einen eiskalten Blick zu. »Interpretieren Sie.«

Dann rannte Julie hinaus. Vorbei an dem jungen Mann in Uniform, durch die Tür zum Aufzug. Sie tippte so oft auf den Rufknopf, dass es sie nicht gewundert hätte, wenn irgendwo ein Alarm losgegangen wäre.

Endlich öffneten sich die Türen.

Sie blickte in das verwirrte Gesicht eines älteren Mannes mit grauen Haaren.

»Juliette Warren«, sagte er lächelnd. »Ich bin Richard Wentworth. Es freut mich, Sie kennenzulernen.«

Er trat hinaus.

Julie schob sich in die Kabine. »Freut mich auch. Aber mir wurde gerade mitgeteilt, dass das Stipendium für mich nicht erreichbar ist. Danke für die Möglichkeit.«

Sie tippte im Stakkato auf den Knopf für das Erdgeschoss. Endlich schlossen sich die Türen und schoben sich vor den verblüfften Gesichtsausdruck von Richard Wentworth.

Sie zog das Smartphone hervor und versuchte Melissa zu erreichen. Natürlich gab es in diesem verdammten Ding kein Netz, was sie nicht hätte verwundern sollen. Im Erdgeschoss stolperte Julie in die Eingangshalle.

Endlich nahm Melissa den Anruf entgegen. »Jules?«

»Hey, hast du was von Luca gehört?«

»Solltest du nicht bei diesem Dinner sein?«

»Lucas Mom kam dazwischen.«

»Verdammt.«

»Melissa, der Unfall war vor einem Jahr. Ich muss wissen, wo er ist.«

»Wieso habe ich das nicht … Okay, beweg dich zur WG, ich recherchiere. Wäre ja gelacht, wenn wir ihn nicht finden.« Sie legte auf.

Der verblüffte Page konnte gerade noch aus dem Weg springen und seinem Kollegen eine Warnung zurufen, der die Tür aufriss, da war Julie schon hindurch und rannte auf das nächste Taxi zu. An einem Mann im Smoking vorbei warf sie sich auf den Beifahrersitz.

»Sorry, Notfall!«

Die Tür fiel ins Schloss.

Sie nannte dem Fahrer die Adresse. Während das nächtliche New York sie aufnahm, betete Julie, dass sie nicht zu spät kam.

KAPITEL 30

Gegen die Zeit

Vermutlich war Julies Fahrer der einzige in ganz New York, der sich exakt an die Geschwindigkeitsbegrenzungen hielt. Zumindest fühlte es sich so an. Dass es ein Samstagabend war, trug nicht dazu bei, die Situation zu entspannen.

Sie hatte den Chat geöffnet und übertrug ihren Live-Standort in die WG-Gruppe. Melissa schrieb, dass Cullen und Simon bei ihr waren und sie gemeinsam versuchten, Luca ausfindig zu machen.

Endlich hielt der Fahrer vor dem Haus.

Julie hatte bereits elektronisch bezahlt und hetzte die Treppe hinauf. In der WG wurde sie von einer beunruhigten Melissa begrüßt. Simon tippte Marathon auf einem Laptop herum, von Cullen gab es keine Spur.

»Habt ihr etwas?«, fragte Julie.

»Cassandra Jackson hat wirklich alles darangesetzt, jeden Artikel aus dem Netz zu tilgen. Aber dank der wenigen Brocken, die Luca enthüllt hat, konnten wir zwei Dinge ausfindig machen.«

Julie warf ihre Tasche beiseite und kam langsam wieder zu Atem. »Ja?«

»Das Grab seines besten Freundes und der Name des Bruders«, rief Simon. »Cullen hat sich das Auto eines Freundes geliehen und ist sofort losgebraust.«

»Wohin?«, fragte Julie.

»Zum Grab«, erklärte Melissa. »Wir hielten das für die wahrscheinlichste Option. Melodramatisch und so.« Der letzte Satz hatte wohl witzig sein sollen, doch Julies sonst immer sonnenscheinige Freundin wirkte bedrückt.

Julie sank auf den Stuhl und barg das Gesicht in den Händen. Wieso hatte sie Luca nie danach gefragt, wann der Unfall gewesen war? Stattdessen war sie nur mit sich und dem verdammten Stipendium beschäftigt gewesen.

»Ich habe alles ...«

»Nein.« Melissa donnerte die flache Hand auf den Tisch. »Du kommst mir jetzt nicht mit der Mitleidsnummer. Der Tee ist gleich fertig. Wir suchen Luca. Das ist jetzt das Wichtigste. Kein Selbstmitleid, Jules, ich meine es ernst.«

»Denkst du, er könnte ...«

»Wir werden hier jetzt nicht irgendwelche Theorien wälzen, die uns alle fertigmachen.« Melissa wirkte entschlossen. »Tee trinken, Luca finden. Sprich mir nach.«

»Tee trinken, Luca finden«, sagte Julie leise.

Doch ihr fehlte jede Form der Energie. Da war nur Angst.

Als ihr Smartphone vibrierte, nahm sie es so schnell auf, dass es ihr beinahe aus den Fingern geglitten wäre.

»Cullen«, sagte Simon, der sein Gerät neben sich liegen hatte. »Keine Spur von Luca am Grab. Er ist auf dem Rückweg. Und er hat jemanden dabei, der möglicherweise Licht ins Dunkel bringen könnte.«

»Wen?« Melissa goss Wasser in die Tassen, tat Teebeutel hinein und schob jedem eine hin.

»Keine Ahnung. Jetzt antwortet er nicht mehr.«

»Wieso denn?«

»Autofahrt?«, sagte Simon. »Oder willst du, dass er einen Unfall baut?!« Ihr Blick fiel auf Julie. »Sorry. Blödes Thema.«

Sie sank auf den Sitz und verfiel in brütendes Schweigen.

Die Minuten verstrichen und fühlten sich doch an wie zähe Stunden der Ungewissheit.

Endlich klapperte ein Schlüssel im Schloss, Schritte erklangen. Cullen kam ins Wohnzimmer, an seiner Seite ein unbekannter Mann in den Zwanzigern. Er wirkte auf eine seltsame Art sowohl eingeschüchtert als auch grimmig. Als hätte er sich noch nicht entschieden, ob er angreifen oder flüchten sollte.

»Und du bist …?«, fragte Julie.

»Das«, antwortete Cullen anstelle des Unbekannten, »ist Brady.« Auf die ihn treffenden Blicke ergänzte er: »Der Bruder von Kenneth.«

Julie hatte das Gespräch zwischen Luca und seiner Mom aufmerksam verfolgt, daher wusste sie sofort, dass dies jener kleine Bruder von Kenneth gewesen war, der mit den Reportern gesprochen hatte. »Du bist der Brady.«

»Bin ich«, bestätigte er.

»Der Todestag.« Melissa nickte verstehend. »Du warst am Grab.«

»Bis dieser Wandschrank hier auf mich zugerannt kam und gebrüllt hat: ›Julie macht sich Sorgen, was denkst du dir nur?‹ War wohl eine Verwechslung.«

»Wir machen uns Sorgen um Luca.«

»Habe ich kapiert.«

Brady wirkte nachdenklich. Sein dunkles Haar war vom Wind zerzaust, die Augen wirkten glasig. Als hätte er gerade geweint. Vermutlich traf genau das zu, immerhin war heute vor einem Jahr sein großer Bruder ums Leben gekommen.

»Kannst du uns helfen?«, fragte Melissa.

»Ich wüsste nicht wie.«

»Luca ist verschwunden«, erklärte Cullen. »Wir müssen ihn finden.«

»Da fragt ihr den Falschen.« Brady ließ sich müde auf einem Stuhl am Tisch nieder.

Julie handelte instinktiv und schob ihre Teetasse zu ihm hinüber.

Für eine Sekunde huschte ein Lächeln über sein Gesicht. Doch es verging so schnell wie der Schatten eines herabfallenden Blattes. Sie kannte diese Art der Traurigkeit, hatte sie schon Dutzende Male erblickt.

»Du hasst Luca.« Julie sagte es ohne Vorwurf.

Brady wollte zuerst auffahren, doch dann registrierte er, dass Julie ihn keinesfalls attackierte. »Nach dem Unfall …« Er seufzte, umschlang die Teetasse mit seinen Fingern wie einen Rettungsanker. »Ich habe ihn so sehr vermisst. Und dann kam dieser verdammte arrogante Dreckskerl, der keine Schramme abbekommen hat. Er hätte an diesem Abend der Fahrer sein sollen. Aber nein, natürlich überlässt er das meinem Bruder.« Brady schüttelte leicht den Kopf, als wäre etwas geschehen, was er noch immer nicht zur Gänze begreifen konnte. »Was auch immer Luca wollte, er hat alles mitgemacht. War immer für ihn da. Es gab kein Nein, wenn es um Luca Jackson ging.«

»Aber er …«, begann Julie.

»… saß nicht hinter dem Steuer, ich weiß.« Brady nahm einen Schluck Tee, schien das aber gar nicht wirklich zu registrieren. »Er kam zu mir. Einige Wochen danach. Hat Hilfe angeboten. Wollte für mich da sein. Ich habe noch nie in meinem Leben jemanden so angebrüllt. Wenn Mom nicht dazwischengegangen wäre, hätte ich Luca an diesem Tag umgebracht.«

Julie hielt den Atem an.

»Ich war nicht ich selbst. Es gab nur diesen Hass. Immer wieder habe ich das Bild gesehen. Die Autos, wie sie verkantet auf der Straße standen.« Er schluckte.

»Du … hast es gesehen?«, fragte Cullen leise.

»Na ja, ich kam ins Krankenhaus als … er war schon fort. Da wollte ich den letzten Ort besuchen, an dem er gewesen ist. Zuerst die Kreuzung. Da standen diese Autos noch immer, wurden gerade untersucht und für den Transport fertig gemacht.« Sein Blick glitt ab in diese grauenvolle Erinnerung. »Sie sahen aus, als bestünden sie aus Pappe. Als hätte ein Kind einfach beide Autos ineinandergeschoben. Ich stand dort an der Kreuzung, habe zugesehen und mich gefragt, was mein Bruder in seinen letzten Sekunden gefühlt hat. An wen hat er gedacht? Hat er es bereut, seinem besten Freund den Gefallen nicht abgeschlagen zu haben?«

In Julies Hals saß längst ein dicker Kloß. Sie konnte die Traurigkeit mit Händen greifen, die Brady umgab. Wie gern hätte sie ihn jetzt getröstet, doch es gab nichts, was irgendwer tun konnte.

»Ich stand dort, keine Ahnung wie lange, bevor ich zur Bar ging. Der letzte Ort, an dem mein Bruder gelacht hat. Er wusste an diesem Abend nicht, dass er in wenigen Stunden tot sein wird. Kein Sommerurlaub, kein Silvester oder eine Skifahrt. Alles weg. Und wisst ihr, was mich aus der Starre geholt hat?«

Julie konnte die Tränen längst nicht mehr zurückhalten, und auch Melissa drehte sich weg, damit Brady ihr Gesicht nicht sehen konnte. Cullen wirkte wie erstarrt.

»Die Besucher der Party hatten einfach weitergemacht, als wäre nichts geschehen«, sagte er. »Pärchen haben geknutscht, alle möglichen Typen lagen betrunken in den Ecken, es gab Raufereien. Es ging einfach weiter. Als hätte mein Bruder niemals existiert. Als wäre sein Verschwinden einfach zu bedeutungslos, als dass irgendwer Notiz davon nehmen würde.«

Er atmete tief durch.

»Ihr könnt euch ja denken, was ich Luca ins Gesicht gebrüllt habe. Ich wollte ihn zerstören. Für immer.«

»Deshalb hast du angefangen, die Presse zu kontaktieren«, stupste Melissa ihn verbal wieder an.

»Luca, mein Bruder, ich … die lieben es, wenn einer von uns es richtig versaut. Gibt die besten Artikel. Es war nicht schwer, jemanden zu finden. Natürlich keiner von den Seriöseren, aber das braucht es nicht. Ich hatte ein richtiges kleines Netzwerk aus Journalisten von Zeitschriften, Bloggern und Youtubern zusammen. Aber dann ist etwas passiert.«

»Cassandra Jackson ist passiert«, sagte Julie.

Brady nickte. »Sie hat den Geldtopf aufgemacht. Innerhalb von drei Tagen waren fast alle Unterstützer weg. Alle übrigen haben eine Unterlassungserklärung unterschreiben müssen.«

Wenn man Lucas Mutter eines lassen musste, dann, dass sie effektiv in dem war, was sie tat. Eine ganze Riege aus Menschen mit hoher medialer Präsenz zu neutralisieren war nicht so einfach. Doch wie Brady schon gesagt hatte, Cassandra hatte den Geldtopf geöffnet.

»Ich habe die letzten Monate damit verbracht, über vieles nachzudenken.« Er zuckte mit den Schultern. »Meine Eltern haben da einen verdammt guten Therapeuten bezahlt. Ich will gar nicht wissen, was der sie gekostet hat.«

»Wenn das hier ausgestanden ist, gibst du mir seine Nummer«, stellte Julie klar. »Und wenn ich Luca an den Haaren dort hinschleife.«

»Die Entscheidung muss von ihm selbst kommen«, erklärte Brady. »Andernfalls funktioniert das nicht.«

Melissa winkte ab. »Kriegen wir hin. Emotionale Erpressung funktioniert immer.«

Falls es ein Später gab.

Julie versuchte, in den vergangenen Tagen nach Anzeichen dafür zu suchen, was Luca vorhatte. Mussten sie wirklich vom Schlimmsten ausgehen?

»Ich hätte wirklich gedacht, dass er an seinem Grab wäre.« Cullen rieb sich die Augen.

»War er ja auch«, erklärte Brady.

»Was?! Wann? Und wieso sagst du das erst jetzt?!« Julie stand so schnell auf, dass der Stuhl nach hinten kippte.

»Weil es euch nichts nutzt. Als ich heute an das Grab gekommen bin, lagen dort ein paar geschliffene Kugeln. Tigeraugen.«

»Das Armband«, hauchte Julie.

»Jep, ist ein Freundschaftsding. Und nicht nur das. Luca und Kenneth haben es beide am gleichen Tag geschenkt bekommen.«

Okay, Schicksal, ich hab's kapiert. »Er war also dort, aber was bedeutet das?«

»Habt ihr schon mal darüber nachgedacht, dass er einfach nur allein sein will?«, fragte Brady.

»Will er nicht.« Wenn es eines gab, worin Julie sich absolut sicher war, dann das.

Luca litt Höllenqualen und hatte sich ein Jahr lang mit Einsamkeit bestraft. Er gierte nach Nähe. Trotzdem hatte er sich an diesem einen Tag zurückgezogen. Sogar vor ihr.

»Vielleicht will er das Gleiche tun«, entfuhr es Cullen.

Erst als Julie seinem Blick folgte, der auf Brady ruhte, begriff sie. »Die Kreuzung.«

»Oder diese Partylocation«, ergänzte Melissa.

»Die gibt es nicht mehr«, erklärte Brady. »Das Haus wurde nach der Sache geschlossen. Wenn ihr mich fragt, hatte seine Mom da auch die Finger im Spiel.«

»Kreuzung«, wiederholte Julie.

»Ich fahre.« Cullen war bereits auf dem Weg zur Tür.

Sie erreichten das Auto in Rekordzeit und Julie sprang auf den Beifahrersitz. Simon, Melissa und Brady quetschten sich zu dritt auf den Rücksitz und schon ging es los.

Julie nahm jeden Vorwurf zurück, den sie dem Taxifahrer gemacht hatte. Cullen rauschte über tieforange Ampeln und hupend um Kurven. In einer Seitengasse stoppte er den Wagen. Brady führte sie zu jener Stelle, an der der Unfall stattgefunden hatte.

Von Luca gab es keine Spur.

»Verdammt.« Verzweifelt sah Julie sich um.

An einer Stelle der Straße waren Stofftiere aufgeschichtet worden, jemand hatte mit Kreide ein Gesicht gezeichnet.

»Ist das …«, hauchte sie.

Brady rang um Fassung, nickte.

Melissa ging in die Knie. »Hier liegen Tigeraugen.«

Zu dieser späten Stunde war weniger los. Autos fuhren vorbei, Spaziergänger eilten durch die Nacht. Das Lachen von Männern und Frauen erklang, die gut gelaunt am Ende ihres Abends durch die Straßen schlenderten.

In dieser Ecke von New York jedoch nur wenige. Wer direkt nach Hause wollte, rief ein Uber oder nahm ein Taxi. Niemand ging so spät zu Fuß, außer sein Ziel war der Spaziergang selbst.

»Er könnte noch hier sein«, überlegte Melissa. »Luca!«

Doch das war er nicht.

»Dann diese Partylocation«, sagte Julie.

»Ich sage doch …«

»Ist mir egal«, unterbrach sie Brady. »Wir fahren jetzt dorthin. Oder hast du eine bessere Idee? Und wenn du jetzt sagst, wir sollen ihn einfach in Ruhe lassen, vergesse ich mich. Mir ist klar, dass es dir richtig dreckig ging. Einen solchen Verlust kann niemand ersetzen, aber Luca trägt keine Schuld daran. Er wollte dir helfen.«

»Ich weiß«, sagte Brady bedrückt. »Das weiß ich heute doch auch.«

Sie kehrten zum Wagen zurück.

Da Luca zuvor auf einem anderen College gewesen war, lenkte Cullen das Auto unter Anweisung von Brady dorthin. Die Fahrt dauerte gute zwanzig Minuten, und Julie konnte nicht stillsitzen.

Endlich erreichten sie die Zufahrt. Sie stellten das Auto ab und betraten den Campus. Die weißen Sandsteinwände wirkten so edel wie der von Statuen umgebene Brunnen. Hier ragten altehrwürdige Häuser empor, die Geld hervorbrachten und durch Geld hervorgebracht worden waren.

Brady führte sie zu dem Verbindungshaus, in dem die damalige Party stattgefunden hatte.

Es war verschlossen.

Julie trat an eines der Fenster und versuchte ins Innere zu sehen, doch dort befand sich nur undurchdringliche Schwärze.

Ihre Suche war am Ende.

»Wie konnte das alles nur so schieflaufen?«, fragte sich Julie.

Dieses Mal schwieg Melissa und legte ihr nur tröstend die Hand auf die Schulter.

»Wenn er zurück ist, schmuggelst du ihm einen Sender in die Hosentasche«, merkte Cullen an.

»Wenn er die verdammte Freigabe seines Standorts nicht abgeschaltet hätte, wüsste ich doch sowieso, wo er ist«, stellte Julie klar. »Aber er denkt eben an so etwas.«

»Jules.«

»Hm?«

»Denkt er tatsächlich an alles?«

»Wie meinst du das?«

Melissa deutete auf Julies Hosentasche. »Also ich habe nach der Sache in Oak Creek die App nicht deaktiviert. Du weißt schon.«

Sekundenlang starrte Julie ihre beste Freundin einfach nur an. Dann riss sie ihr Smartphone hervor und aktivierte die Sicherheits-App. Das hier war kein Schneesturm am Ende der Welt, es musste einfach funktionieren.

Und tatsächlich, das Signal von Luca wurde über die Bluetooth-Verbindung aufgefangen. »Er ist nur ein paar Meter entfernt.«

Sie veränderte die Position und begann mit der Suche. Das Smartphone führte sie vorbei an dem Verbindungshaus durch eine schmale Gasse zwischen den Gebäuden, tiefer in das Labyrinth des Colleges.

Grundsätzlich war Luca nicht sehr weit entfernt, doch um ihn zu erreichen, mussten sie die Wege kreativ beschreiten. Als nur noch wenige Meter zwischen ihnen und dem Signal lagen, bedeutete Julie den anderen stehen zu bleiben. Sie wollte allein weitergehen. Was er auch gerade durchmachen mochte, es war besser, wenn sie ihm den Moment nicht stahlen.

In ihren Gedanken malte Julie sich trotzdem das Schlimmste aus, als sie den Bereich zwischen den Hauswänden endgültig hinter sich brachte und plötzlich in einem kleinen versteckten Innenhof stand.

Der Mond beschien einen Flecken Gras, einen Springbrunnen und eine Bank. Luca kniete direkt davor auf dem Boden, hielt das Gesicht in den Händen verborgen.

Am anderen Ende lag ein künstlich angelegter Teich im Schatten. Es war umgeben von kunstvoll gehauenen Statuen, ein Sockel stand in der Mitte.

Julie sah die Tigeraugen.

Und spürte das lautlose Weinen von Luca.

KAPITEL 31

Wunden der Vergangenheit

Julie machte einen Schritt auf Luca zu.

Ruckartig fuhr er in die Höhe und sprang auf. »J… Julie?! Wie kommst du hierher?« Fahrig wischte er sich mit seinem Jackenärmel über die feuchten Wangen.

»Die Sicherheits-App von der Party«, sagte sie vorsichtig. »Und mit Unterstützung.«

»Unterstützung?« Er wirkte noch immer verwirrt.

Julie trat an ihn heran, nahm seine Hand. »Wir haben dich am Grab gesucht. Aber da waren wir wohl zu spät. Dafür stießen wir auf Brady.«

Luca zuckte zusammen. »Ist er hier?«

»Mit den anderen beim Auto.«

Lucas Schultern sackten hinunter. Jede Kraft wich aus seinem Körper. Als habe jemand die Fäden zerschnitten, an denen er hing, brach er in die Knie. Julie machte die Bewegung mit und hielt ihn in den Armen.

»Es tut mir so leid«, flüsterte sie in sein Ohr.

Lucas Gesicht war in ihrer Halsbeuge vergraben. »Ich dachte immer, wir sind unsterblich. Unsere Freundschaft, die Zukunft, das Leben. Wir waren gesund, hatten Geld und so verdammt viel Spaß.«

Sie blickte zum dunklen Wasser des Teichs.

»Aber es reicht, wenn man einen einzigen Fehler macht. Dann kippen die Dominosteine, Muster bilden sich, alles bricht zusammen.«

Sie wollte ihm helfen und spürte doch, dass diese Art von Schmerz unerreichbar war, unlösbar für sie. »Was ist das hier für ein Ort?«

»Wir sind immer gemeinsam hierhergekommen«, erklärte er. »Zu dritt. Dieser Ort ist so versteckt, dass keiner der anderen Studenten ihn gefunden hat. Zumindest sind wir nie auf welche getroffen. Im Sommer haben wir im Teich gebadet, gemeinsam gelacht und einmal sogar ein kleines Lagerfeuer gemacht. Du weißt schon …«

»Marshmallows?«

»Würstchen, Ketchup und Bier.« Er lachte leise. »Der Rauch zog durch den Spalt dort drüben in eines der Fenster und löste einen Feueralarm aus. Die Feuerwehr hat alles abgesucht, aber bis sie hier war, waren wir schon weg.«

»Klingt, als wäre es eine schöne Zeit gewesen.«

»Kenneth war bei allem dabei, ohne zu zögern. Der beste Freund, den ein Mensch haben kann.« Luca rückte ein Stück von Julie ab, umschlang seine Knie mit den Armen. »Ich wusste das nie richtig zu schätzen. Bis er fort war. Brady hatte recht.«

»Er bereut seine Attacke auf dich«, erklärte sie. »Er hat uns geholfen, diesen Platz zu finden. Ihr solltet miteinander reden. Diese Sache zerfrisst euch beide. Der Verlust, die Trauer.«

»Ich kann ihm nicht unter die Augen treten …«

»Luca, er will sich entschuldigen. Ihm tut diese Sache leid.«

»Ihm?!«

»Ihm«, bestätigte sie. »Er hat dich verletzt, als du schon am Boden lagst.«

»Er hat seinen Bruder verloren.«

»Und du deinen besten Freund.« Julie streckte ihre Hand aus, berührte mit den Fingerspitzen sachte sein Knie. »Du wirst niemals damit abschließen, wenn ihr nicht endlich miteinander sprecht.«

Luca schwieg lange.

Sie beide saßen im Zentrum des kleinen Platzes, beschienen von Mondschein, während die Welt ringsum in Dunkelheit getaucht war.

»Vielleicht«, sagte er schließlich.

»Auf jeden Fall. Und danach unterhalten wir beide uns.« Sie kam in die Höhe.

»Ich habe dir nichts gesagt, weil ich dich nicht ablenken wollte«, sagte er gedrückt. »Der Abend war zu wichtig. Tut mir leid.«

»Nicht noch mehr schlechtes Gewissen. Es ist alles gut. Du wartest hier.«

Julie eilte zum Durchgang.

Eine Gangkreuzung weiter warteten vier dunkle Silhouetten.

»Wie geht es ihm?«, fragte Melissa.

»Er wartet auf Brady«, erklärte sie.

»Auf mich?«

»Ihr unterhaltet euch jetzt! Diese Sache hat genug zerstört. Außerdem ... solltest du den Platz sehen. Dort hat dein Bruder sich öfter aufgehalten.«

Brady schluckte. Ihm schien es ebenfalls unangenehm, auf Luca zu treffen. Ob aus Schuld oder weil es alles aufwühlen würde, konnte sie nicht sagen. Doch aufschieben konnten sie es nicht mehr.

Wenn Julie eines im letzten Jahr gelernt hatte, dann, dass sie sich durch die Trümmerlandschaft ihres Lebens bewegten. Und wenn sie diese nicht stabilisierten, konnte alles zusammenbrechen.

»Geh schon«, sagte sie sanft.

Und Brady ging.

Sie betrachtete seinen dunklen Umriss, der sich dem Durchgang zum kleinen Platz näherte. Dahinter fiel silbernes Mondlicht vom Himmel herab. Er verschwand darin.

»Denkst du, die beiden schaffen es?«, fragte Cullen.

»Sie müssen«, sagte Julie. »Sonst wird es ihn zerstören.«

Der Wind pfiff durch die schmalen Gassen und sie drängten sich dicht aneinander. Sie sehnte sich nach diesem schrecklichen Tag nur nach ihrem kuscheligen Bett und Lucas Wärme.

Die Minuten zogen sich dahin, wurden zu einer Stunde. Gerade als Melissa den Mund öffnete, um etwas zu sagen, tauchten Luca und Brady im Durchgang auf.

Beide wirkten mitgenommen und hatten tränennasse Augen. Gleichzeitig wirkten sie auf seltsam zu fassende Art gelöst.

»Haben geredet«, sagte Brady.

»Ist geklärt«, kam es von Luca. »Fahren wir heim?«

»Super.« Cullen ging voran.

Simon folgte dichtauf.

»Manchmal hasse ich Jungs«, flüsterte Melissa. »Können die nicht ganze Sätze bilden und einfach erzählen, was sich abgespielt hat? Nein, da werden dann kurze Stichworte gegrummelt. Vermutlich schalten sie daheim die Spielkonsole an.«

»Mach dir keine Sorgen«, sagte Julie. »Luca Jackson wird heute Nacht erzählen, was passiert ist.«

Sie setzten Brady am Friedhof ab.

Gemeinsam mit Luca ging er zum Grab und sie nahmen Abschied. Es war ein wichtiger Moment, Julie blieb absichtlich im Wagen. Während Brady danach mit seinem eigenen Auto davonfuhr, kehrten sie in die WG zurück.

In wenigen Stunden würde es hell werden.

Luca und Julie schlüpften nebeneinander ins Bett, umschlangen einander.

»Mach so etwas nie wieder«, sagte sie wütend.

»Versprochen.« Er hauchte einen Kuss in ihren Nacken.

»Was hat Brady denn gesagt?«

»Wir haben uns Geschichten von Kenneth erzählt«, erklärte Luca. »Gemeinsame Erlebnisse. Das war eigentlich alles. Irgendwie hat das ganz viel aufgebrochen. In ihm und in mir. Ich kann es dir nicht so genau erklären.«

Sie konnte es sich vorstellen.

Gemeinsame Trauer verband.

»Also, du hast dein Stipendium quasi in der Tasche?«, fragte er.

»Es war auf jeden Fall ein spannender Abend«, wich Julie aus. »Aber das erzähle ich dir morgen in Ruhe.«

Andernfalls wäre er vermutlich mit dem Auto zu seiner Mutter gerast, um diese zur Rede zu stellen.

Julie schlief nahezu sofort ein. In ihren Träumen war Cassandra Jackson allgegenwärtig. Ihre Faust fuhr auf Luca herab und er wurde in tausend Scherben zerschmettert.

Sie erwachte erst am frühen Morgen.

Direkt neben ihr saß Luca auf dem Stuhl. Er wirkt müde, befreit und verärgert gleichermaßen.

»Du hast mir nicht erzählt, dass meine Mom so etwas gebracht hat.«

»Auch dir einen guten Morgen.« Julie gähnte. »Es hätte wohl kaum was genutzt, oder? Wir haben alle unseren Schlaf gebraucht. Woher weißt du es überhaupt?«

»Melissa. Cullen. Simon.« Er warf die Arme in die Höhe. »Such dir einen aus. Sie reden über nichts anderes. Ich wollte dir ein Überraschungsfrühstück machen, und da haben sie mich gefragt, ob ich schon einen Plan habe.«

»Es gibt nichts, was …«

»Und natürlich habe ich einen«, stellte er klar.

»Falls dieser beinhaltet, dass du deine Mom anbrüllst oder bedrohst, vergiss es.«

»Ich gebe zu, anfangs war Brüllen die vorherrschende Idee.« Er setzte sich auf den Bettrand. »Aber da gibt es Alternativen.«

»Das ist süß, aber es spielt keine Rolle mehr.«

»Ist das dein Ernst?!«

Julie reichte Luca ein Kissen. »Lass deine Wut daran aus.«

»Sie darf damit nicht durchkommen!« Er nahm das Kissen entgegen und krallte seine Finger hinein.

»Schatz.« Ihr wurde bewusst, dass sie ihn zum ersten Mal so nannte. »Sie hat die anderen doch längst überzeugt. An diesem Abend haben die entschieden, wer das Stipendium bekommt.«

»Du hast so lange nicht verloren, bis die Absage hier auf dem Tisch liegt!«

Es klopfte, und nahezu im gleichen Moment wurde die Tür aufgerissen. »Wo ich gerade hier so stehe und euch durch Zufall brüllen höre …«

»Du hast gelauscht, Melissa.«

»Versehentlich, weil ihr so laut seid. Wir mussten nur den Fernseher abschalten.«

»Andere hätten ihn lauter gemacht«, sagte Julie.

»Wer wäre so dumm?«, fragte Melissa. »Ich wollte dir aber auch nur sagen, dass ein Bote hier war und einen Brief abgegeben hat. Heute Morgen.«

»Ein Bote?«, hakte sie nach.

Melissa verschwand und kehrte zurück, als Julie gerade im Bett saß. »Vom Stipendienkomitee.«

Es war ein schweres Kuvert, auf das kunstvolle Lettern gedruckt waren. Letztlich musste sie gar nicht hineinsehen, um zu wissen, was sie erwartete.

»Jules.« Melissa deutete auf das Kuvert. »Wenn du nicht willst, dass wir alle geschlossen einen Herzinfarkt bekommen, dann …«

»Ist ja gut.« Sie riss das Kuvert auf und zog das Papier heraus. Ihr Blick huschte über die Zeilen. »Absage.« Sie ließ es sinken. »Wie vermutet.«

Luca fischte den Brief aus ihrer Hand. Mit jeder Zeile, die er las, wurde sein Blick düsterer. »Ich hätte nicht gedacht, dass sie das tatsächlich durchzieht. Sogar unterschrieben hat sie es.«

»Womit das erledigt wäre.« Julie beschloss, sich ins Bad zurückzuziehen.

Sie hatte bereits gestern realisiert, dass es vorbei war. Es schwarz auf weiß zu lesen wühlte sie trotzdem auf. Sie war gegenüber Cassandra Jackson einfach machtlos. Das zu akzeptieren war schwer, aber unumgänglich. Luca mochte glauben, dass das anders war. Sie tat es nicht.

Sie stieg in die Dusche und genoss das prasselnde heiße Wasser, das ihre Muskeln massierte. Am liebsten wäre sie direkt wieder ins Bett gekrochen. Bis tief in die Nacht durch enge Gassen zu schleichen war nicht erholsam.

Julie ließ sich Zeit.

Sie massierte eine Bodylotion ein, föhnte ihr Haar und kam als neuer Mensch aus dem Bad. Eine frischere Version ihrer selbst betrat das Wohnzimmer.

Cullen, Simon, Luca und Melissa saßen am Tisch und blickten ihr entgegen.

»Nein«, sagte sie nur und wollte an ihnen vorbeigehen.

»Aber Jules, wir wollen doch nur gemeinsam frühstücken.« Melissa gelang es irgendwie, aufzuspringen und sich Julie in den Weg zu stellen. »Das willst du deinen Freunden doch nicht abschlagen, oder?« Sie blinzelte mit großen Augen.

»Ich ha…«

»Ich dich auch, ich dich auch.« Melissa schob sie auf einen Stuhl, wo ein Teller mit Broten stand, daneben eine Tasse Tee. »Iss.«

»Du brauchst nämlich deine Kraft«, sagte Cullen.

»Ich wusste es.« Sie aß und ergab sich dem Unvermeidlichen. »Legt schon los.«

»Vertraust du mir?«, fragte Luca.

»Die Antwort auf diese Frage hat zu unzähligen Tragödien geführt. Griechische wie englische.«

»Sie wollte natürlich Ja sagen«, sprang Melissa hilfreich ein.

»Jules?« Lucas Stimme klang ernst.

»Ja, ich vertraue dir.« Sicherheitshalber ergänzte sie. »Meistens.«

»Ausgezeichnet. Wir beide gehen heute Abend nämlich aus.« Er grinste breit.

Skeptisch erwiderte sie seinen Blick. »Da steckt doch noch mehr dahinter.«

»Das wird eine Überraschung.«

»Ich hasse Überraschungen.«

»Gar nicht wahr, die liebt sie!«, mischte Melissa sich ein. »Und diese hier ganz besonders.«

»Wohin gehen wir denn?«

»Das verrate ich dir nicht«, sagte Luca.

»Melissa weiß es doch auch.«

»Tue ich nicht.«

»Du hast es eben gesagt.« Julie schob den Teller fort.

»Na gut, ich weiß es möglicherweise. Aber das zählt nicht.«

»Weil?«

»Es eben eine Überraschung für dich ist«, sagte Luca. »Und deshalb bist du nun einmal die Person, die es nicht vorher wissen darf. Das verstehst du doch?«

Julie grummelte.

Immerhin ging es Luca wieder gut, zumindest wirkte er so. Auch war er in der vergangenen Nacht nicht aus einem Albtraum hochgeschreckt. Ein gutes Zeichen.

Der Tag verging viel zu schnell, und eigentlich wollte Julie sich einfach auf dem Bett in die Decke rollen. Kraft schöpfen. Stattdessen schlüpfte sie in ihr bestes Kleid und sah sich einem Luca im Anzug gegenüber.

Sein Gesicht war kreidebleich.

»Ist das wirklich ein Abendessen oder eine Beerdigung?«, fragte sie.

»Ein wenig von beidem.«

»Vielleicht solltest du mir doch sagen, worum es geht?«

Doch Luca weigerte sich.

Bis sie aus dem Haus traten und Jennings die Tür zur Limousine aufhielt. »Master Jackson.«

»Bist du wahnsinnig?« Julie schüttelte den Kopf. »Ich habe genug von deiner Mom.«

»Wir fahren nicht zu ihr. Bitte vertraue mir.«

Nach kurzem Zögern stieg sie neben ihm auf die Rückbank. Jennings schloss die Tür und sie fuhren erneut durch das nächtliche New York.

»Wohin fahren wir?«

»Zu der einzigen Person, die noch genug Einfluss besitzt, um meine Mom zu stoppen«, sagte Luca und starrte durch das Fenster hinaus.

Der Wagen bewegte sich flink durch die Straße, über Kreuzungen und vorbei an zunehmend edleren Wohngebäuden. Die Upper East Side war eine andere Welt.

»Zum wem fahren wir?«

»Meiner Grandma.«

»Aber ich dachte, sie hat keinen Einfluss mehr in der Firma«, sagte Julie.

»Vielleicht nicht in der Firma, aber ihr Einfluss reicht bis tief in die großen Familien hinein. Was meine Mom seit fünfzehn Jahren aufbaut, hat meine Grandma schon lange getan.« Er lächelte. »Sie ist die Einzige, die ich vermisse.«

»Wieso hast du nicht mit ihr gesprochen?«

»Scham. Schuld. Angst. Irgendwie ein bisschen von allem. Meine Grandma ist eine Wucht. Du wirst schon sehen.«

Der Wagen hielt vor einem verglasten Hochhaus, das weit in den Himmel ragte. Jennings öffnete die Tür und sie stiegen aus.

»Lass mich raten. Penthouse?«

»Nur heute«, erklärte er.

Gemeinsam stiegen sie in den Aufzug.

Die Kabine fuhr in die Höhe.

»Warum nur heute?«

»Meine Grandma ist … speziell. Sie hat mehr Geld als quasi jeder in der Stadt, und trotzdem mag sie es lieber bodenständig.« Er lächelte. »Sie war es übrigens, die Kenneth und mir die Tigeraugenbänder gab. Sie glaubt an die Kraft, die darin wohnt.«

Julie starrte Luca mit großen Augen an.

»Was ist?«, fragte er.

Die Kabine hielt, die Türen öffneten sich.

Direkt vor ihnen stand Cassandra Jackson. »Netter Versuch, aber du hast doch nicht wirklich gedacht, dass ich nicht vorbereitet bin.«

»Luca, deine Grandma, wie heißt sie?«

Die Flügeltür wurde geöffnet und Cassandra trat im gleichen Augenblick ein.

Luca war noch immer verwirrt von der Anwesenheit seiner Mutter. »Sie sollte nicht hier sein. Was ist da passiert?«

Er ging in den Raum.

Julie folgte ihm, die Finger in der Hosentasche um die Tigeraugen geschlossen.

Lucas Grandma war elegant gekleidet, saß in einem Sessel und strickte.

»Sophia!«, rief Julie.

»Julie«, erwiderte Lucas Grandma.

Und zum ersten Mal, seit sie Cassandra Jackson kannte, wirkte diese erschüttert.

KAPITEL 32

Lügen

»Ihr kennt euch?« Cassandra hatte sich sofort wieder unter Kontrolle, das Gesicht eine Maske aus Neutralität.

»Wie mir scheint«, bestätigte Lucas Grandma. »Du bist also das Mädchen, das meinem Enkel den Kopf verdreht hat und ihn dazu bringt, ganz schreckliche Dinge zu tun.«

Luca überwand seine Verblüffung. »Wovon sprichst du, Grandma?«

Cassandra straffte sich. »Der Junge ist völlig auf die falsche Spur geraten. Dass er hier mit Juliette auftaucht, bestätigt das doch nur.«

»Was hast du Grandma für Lügen erzählt?!« Lucas Wangen bekamen den tiefroten Ton einer Tomate. Einer, die man in die Mikrowelle gesteckt hatte und die gleich explodierte.

»In deinem vernebelten Geist bist du doch nicht mehr in der Lage, Richtig und Falsch zu unterscheiden.« Cassandras Stimme blieb kalt wie der Stahl eines Skalpells.

Sophia betrachtete das Streitgespräch gelassen. Ihr Blick ruhte kurz auf Julie.

»Wie habt ihr euch überhaupt kennengelernt?«, fragte Cassandra.

»Eine Busfahrt«, erklärte Lucas Grandma mit listigem Grinsen.

»Eine B…« Cassandra verdrehte die Augen. »Hast du deinem Sohn nicht versprochen, diesen Unsinn zu unterlassen?«

»Oh, es war keiner. Wie die aktuelle Situation zur Genüge beweist.«

Lucas Blick huschte zwischen seiner Grandma und Julie hin und her. »Das war der Tag, an dem wir uns in New York treffen wollten.«

»In der Tat. Du bist allerdings nicht aufgetaucht und hast mir nur eine kryptische Nachricht geschickt, dass Julie Probleme hat und nach Hause fährt. Nach Oak Creek. Deshalb beschloss ich, impulsiv zu sein. Und da es nur eine einzige Busverbindung dorthin gibt, war der Rest ein Kinderspiel.« Sie lächelte sphinxhaft. »Du magst ja die Firma kontrollieren, Cassandra. Aber nicht mein Leben. Und meine Meinung bilde ich mir immer noch selbst.«

»Aber S…«

Lucas Grandma hob lediglich die Hand, doch das brachte Cassandra zum Verstummen. »Julie und ich werden uns ein wenig unterhalten. Unter vier Augen.«

Sie deutete auf eine offen stehende Tür, die in einen angrenzenden Raum führte.

Julie folgte ihr. Es handelte sich um einen gemütlich eingerichteten Salon. Sophia schloss die Tür hinter ihnen.

»Wie mir scheint, ist hier ein ziemliches Chaos im Gange.« Die alte Dame lächelte. »Als ich dich das letzte Mal sah, warst du in Tränen aufgelöst. Damals wollte ich dich nur kennenlernen, um mir ein Bild zu machen. Verzeih mir die Scharade. Du bist ein nettes Mädchen, und ich hätte mich nicht eingemischt.«

Die letzten Tage kamen Julie wie eine Achterbahnfahrt vor. Höhen und Tiefen hatten sich so schnell gegenseitig abgelöst, dass ihre Seele ein Schleudertrauma hatte. »Ist schon in Ordnung. Ehrlich gesagt überrascht mich nichts mehr.« Was gelogen war, aber das musste sie Sophie ja nicht unbedingt auf die Nase binden.

»Erzähl mir das Ganze doch bitte aus deiner Sicht«, bat Sophia.

»Hat Cassandra Sie wirklich aus der Firma gedrängt?«, fragte Julie stattdessen.

»Sie war schon immer voller Ambitionen. Doch während sie das Geschäftliche ganz fabelhaft versteht, ist sie emotional ein sehr verstörter Mensch. Als mein Sohn sie heiratete, wollte sie sich beweisen.« Sophia öffnete die Hände in einer Was-hätte-ich-tun-sollen-Geste.

»Ich hatte gehofft, dass dieser Teil von ihr Befriedigung erfährt, wenn sie sich ein paar Monate in der Firma Respekt verschaffen kann.«

Die Worte sickerten nur langsam in Julies Geist, doch schließlich begriff sie. »Sie sind absichtlich zurückgetreten?«

»Offiziell habe ich sie taktieren und intrigieren lassen, doch die Mitglieder des Boards sind an mich herangetreten, um mich zu warnen. Ich habe dafür gesorgt, dass ich die Stimmen verliere. Es musste für Cassandra so aussehen, als habe sie es aus eigenem Antrieb geschafft.«

»Das ist sehr selbstlos von Ihnen.«

»Julie, all das Geld, der materielle Wert, den die Firma darstellt, ist nichts. Das ist mein Ernst. Natürlich benötigt jeder Mensch Geld, um zu überleben und ein wenig Sicherheit zu spüren. Aber auch wenn du noch so reich bist, wird dir das die Familie niemals ersetzen.« Sie lächelte. »Nach dem Tod meines Mannes wollte ich meinen Sohn glücklich sehen. Doch die Kontrolle über die Firma hat Cassandra noch stärker verändert. Sie hat nur noch den Erfolg gesehen.«

»Und Lucas Dad?«

»Ist überall auf der Welt unterwegs, um sich seiner eigenen Familie nicht stellen zu müssen.«

Das war noch trauriger, als sie gedacht hatte.

»Nach dem Unfall und dem Tod seines besten Freundes kam Cassandra auf mich zu. Sie wollte Luca zurückholen, und ich gab ihr meinen Segen.«

»Aber Sie wussten nicht, wie sie das vorhatte?« Sie stellte die Frage vorsichtig.

Der Gedanke, dass Sophie die Aktion ihrer Schwiegertochter unterstützt hatte, drehte Julie den Magen um. Sie wollte einfach nicht, dass diese freundliche alte Dame zu so etwas fähig war.

»Nein. Das hätte ich niemals zugelassen. Zumal es Luca auch keineswegs geholfen hat. Im Gegenteil. Oder irre ich mich?«

Julie schüttelte den Kopf. Sie berichtete Sophia, wie sie ihn kennengelernt hatte. Von den Missverständnissen, seiner Reise nach Oak Creek und ihre gemeinsame Weihnachtsfeier. Der Schneesturm, die Rückkehr und Cassandras Attacken.

Als Sophia davon erfuhr, dass Cassandra auf das Komitee Einfluss ausgeübt hatte, nickte sie betrübt. »Ein Freund von mir hat von Cassandras Anwesenheit erzählt. Der gute Richard. Er wollte allerdings keine Details verraten.«

Julie erinnerte sich an den freundlichen Mann, der sie nach ihrer Flucht aus der Suite angesprochen hatte.

»Ich hätte diese Sache ja auf sich beruhen lassen, aber Luca ist ziemlich wütend.«

Sophia betrachtete sie lange und eingehend. »Weißt du, Julie, ich habe immer gehofft, dass das Geld der Familie für einen guten Zweck …«

»Nein«, sagte sie rigoros. »Ich nehme weder Geld von Luca noch von Ihnen.«

»Du hast durch Fleiß die Noten bekommen, die du für das Stipendium benötigst. Es ist nur fair, wenn wir unsere Ressourcen benutzen, um das Unrecht wiedergutzumachen. Ich würde dir mit Freuden das notwendige Geld in einem Fonds bereitstellen. Nur für das Studium. Es wäre zweckgebunden.«

Julie betrachtete die edle Einrichtung, den Ausblick, die Familienmacht, die alles hier atmete.

»Ich würde mich freuen, wenn Sie einen Fonds einrichten. Einen Spendenfonds. Für die Opfer von Verkehrsunfällen.«

Sophia wirkte verblüfft, nickte jedoch. »Wenn das dein Wunsch ist.«

»Ist es.«

»Aber was wird aus dir und Luca?«

»Das finden wir gemeinsam heraus«, sagte Julie und fühlte sich so selbstsicher wie seit einer Ewigkeit nicht mehr. »Wir wissen, was wir wollen. Uns. Der Rest wird sich finden. Allerdings …«

»Ja?«

»Es wäre schön, wenn Sie Cassandra von weiteren Attacken abhalten könnten.«

»Das verspreche ich dir.«

Sie lächelten einander an.

»Du bist eine bemerkenswerte junge Dame, und ich habe keinen Zweifel daran, dass du deinen Weg gehen wirst.«

»Ehrlich gesagt …« Julie überdachte ihre Worte. »Das habe ich auch nicht. Nicht mehr.«

Sophia betrachtete Julie, und in ihren Blick schlich sich ein Leuchten. »Ich wünsche dir und Luca alles Glück dieser Welt. Du bist jederzeit willkommen.«

Gemeinsam verließen sie den Salon.

Cassandra und Luca standen an unterschiedlichen Stellen des Raumes. Bei ihrem Eintreffen sprang Luca auf.

»Wir sollten uns unterhalten«, sagte Sophia an Cassandra gewandt und kehrte zurück in den Salon.

Lucas Mom folgte ihr, die Fäuste für eine Sekunde geballt, dann jedoch wieder die vertraute Eisfigur.

»Und?«, fragte er.

»Ich mag deine Grandma.«

»Jeder mag sie. Aber was hat sie gesagt?«

Sie zog Luca in eine Umarmung. »Dass sie uns alles Glück der Welt wünscht und ich jederzeit willkommen bin.«

»Das ist toll, aber was hat sie *noch* gesagt?«

»Sie richtet einen Fonds ein.«

»Ich wusste es.« Luca lächelte selig.

»Ich habe abgelehnt.« Julie betätigte den Rufknopf für den Aufzug.

»Jetzt kannst du problemlos … du hast was?!« Luca starrte sie an, als hätte sie innerhalb einer Sekunde den Verstand verloren. »Du machst Witze. Jules, dein Sinn für Humor ist miserabel.«

»Der Fonds wird einem guten Zweck zugutekommen.« Sie erklärte ihm alles genauer.

»Du bist wahnsinnig.« Gleichzeitig lächelte er verliebt. »Und wunderbar.«

»Ich hab dich auch lieb.«

Der Aufzug glitt in die Tiefe, und wie erwartet, stand Jennings bereit.

»Lass uns nicht in die WG fahren.« Julie betrachtete das Glitzermeer New Yorks.

»Du wirkst so anders.«

»Frei.« Sie atmete tief ein und wieder aus, spürte ein seltsames Kribbeln im Bauch. »Heute Nacht will ich nicht an die Zukunft denken.«

»Was immer du willst. Versprich mir nur eins.« Luca hielt sie vom Einsteigen ab. »Kehre nicht nach Oak Creek zurück. Bleib bei mir.«

»Solange ich nicht in einen Schrank im Verbindungshaus einziehen muss, bin ich dabei.«

Jennings fuhr los, und gemeinsam saßen sie auf der Rückbank, betrachteten die vorbeiziehenden Wolkenkratzer und fuhren zum Hafen. Sie fuhren nach Long Island, saßen an historischen Hafenanlagen und betrachteten die vorbeifahrenden Schiffe. Lichter in der Dunkelheit. An einem Falafelstand stillten sie ihren Hunger, schlenderten Hand in Hand die Promenade entlang und aßen Softeis um Mitternacht.

So also fühlte sich Leben an.

Weit nach Mitternacht brachte Jennings sie zurück in die WG. Glücklicherweise waren sowohl die Tür von Cullen und Simon als auch jene von Melissa geschlossen.

Luca und Julie verschwanden in ihr Zimmer, und sie genoss seine leidenschaftlichen Küsse, die jeden Zentimeter ihres Körpers bedeckten. Das Mondlicht warf seinen Schein durch das Fenster auf Lucas breite Schultern. Sie fuhr mit den Fingern seinen durchgebogenen Rücken hinab und genoss es, ihn zu spüren.

In diesem Moment war sie glücklich.

Und was der Morgen auch bringen würde, Julie sah der Zukunft gelassen entgegen.

KAPITEL 33

Spiel, Satz und Sieg

Die Wochen flogen dahin, und mit jedem Tag wurde Julie entschlossener. Sie genoss die Stunden mit Luca, lachte mit Simon in *Beckys Café* und alberte mit Cullen und Melissa in der WG. Für das College gab sie alles. Wenn es schon vorbei war, dann würde sie als beste Studentin des Jahrgangs ausscheiden. Und sei es nur, um Susann und Lucas Mom eins auszuwischen.

Aus dem Januar wurde der Februar, und ehe Julie es sich versah, waren die Klausuren geschrieben und der Sommer zog herauf. Ihre Zeit am College neigte sich dem Ende zu, und längst lagen Luca und sie nächtelang wach, um Pläne für die Zeit danach zu schmieden. Es stand außer Frage, dass Julie weiterkämpfen wollte. Nicht in Oak Creek, sondern hier in New York.

»Du könntest dir auch einen Kredit nehmen und bei Becky im Café einsteigen«, schlug Cullen an einem Samstagmorgen vor, während sie alle am Tisch saßen.

»Das ist der Traum von Max, nicht meiner«, entgegnete Julie.

»Ich werde einfach ebenfalls das College hinwerfen, meinen Pflichtteil des Erbes einfordern, und dann werden wir gemeinsam …«

»Schlag dir den Gedanken sofort wieder aus dem Kopf, sonst übernehme ich das!« Julie funkelte Luca wütend an. »Du sollst deine Zukunft nicht nach mir ausrichten.«

»Aber macht man das nicht so, wenn man sich liebt?« Das Quecksilber seiner Augen schimmerte in der hereinfallenden Sonne. Er schien von tausend winzigen Irrlichtern umgeben.

Julies Herz schmolz. »Ich liebe dich auch.«

»Zuckerschock«, kommentierte Melissa und ergänzte bei Julies vorwurfsvollem Blick: »Ich meinte wegen des Donuts.« Sie deutete auf das Teigstück.

Cullen kicherte und zog prompt Simon zu sich, um ihm einen Kuss auf die Lippen zu hauchen.

»Aber was willst du dann machen?«, fragte Simon schließlich atemlos und mit roten Wangen.

»Ich vertraue auf das Schicksal.«

»Berühmte letzte Worte«, kommentierte Melissa mit einem Augenzwinkern. »Wo ist die Julie, die einen vernünftigen Plan aufgestellt hätte?«

Seltsamerweise fühlte Julie eine nie gekannte innere Sicherheit. Nach allem, was geschehen war, konnte die simple Ungewissheit über die Zukunft sie nicht mehr aus dem Gleichgewicht bringen. Sie hatte einen Unfall, Krankheit und die Flucht nach Oak Creek durchgestanden. Nicht zu vergessen die Bewältigung von Lucas Vergangenheit.

Seit ihr Freund einen Psychologen besuchte, ging es ihm deutlich besser. Mit jedem Tag bewältigte er den Schicksalsschlag ein Stück mehr, traf sich sogar regelmäßig mit Brady.

»Den Plan mache ich schon noch«, sagte Julie. »Schließlich muss es irgendwie weitergehen. Aber ohne Panik.«

»Werde Lebensberaterin«, schlug Melissa prompt vor. »Immerhin hast du selbst die Sache mit dem ›ruhig bleiben‹ gemeistert, und wenn ich an die Anfänge denke, hätte ich eher einen Herzinfarkt im Sprung erwartet.«

Luca kicherte. »Sie hat immer noch Feuer.« Er knabberte an ihrem Hals.

»Das ist ja schrecklich mit euch«, sagte Melissa. »Hatten wir nicht irgendwo die Regel aufgestellt, dass am Frühstückstisch nicht geknabbert wird? Außer am Essen, versteht sich.«

»Die Mehrheit dieser WG ist gegen diese Regel«, stellte Cullen klar.

Ein Klingeln entband Melissa einer Antwort.

Sie eilte zur Tür, vermutlich, um der Knutscherei am Esstisch zu entkommen. Als sie zurückkehrte, starrte sie ein weißes Kuvert an.

»Hast du Angst, es könnte eine Briefbombe sein?«, hakte Cullen nach.

»Falls ja, kann ein gewisser Richard Wentworth Julie nicht leiden.« Sie streckte ihr das Kuvert entgegen. »Es ist für dich.«

Julie starrte den Brief an.

»Nimm ihn«, verlangte Luca schließlich. »Das ist doch der Typ …«

»… vom Stipendiengremium.« Julie nickte. »Hat deine Grandma da noch einmal etwas in die Wege geleitet?«

Luca schüttelte den Kopf. »So etwas tut sie nicht. Sie hat dir ein Angebot gemacht, du hast abgelehnt. Der Fonds wurde gegründet und kommt jetzt, wie von dir verlangt, Opfern von Unfällen zugute.«

Ein prüfender Blick, dann nickte Julie. Sie glaubte Luca. Doch was konnte Richard Wentworth noch von ihr wollen?

Sie nahm das Kuvert entgegen und öffnete es. Im Inneren befand sich ein zweiseitiger handgeschriebener Brief. Kein maschineller Standardtext.

Julie überflog die Zeilen. »… Ihr Werdegang beeindruckt. Ich selbst hatte im Verlauf meiner Collegezeit eine schwere Zeit und bin im Zuge dessen mit meinen Noten abgerutscht. Ohne massive Unterstützung meiner Familie hätte ich den Weg zurück nicht gefunden. Doch Sie haben gekämpft. Und ja, ich gestehe, dass ich meine gute Freundin Sophia Jackson ein wenig ausgefragt habe. Doch ich versichere Ihnen, Ms Warren, dass dies meine Entscheidung nicht beeinflusst. In Übereinstimmung mit den Statuten des Stiftungsrates – und wie ich betonen möchte, einstimmig – haben wir einen zusätzlichen Stipendienplatz geschaffen. Am folgenden Montag werden Sie ein Schreiben erhalten, das Ihnen dieses Stipendium zuspricht. Ich wurde von Sophia gewarnt, dass Sie möglicherweise die falschen Schlüsse aus der Zusage ziehen könnten, und wollte deshalb eigene Worte an Sie richten. Das Stipendium erhält, wer herausragende Leistungen erbringt. Das haben Sie, Ms Warren, getan. Sowohl was Ihre Noten angeht als auch im persönlichen Bereich. Indem Sie sich wieder nach oben gekämpft und von niemandem in den Abgrund haben stoßen lassen. Das alles mit hohen moralischen Grundsätzen und Integrität. Daher freut es mich, Ihnen den Traum von einem Studium ermöglichen zu können. Das Stipendium erhält ab dem kommenden Semester Gültigkeit und deckt Ihr gesamtes übriges Studium ab. Meinen Glückwunsch.«

Julie konnte nicht verhindern, dass sie das Blatt fassungslos sinken ließ. Ihre Hände zitterten.

Ein liebevoller Blick traf den ihren. »Herzlichen Glückwunsch, Süße. Das hast du verdient.«

Im nächsten Augenblick brach am Tisch der WG eine völlig neue Form von Chaos aus. Jubelnd sprangen Melissa, Cullen und Simon auf. Julie wurde herumgereicht, gedrückt, Melissa kniff ihr sogar in die Wange.

»Jules, ich bin stolz auf dich.« Ihre beste Freundin strahlte. »Jetzt bleibst du uns als Streberin erhalten. Wirklich, ich wüsste nicht, was ich ohne deine Aufzeichnungen der Vorlesungen machen würde.«

»Und dein ständiges Antreiben jeden Morgen, damit wir auch ja pünktlich zur *ersten* Vorlesung erscheinen«, ergänzte Cullen.

Julie wischte sich fahrig die Freudentränen beiseite. Sie musste sich bei diesem Richard Wentworth bedanken. Bestimmt konnte die Grandma von Luca das ermöglichen.

Immer wieder starrte sie den Brief an. War es auch wirklich kein Traum?

Sie fotografierte ihn und stellte das Bild in den Gruppenchat. In den nächsten Minuten wurde sie von Smileys überflutet, und natürlich klingelte das Smartphone.

»Ich wusste, dass du es schaffst!«, rief ihre Mutter. »Von Anfang an. Zukünftig verfolgst du einfach keine Fliegen mehr mit dem Blick, wenn du auf dem Rad unterwegs bist, dann sehe ich eine großartige Zukunft für dich.«

Julie verdrehte die Augen.

»Was ist?«, fragte Luca.

Sie schüttelte nur den Kopf.

»War das Luca?«, hakte ihre Mutter sofort nach. »Das ist so wunderbar. Ihr könnt beide gemeinsam studieren, später heiraten und dann …«

»Danke, Mom!«, brüllte Julie und legte auf. »Ich rufe sie später noch mal an.«

Auch ihre Brüder meldeten sich, und die Hälfte des Tages war Julie damit beschäftigt, Anrufe zu beantworten. Danach zog sie mit Melissa, Cullen, Simon und Luca zu *Beckys Café*. Sie plauderten und lachten gemeinsam, und als das Café schloss, holte Becky einen Kuchen hervor, spendierte eine Flasche Champagner und sie stießen an.

Spät in der Nacht trat Julie mit Luca an das Fenster und blickte hinaus auf das nächtliche New York.

»Bist du glücklich?«, fragte er.

»Was denkst du?«

Die Antwort war ein Lächeln. In seinen Augen tanzten die goldenen Funken im Kerzenschein. Seine Lippen berührten sanft die ihren und sie versank in der Umarmung.

Ja, jetzt war sie angekommen.

Epilog

»Kommt endlich!«, rief Cullen.

Julie gelang es mit einem Ruck, ihren Koffer zu schließen. Was einem Wunder gleichkam, denn der Innenraum war definitiv nicht für eine solche Menge an Kleidung ausgelegt.

Sie fragte sich, wie Melissa es anstellte. Ein kleiner Koffer, mehr hatte die Freundin nicht dabei. Pfeifend zog sie diesen hinter sich her zur Tür und warf im Vorbeigehen einen kopfschüttelnden Blick auf Julie.

»Ich nehme das.« Luca packte den Griff, wuchtete ihren Koffer vom Bett und war schon aus dem Zimmer.

»Das kann ich selbst«, sagte sie zu der Wand.

Der Sommer war da, und mit ihm die Ferien. Gemeinsam mit Cullen, Simon, Melissa und Luca würde Julie nach Kalifornien fliegen. Dort wollten sie Max besuchen. Sie hatten ein Ferienhaus gemietet. All die Last der vergangenen Monate war vergessen.

Julie wandte sich der Tür zu und wollte gerade ihr Zimmer verlassen, als sie das Summen wahrnahm. Ihr Blick glitt zum Fenster, wo eine kleine Fliege herumschwirrte.

»Diesmal nicht«, sagte sie leise und ging einen Schritt rückwärts.

Prompt strauchelte sie, geriet ins Taumeln und kippte nach hinten.

Muskulöse Arme fingen sie auf. »Dich kann man aber auch wirklich nicht aus den Augen lassen. Ich liebe dich, meine kleine Chaotin.«

»Quecksilberteufel«, sagte sie grinsend. »Ich liebe dich auch.«
Luca half Julie in die Höhe.

Sie erwiderte seinen Kuss, protestierte dann jedoch: »Ich bin keine Chaotin. So etwas kann doch jedem passieren. Außerdem solltest du dankbar sein. Immerhin hat es so angefangen.«

»Trotzdem wollen wir es doch nicht so enden lassen, oder? Ich werde im Urlaub auf dich achtgeben.«

Sie verpasste ihm einen Rippenstoß.

»Kommt ihr jetzt endlich?«, brüllte Melissa aus dem Hausflur.

Lachend flüchtete Luca vor Julies angedeuteten Kitzelattacken.

Sie warf einen letzten Blick ins Zimmer und lächelte.

»Die Fliege war schuld.«

Ende

Nicole Knoblauch

Noble Match

ISBN: 978-3-95991-929-6, Klappenbroschur, EUR 14,90

Die junge April Woods ist als Teamassistentin mittendrin in der neuesten amerikanischen Bachelor-Show Noble Match. Sie muss sich nicht nur mit großspurigen Produzenten, intriganten Teamchefs und kapriziösen Kandidatinnen herumschlagen, sondern auch mit Kayden Devlin, dem Star der Show.

Der schottische Duke hat ganz eigene Vorstellungen davon, wie alles ablaufen sollte, und mit seiner durch und durch britischen Lebensart erobert Kayden die Herzen der Damen und des Publikums im Sturm. Nur April setzt alles daran, sich seinem Charme zu entziehen – für sie steht weit mehr auf dem Spiel als nur ihr Herz.

Ina Taus

Bullshit Bingo – Das Spiel beginnt

ISBN: 978-3-95991-868-8, Klappenbroschur, EUR 14,90

Endlich ist Haley Studentin an der Penn University und lebt ihren Traum. Doch dann verliert ihr Vater seinen Job und sie weiß nicht, wie sie in Zukunft die Studiengebühren und ihr Zimmer im Wohnheim bezahlen soll. Als sie erfährt, dass die Mitglieder der »Crossbones« – eine Studentenverbindung – seit Jahren in einem geheimen Spiel gegeneinander antreten, scheint »Bullshit Bingo« die Rettung für Haley zu sein.

Nachdem sie der Verbindung beigetreten ist, wartet allerdings bereits die nächste Schwierigkeit: Adam Carter, ihr ehemaliger Nachbar und der Mensch, dem sie gern weiterhin aus dem Weg gehen möchte. Doch leider ist das nicht so einfach, denn Adam ist ebenfalls Verbindungsmitglied und wirklich hilfreich beim Lösen der gestellten Aufgaben. Je länger die beiden zusammenarbeiten, desto klarer wird, dass sie zwar ein Spiel gewinnen, aber möglicherweise auch ihr Herz verlieren könnte …